Los ritos del agua

Eva García Sáenz de Urturi

Los ritos del agua

Eva García Sáenz de Urturi nació en Vitoria, España. Recibió su título en Optometría, ocupó diversos puestos de dirección en el sector óptico y posteriormente desarrolló su carrera profesional en la Universidad de Alicante. En 2012, su novela *La saga de los longevos* se convirtió en un fenómeno de ventas y se tradujo al inglés con gran éxito en Estados Unidos y Gran Bretaña. Es también autora de *Los hijos de Adán* y *Pasaje a Tahití* (2014), y de los otros dos volúmenes de la Trilogía de la ciudad blanca, titulados *El silencio de la ciudad blanca* (2016) y *Los señores del tiempo* (2018). Está casada y tiene dos hijos.

Los ritos del agua

Eva García Sáenz de Urturi

Vintage Español
Una división de Penguin Random House LLC
Nueva York

PRIMERA EDICIÓN VINTAGE ESPAÑOL, JUNIO 2019

Copyright © 2017 por Eva García Sáenz de Urturi

Todos los derechos reservados. Publicado en los Estados Unidos
de América por Vintage Español, una división de Penguin Random House
LLC, Nueva York, y distribuido en Canadá por Penguin Random House
Canada Limited, Toronto. Esta edición fue publicada originalmente
en España por Editorial Planeta S.A., Barcelona, en 2017.

Vintage es una marca registrada y Vintage Español
y su colofón son marcas de Penguin Random House LLC.

Información de catalogación de publicaciones disponible en la Biblioteca
del Congreso de los Estados Unidos.

**Vintage Español ISBN en tapa blanda: 978-1-9848-9855-5
eBook ISBN: 978-1-9848-9856-2**

Para venta exclusiva en EE.UU., Canadá, Puerto Rico y Filipinas.

www.vintageespanol.com

Impreso en los Estados Unidos de América

10 9 8 7 6 5 4 3 2

A mis hijos, porque nunca viviréis donde habita el olvido

El mejor truco del diablo fue convencer
al mundo de que no existía.

Diálogo de Verbal en *Sospechosos habituales*
citando a CHARLES BAUDELAIRE

Casa de Milán:
calle Fray Zacarías Martínez, 110,
la Torre de los Anda

Cementerio de
Santa Isabel

Restaurante
El Portalón

Casa de Golden Gi
calle Fray Zacarías Martíne
frente a la plaza de Santa Mari
Cantón de las Pulmoni.
(antiguo Seminari

Yacimiento de Atxa
(avenida del Zadorra, 24)
→ 2500 m

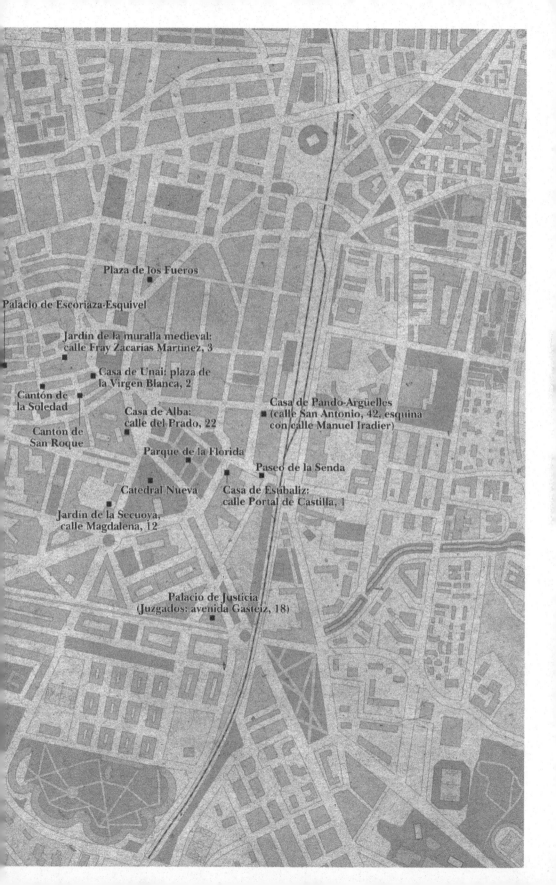

Plaza de los Fueros

Palacio de Escoriaza-Esquivel

Jardín de la muralla medieval:
calle Fray Zacarías Martínez, 3

Casa de Unai: plaza de
la Virgen Blanca, 2

Cantón de
la Soledad

Casa de Alba:
calle del Prado, 22

Casa de Pando-Argüelles
(calle San Antonio, 42, esquina
con calle Manuel Iradier)

Cantón de
San Roque

Parque de la Florida

Paseo de la Senda

Catedral Nueva

Casa de Estíbaliz:
calle Portal de Castilla, 1

Jardín de la Secuoya,
calle Magdalena, 12

Palacio de Justicia
(Juzgados: avenida Gasteiz, 18)

PRÓLOGO
—

EL TÚNEL DE SAN ADRIÁN

17 de noviembre de 2016, jueves

—Estoy embarazada desde agosto —me susurró Alba, pendiente de mis gestos—, desde las fiestas de la Blanca, Unai.

Recuerdo la intensidad de aquella sensación. La sonrisa involuntaria que me iluminó noviembre. Alba embarazada. De mí. Calculé de cabeza, catorce semanas. Aquel hijo había vivido ya más que mis mellizos. Catorce semanas. Fuera de los peligros del primer trimestre. Un hijo, una hija. Alba y yo íbamos a ser padres.

Cerré los ojos, me recreé en aquellos momentos, los más felices en años. Giré la cabeza hacia el mirador de mi salón; en el exterior, una Vitoria entumecida se deshacía en lluvia y casi no podía ver los balcones blancos, al otro lado de la plaza de la Virgen Blanca. Me daba igual, el calor que sentí, venas adentro, habría podido caldear un universo.

Pero cuando me fijé en su rostro capté una muda advertencia en su mirada, una mala noticia que se avecinaba.

—¿Qué? —escribí sin comprender—. ¿Qué pasa? Sé que no es forma de empezar una relación, pero…

Alba frenó mis dedos sobre la pantalla.

—No tengo forma de saber, ahora mismo, si el hijo que espero es tuyo o de Nancho.

La mención del que fue su marido y el sonido que provocaba estallaron en algún lugar de mi cerebro y me dejaron seco como una detonación de bala. Él estaba muerto, pero ¿su simiente seguía viva en el vientre de Alba?

11

Para los que no conozcan mi historia previa, resumo en unas líneas: me llamo Unai López de Ayala, trabajo como perfilador en la Unidad de Investigación Criminal de la comisaría de Vitoria. A efectos prácticos, todo el mundo me conoce como Kraken. Tengo una afasia de Broca, el asesino en serie del anterior caso que resolví como pude casi me lleva por delante y me incrustó una bala en el cerebro. Todavía no soy capaz de hablar, salvo algún graznido que emito cuando no queda más opción. Pero me comunico eficazmente gracias a un programa de edición en mi móvil.

Y eso es precisamente lo que trataba de conseguir con mi jefa, la subcomisaria Alba Díaz de Salvatierra, la mujer que además…, bueno: ella.

Pero en ese momento, en el peor de los momentos, recibí un whatsapp de Estíbaliz, mi compañera. La maldije por aquella inoportuna intromisión:

—Kraken, siento interrumpir lo-que-sea-que-estés-haciendo-ahora-y-mira-que-me-alegro-por-ti, pero los de la Científica están procesando el escenario de un crimen en la zona alavesa del túnel de San Adrián. La subcomisaria Salvatierra tiene el móvil apagado. Me gustaría que vinieras conmigo, es importante.

Le hice un gesto a Alba para que leyera también el mensaje. Cruzamos una mirada preocupada y ella se apresuró a tomar el móvil del abrigo de su bolsillo y lo encendió.

—Esti, siento que tengas un aviso, pero yo estoy de baja. La subcomisaria te llama ahora mismo. ¿Qué ha ocurrido? —escribí.

—Mujer joven, colgada de una soga por los pies, posible muerte por inmersión.

—¿Inmersión, en lo alto de un monte? —contesté sin pensarlo. Creo que el perfilador encendió el interruptor sin mi permiso en cuanto detectó aquella incongruencia.

—Así es. Tenía el cuerpo sumergido hasta la altura de los hombros en un caldero de bronce lleno de agua, Kraken. Una pieza arqueológica, de museo, habrá que consultar con un experto, pero parece que es un caldero de la época celta. Una muerte muy extraña, un escenario muy elaborado. No es un homicidio cualquiera. Quiero pedirle a la subcomisaria que hable con el juez Olano para que te autorice a estar presente en la inspección ocular en calidad de perito. Espero equivocarme, espero que no nos tengamos que enfrentar de nuevo a un asesino serial, pero tú eres uno de los mejores perfiladores que conozco y necesito que, si me asignan el caso, estés a mi lado para asesorarme.

No pude evitar hacer conjeturas, no pude evitar imaginarme el escenario y desear verlo con mis propios ojos. Pero me frené. Continuaba de baja, seguía sin hablar, ya no estaba en activo. No podía ayudarla.

—De acuerdo. Parece muy inusual, pero puedes hacerlo sola, yo no puedo ni debo ir —recalqué con la esperanza de que no siguiera insistiendo.

—Kraken…, antes de que te enteres por la prensa, que la habrá, prefiero decírtelo yo misma. Te estoy dando la oportunidad de que vengas conmigo y veas el escenario y a la víctima. Creo que me lo vas a echar en cara toda la vida si no te lo cuento ahora.

—No entiendo nada, Esti.

—La chica iba documentada. No le robaron la cartera y estaba en el suelo, posiblemente se le cayó del bolsillo.

—¿Quién demonios es? —escribí inquieto.

—Es Ana Belén Liaño, tu primera novia. La chica con la que saliste antes de lo que ocurrió aquel verano en el campamento cántabro…

—Ya, Esti. Ya —la frené incómodo—. ¿Tú qué sabes de todo aquello?

—Lutxo le contó toda la historia a mi hermano.

«Annabel Lee», pensé, sin querer aceptarlo. Nunca la imaginé muerta, a pesar de cuánto le gustaba jugar con la muerte y todos sus ritos.

«Annabel Lee está muerta.»

—Hay otra cosa, debes saberlo.

—¿Qué más puede haber?

—Estaba embarazada.

1

EL MONTE DOBRA

4 de septiembre de 2016, domingo

Hoy he vuelto al estanque, padre.

Mi madrina me prohibió hacerlo. Era la única norma que realmente le habría herido que yo transgrediese. No volver a buscarte. No volver a por ti. De sobra sabíamos de lo que era capaz Barba Azul tan solo por sentirse husmeado.

Hoy leo, con perplejidad, el titular infame en *El Periódico Cántabro*:

JOVEN DE VEINTITRÉS AÑOS HALLADA MUERTA
EN LA CIMA DEL MONTE DOBRA
Continúa el misterio de los jóvenes suicidas

Ha aparecido el cadáver de la joven G. T., de veintitrés años, natural de Santander. Ya son tres los jóvenes que en distintos montes de la costa cantábrica han sido hallados muertos debido a la hipotermia después de desprenderse de sus ropas y pasar la noche a la intemperie. Ninguno de ellos presentaba signos externos de violencia. ¿Se trata de una moda, acaso un efecto imitación...? La Policía no encuentra explicación ni conexión alguna entre las víctimas.

Los investigadores están, de nuevo, desconcertados. El tercero ya con las mismas extrañas pautas: jóvenes, algunos casi adolescentes, que ascienden a una cima en la provincia de Cantabria, se desnudan al caer la noche y aparecen muertos de frío a la mañana siguiente. Ningún indicio, ninguna motivación después de hacer una autopsia a las vidas de sus familias.

Cómo no.

Cómo habría de encontrar algo quien no quiere reparar en lo que tiene delante.

Tras una búsqueda sinuosa he accedido a la foto de la joven, Barba Azul. Comparte mis rasgos, a su manera. Me dijisteis que había muerto. Me mirasteis a los ojos y me dijisteis que estaba muerta, maldita sea. Os la quedasteis.

Juré a mi madrina no acercarme, no rastrearte, pero hoy voy a masticar y escupir esas promesas porque no tienes ni idea de la rabia que ahora mismo se me está derramando y me ahoga estas entrañas que tú pudriste.

Y pese a todo, mi drama es que te extraño, padre. Extraño tus atenciones, esa manera tan tuya de fingir frente a todos que yo te importaba, antes del último verano y de todo lo que ocurrió en ese espacio entre el poblado y los acantilados donde perdí mi primera vida.

A veces cerraba los ojos y hacía un esfuerzo por sumarme a tu público y simular que yo también lo creía, que realmente existía un universo paralelo en el que eras un buen padre y me querías bien, no de ese modo tuyo tan nocivo.

Inútil. Nunca conseguí creerlo.

Estoy fumando y bebiendo más que de costumbre. Ayer me metí en una pelea. Tengo que reinventarme una vez más, poner orden en mi vida. Ser otra persona, cualquiera, que no sea yo.

Ya estoy de vuelta, padre.

2

LA SIERRA DEL AIZKORRI-ARATZ

17 de noviembre de 2016, jueves

¿Que quién era Annabel Lee? Veamos, yo iba a sumar dieciséis veranos por aquel entonces. Ana Belén Liaño se presentó en Cabezón de la Sal, una villa cántabra cercana a la costa, el primer día de las colonias estivales donde Lutxo, Asier, Jota y yo —el núcleo duro de la cuadrilla de San Viator— habíamos decidido pasar el mejor julio de nuestras cortas y todavía inciertas vidas.

Ella llevaba una melena negra y lisa hasta la cintura, un flequillo recto sobre los ojos que no le permitía una visión de la vida mínimamente segura y las ideas tan claras que ni los adultos la cuestionaban.

Al principio me fastidió su actitud, después me intrigó y la tercera noche de campamento no pude pegar ojo, pendiente de esa mezcla de gemidos y susurros que se le escapaban cuando dormía a varios sacos de distancia. Estaba ya, digamos, bastante entregado a su causa.

A una edad en la que la mayoría de nosotros no teníamos nada claro lo que íbamos a estudiar al terminar COU, y mucho menos lo que queríamos ser en la vida, Ana Belén Liaño era ya una dibujante de cómics consumada, y el seudónimo con el que firmaba sus artísticos y oscuros garabatos, Annabel Lee, el personaje del poema de Edgar Allan Poe, tenía pese a su juventud ya cierto renombre en el mundillo patrio: erótico, gótico, posapocalíptico…

Nada se le resistía, pasaba de límites y géneros, pese a que sus referentes creativos eran Gustavo Adolfo Bécquer, Lord Byron y

William Blake. Era una chica pegada a un rotulador Staedtler negro y a menudo llevaba los antebrazos dibujados con viñetas improvisadas que se le ocurrían en cualquier momento: mientras fregábamos los tazones de metal del desayuno, o cuando Saúl Tovar, el director del campamento, nos llenaba la cabeza de pájaros con ritos y antiguos vestigios mientras nos conducía en un autobús cochambroso a lugares con cierta magia en toda la costa norte, como San Juan de Gaztelugatxe en Vizcaya o la playa de Deba en Guipúzcoa.

Annabel Lee tenía más rarezas. Llevaba una bruma permanentemente cosida a su estado de humor, era vaga en sus respuestas, todos sabíamos que le fascinaba más su salvaje mundo interior que nuestra anodina edad de paso a la vida adulta. Era como una tía sin edad, ni cría ni adulta. Le importaba mucho su soledad y la mimaba como algunos viudos a sus gatos de angora: con dedicación y dándoles lo mejor del día.

Así que le bastaron cuatro días y tres noches para dejarme noqueado un corazón por entonces bastante virgen y con pocas cicatrices que lamerse. Infeliz. Se lo llevó, lo alimentó, dejó que se hiciese a su silenciosa e inquietante compañía y lo escupió cuando…, aún no lo sé.

No sé qué maldito motivo la llevó a desprenderse de él con esa…, iba a decir indiferencia, pero no. Alguien altivo es indiferente, ella podía llegar a ser cálida. Lo que ocurría en realidad era que Annabel caminaba por un universo paralelo que a veces confluía con el nuestro y muchas otras veces no, pero ella actuaba en otro lugar, en otro orden de cosas, las suyas propias y las de sus fantasmagóricas fantasías. Por eso su muerte no se me antojaba demasiado real ni concreta, solo un final alternativo de alguno de sus cómics.

Uno tiende a pensar que los que crean esas historias no se van ni envejecen, simplemente permanecen: eso era lo que siempre pensé de Annabel Lee, pese a que llevaba años sin querer saber nada de ella después del modo en que acabó aquel verano.

En cuanto llegamos a la explanada y me bajé del Patrol de la Unidad, un viento muy frío me golpeó la cara a modo de violenta bienvenida a la realidad. A Estíbaliz y su metro sesenta por poco se los lleva monte arriba. Mi compañera se sacó el flequillo pelirrojo de la boca y continuó avanzando. Después de las lluvias de los días anteriores, todo el camino que nos llevaba al túnel de San Adrián estaba embarrado, y las previsiones del tiempo se adivinaban certeras, porque anunciaban tormentas con granizo y los nubarrones cargados que nos traía el norte parecían dar la razón a los meteorólogos.

—¿Estás preparado, Kraken? —me tanteó Estíbaliz un poco preocupada—. La subcomisaria me ha autorizado a que estés presente como perito, pero no sabe que la conocías.

—Y prefiero que de momento no lo sepa —le escribí en mi móvil y se lo enseñé.

Ella guiñó el ojo, conforme.

Ese era yo, el amigo de la comunicación conyugal.

—Creo que de entrada será mejor —asintió—. Vamos, en un par de horas va a anochecer. De todos modos, ¿hay algo que debería saber acerca de la víctima? ¿Algo en su estilo de vida que pueda ser trascendente dado el modo en que ha acabado?

—No, que yo sepa —le dije con un encogimiento de hombros.

«No voy a contarte todo lo que ocurrió aquel verano, Estíbaliz. Ni estoy preparado ni quiero compartirlo», callé.

Habíamos llegado al túnel de San Adrián, en el Parque Natural de Aizkorri-Aratz por la carretera de Zegama, ya que en el camino guipuzcoano se hallaba el aparcamiento más cercano a la cima. Allí vimos un par de coches de la Científica, así que comenzamos el ascenso.

Un estrecho sendero de grava que tanto Esti como yo habíamos recorrido una docena de veces antes nos guio hasta la boca del túnel. Atravesamos el arco ojival de la entrada y cruzamos los casi sesenta metros de la cueva, dejando a la derecha una ermita restaurada y el pequeño yacimiento en el que un grupo de arqueólogos trabajaba cada verano.

La luz se estaba yendo por momentos en una tarde tensa que ya expiraba. En el hayedo que quedaba a nuestras espaldas, las hojas verdes y doradas se movían inquietas, golpeadas por un viento bastante intenso.

A mí me gustaba escuchar durante las noches de ventisca el sonido de las hojas de las hayas y los robles de mi sierra, cuando dormía en la casa del abuelo en Villaverde. Era como un concierto donde sobraban los humanos, aunque aquel día el rumor vegetal no me pareció tan soberbio. Sí que era sobrecogedor, pero no me relajó como otras veces, desde luego que no.

El túnel de San Adrián terminaba con una gran boca apaisada horadada en la roca. Un orificio natural por el que habían transitado los caminantes y viajeros desde la prehistoria y había sido durante siglos un paso del Camino de Santiago del Norte.

Decían que hasta Carlos V tuvo que inclinarse por primera vez en su vida para cruzarlo, y a pesar de desconocer la estatura de aquel monarca, yo sí que tuve que agachar la cabeza para acceder a la parte alavesa que aquella tarde desapacible se había convertido en el escenario de un homicidio.

Subimos unos metros por una estrecha cascajera y vimos a Andoni Cuesta, un compañero de la Científica. Un tío ya en los cincuenta, muy metódico, de los que se quedan hasta última hora sin torcer el gesto, que nos señaló la entrada a la escena del crimen. Todo el perímetro estaba ya precintado y solo se podía acceder por un tramo sin cerrar.

—¿Cómo va todo, Cuesta? —le preguntó Estíbaliz con un gesto cómplice. Sabía que Esti y él se llevaban muy bien y solían tomar café cuando coincidían en la comisaría de Portal de Foronda, en el barrio de Lakua—. Dime que tú has sido el misterioso vitoriano al que le han tocado los tres millones de euros en la Primitiva, porque entonces no te libras de invitarme mañana.

Todo el mundo hablaba en Vitoria desde hacía varias semanas del boleto sellado en una administración de lotería del centro y de la identidad del agraciado. Todo el mundo especulaba acerca de si el ganador era su vecino del quinto, que llevaba días sin coincidir en el portal y se había perdido el partido del domingo del Alavés, o del cuñado que no contestaba el teléfono y se había despedido de su trabajo en la Mercedes sin dar explicaciones.

—Qué más quisiera, la verdad. Pero no, no es el caso. En cuanto a la inspección ocular, no hemos hecho más que empezar, inspectora Gauna. Pero aún nos queda mucho por procesar. Y quiero llegar a casa a darles un beso de buenas noches a mis hijos. El mayor tiene partido con los cadetes este fin de semana y está que se me sube por las paredes. Y por cierto, si yo fuese el ganador de la lotería, le compraba a mi hijo el equipo entero del Baskonia, con la directiva y el entrenador incluidos, para que no me lo pongan siempre de suplente —comentó Cuesta entre risueño y preocupado, agachado junto a su maletín. Era un tipo rechoncho y afable, de brazos cortos, su pequeña silueta era fácilmente identificable en todas las inspecciones oculares pese al buzo blanco que lo uniformaba a él y a los otros dos técnicos—. Poneos los chapines y tened cuidado dónde pisáis. Esto está lleno de huellas de botas de monte y va a ser un suplicio identificar todas.

Le obedecimos y nos colocamos también unos guantes que nos tendió.

El juez Olano había autorizado la inspección ocular, pero me aposté el cuello y lo gané a que su señoría no se había personado en plena sierra del Aizkorri para ordenar el levantamiento del cadáver, sino que había enviado al secretario judicial para hacer las gestiones por él.

Obedecimos a Cuesta y avanzamos hacia una zona boscosa hasta que encontramos a la doctora Guevara, la forense, tomando notas junto al árbol donde pudimos ver el cuerpo colgado de una mujer. A unos metros de distancia el secretario judicial y el inspector Goyo Muguruza, al frente de los técnicos de la Científica, charlaban en voz baja señalando una chamarra de calaveras con capucha que a todas luces había pertenecido a la difunta.

El secretario, un hombre zurdo de pelo blanco y nariz alargada, asentía con gesto grave y tomaba nota de las indicaciones de Goyo.

A sus pies, un maletín abierto con todo el material necesario para preservar la cadena de custodia de los indicios físicos que estaban recogiendo.

Encontrar a Annabel después de tantos años, amén de mi consabida aversión a los cadáveres, fue demasiado para mi estómago y tuve que girarme y disimular una arcada. Esti me cubrió, adelantándose y tendiéndole la mano a la forense.

—Inspectora Gauna, me alegro de verla. Veo que el inspector Ayala ya está de nuevo con nosotros —comentó la doctora Guevara, y fingió no darse por enterada del mal estado en que me encontraba.

Era una mujer de unos cincuenta años, bastante menuda y con unas mejillas planas que siempre estaban sonrosadas por la rosácea. Era callada y eficiente, como un robot en modo silencio.

Yo le tenía aprecio después de los años que llevábamos colaborando juntos. Jamás ponía un mal gesto si le pedía que priorizara alguna autopsia y tenía la rara virtud de entenderse bien con todos los jueces que le habían ido asignando, fuese el marrón que fuese. Confiable como un diésel, vamos.

—Hoy ha venido en calidad de perito en Perfilación, se reincorporará en breve —mintió Estíbaliz como si llevase haciéndolo de maravilla toda la vida—. ¿Puede adelantarnos ya algo, doctora?

Miré a la muerta que un día fue mi novia, mi primer amor, mi primera noche de... La miré pese a que estaba atada por los pies cabeza abajo, con su melena negra larguísima y algunos de sus mechones todavía mojados, barriendo el suelo de piedras, y el flequillo espeso dejando por una vez la frente despejada. Ojos abiertos. No los cerró pese a morir con la cabeza dentro de un caldero de bronce hasta arriba de agua.

«Qué valiente fuiste, Annabel.»

Tenía las manos atadas a la espalda con unas bridas de plástico, sin anillo de casada, unos pantalones de montaña y un forro polar que por efecto de la gravedad dejaba al descubierto parte de una barriga ya hinchada..., ¿cuatro, cinco meses? Su línea alba algo pigmentada. Unos tobillos firmemente sujetos a una soga que pendía de una sólida rama, a unos dos metros y medio del suelo.

Había que ser muy cabrón para hacerle eso, pese a sus juegos, pese a que se pasó la vida repeliendo a todos los que su presencia atraía.

«¿En qué líos andabas metida esta vez?», le susurré en mi cabeza dañada.

Y mientras Estíbaliz y la forense caminaron unos pasos para acercarse al caldero de bronce, sin darme cuenta hinqué la rodilla frente a ella y recité:

«Aquí termina tu caza, aquí comienza la mía».

Y durante unos momentos creí ser yo de nuevo, el inspector Ayala, no un tibio reflejo de su reflejo, y tenía un trabajo que me absorbía y una nueva obsesión que sepultaba mis carencias y los traumas que ya se me iban acumulando.

Por ejemplo, que mi jefa estuviera embarazada y no supiera si era de mí o de un asesino en serie.

3

LA FRONTERA DE LOS MALHECHORES

17 de noviembre de 2016, jueves

Así que volví a mi presente y me centré en lo que tenía delante para dejar de pensar en algo que escocía, escocía mucho.

De momento ignoré el trasto de metal al que tanta importancia parecía darle Esti y esperé a que volviera con la doctora Guevara y nos comentase sus impresiones:

—La finada es una mujer joven, embarazada, podré indicar con precisión su semana de gestación después de la autopsia. La hemos encontrado en posición de suspensión completa invertida, atada por las piernas con un agente constrictor que en este caso es una soga común de esparto y sin que el cuerpo toque el suelo. Entendemos que los dos testigos la encontraron en posición de sumersión incompleta, con el cuerpo parcialmente sumergido en agua hasta la altura del cuello o de los hombros y la cabeza dentro del líquido. Los de la Científica corroborarán el dato, pero estas bridas de plástico me parecen de lo más comunes, pueden encontrarse en cualquier tienda de bricolaje.

—Explíqueme eso de los dos testigos, por favor —le interrumpió Estíbaliz.

—La han encontrado dos montañeros que subían desde el lado alavés, son de Araia y han partido desde la ruta de Zalduondo, habían dejado su coche en la explanada de Petroleras. Ambos afirman que corrieron a sacarle la cabeza del agua por si todavía estaba viva, pero por su lividez dedujeron que llevaba muerta un rato. No quisieron tocar nada en cuanto le tomaron el pulso en el cuello y comprobaron que no respiraba. Eso dicen.

Estaba ya muerta cuando se personó la Unidad de Vigilancia y Rescate de Montaña de la Ertzaintza. Ellos ya se han retirado.

—Sí, son los que nos dieron el aviso a primera hora de la tarde —le aclaró Estíbaliz.

En ese momento se acercó el inspector Muguruza, un hombre de gestos enérgicos con una curiosa cabeza cuadrada. Llevaba una de esas gafas que se oscurecen con el sol, pero sus cristales permanecían siempre más opacos que lo que la claridad del día demandaba, confiriéndole un aspecto un poco trasnochado y setentero. Nos saludó con un rápido alzamiento de cejas y le tomó el relevo a la forense:

—Hay huellas dactilares por todas partes, sobre todo en la superficie exterior del caldero, tal y como la forense le ha mostrado a la inspectora Gauna. Aunque mucho me temo que las huellas pertenecen a los testigos. De momento, lo que hemos encontrado es congruente con su relato. Tendremos que tomarles huellas de descarte.

—No hay signos de lucha en el cuerpo de la víctima, a falta de una búsqueda más exhaustiva de heridas defensivas durante la autopsia y de restos de piel bajo las uñas, pero estaba viva cuando la colgaron, así que murió por la inmersión en el caldero lleno de agua —prosiguió la doctora—. Lo que sí tenemos son evidencias de golpes y rozaduras en la cabeza, que con toda probabilidad se causó ella misma contra las paredes internas del caldero, imagino que tratando de sacar la cabeza para no morir ahogada.

—¿Dónde está el agua ahora? —preguntó Estíbaliz, adelantándose a mi cara de desconcierto.

—Me temo que los montañeros la derramaron toda al intentar salvarla.

—¿Y de dónde cree que la sacó el asesino?

—A lo largo de toda la subida hay manantiales y pequeñas cascadas que en invierno brotan de cualquier punto del camino. O pudo haber ocultado el caldero o algún recipiente en cualquier lugar cercano. Las lluvias de estos días habrían sido suficientes para llenarlo. Por cierto, vamos a darnos prisa —contestó la doctora Guevara, preocupada al escuchar un trueno lejano—. Tenemos que meter el cadáver en el sudario.

—Mucho preparativo, ¿no crees? —me susurró mi compañera.

Estíbaliz tenía razón, toda aquella puesta en escena era demasiado complicada para un homicidio habitual. Era una forma muy extraña de matar, como si hubiésemos entrado por el túnel de San Adrián y hubiésemos salido por el túnel del tiempo, aterrizando en otra época donde tenía tanta importancia el rito como la muerte en sí.

Había algo muy atemporal en aquella escena, muy anacrónico.

El perfilador de mi cabeza se puso en marcha para elaborar, al menos íntimamente, mis primeras impresiones de un perfil: escena, *modus operandi,* firma y geografía. La victimología quedaba para Estíbaliz.

La existencia de un caldero, una soga y la necesidad de llenarlo de agua me hablaban de un escenario organizado, propio de un psicópata, no de los impulsos de un psicótico. El asesino o asesinos, un plural que no descarté desde el primer momento, habían planificado aquel ritual hasta el último detalle. El caldero era un arma fetiche, un objeto que en sí mismo no era un arma, pero que este asesino había convertido en una. Había también un sentimiento de control, las manos atadas a la espalda me hablaban de alguien con miedo a que la víctima se defendiera y echase por tierra su elaborada puesta en escena.

Por su parte, el rostro tapado *post mortem* podía significar cierto sentimiento de culpa y tal vez que conocía a Annabel Lee. También podía ser que el asesino hubiera sido interrumpido por los testigos sin concluir el rito. Era pronto para saberlo. Aunque me daba la impresión, por el carácter arqueológico de toda aquella parafernalia, de que era una recreación de algo. Un árbol, un lugar histórico, una pieza arqueológica como un caldero de bronce...

Pero no tenía muy clara que fuese obra de un psicópata puro. Veía rasgos mixtos en aquella personalidad criminal, había algo de mesiánico, de que estaba cumpliendo una misión encomendada al ejecutar ritualmente a Annabel Lee. Y eso, para mi íntima preocupación, tenía mucho de psicótico, de enfermo mental, de un cerebro patológico que había perdido el contacto con la realidad. En resumen: de delirio.

Y eso me preocupaba, porque los asesinos psicóticos son impredecibles, y a mí el mundo me gusta ordenado y catalogado. Controlable, en definitiva.

—¿Fluidos, doctora? —preguntó Estíbaliz girándose hacia ella.

—No parece que haya restos de sangre o esperma —dijo, y miró al cielo una vez más—. Como se nos va a hacer de noche y no podremos acabar con esto, tendré la oportunidad de buscar con el luminol y la luz ultravioleta de la lámpara de Wood. Lo que sí me dispongo a hacerle es una necrorreseña, voy a tomarle un dactilograma del dedo índice derecho, aunque parece que su identificación ya está resuelta. De todos modos, quiero asegurarme.

—¿Qué nos puede decir de la data de la muerte?

—Hay *rigor mortis,* luego han pasado más de tres o cuatro horas desde su fallecimiento, aunque ya sabéis que el frío y otros elementos pueden hacer variar el *algor mortis,* la temperatura del cuerpo, y con ello la estimación, pero yo diría que murió a primera hora de la mañana. Entre semana y en invierno este paraje es muy solitario y los arqueólogos de la empresa Aranzadi, la que lleva el yacimiento, solo excavan en la campaña de verano, así que quien haya hecho esto ha tenido tiempo para atarla, colocar el caldero, verla morir e irse.

—Entonces los montañeros, si es cierto que vinieron a primera hora de la tarde, la encontraron muerta —intervino mi compañera.

—Si es cierto que no llegaron aquí hasta esa hora, seguro que ya estaba muerta.

—Muchas gracias, doctora. Eso es todo —se despidió Estíbaliz, y se acercó a uno de los técnicos para pedirle el acta de la inspección ocular.

Vimos un dibujo con un croquis de los árboles cercanos, la entrada alavesa del túnel, la posición del cadáver y la del caldero. También habían numerado todos los indicios físicos para su traslado. Un técnico estaba todavía fotografiando clínex y cigarrillos junto con su marcador numérico y el testigo métrico. Sin ser un vertedero, las inmediaciones del túnel sufrían las desventajas de ser un lugar de paso de humanos descuidados y poco concienciados, así que allí había de todo: bolsas de plástico de patatas fritas, papel de aluminio para bocadillos, latas aplastadas…

Habían recogido restos de tierra de las suelas de las botas de Annabel para hacer un estudio comparativo con la tierra del aparcamiento de Petroleras en Álava y con el de la parte guipuzcoana, con la intención de saber desde dónde había subido al túnel y cuáles habían sido sus últimos pasos. También iban a tener que procesar las rodadas de los vehículos allí aparcados.

Respecto a las huellas de pisada…, aquello era un galimatías, había varias docenas de huellas diferentes, casi seguro procedentes de los senderistas que acudían a subir al Aizkorri los fines de semana. El bueno de Andoni Cuesta tenía razón: iba a resultar un infierno tedioso compararlas con las de SoleMate, la base de datos con todos los modelos de zapatillas que manejábamos en la Unidad.

Dejé a Estíbaliz estudiando los detalles del informe y me acerqué al misterioso caldero de bronce que descansaba en el suelo alfombrado de hierba, a pocos metros de Annabel. Tenía unos sesenta centímetros de perímetro en su lado más ancho, remaches y un par de anillas a los lados. No era una pieza contemporánea, y sabía muy bien quién podía ayudarme a determinar su procedencia.

Le saqué un par de fotos, en ángulo cenital y otra frontal, y envié ambas por Whatsapp a un viejo conocido.

—Necesito al arqueólogo, ¿habéis aterrizado ya en Los Ángeles? —escribí.

—Todavía pisamos suelo alavés —contestó Tasio al momento—. ¿Qué me has enviado? ¿Ahora te encargas de delitos contra el patrimonio histórico?

Tasio Ortiz de Zárate había sido el que se llevó la peor parte en el caso del doble crimen del dolmen: veinte años tras las rejas, acusado de ocho asesinatos que no cometió. Ahora comenzaba una nueva etapa vital como guionista de una serie estadounidense basada en aquellos sucesos. Habíamos mantenido la amistad, o la relación, o lo que fuera que tuviésemos.

—Te lo explico a cambio de tu discreción y de tu asesoramiento en materia de útiles del pasado, ¿hace? —le respondí.

—La duda ofende, aunque estoy un poco oxidado después

de dos décadas sin ejercer. De todos modos, lo que me has enviado es de primero de carrera: se trata del Caldero de Cabárceno.

—Cabárceno… ¿Cantabria?

—Exacto. Te hablo de una pieza muy singular, no se han encontrado muchas en todo el norte peninsular. Es un caldero tipo irlandés, propio de la cultura celta. Este se encontró en 1912 en el macizo de Peña Cabarga, si no recuerdo mal. La datación corresponde al Bronce Final, tiene entre dos mil novecientos y dos mil seiscientos años, para que nos entendamos.

—¿Dónde debería estar?

—En la vitrina de un museo, entiendo que en el de Prehistoria de Cantabria, pero dame unos minutos y me pongo al día.

—Contigo da gusto —escribí—. Otra cosa, desde el punto de vista de alguien que ha estudiado tanto Arqueología como Criminología, y esto es información reservada: ¿qué sentido tiene que haya sido usado en el túnel de San Adrián?

—Hostia.

—Sí.

—Usado, ¿cómo?

—Hasta ahí puedo contar, Tasio. Dale vueltas a mi pregunta y luego me respondes, ¿de acuerdo?

—Ignacio te envía recuerdos. ¿Cómo es que has vuelto a reincorporarte tan pronto?

—No me he reincorporado.

—Como tú digas. Te dejo, voy a desempolvar mis conocimientos celtas. Esto…, Kraken: gracias por acordarte de mí. Sabes que me gusta ser útil a la sociedad alavesa.

—Es difícil olvidarte, me alegra que estés en el lado blanco.

—Siempre lo estuve.

—Lo sé, yo te saqué de ahí. Dime algo en cuanto lo tengas.

Di por terminada la conversación, satisfecho de lo sencillo que me había resultado ser tan operativo como antes. Tal vez no necesitase mi voz tanto como creía.

Me asomé a la poca agua que quedaba en el caldero, y entonces lo vi: un reflejo del que un día fui, un Kraken al que se le podía golpear pero no romper, sin exoesqueleto, flexible y fuerte, incluso temible. Un perfilador más obstinado que brillante, un tipo que nunca dejaba un caso hasta que lo cerraba poniendo los atestados pertinentes y al sospechoso ante el juez de instrucción de turno. Aquel había sido yo una vez, en otra vida que terminó el 18 de agosto, cuando Nancho me metió veneno en forma de bala en el cerebro e infectó de miedo cada uno de mis actos.

Me había aislado, y en mi microuniverso villaverdejo estaba muy bien, más que cómodo, pero ahora era solo un tío que hacía mermeladas de mora. Muy buenas, eso era cierto, pero solo eran mermeladas de mora.

Así que busqué a Estíbaliz a mi alrededor, y cuando me di cuenta de que no estaba ya en la escena del crimen, bajé la cuesta que daba a la boca del túnel y la localicé dentro de la cueva, casi escondida tras la pared de la pequeña ermita interior. Me acerqué tratando de no hacer ruido ni interrumpir la conversación telefónica que estaba manteniendo.

—Quiero que sea nuestro perito en *profiling*—le susurraba a alguien vía móvil—, soy consciente de sus carencias y de la falta de operatividad debido a su lesión, pero el inspector Ayala tiene recursos como para apañárselas además de su lengua. Perdón —se autocorrigió—, del habla. Subcomisaria Salvatierra, aunque reforcemos la Unidad, estamos cojas sin él, lo sabe. Esta es la manera de empujarlo a volver a estar en activo. Solo le pido que acepte que sea nuestro asesor externo hasta que vuelva a estar al cien por cien de nuevo y se reincorpore oficialmente.

Estíbaliz escuchó su respuesta en silencio, desde mi distancia no pude oír lo que decía nuestra jefa. Habría dado un caldero de oro y algo más por saberlo.

—Alba —continuó en un tono mucho más confidente—, me comentaste que Diana Aldecoa, la neuróloga, te dijo que tenía que ser colocado en un entorno en el que fuera desafiado constantemente. Y que cuantos más avances haga en el período inmediato, más mejorará en el largo plazo. Unai está en plena forma, te lo aseguro. Puede hacer correctamente su trabajo.

Me sorprendió que Estíbaliz y Alba se tuteasen. Sabía de la admiración que Esti profesaba hacia nuestra jefa y de la corriente de buen rollo que circulaba entre ellas siempre que estaban juntas, pero solo entonces fui consciente de que durante mi ausencia ellas habían intimado y su relación había trascendido el ámbito profesional, y me alegré. Por ambas. Se venían bien la una a la otra. A Alba para salir de su aislamiento en Vitoria, a Esti para centrarse y que se olvidase de sus multiadicciones. O tal vez las había unido un duelo por superar: una por su marido, otra por su hermano.

Y me conmovió que mi jefa y mi compañera se confabulasen y forzasen la máquina oficial para obligarme a volver. Y más aún que mi mejor amiga y la mujer-que-no-sabía-si-el-hijo-que-esperaba-era-mío me cuidasen a mis espaldas y me empujaran a salir de mi zona de confort para recuperarme.

Y fue allí, en un lugar en plena sierra del Aizkorri, la misma que los antiguos llamaban la Frontera de los Malhechores, donde decidí —por mí, por Annabel Lee, por Alba y por aquel hijo no nacido— darlo todo y volver a ser Kraken de nuevo.

Después, durante unos minutos esperé a una distancia prudencial a que Estíbaliz diese por terminada su conversación, y no se me escapó la sonrisa de triunfo con la que terminó la llamada.

Me acerqué y le mostré la pantalla de mi móvil.

—¿Tú estás segura de lo que acabas de pedir, Esti? —le había escrito.

Ella me miró con picardía, no estaba sorprendida de verme allí, no sé si me había olfateado de espaldas, o si distinguía la cadencia de mis pisadas de las del resto. Estíbaliz tenía esos detalles conmigo, casi sobrenaturales. Que me hubiese acostumbrado a ellos no significaba que dejase de alucinarme, pero disimulé.

—Volvamos al escenario del crimen, espero que se den prisa, porque estos truenos no me gustan nada y el viento que se ha levantado, mucho menos —me dijo, y subimos de nuevo hacia la boca sur del túnel—. Sé que no quieres reincorporarte, que no tienes que complicarte la vida, pero eres un buen perfilador y yo soy buena en victimología. No sé si esto es el inicio de una serie o el asesino ya lo ha hecho antes, eso deberías valorarlo tú, pero está claro que esta forma de matar se sale de lo habitual, y tú puedes ayudar mucho a esclarecer qué tarado le hizo esto a Ana Belén Liaño. Me inquieta mucho que esté embarazada; espero que, si hay una serie, las víctimas no cumplan ese requisito, porque me sube la bilis solo de pensarlo.

«No, Estíbaliz. Nadie se va a poner a matar a embarazadas alavesas. Ni de coña. Ni lo pienses», pensé.

«Y punto.»

Pero miré al cielo negro y a las nubes terribles que cresteaban por encima de nuestras cabezas y me dio la impresión de que las fuerzas de la naturaleza iban a seguir su curso una vez más sin tenerme en cuenta.

4

LA ERMITA DE SAN ADRIÁN

17 de noviembre de 2016, jueves

—Hazlo por ella y por su hijo —insistió, y ambos miramos hacia la cumbre porque empezaron a caer unos goterones fríos que no presagiaban nada bueno.

«Por ella y por su hijo», pensé mirando cómo examinaban el cadáver de Annabel Lee. Pero no era en ese «ella» ni en su hijo no nacido en quienes pensé, sino en la que acababa de colgarle la llamada a mi compañera.

—Vayamos al escenario del crimen —dijo Estíbaliz—. Si llueve, esto va a ser un desastre. A ver si nos dejan ayudarlos con la recogida de indicios. Vamos a tener que resguardarlos en el túnel. No creo que lleguemos a los coches sin mojarnos.

Asentí con la cabeza y la seguí.

—Es cierto que, llegados a este punto y después de lo que he visto, no podría estar en Villaverde, ajeno a la investigación. Me pasaría el día llamándote y dándote la chapa para que me pusieras al día de los avances —le reconocí por escrito mientras nos acercábamos.

La lluvia ya no era una tímida sucesión de gotas heladas, se había puesto a llover con todas las de la ley, y lo que más me inquietaba era ese viento, cada vez más desatado, que bajaba de la cresta pelada de la cima.

—Sí, y acabarías irrumpiendo en los despachos como un energúmeno cuando la investigación no discurra por los cauces que esperas. Ya te hemos sufrido antes, Kraken. —Se rio casi feliz y con un brillo de esperanza en los ojos—. Anda, vuelve a casa, a nuestra casa, de una vez.

—Estoy aterrado —escribí—. Esta mañana me he levantado nervioso porque tenía que enfrentarme a una multitud de vitorianos y a las autoridades para recibir un homenaje. Mi principal preocupación era que la cicatriz de la bala no se me viese demasiado. —Frené la escritura de mi discurso para tapármela con un mechón de pelo en un gesto semiautomático.

«Y mejor no te cuento mi encuentro con Alba», omití, apretando la mandíbula para dejar aquella rabia bien adentro.

—Pero este asesinato no pinta bien, Esti. Vais a necesitar un experto en perfiles.

Ella sonrió, yo sonreí. Era un «sí» tácito, y ambos lo sabíamos.

Pero no le conté toda la verdad.

La verdad a pelo era que durante la inspección ocular había sido capaz de olvidarme de una realidad a la que no tenía ni idea de cómo enfrentarme: la maternidad de Alba y mi posible paternidad. Necesitaba estar metido hasta las cejas en aquella investigación, que se preveía compleja y desconcertante, porque las mermeladas de mora y las castañas asadas no iban a impedir que me volviera loco en Villaverde dándole vueltas a aquel embarazo.

—¿Sabes? —me dijo mi compañera—. Mi hermano Eneko me contaba las historias de este lugar siempre que subíamos con la cuadrilla. Hay cientos de ellas. Por aquí han pasado peregrinos del Camino de Santiago, caballerías, carruajes, mujeres nobles y mercaderes durante milenios. Pero hay una que me gusta mucho, la historia de un ermitaño que vivía cerca del hospital de peregrinos que se construyó en el Medievo un poco más abajo, lo que ahora es la ermita del Sancti Spiritu. Cuentan que él se encargaba de socorrer a los niños que tardaban en hablar.

Y mientras me contaba la historia, registré su gesto inconsciente de buscar un *eguzkilore* de plata que llevaba colgado de un cordel de cuero. Seguía allí, el recuerdo de Eneko, el Eguzkilore. Esti tampoco andaba fina todavía.

Fue entonces cuando nos interrumpió Cuesta. El secretario judicial se cruzó con nosotros buscando refugiarse de la lluvia en el túnel. Los otros dos técnicos, la forense y el inspector Muguruza, metieron el cuerpo de Annabel en un sudario a toda prisa. Cuesta traía una cartera en una bolsa de plástico y nos la acercó.

—Creo que deberíais ver esto —dijo, con el agua resbalando por el plástico de su buzo blanco.

—¿Qué es eso exactamente? —preguntó Estíbaliz, más pendiente de lo que quedaba por recoger en el escenario.

Pero el granizo comenzó a caer sobre nosotros y unas piedras de hielo del tamaño de una canica nos golpearon con furia.

—¡El caldero! ¡Y la chamarra! —gritó el inspector Muguruza—. ¡Vengan a ayudarnos!

Los tres corrimos, sin tiempo ya para proseguir ninguna conversación.

—¿Pueden con el cuerpo? —preguntó Estíbaliz a la forense.

—Sí, entremos en el túnel, aunque no sé si vamos a estar a salvo ahí. Si después de la granizada viene una tromba de agua, eso es una ratonera y nos va a llevar a todos por delante. Ustedes traigan el caldero y la chamarra como sea.

Todavía teníamos los guantes puestos, así que yo tomé la chamarra del suelo, que todavía no estaba empapada del todo, y Cuesta y Estíbaliz se lanzaron a coger el caldero.

Pero vi que la forense y Muguruza no iban a poder con el peso del cadáver, de modo que atrapé la chamarra bajo mi brazo y me acerqué a ellos para bajar el sudario con el cuerpo de Annabel.

Mi compañera y Andoni también se dieron cuenta de que entre los tres íbamos a tener dificultades, por lo que dejaron el caldero en el suelo y los cinco bajamos por la cuesta de piedras, que ya era una ladera blanca de un granizo cada vez más violento.

—No podemos llegar a los coches ni al refugio —dijo el inspector Muguruza extenuado—, y como caiga una riada, nos va a llevar a todos por delante. Tenemos que cobijarnos en la ermita.

—Está cerrada —nos indicó el secretario judicial, como si no fuera evidente.

—Pues habrá que abrirla, no veo muchas más opciones —dijo la forense.

Todos nos miramos, conscientes de que no teníamos mucho tiempo. A falta de ariete, Estíbaliz, Cuesta y yo nos turnamos para abrir la puerta de madera a fuerza de patadas. Se me antojó un poco herético profanar de aquella manera un recinto protegido por el relieve de la concha de Santiago, pero sentí un inmenso alivio al comprobar que poco a poco cedía. En cuanto se abrió, los tres técnicos, la forense, el secretario judicial, el inspector Muguruza, Esti y yo subimos los dos peldaños de la entrada y pasamos con el cuerpo preservado de Annabel.

Yo le entregué también la chamarra de la difunta al inspector, para que al menos no se contaminara con el suelo de la ermita, que era un pequeño habitáculo con apenas un altar y la imagen del santo protegido por unos barrotes negros de hierro y una ventana de rejas.

En el exterior se escuchaba el estruendo de una granizada que padecía arritmia: a veces arreciaba, otras amainaba. Fuera se habían quedado los maletines de los técnicos y el Caldero de Cabárceno. Por suerte, sí que habían salvado el equipo fotográfico.

Pero al poco rato, Cuesta aprovechó una breve calma de la tormenta para salir de la ermita.

—¿Adónde cree que va? —le increpó Muguruza.

—¡Subo a por el caldero, jefe! No podemos dejarlo allí arriba —gritó.

Y antes de que nadie pudiera impedírselo, Estíbaliz se unió a él.

—¡Yo voy con él! —dijo, y se escurrió de mi lado como una comadreja para unirse a la expedición suicida de Andoni.

Quise gritarle que se quedara en la ermita, conmigo, con nosotros, pero fui incapaz de articular una sílaba, y cuando corrí tras ella, tanto el inspector como la forense me frenaron en la puerta y me impidieron salir a aquel infierno blanco.

—Con dos ya es suficiente, Ayala —me detuvo firme Muguruza—. No podemos ponernos todos en peligro.

—Si sabe rezar, rece. Ahí mismo tiene un altar —me susurró la doctora Guevara.

Yo me quedé, impotente, esperando a Estíbaliz en el quicio de la puerta. La tormenta eléctrica se sumó al ruido de las pelotas de granizo estrellándose contra las rocas ariscas del túnel.

Entonces vino la primera avalancha.

Me asusté de veras.

Por primera vez.

No era mi primera tormenta en alta montaña, pero el túnel había dejado de ser un refugio, la boca por la que tantos peregrinos habían transitado se había convertido en una trampa mortal por la que comenzó a manar sin control una riada blanca de granizo.

Y entonces ocurrió lo inimaginable.

Ante mis ojos espantados vi pasar cuesta abajo, sin control, el Caldero de Cabárceno. Emití un gruñido y los demás se agolparon también en la entrada de la ermita. El caldero se golpeó con las paredes del túnel y acabó desapareciendo por el hueco del arco ojival de la entrada norte y lo perdimos de vista.

Horrorizados, nos temimos lo peor, y lo peor ocurrió: vimos pasar rápidamente el cuerpo de Andoni Cuesta, casi mimetizado con su buzo blanco entre el lecho de granizo que lo llevaba ladera abajo como si fuera una cinta transportadora.

Fue como una mala visión, ocurrió en pocos segundos y también lo perdimos de vista.

Pero era imposible intentar salir de nuestro refugio: el viento, la lluvia y el pedrisco nos habrían matado.

Y pese a todo, me arriesgué.

Quedaba Estíbaliz.

Tenía que interceptarla. No pasaron ni diez segundos cuando su cuerpo también resbaló frente a mí.

Y aquella visión, sus brazos, su tronco y sus piernas a merced de la tempestad, fue suficiente como para romper el dique que mi cerebro había erigido meses atrás.

—¡Tú no! —grité, y por primera vez desde agosto me salieron dos palabras que todo el mundo entendió.

«Tú no.»

Y la rotundidad de mi propio grito y lo que para mí significaba me dejó anonadado.

Me lancé en modo kamikaze, sabiendo que yo también iba a resbalar por la cuesta del infierno, pero una mano firme, en el último momento, sujetó mi brazo.

Una cadena humana.

Esta vez sí que la hubo. Y recordé lo que ocurrió en el pasado, veinticuatro años atrás.

Las manos que no llegaron, que eligieron no jugarse la vida, que no…, y me di cuenta de que no les había perdonado. A ninguno de los cuatro, y desde luego, tampoco a Annabel Lee.

Y recordé el cuerpo inerte de la chica que sostuve en mis brazos durante lo que para mí fueron horas en un acantilado de Cantabria.

5

EL POBLADO CÁNTABRO

29 de junio de 1992, lunes

Los cuatro muchachos de la cuadrilla y una morena a la que no conocían bajaron del tren de un enérgico salto y se derramaron con sus mochilas cargadas de expectativas por la austera estación de Cabezón de la Sal, noble villa salinera de Cantabria.

Allí los esperaban el director del proyecto, Saúl Tovar, un joven profesor vestido de manera informal con una camisa de cuadros, que les dio la bienvenida rodeado de varios estudiantes de apoyo que habían pasado otros veranos en el mismo poblado.

No había muchos, en realidad: varias chicas de segundo y tercero de Historia que pululaban alrededor de Saúl y algún alumno mayor que conversaba, distraído, con una estudiante grandota que los había traído desde Santander hasta el pueblo en su Ford Fiesta de segunda mano. Marian Martínez sabía que era el único motivo por el que la habían llamado, para hacer de taxista y visitar a Saúl, el omnipresente Saúl. Marian no compartía la devoción de toda la Universidad de Cantabria por el profesor de Antropología Cultural. Había oído historias...

Un poco alejada de la algarabía de los jóvenes, una niña morena los observó esperanzada sentada en un banco público, donde su padre le había ordenado que esperase. Eran las primeras personas ajenas a su mundo que veía después de su encierro. Desde entonces, solo la tía y su padre. Él estaba cariñoso, como si se arrepintiese de lo que le había hecho.

La niña sabía que su cerebro todavía no trabajaba al cien por cien, tenía que limpiar toda la medicación que le habían metido

39

en el cuerpo, y se había autoconvencido de que el agua se llevaría los restos de los fármacos.

Así que venga a tomar agua, a todas horas con su botellita de plástico. A todas horas al baño a hacer pis.

Qué incordio.

Pero era necesario, se decía ella. No quería seguir estando atontada. Tal vez aquel campamento fuese su única oportunidad, porque a la vuelta al cole, en septiembre…, puf, imposible. Allí todos conocían a su padre y su padre allí era dios. Y encima de repetidora, eso sí que no se lo iba a perdonar. Qué corte le daba repetir octavo de EGB.

No pensaba desperdiciar aquella oportunidad. Solo tenía que observar y elegir cuál de ellos podía ayudarla.

Se unió al grupo cuando su padre los guio por las calles del pueblo hasta el palacio Conde de San Diego, una imponente casona de picudos tejados negros que la familia propietaria había donado al Ayuntamiento. Le faltaba una capa de restauración, pero para gustos poco exigentes como los de aquellos chavales era más que suficiente.

Dos horas después, ya superadas las presentaciones y llegada la comida, la niña todavía no se había decidido. ¿Ese, el alto moreno, el de los brazos de orangután? Parecía el mayor de los cuatro vitorianos. Tal vez. No se decidió.

Prefirió concentrar su atención en el que le pareció más serio y responsable, el de la nariz ganchuda, Asier. No hacía el mono como los otros, no se reía de los chistes verdes y, lo más importante, no le había visto hablar con su padre en ningún momento.

Eso era fundamental.

Los rituales de bienvenida se repitieron, por tercera vez, un verano más. Ella había estado presente desde que el proyecto de construir una recreación de un poblado cántabro comenzó. Lo tenía claro: iba a ser arqueóloga. Lo sabía todo de los celtas. Como su padre, que fue quien se lo enseñó todo.

Saúl Tovar se encargaba durante aquellas tres semanas de recibir y tutelar la pequeña hornada de voluntarios que se había apuntado para terminar de construir las cuatro cabañas de la Edad del Hierro.

Todos ellos estudiantes de BUP, chavales responsables y motivados. Barro para moldear e intentar inculcarles su pasión por la historia y venderles la experiencia de estudiar en la UC, la Universidad de Cantabria, donde Saúl Tovar tenía un puesto de profesor asociado. Necesitaba hacer méritos frente al decano, ser su hombre de confianza, conseguir una plaza fija. Dar estabilidad a Rebeca, su menguada familia. Por su hija, todo por ella.

Había alquilado un microbús para olvidarse de la problemática del transporte durante aquel mes de julio. Sabía por la experiencia de los dos anteriores años que aquellos jóvenes trabajarían como jabatos los primeros días, el fin de semana intentarían ir de marcha a Torrelavega o a la fiesta del Carmen de San Vicente de la Barquera, y que su furor iría menguando conforme avanzasen las semanas. Sabía que pasarían cada vez más de la historia y de la cultura celtíbera y acabarían pensando las chicas en los chicos y los chicos en las chicas. Necesitaba airearlos, sacarlos de allí algunos días, volver a motivarlos con sus historias.

A media tarde, después de cargar el material de trabajo en las tripas del microbús, Saúl montó a todos los vitorianos en el bus y arrancó hacia el Picu la Torre, en cuya ladera los esperaban los esqueletos de madera de las cabañas de la Edad de Hierro en construcción.

No había mucha distancia entre el palacio Conde de San Diego y el poblado cántabro, pero los supuso cansados del viaje y no quería malas caras el primer día.

Bajó el volumen de la radio, le turbaba demasiado escuchar a Eric Clapton llorando su *Tears in Heaven*, la historia del padre que había perdido a su hijo de cuatro años porque el niño se había caído desde el piso 53 de un rascacielos.

El microbús tuvo que esquivar a un par de voluntariosos ciclistas sesentones que, al igual que miles de forofos, aquel verano se habían lanzado a las carreteras enfebrecidos por el triunfo de Indurain en el Giro y por su previsible segundo Tour de Francia.

Saúl condujo concentrado con Rebeca a su lado, ambos fingían no pensar en nada, pero ambos estaban pendientes de los cuatro chavales y de su conversación.

—Espero que haya una cabina cercana, tengo que llamar al

hospital todas las noches —comentó preocupado el más joven de todos, el chico rubito, el guapetón.

A Rebeca ya le había llamado la atención. Vestía con zapatillas nuevas de marca y unos Levi's 501 etiqueta roja. Pelas. El chaval, Jota, además de ser muy guapo tenía pelas.

«¿Y eso del hospital?», se preguntaron a la vez Saúl y Rebeca. Pero ninguno de ellos reclamó aclaración alguna en voz alta.

«Paciencia», pensaron al unísono, como padre e hija.

«Acabaré enterándome», decidieron ambos.

—Claro que habrá, Jota —dijo el alto moreno, el tal Unai—. No te preocupes, digo yo que en este pueblo habrá cabina.

—Claro, tío. Ya sabes que, si empeora, yo llamo a mi padre y en dos horas estamos en Txagorritxu —dijo el gordito de la melena grasienta y la camiseta negra de Pearl Jam, uno al que llamaban Lutxo. Hablaba muy rápido, muy seguro, muy agresivo, como una culebra de pueblo.

A Rebeca le repelió desde el primer momento.

Pero se notaba que todos cuidaban del niño bonito, del pequeño, de José Javier, alias Jota.

—Rebeca, hija, ¿cómo estás? —murmuró de repente su padre sin dejar de mirar la carretera asfaltada mientras conducía con calma. No corría al volante nunca, eso Rebeca no se lo podía echar en cara, la verdad.

—Bien, papá.

—Oye, quiero que sepas que…, que lo he pasado muy mal estos tres meses sin ti. Te he echado muchísimo de menos.

Qué tentación creerle.

—Ya, y yo, papá.

—¿No te ha vuelto a doler la cabeza?

—Que no, papá, que estoy bien, de verdad. —«Y dale. Que no quiero hablar de eso, papá.»

—¿Y te dio tiempo a leerte los libros que te envié, el *Atlas de Arqueología* de Cunliffe y los otros?

«Cuando no estaba grogui, sí, me los leía. Era lo único que me mantenía… ¿cuerda?»

—Sí, papá. Muchas gracias por los libros.

—He pensado que mañana, cuando expliquemos a los nuevos el taller de Construcción, puedes ser tú quien les enseñes cómo se fabrica el adobe y después lo del techado de brezo. Te vendrá bien practicar para cuando seas docente en la uni. Sabes que te voy a guardar la plaza cuando me jubile —dijo, y le sonrió con su dentadura magnífica y con esa mandíbula cuadrada que, la verdad, lo convertían en el padre más guapo del mundo, porque no se parecía nada a los padres de sus compañeras de clase, calvos, con barriga: señores, en resumen.

Su padre era atractivo a rabiar y ella lo sabía desde siempre. Las miradas de sus amigas cuando él la recogía en el cole se lo decían a diario.

Ayudaba mucho el pelo negro, casi con reflejos azules, que Rebeca también había heredado. Y el empeño de Saúl en aparentar menos edad de la que tenía, con sus vaqueros de profesor enrollado, su camiseta blanca y su camisa de leñador. La niña no compartía sus ojos verdes rasgados, mitad de brujo, mitad de ángel.

A Rebeca se le iluminó la sonrisa ante la propuesta. Y se dio cuenta de que los músculos de la cara le tiraban. Llevaba meses sin sonreír.

«A lo mejor sí que me quiere, a lo mejor es verdad que se preocupa por mí», pensó, pero no se permitió creerlo del todo. Esas cavilaciones la desviaban de su plan, y no iba a tener segundas oportunidades.

6

EL CANTÓN DE LA SOLEDAD

17 de noviembre de 2016, jueves

La cadena humana en la que todos participamos salvó *in extremis* a Estíbaliz de caer ladera abajo. Pudimos rescatarla, aturdida y al borde de la hipotermia, y cerramos la puerta de la ermita para dejar fuera aquella copia barata del *big bang* que estábamos padeciendo.

—Comprobad vuestros móviles, creo que no tenemos cobertura —el inspector Muguruza tuvo que alzar la voz. El granizo continuaba agrediendo las paredes exteriores de la ermita de San Adrián y retumbaba dentro como una caja de resonancia.

Todos le devolvimos una mirada de pésame después de comprobar en nuestros aparatos que estábamos aislados y no podíamos pedir ayuda.

—Vamos a mantener la calma. Nuestros compañeros de la Unidad de Vigilancia y Rescate de Montaña saben que nos hemos quedado aquí trabajando en la inspección ocular. Pueden suponer que la granizada nos ha sorprendido en el túnel y que no podemos bajar. El equipo de rescate estará esperando a que las condiciones climáticas mejoren para venir a rescatarnos. Solo tenemos que aguantar.

Todos asentimos, sin ganas de hablar.

Yo hurgué en los bolsillos de mi plumífero, buscando el roce del perfil de mi sierra. El abuelo me había regalado para mi cumpleaños una pequeña pieza de madera que llevaba siempre engarzada al llavero. Era un recordatorio perenne de mi casa, del lugar adonde siempre quería volver.

Y rozando la silueta en miniatura de san Tirso encontré la bolsita de plástico transparente con las almendras garrapiñadas con la que el abuelo nos había obsequiado a Germán y a mí aquella mañana después del desayuno, antes de ponernos en camino hacia el homenaje del mural en el cantón de la Soledad. En otra vida, vamos.

Quedaban apenas una docena. Frutos secos y glucosa. Precisamente lo que necesitábamos. Las racionamos, pero nos supieron tan deliciosas como la última cena de un reo en la milla verde.

Los siete supervivientes —el secretario judicial, la doctora Guevara, Muguruza, los dos técnicos, Estíbaliz y yo— nos sentamos junto a la pared más resguardada de la ermita, muy próximos, para no perder calor corporal, y esperamos a que aquella ventisca mortífera se calmase y volviera al infierno de donde había salido.

Intenté no mirar el sudario de Annabel Lee, que reposaba en la esquina más gélida de la ermita, junto a la puerta. Quién me iba a decir que aquella iba a ser la última noche que pasaría con ella. Pero con Annabel todo fue siempre así: un hedor a muerte y a destrucción la envolvía. Nunca la imaginé como madre, como creadora de una vida.

No sé por qué.

Ella decía que prefería vivir en la ficción de sus cómics porque en el mundo real lo destruía todo. Digamos que su inmersión creativa la mantenía ocupada y frenaba la fuerza destructiva que ella sabía que era. Contenía el dique. Al menos, era consciente de ello. Jamás se disculpó por el daño que nos hizo, en todo caso.

La noche fue avanzando, y con ella, la humedad que se me pegaba a la ropa y al pelo, al rostro, al cuello, a las manos. Toda la piel expuesta estaba sufriendo las consecuencias de pasar la noche a 1200 metros de altitud en un noviembre bastante puñetero. Las pelotas de granizo del exterior no ayudaban, estábamos metidos en una nevera.

No sé por qué me obsesioné con los pies helados de Estíbaliz, los froté, la acurruqué dentro de mi plumífero, ella se apretujó contra mi calor en posición fetal. Nuestros cuerpos fundidos quedaron como un embarazo de grandes dimensiones.

«Y la cabeza», pensé preocupado.

Sabía que los recién nacidos perdían calor por la cabeza, por eso los gorritos azules y rosas de las fotos en Facebook. Refugié como pude la cabeza exhausta de mi compañera, que se dejó engullir, obediente y casi apática por el *shock* térmico, en el nido de plumas que había creado para ella.

«Tú no. Tú no. Ni se te ocurra morirte porque me dejas cojo en la vida y no te lo perdono.»

Y le di muchos besos en la frente y las mejillas, por si mis labios calentaban un poco esa piel aterida repleta de pecas salvajes.

«Tienes que seguir salvándome, tú eres la que acabas con los malos», quise decirle.

Y me di cuenta de que era cierto, de que por una vez me estaba contando a mí mismo la verdad. Estíbaliz era mi guardaespaldas, pese a que su físico indicaba justo lo contrario. Era mi muro, mi tapia, el foso alrededor de la fortaleza. Era mi protectora. Si la tenía cerca, sentía que una fuerza de la naturaleza me cuidaba. Y esa revelación, aquella noche, me hizo plantearme unas cuantas prioridades.

«Me pides ayuda, yo te apoyo. A la mierda la afasia de Broca. A la mierda mi complicada situación con Alba. Tú me llamas, y yo acudo. Punto. Voy a recuperarme, como que soy nieto del abuelo.»

Pero el nombre de Alba me trajo el recuerdo de la conversación que habíamos mantenido aquel mediodía, después del homenaje, cuando se presentó en el cantón de la Soledad y me pidió que la llevara a mi piso porque tenía algo importante que contarme. Un débil eufemismo que en realidad quería decir: hoy te va a cambiar la vida, decidas lo que decidas.

—¿Y ahora me vas a decir exactamente por qué has venido? —le había escrito en el móvil, una vez que subimos al tercero y nos sentamos en el sofá mullido de mi salón.

Supongo que yo la miraba con un brillo esperanzado en los ojos, pero también veía su rostro refractario a mis sonrisas y sabía que algo no iba del todo bien. Ella se quitó el grueso abrigo blanco y lo dejó en el perchero de la entrada. Llevaba un jersey holgado de lana que la protegía de aquel otoño vitoriano.

—Me reincorporé hace un mes, sigo siendo tu superior aunque estés de baja.

—Lo sé, créeme.

—Tuve una charla muy preocupante con tu neuróloga.

Sé que apreté la mandíbula, no me gustaba por dónde estaba transcurriendo aquella... ¿cita?

—Hace ya tres meses que recibiste el disparo, y no te has pasado aún por su consulta ni le has pedido que te remita a un logopeda. La doctora Aldecoa está seriamente preocupada, Unai. Dice que cuanto más tiempo dejes pasar, más difícil va a ser que vuelvas a hablar con normalidad. La plasticidad neuronal tiene un límite, y tus perspectivas eran relativamente buenas en agosto, pero cada mes que pasa sin que trabajes esa área del cerebro...

—Sí, ya lo has dicho —le hice ver frenándola con la mano.

Al principio había acudido a las revisiones de la doctora Diana Aldecoa con fervor religioso. Mi neuróloga era una eficiente morena de ojos muy separados, más próximos a las sienes que a la nariz, que tenía la cabeza pequeña rodeada de rizos tubulares como cables de teléfono. Un hacha en lo suyo, era tan enérgica y hablaba tan rápido que me costaba seguirle el hilo durante las primeras semanas de mi recuperación. Me apretaba. Me apretaba mucho y terminé faltando a las consultas. No estaba preparado.

—Y por eso has venido —escribí en la pantalla.

—En parte, así es. Pero no solo he venido por eso. Hay algo que debo contarte, aunque voy a pagar un precio, y no estoy segura de que dentro de unos minutos volvamos a tener lo que quiera que fuera que tuvimos alguna vez.

—¿De qué demonios estás hablando ahora? —tecleé confuso.

Y Alba se levantó y quedó frente a mí. Se dejó observar y esperó en silencio a que yo dijese algo, pero estaba bastante perdido y preferí dejar que ella guiase la desconcertante conversación.

—¿No lo has notado? —preguntó como si fuera evidente.

Puse cara de extrañeza, no entendía nada. Nada.

Se levantó el jersey y me mostró su tripa. Una piel lisa y nívea que yo seguía deseando.

—Estoy embarazada desde agosto, desde las fiestas de la Blanca, Unai.

Fue inconsciente, me salió.

La sonrisa.

Inmensa.

Me duró pocos segundos, los mismos que tardé en captar su gesto reticente.

—¿Qué? ¿Qué pasa? Sé que no es forma de empezar una relación, pero…

Me cortó el reguero de incoherencias que estaba escribiendo, seguramente para ahorrarme el bochorno posterior.

—No tengo forma de saber, ahora mismo, si el hijo que espero es tuyo o de Nancho.

Nancho. Claro. Siempre Nancho. Omnipresente Nancho.

—Unos días antes me había acostado con él, sin ganas, sin dejar de pensar en ti, como parte de una rutina tácita que no pude retrasar más. Con hastío, porque él no eras tú. Pero después de lo que ocurrió entre nosotros en el portal el día 8 ya no pude volver a hacerlo con él. Era como serte infiel. Quería que lo supieras, no te he sido nunca infiel. Pero me quedé embarazada aquella semana, y por el crecimiento del bebé, ahora estoy de…

«Catorce semanas», calculé, mirando fijamente las lamas de madera del suelo del salón. Me dolía la cabeza, me dolía mucho. El hueso que rodeaba la cicatriz que dejó la bala empezó a molestar, como cuando amenazaba tormenta en Villaverde.

—Catorce semanas —concluyó.

—¿El bebé está bien? Me contaste que tu primer hijo padeció una enfermedad poco frecuente —fui capaz de escribir. Y no sé por qué fue esa preocupación mi primera reacción refleja.

«Tiene que estar bien, no puedes pasar por eso otra vez.»

—Osteogénesis imperfecta de tipo II. Todavía no lo sé. Pueden detectarla con ultrasonidos a partir de la semana catorce, tal vez la dieciséis. Estoy muy controlada, es un embarazo de riesgo. En parte, por el antecedente de mi primer hijo, también por mi edad. Primípara añosa, dice mi médico. Unai, no podía ocultártelo, pero no te lo he dicho para que te encargues de mi hijo.

—Tal vez sea mío también.

Ella se sentó de nuevo junto a mí en el sofá, se quedó mirando mi mano, no se decidió a cogerla.

—Ojalá. Ojalá sea tuyo. Cuando me enteré de que estaba embarazada me quedé en *shock* durante un par de semanas. Todavía estaba tratando de asimilar que Nancho hubiese matado a veintiuna personas, que se casó conmigo porque yo era un acceso a la investigación, que he convivido con un psicópata integrado, como dirías tú. Opté por partir de cero, pasar de etapa, fue mi madre quien vino a buscarme al hospital cuando estuve ingresada en observación por el Rohypnol y por las picaduras de las abejas. Ella me llevó de nuevo a Laguardia, y le pedí que se encargase del piso que compartí con Nancho en Vitoria. Donó toda su ropa, pero también la mía. También los objetos de decoración y los muebles fueron a parar a un rastro. Ella se ocupó de poner el piso en alquiler. No quería volver a vestir nada que hubiese tocado él. Cambié de móvil, tiré todas las fotos de aquellos años. Ahora es una especie de agujero negro de recuerdos. Cuando entra alguno, lo bloqueo. Es mi manera de devolverle manipulación con olvido.

—Pero puede que tengas un hijo suyo —escribí, y los dedos me temblaban de rabia mal contenida al teclear las últimas tres palabras.

«Maldito seas, Nancho. Maldito seas por hacerme esto. Tu peor crimen, tu último acto. Jodernos el futuro a Alba y a mí.»

Me levanté, con frío en los huesos. Apoyé la frente sobre el cristal húmedo de la ventana. A medio centímetro de mí, en el exterior, Vitoria lloraba por algo. Y yo solo sentía frío.

—Tú salvaste la vida de mi hijo. Es justo que lo sepas —dijo Alba a mi espalda.

—¿Qué quieres decir? —le pregunté con un gesto.

—La llamada que me hiciste aquel día desde San Tirso, ¿recuerdas?

—La recuerdo —asentí.

—Yo estaba en Laguardia, en la torre de mi casa, mirando el perfil de la sierra desde la que me llamabas. Aquella semana había pedido cita en una clínica, en Burgos, necesitaba intimidad y anonimato, y no quería que fuese en Vitoria o en Logroño.

Escoció solo de pensar en perderlo. No sabía si el bebé era mío, pero un ácido que dolía me recorrió las venas y llegó a la punta de los dedos de mi mano, que se cerraron, sin que yo me diese cuenta, alrededor del marco de la ventana.

—Estaba horrorizada ante la posibilidad de que el hijo fuera de Nancho. Pensé que las náuseas de las primeras semanas eran el rechazo de mi cuerpo a dar a luz un hijo de ese malnacido. Durante mi primer embarazo no tuve náuseas. No sé por qué sigo ilusionándome con que este embarazo es diferente porque el hijo es tuyo. Pero deja que acabe. Cuando me llamaste, me di cuenta de que no podía perder un hijo si había una posibilidad de que tú fueras el padre.

—¿Y qué vas a hacer, Alba? ¿Darlo en adopción si sale pelirrojo? —escribí.

—Entonces haría lo mismo que le hicieron a Nancho. No sería mejor que sus padres. No. Sea de quien sea, también es mi hijo. Pensé que tendría que aprender a quererlo, tomé mi decisión, pero es cierto que el amor ha venido solo. Lo quiero igual que quise a mi primer hijo, no sé explicártelo. Es un hilo directo entre él o ella y yo. Simplemente lo abarca todo.

—¿Y yo qué abarco, Alba? ¿Qué papel juego en esto?

—El que quieras jugar, te lo he contado porque mereces saber la verdad. Pero no tienes ninguna responsabilidad si no quieres. Lo que no voy a hacer es una prueba de paternidad.

La miré horrorizado.

«No me hagas esto.»

—¿Por qué no? Nos sacaría de dudas.

—Porque no lo merece, Unai. No lo merece, sea quien sea el padre, un asesino o el hombre al que amo, este hijo no merece que lo juzguemos por algo de lo que no tiene culpa alguna. En todo caso, soy yo quien debe aceptar las consecuencias.

«Ha dicho "el hombre al que amo"», pensé. Me quedé encallado en aquella frase. Una frase que habría matado por escuchar hasta hacía tan solo unas horas antes, pero que se había convertido en algo secundario.

Había una vida nueva reclamando decisiones salomónicas.

Apoyé una vez más la frente contra el cristal. El frío me hacía bien.

No me gusta que me vean llorar, me da mucho pudor el exhibicionismo emocional, pero tuve que reprimir el picor que me crecía bajo los párpados.

Aquel no era, para nada, el reencuentro con el que yo había

fantaseado durante meses. Durante aquel final de verano y aquel tibio otoño, mientras yo me enrocaba en Villaverde con mis mermeladas de moras y mi negativa a recuperarme, Alba había tenido que superar la muerte de su marido, el hecho de que hubiera querido matarla, aceptar que vivió con un psicópata que mató a una veintena de niños y jóvenes, asumir un embarazo y decidir llevarlo a término pese a que fuera un recordatorio perenne de lo peor de su vida.

Pero para mí tampoco era sencillo. Ojalá la noticia hubiera venido con la certeza de que era mío, con su palabra me habría bastado. En aquellos momentos habría sido el hombre más feliz del mundo, y no me importaba una mierda empezar la casa por la ventana, llegar a la vida de Alba con un bebé bajo el brazo y convertirnos en familia antes que en pareja. Un hijo o una hija con Alba.

Todavía podía ser.

Existía aquella posibilidad.

Pero la duda…, la maldita duda.

No, no podía. Me conocía. No podía con aquello, se me hizo inasumible.

Mi cerebro de perfilador solo era capaz de pensar en las probabilidades estadísticas de que el hijo de un psicópata heredase su tendencia a la psicopatía. ¿A qué tipo de persona estaba dispuesto a llamar «hijo»?

Maldije de nuevo a Nancho, a su padre médico y a su madre maltratada, maldije incluso a mi tía abuela Felisa por entregar a Nancho a aquellos bestias que lo criaron y lo convirtieron en un demonio.

—Alba —escribí—, no puedo darte ahora una respuesta. Necesito procesar…

Ella se acercó y leyó la pantalla mientras yo iba escribiendo nuestra sentencia de muerte como futurible pareja, o lo que hubiéramos sido durante algún microsegundo de nuestras vidas.

Creo que fue lo peor de aquel día que siempre recordaré como uno de los más duros de mi vida. Esa expresión, tan propia de Alba, de dignidad ante la inmensa decepción que yo le estaba causando. Pero ella estaba preparada, y eso también me ofendió el amor propio. Había venido a mi piso preparada para lo peor, y yo se lo estaba dando.

Y fue entonces cuando entró el whatsapp de Estíbaliz dándonos el aviso de la muerte de Annabel Lee. Había sido un día terriblemente largo y la noche de desvelo no hizo más que reunirme a todos los fantasmas: el del pasado, con el cuerpo ya inerte de Annabel frente a mí en un sudario, y el del presente, el de Alba y su incierto embarazo.

Amanecimos al borde del agotamiento mental. Hubo ratos de vigilia interminable, otros en los que los siete supervivientes nos dormimos, creo.

Un sol benefactor aunque débil se asomó por fin al ventanuco de la ermita. Con el alba llegaron los compañeros de la Unidad de Montaña a rescatarnos. Nos pusieron las mantas térmicas, nos hidrataron, comprobaron que estábamos de una pieza y fuera de peligro. El día había salido claro y calmo, pero nadie se fiaba de aquel monte silencioso después del castigo de la noche anterior.

Goyo Muguruza miró con su temple serio a la compañera que nos atendió.

—¿Y Andoni Cuesta? ¿Han podido… rescatarlo?

—Hemos encontrado su cuerpo doscientos metros más abajo. Lo siento.

Fue demasiado para los siete. Ninguno de nosotros fue capaz de decir nada. Yo lo llamaría desolación.

La única que reaccionó fue Estíbaliz, que se zafó de la manta y se precipitó fuera de la ermita. La seguí, la tuve que frenar, le dio por lanzarle patadas a la pared del túnel.

Y yo ni pude consolarla con palabras, susurrarle: «Basta, Esti. Basta. Volvamos a casa. Aquí ya no queda nada para nosotros».

7

PLAZA DE LA VIRGEN BLANCA, 2

18 de noviembre de 2016, viernes

Tres horas más tarde, ya a salvo en Vitoria, me arrastré como un caracol hasta mi piso desde el hospital Santiago, donde nos llevaron para descartar daños más allá de la leve hipotermia y el agotamiento. Yo solo quería dormir. Un colchón seco y una manta conocida y acogedora. La oscuridad de un dormitorio del que me fiaba y no se iba a quebrar bajo ninguna tormenta. Un hogar, en resumen.

Debía de ser ya mediodía cuando escuché que alguien abría la puerta de mi piso. Salí de la cama de un salto, no había dormido mucho ni tampoco había descansado. Me sentía demasiado inquieto y me había resultado imposible pegar ojo. Un poco alertado, quise gritar «¿Germán, eres tú?», pero de mi boca solo surgió un sonido gutural que no entendí ni yo. Frustrado, salí de mi dormitorio y me encontré al abuelo en la cocina con un par de bolsas de la carnicería.

—Tu hermano me ha dicho que has pasado la noche en el monte, bajo la tormenta, hijo.

Asentí desperezándome.

—Tienes que estar molido. Siéntate, te he traído carne para reponer fuerzas.

—Gracias, abuelo —le dije con una sonrisa.

No había manera de convencer al abuelo de que dejase de cuidar de mí. No era que me mimase, antes se habría cortado una mano que malcriarnos a Germán y a mí. Era que sabía exactamente en qué momentos me venía bien su ayuda.

Me senté en el sofá del salón, mirando sin ver los miradores blancos del lado este de la plaza de la Virgen Blanca.

Encendí el móvil y vi que el Whatsapp ardía.

Pero antes me metí en mi correo y envié un mensaje largamente procrastinado: escribí a mi neuróloga, Diana Aldecoa, y le pedí los datos de contacto del logopeda para comenzar cuanto antes con mi recuperación. Contestó al minuto. Pedí cita y me juré a mí mismo que no la cancelaría ni la retrasaría.

Después me fui directamente al whatsapp de Tasio. Por lo visto sí que había encontrado más información del dichoso caldero que se había llevado a dos personas por delante allí arriba, en el monte. A un compañero y a un primer amor, nada menos.

—Tasio, ya estoy operativo, ayer no pude contestarte, nos pilló una granizada en el túnel.

—¿Todo bien? —escribió.

—No para todos, desgraciadamente.

—Vaya…, lo siento.

—Lo sé. Ha sido un palo. Vamos a avanzar, si te parece. Dices que has encontrado algo. Vamos, dispara.

—¿Dispara? ¡Vaya, Kraken! Te veo restablecido. Si puedes reírte de ello, puedes con ello —respondió.

—Tasio, no me marees, anda —contesté sin ganas de bromas—. No sabes qué día me espera. Al lío.

—Al lío: la imagen que me enviaste pertenece efectivamente al Caldero de Cabárceno, encontrado en una mina de Peña Cabarga, Cantabria, hace un siglo. Está fechado en torno al 900-650 a. C., Edad del Bronce. Se ha relacionado siempre con los calderos irlandeses o británicos, muy similar a los encontrados en Dublín o Battersea. Siempre se ha pensado que la pieza estaba destinada a ser utilizada en ceremonias religiosas o similares.

—¿Rituales celtas?

—Ajá. Su ubicación habitual ha sido el Museo de Prehistoria de Cantabria, en Santander, pero hasta hace unas semanas estaba en una exposición temporal en un museo privado en la Costa Quebrada, el MAC o Museo de Arqueología de Cantabria. Denunciaron el robo, pero no es una noticia que haya trascendido más allá de una pequeña reseña en *El Periódico Cántabro*.

Conocía al equipo directivo del MAC, los hermanos Del Castillo, historiador y arqueólogo. Habíamos coincidido unos años antes, cuando hice prácticas de Perfilación Criminal en la comisaría de Santander y unos extraños asesinatos me llevaron de cabeza en una complicada investigación. Ellos colaboraron. Siempre. Era una buena noticia, me iba a venir bien aquel contacto.

—¿Alguna relación con el túnel de San Adrián? —quise saber.

—He buscado algún nexo celta entre el caldero y el túnel de San Adrián. Sabes que en esos lugares siempre hay historias de pasadizos subterráneos que comunican zonas alejadas. Siempre se ha conjeturado con que en el túnel de San Adrián hay una galería que conduce a un pozo. Se dice que una mujer de Zegama fue a lavar ropa al pozo y desapareció. Más tarde se encontró un brazo en el manantial de Iturrutzaran de Araia, un pueblo cercano a Zalduondo.

—Hasta ahora te sigo. ¿Qué más?

—Que en ese mismo nacedero, en Araia, se encontró un ara, un altar romano dedicado a las ninfas. Apenas a cien metros de la fábrica de la Metalúrgica de Araia, en el río Ziraunza. Estuvo sumergido en el agua y las letras apenas se dejan leer, pero ha podido ser interpretado.

—Ninfas. Romanas.

—Sí, pero las ninfas son divinidades de las fuentes, estanques, ríos…, anteriores a los romanos, que, como sabes, adaptaban las creencias religiosas del territorio que conquistaban y las hacían propias. Su origen es pancéltico, indoeuropeo. Son las tres Matres, la tríada de Diosas Madres. Es un culto muy popular que se extendió hace más de dos milenios por el centro de Europa, la Galia, Britania…

—¿Y el caldero, qué tiene que ver con las Matres?

—Déjame terminar, Kraken. Eres más impaciente desde que no hablas, ¿lo sabías? Esta tríada está asociada a la fertilidad, tanto de la naturaleza como la humana. Fertilidad femenina, básicamente. Las Matres están asociadas a los *Genii Cucullatti*, ellos son sus guardianes: un trío que se representa como tres encapuchados relacionados con la fertilidad. Te envío algunas imágenes.

Y recibí varias fotos de relieves con tres encapuchados, algunas bastante obvias. La forma de la capucha dejaba claro el simbolismo fálico de esos guardianes.

—Dices que protegen a la fertilidad. ¿Estás hablando de embarazadas?

—Te has adelantado. Embarazadas, ¿por qué?, ¿te dice algo?

No había compartido con Tasio el dato de que junto al caldero había una víctima y que esa mujer muerta estaba embarazada. Tampoco que habíamos encontrado su chamarra con capucha a pocos metros. Y lo de la tríada tampoco se me quitaba de la cabeza: dos montañeros, padre e hijo, y Annabel. ¿Irían ellos también encapuchados?

—De acuerdo. ¿Has encontrado algo más?

—Esto es todo de momento. Si me das alguna pista hacia dónde tengo que buscar... —me tanteó.

—Creo que tengo más que suficiente, Tasio. Ni qué decir tiene que te lo agradezco mucho, tu disponibilidad y tu discreción, por cierto.

—Tú lo has dicho: ni qué decir tiene. Dime algo si necesitas más ayuda, lo que sea.

—Lo que sea. Es mutuo. Y ahora te dejo.

—Solo te pido que, si esta investigación llega a buen término, dejes caer en la prensa de Vitoria que yo te he ayudado.

«Demasiado bonito», pensé. Casi había olvidado la obsesión de Tasio Ortiz de Zárate por restaurar su imagen dañada en Vitoria.

Atendí después al whatsapp de Germán, a quien había avisado a primera hora en cuanto nos rescataron, pero mi hermano pequeño se había pasado la mañana enviándome mensajes preguntando si estaba recuperado.

—Estoy bien, Germán. El abuelo está en mi casa, cocinándome unas patatas con chorizo y *txitxikis*. Me va a destrozar las arterias.

—Lo sé, yo lo avisé. ¿Puedo verte esta tarde, cuando salga del despacho?

—Tengo reunión de trabajo. Este fin de semana nos vemos en Villaverde, necesito evadirme.

Germán quedó conforme, se había vuelto muy sobreprotector conmigo desde que me pegaron el tiro en la cabeza, pero él también se había llevado su parte de drama por mi culpa, Martina había muerto solo por mi ineptitud al no cazar a Nancho a tiempo, por lo que me tomaba como un pequeño tributo a pagar su insistencia por tenerme controlado, a mí que no me gustaba dar explicaciones de mis idas y mis venidas a nadie.

Ayudé al abuelo a poner la mesa y dejé que me distrajera con su conversación acerca del destrozo que había causado la tormenta en la huerta. Villaverde también había recibido lo suyo, aunque no se podía comparar con la violenta granizada del túnel.

Después, sin dejar de mirar preocupado al cielo, que seguía amenazando lluvia, redacté un escueto informe con los datos del Caldero de Cabárceno y su relación con el túnel de San Adrián y lo imprimí. Me reservé mi primera valoración del perfil del asesino o asesinos, me quedaba por escuchar a los de la Científica y a la forense antes de emitir mi primer informe, pero seguía sin encajarme lo que vi desplegado en San Adrián.

Me despedí del abuelo, quien me prometió que volvería en autobús a Villaverde, y enfilé hacia mi antiguo despacho en la sede de Portal de Foronda. No sabía cómo íbamos a llevar Alba y yo eso de vernos a diario después de lo que me reveló, pero lo cierto era que ya ni me planteaba si quería volver. Tenía una nueva obsesión y no quería quedarme fuera de la caza. Y pese a que estaba exhausto, física y mentalmente, ardía de ganas por cerrar la etapa del doble crimen del dolmen y empezar de una santa vez con la investigación del homicidio de Annabel Lee y también con el tratamiento de logopedia que iba a acabar de una vez por todas con mi afasia.

8

LA GUARDERÍA DE LA SENDA

29 de junio de 1992, lunes

Jota, Asier, Lutxo y Unai se disponían a sacar sus sacos de dormir de las mochilas y desplegarlos sobre los estrechos colchones de las literas metálicas. Habían elegido uno de los cuartos vacíos de la primera planta de la vetusta casona. Lo habían bautizado automáticamente «la habitación de los tíos» y ni se plantearon dónde dormiría el resto de los componentes de la organización.

Ninguno de ellos dio crédito cuando una de las chicas, la de las botas imitación Dr. Martens amarillas y el pelo largo hasta la cintura, entró en silencio en *su* dormitorio y, sin preguntar nada a nadie, eligió su camastro y comenzó a sacar la ropa de su mochila.

—¿Qué crees que estás haciendo? —se adelantó Asier, seco como una lija.

—Asier quiere decir que… qué bien que duermas en esta habitación —se apresuró Jota después de carraspear, fulminándolo con la mirada.

Jota ya había hablado de ella con Unai, su mejor amigo. La morena rara le había gustado desde el minuto cero, diez horas atrás, y eso para Jota era una eternidad y para Unai una señal de stop. Y más teniendo en cuenta la situación de Jota, con su padre en el hospital con el cáncer de páncreas fulminante que estaba acabando con él en pocos meses. Unai sabía ya de funerales, y Jota y sus gustos en asuntos femeninos eran sagrados e intocables.

—No, no he dicho eso ni pretendía decirlo. Oye, ¿no hay habitación de tías? —insistió Asier.

—Sí, pero está mucho más cochambrosa que esta y soy asmática —mintió Annabel, por nada del mundo quería compartir habitación con una niña. Y se dirigió a él con una calma que los embelesó a todos—. Y tú, Asier, ¿crees que vas a espantarme con tu mal humor? Colecciono rechazos. Vas listo si piensas que voy a cambiar de habitación. Hazte a la idea. Y por cierto, Saúl ha dicho que bajéis para no sé qué.

Y continuó desempaquetando sus trastos con calma.

—Nos tocó la loca del grupo, de puta madre —murmuró Asier al pasar junto a ella—. Hala, vámonos, que corra el aire.

Todos se fueron, Asier molesto, Lutxo expectante, Jota encantado. Unai se rezagó con su mochila.

—Ahora bajo —tranquilizó a los otros, concentrado en comprobar que no se había dejado ninguna camiseta en Villaverde—. Me resulta difícil creer que coleccionas rechazos —le dijo a la chica una vez se quedaron solos, sin mirarla, mientras colocaba su ropa en las perchas desvencijadas de un armario con alguna que otra telaraña.

—Mira, tengo docenas —dijo, y sacó de su mochila negra un manojo de sobres y cartas, algunas abiertas y otras cerradas—. Ven, no te quedes mirando, ayúdame a abrir los últimos rechazos. Cuanto antes empecemos, antes acabaremos.

Unai se acercó con cierta cautela y se sentó sobre la colcha rústica junto a ella.

—¿Cómo sabes que son rechazos?

Ella se encogió de hombros y le pasó unos sobres de distintos tamaños y distintas procedencias geográficas.

—Por el peso, apenas un folio. Siempre lo son. Me han dicho que, si están interesados en publicarme, la carta es más larga, suelen ser dos folios. Te hacen la pelota y eso.

—¿Qué es lo que rechazan? —preguntó Unai mientras abría con cierto reparo el primer sobre.

—Soy dibujante de cómics. En este país no hay mucha salida, pero en Europa y en Estados Unidos es toda una cultura. Y en Asia ni te cuento. Yo envío una muestra de mis cómics a todos los editores en cuanto encuentro su dirección. Cuanto más grande la editorial, mejor, así me rechazan seguro.

—¿Y por qué lo haces, por masoquismo?

—Sí, el rechazo me hace más fuerte. Me motiva a seguir dibujando, me cuesta tanto ponerme que tengo miedo a perder la motivación. Necesito que me sigan rechazando, necesito seguir encabronada para seguir dibujando. No encuentro otra manera, y mira que llevo años estudiando mi proceso creativo, desde que dejamos de vernos, Unai —y dijo esta última frase mirándolo con aquellos ojos que se cruzaron con los de un chaval que no comprendía nada.

Dos pares de ojos negros se batieron durante varios segundos. Fue él quien retiró la mirada.

«Pues sí que me tocó la loca», pensó él apartándose un poco.

—No te acuerdas de mí, ¿verdad? —dijo ella sonriente, tranquila, anticipando el desconcierto—. ¿A qué guardería fuiste de niño?

—¿Guardería? ¿En Vitoria? A la de la Senda, la que tenía un patio con un tren y… —se interrumpió, comenzaba a recordar.

—Todavía no me reconoces, ¿verdad? Nos conocemos desde críos, éramos inseparables en la guardería. Soy Ana Belén Liaño, aunque firmo mis dibujos como Annabel Lee, como el poema de Edgar Allan Poe. Ya sabes.

No es que Unai hubiera leído a Poe más allá que lo que le habían pedido en clase, pero todo el mundo había escuchado la canción de Radio Futura que se llevaba mucho entonces en los bares de Cuesta y sabía que iba de unos niños que eran novios, y que ella murió y que se la llevó su noble parentela para enterrarla en un sepulcro junto al mar ruidoso.

—¿Ana Belén? —fue capaz de contestar después de tratar de hacer memoria de aquellos años brumosos—. Creo que, sí, creo que me suenas. ¿Y qué… qué pasó, dices?

—Éramos novios, niños amantes. Nos pasó como en el poema, que nuestro amor era tan fuerte que los ángeles del cielo nos cogieron envidia.

Unai recordaba más una compañera de juegos con la que a veces se daba la mano y ella a veces le robaba algún beso pegajoso en los morros.

—Te hice un dibujo, en la guardería. Así que a ti te debo lo que soy ahora.

«Ya, bueno, el dibujo. Vete tú a saber, aquel dibujo…», pensó Unai.

Se apartó un poco, a veces hablaba como una lunática, pero era tan magnética como un faro que no puedes dejar de mirar.

—La vida nos ha juntado de nuevo —concluyó Annabel Lee con resolución, dándole la mano.

No es que Unai no deseara que le diera la mano, la boca, todo, vamos, pero le pilló por sorpresa y se separó como si le hubiera dado corriente alterna. A ella ese gesto le sentó mal, muy mal.

—¿Qué pasa?, ¿ha cambiado algo entre nosotros?

—Eh…, Ana Belén…

—Annabel Lee —le corrigió—, soy Annabel Lee.

—Annabel Lee, a todos los efectos del sentido común, te acabo de conocer, no es que no me gustes, desde luego que no es eso —carraspeó, y sudó, no podía creer que acabase de decir eso, como si su cerebro fuese transparente.

—Pues entonces he estado equivocada durante estos once años —lo dijo como si ya hubiera cumplido cien, y once años, un setenta por ciento de sus vidas por aquel entonces, hubiesen sido para ella poco menos que un soplido.

Era una chica extraña, demasiada imaginación para la mente práctica de Unai. Y aun así, era imposible dejar de estar pendiente de ella.

—Jota, le gustas a Jota —le soltó Unai sin pensarlo, mientras se levantaba de aquel colchón lleno de tentaciones—. Y Jota es mi mejor amigo, y su padre se está muriendo de cáncer. Y está demasiado desfasado desde San Prudencio, que se metió en una pelea y por poco le hostian, de no ser por Lutxo, Asier y por mí, que lo sacamos en volandas, y desde entonces se pilla unas cogorzas los viernes que nos tiene preocupados. Lo suyo no es normal, tía. No es nada normal. Y su padre es, era, es —se corrigió— muy estricto y su madre ni se entera, pero le hemos cubierto como hemos podido y hemos venido a esto del poblado cántabro a ver si entre los cuatro lo controlamos y se olvida un poco de hospitales, y tú le has gustado desde que te ha visto en el tren y no le puedo hacer esto, ¿lo entiendes?

Unai se arrepintió al momento. Qué metedura de pata, qué falta de lealtad y de discreción para con su mejor amigo. Qué cagada, en resumen. Bastante tenía Jota con lo que se le venía encima. Él ya lo había vivido, pero el abuelo lo salvó. Pero Jota no tenía un abuelo como el de Unai. Tenía un tío que le iba a apretar con las notas y una madre que, lo dicho, no se enteraba de nada.

—Así que Jota —contestó ella después de tomarse un momento para asimilarlo—. Vale, Unai. Lo entiendo.

—Hum…, ¿de verdad?

—Sí, de verdad. Lo entiendo. He esperado once años, no tengo prisa, tengo mis cómics, de verdad. Baja tranquilo, que se van a mosquear si no te ven.

Y Unai, un poco sobrepasado por la situación, bajó de tres saltos por las escaleras ruidosas de madera y se unió a una cuadrilla que había empezado ya la tortilla de patatas sin él y cuyos tres componentes se habían hecho fuertes en una esquina de la tabla larga de madera que hacía las veces de mesa.

—Jota, ¿puedes acompañarme afuera a sacar la basura? —preguntó Saúl cuando terminaron de fregar.

Jota le siguió con las bolsas hasta los contenedores colocados fuera del jardín que rodeaba la casona.

Pasearon en silencio entre los arbustos, la noche era cálida y Saúl lo guio a la salida.

—Oye, no quiero que pienses que me meto en tu vida, pero me ha parecido escuchar en el bus que tienes que hacer una llamada muy importante todos los días, ¿puedo ayudarte en algo?

Jota cambió el peso de la pierna un par de veces, nervioso e inseguro. Le pasaba desde siempre, lo veían débil, todo el mundo lo protegía y se ofrecía a solucionarle la vida. No es que no lo agradeciera, pero… Pero, la verdad, esta vez sí que necesitaba un poco de operatividad.

—Mi padre está ingresado en la planta de Oncología del hospital de Txagorritxu. Cáncer de páncreas. Quiero hablar con mi familia todos los días, por si me tocase… Por si empeora y tengo que volver. No sé si hay cabina de teléfonos en Cabezón de la Sal.

—Sí, claro que la hay. Yo te acompaño, anda.

—No es necesario, de veras, Saúl. No tienes que hacerlo.

—Lo sé, tienes pelos en los huevos, no eres un crío. No es eso, tío —dijo Saúl poniendo una mano sobre el pequeño hombro de aquel chavaluco tan bajo y tan infantil todavía. Un polluelo aún con el cascarón intacto—. Verás, mi padre murió de cáncer, nos dejó solos a mi hermana mayor y a mí cuando todavía éramos muy jóvenes y…

—No quiero ser arquitecto —le interrumpió Jota sin poder contenerse—. Mi padre se va a morir y solo puedo pensar en que yo no quiero ser arquitecto. Y el muy egoísta me dice, moribundo, que lo único que quiere es que yo le prometa que voy a ser arquitecto. Y yo no me quiero pasar cinco años de mi vida estudiando cálculo de estructuras y perspectivas caballeras. Y cuando se muera, mi tío Julián se va a encargar de hacer de segundo padre y de obligarme a que me matricule en Arquitectura. Que ya lo han hablado, que los oí un día desde el pasillo. Que hablan de mí como si yo fuera un proyecto más del despacho.

Saúl escuchó, la historia le sonaba bastante a la suya propia.

—Oye, José Javier…

—Jota, es que José Javier es mi padre y yo soy Jota, solo la primera letra. El resto me lo tengo que ganar yo solo, ¿lo entiendes?

—Claro, Jota. Muy loable —comentó Saúl, todo empatía con el chaval que un día fue él: padre opresor, futuro trazado a tiralíneas por manos ajenas y un terrible complejo por haber demostrado poco en la vida—. Mi hermana es jefa de Endocrinología del hospital Valdecilla de Santander. Quiero decir que tiene contactos, a nivel nacional y en el extranjero. Se mueve mucho en congresos internacionales y conoce lo más puntero, también en oncología. Lo que intento ofrecerte es que, si tu familia necesita una segunda opinión, yo puedo mover los hilos y que a tu padre lo vean los mejores. Y por el dinero…

—Por las pelas no es —le cortó Jota. Nunca le gustaba hablar de dinero. Todo el mundo sabía que su familia lo tenía y le parecía que era un privilegio que todavía no se había ganado—. Lo hablaré con mi madre y mi tío. Muchas gracias, Saúl. Por el apoyo y eso. Acabamos de conocernos.

—Me toca cuidaros durante tres semanas. Lo que sea, Jota. Lo que sea. Si estás de bajón, si un día no te apetece ir al poblado y trabajar en las cabañas…, no te lo tomes como un trabajo con contrato. No lo es. Es más relajado que eso, ¿vale?

—Vale. ¿Me puedes decir dónde hay una cabina en este pueblo, que ya es un poco tarde para llamar a Txagorritxu?

—Se me ocurre algo mejor, monta en el bus. —Le lanzó las llaves—. ¿Sabes conducir?

—Sí, pero el carné...

—No hay nadie por esta carretera a estas horas, vamos a Santillana del Mar, te despejará. Hoy me llevas tú —le dijo Saúl con esa sonrisa que sabía que no fallaba con sus estudiantes. No le hizo falta ni el guiño, eso lo guardaba para ocasiones más difíciles.

A Jota le encantaba conducir, le hacía sentirse que por una vez él dominaba una pequeña parte de su existencia, su día a día, lo que fuera. La sonrisa se le coló en el rostro y cuando su madre le habló de lo mal que estaba reaccionando al penúltimo tratamiento, la noticia le escoció algo menos que los meses anteriores. La distancia, la presencia de Ana Belén y el apoyo franco de Saúl le daban una nueva perspectiva a su vida, aunque solo fuese durante veintiún días antes de volver a su calvario cotidiano de cáncer paterno y presiones escolares.

En ese mismo momento, Rebeca había aprovechado la ausencia de su padre para acercarse a Asier y llevárselo a la cocina con una excusa barata.

Se lo contó todo.

Todo.

Hasta lo que le daba más vergüenza. Pero él le impidió seguir hablando con un gesto brusco.

—Cállate —la cortó molesto—, ni una palabra más. Que no me cuentes tu vida, niña, que no soy Gandhi. Y no sé por qué me has visto cara de Gandhi. A mí ni te me acerques, que me buscas la ruina con tus chorradas.

«Puta cría», pensó Asier saliendo de la cocina como si hubieran espolvoreado napalm.

Minutos después Rebeca salió también de la grasienta cocina. Le temblaba la barbilla, pero al menos había conseguido no llorar delante de la gente.

La había fastidiado.

Otra vez.

Ahora lo tenía más claro que nunca: iban a volver a encerrarla. Aquel iba a ser su último verano en libertad.

9
—

LAKUA

18 de noviembre de 2016, viernes

Media hora después estaba sentado alrededor de la mesa de reuniones en la sala de juntas de la sede de Portal de Foronda. Tenía a Estíbaliz a mi lado, escoltada por un par de compañeros a los que no conocía, y a la doctora Guevara y a Muguruza, el inspector de la Científica. Yo llevaba conmigo la tablet para resultar más operativo si tenía que expresarme.

Los supervivientes de la tormenta perfecta teníamos los rostros ojerosos, demacrados y exhaustos. Juraría que ninguno de nosotros quería estar allí.

El comisario Medina, nuestro superior, un hombre ya en los sesenta con unas cejas profusas y barba de rey mago, entró en la sala y nos dio la mano y el pésame uno a uno, solemne.

Alba Díaz de Salvatierra lo seguía en un discreto segundo plano. Vestía un abrigo negro que disimulaba sus formas, se había recogido el pelo y su semblante era más serio que de costumbre. No se me escapó la mirada de alivio con la que me escaneó durante un segundo, como comprobando que yo estaba de una pieza. Era combustible para mi autoestima mellada. Suena triste, pero agradecí que su preocupación fuera genuina.

—En primer lugar —comenzó el comisario con una mueca circunspecta—, les felicito por la profesionalidad, la entereza y la calidad humana que han demostrado tener en una situación de vida o muerte como la de ayer. Estamos orgullosos de que formen parte de esta comisaría. Todos estamos consternados por la pérdida de nuestro compañero Andoni Cuesta. Mañana se celebrarán las exequias en el cementerio del Salvador, pero su viuda prefiere un entierro familiar, por lo que vamos a respetar su deseo. Sé que están cansados y esta es una reunión de urgencia, así que no voy a pedirles más de la cuenta. Les doy paso a la subcomisaria Salvatierra.

—Les agradezco mucho que se hayan personado después de lo que han tenido que pasar —dijo Alba a modo de bienvenida—. Reconozco que tampoco he tenido una buena noche, pendiente de que fueran a rescatarlos. Dadas las circunstancias especialmente desfavorables a las que nos enfrentamos con este asesinato debido a los daños que causó la tormenta en el trabajo de la Unidad de la Científica, todos nosotros vamos a tener que dar lo mejor para sacar esta investigación adelante. También les informo de que el juez Olano ha decretado secreto de sumario y que toda la información que estamos compartiendo es reservada. De momento tenemos un mes; si la investigación continúa para entonces, y espero que no sea el caso, podemos pedirle que ordene una prórroga de esa orden. No queremos que la prensa tenga el papel determinante que jugó en el pasado caso de los dobles crímenes. Es prioridad absoluta para nosotros evitar la psicosis colectiva que hemos vivido en esta ciudad recientemente. Y, desde luego, si esto fuera el inicio de una serie, tenemos que evitar que el autor de este asesinato continúe en la calle. Creo que se hacen cargo de la presión que soportamos desde la Consejería de Seguridad para que encontremos al culpable y que la lamentable situación que se vivió en Vitoria no se repita. En resumen: trabajamos a contrarreloj.

Alba hizo una pausa para que sus palabras permeasen en nuestro estado de ánimo. Ninguno hicimos el más mínimo comentario.

—Nuestros compañeros de Comunicación van a manejar con mucha cautela los datos que facilitaremos a la prensa. Respecto a lo ocurrido ayer, solo va a trascender que una montañera fue hallada muerta en la zona alavesa de la sierra de Aizkorri-Aratz y que un compañero de la comisaría ha fallecido mientras realizaba su trabajo. No vamos a proporcionar nombres ni iniciales, ni el dato de que pertenecía a la Unidad de la Policía Científica. Lo trataremos como un accidente de montaña. Sabemos que es injusto para con el trabajo que realizó en vida Andoni Cuesta, pero su viuda ha estado de acuerdo con nuestra política de discreción. La inspectora Gauna, presente en la inspección ocular, nos va a mostrar lo que tenemos hasta ahora.

—Gracias, subcomisaria —dijo Estíbaliz mientras se soplaba hacia arriba el flequillo pelirrojo. Nunca antes le había visto unas ojeras tan negras—. Buenas tardes a todos. Si les parece, voy al grano. Tenemos la identidad de la víctima: Ana Belén Liaño, 39 años, natural de Vitoria, soltera y embarazada de unos cinco meses, a falta del dato exacto que nos dará la autopsia. Dibujante de cómics relativamente conocida, o desconocida, según quieran mirarlo. Hemos avisado a la familia, solo vive la madre, sin hermanos. Tenemos un dato que puede ser fundamental para la investigación: ella era la vitoriana a quien le había tocado el premio de la Bonoloto, tres millones.

—¡No me fastid...! —se le escapó a la doctora Guevara, luego carraspeó y puso su mejor cara de póker.

—Así es —confirmó—. Nuestro compañero Andoni Cuesta nos lo iba a notificar durante la inspección ocular cuando estaba haciendo inventario de la cartera hallada a pocos centímetros del cadáver. Por suerte, preservó la cartera correctamente y ha sido uno de los pocos objetos que hemos podido rescatar. Sabemos que la víctima ya había depositado el boleto en una entidad bancaria y llevaba el resguardo, que no se le sustrajo, en su cartera.

Todos nos quedamos de una pieza mirando maravillados aquel resguardo, como si fuese el billete dorado de la fábrica de chocolate de Willy Wonka. Annabel con tres millones de euros.

Parecían dos verdades inconexas, de esas que nunca se cruzan.

Ella, que tanto pasaba del mundo material, ¿qué iba a hacer con tres millones de euros?

—Pues es un más que posible móvil para matar a alguien, desde luego —admitió Alba, creo que poniendo voz a lo que todos y cada uno de nosotros pensábamos—. Quiero que investiguen en su entorno, si tenía deudas, alguien con problemas económicos acuciantes... Lo que sea, ya saben en qué dirección buscar.

—¿Sabemos algo del caldero, inspector Muguruza? —preguntó Alba.

—El equipo de rescate lo encontró bastante lejos del túnel —contestó mientras se recolocaba las gafas oscuras—. Se halla en un estado lamentable: el granizo le ha dejado marcas que los restauradores del museo van a tener que valorar. Como puede imaginarse, las huellas que íbamos a recoger han desaparecido, por lo que nos quedamos sin saber si eran solo de los montañeros o también del asesino. Lo mismo ocurre con las huellas de pisadas y las rodadas de vehículos que íbamos a procesar: la tormenta lo ha barrido todo. Creo que es el asesino más afortunado del mundo, si me permite la expresión.

—¿Algo más? —insistió Alba.

Me encantó la cara que puso cuando saqué el informe con la documentación arqueológica que Tasio me había facilitado sobre el Caldero de Cabárceno, y se lo acerqué extendiendo el brazo.

Había sorpresa, pero también cierto respeto y admiración, justo lo que creía que había perdido ante ella.

Mi jefa lo leyó en voz alta y todos escuchamos con atención. Tal vez hablar de ritos celtas nos habría hecho levantar la ceja a más de uno en el pasado, pero recién salidos de un caso con *eguzkilores*, veneno de tejo y dólmenes, una mujer colgada de un árbol y sumergida en un caldero celta de bronce, no nos parecía tan fuera de lugar.

—Quería informarles también de que es posible que el inspector Ayala, a quien todos deseamos una pronta recuperación de su lesión —anunció mi jefa—, trabaje junto a nosotros en esta investigación en calidad de perito en *profiling*. De momento tenemos solo un asesinato, pero, dadas sus características, la inspectora Gauna comenzará la búsqueda de asesinatos similares en el pasado, en esta provincia o en toda la zona donde la cultura celta o celtíbera pudo tener influencia.

«¿Ha dicho "Es posible"? —pensé frustrado—. ¿Todavía no estoy dentro?»

Miré a Alba pidiéndole una explicación, pero ella me ignoró y continuó hablando:

—Y dada la prioridad que va a tener esta investigación en nuestras agendas, el comisario y yo hemos decidido reforzar la Unidad de Investigación Criminal, de modo que quiero dar la bienvenida oficialmente al subinspector Manu Peña y a la agente primera Milán Martínez. El subinspector viene de la comisaría de San Sebastián, también trabajó en Investigación Criminal, por lo que no es ajeno a nuestros procedimientos. Milán trabajaba hasta hoy en la Sección Central de Delitos en Tecnologías de la Información. Ella misma ha pedido colaborar en la Unidad y me parece que nos vendrá bien, dado que en todas las investigaciones criminales acabamos recurriendo a internet. Vamos a ganar en agilidad, espero.

Peña saludó a todos con un leve asentimiento de cabeza, aunque no daba la impresión de ser tímido, solo experimentado. Era muy rubio, con el pelo casi rapado y unas patillas quilométricas y rectas que le llegaban a la mandíbula. Ojos muy claros casi sin pestañas, Estíbaliz habría dicho que atractivo. Unos treinta y pocos años, le detecté un leve temblor en la mano derecha, tal vez estaba nervioso o tal vez escondía algún diagnóstico puñetero para su edad. Llevaba una chupa vaquera negra y un jersey a rayas de marinero. Olía un poco a tabaco y me cayó bien al momento. Parecía un tío competente, nos iban a venir bien los refuerzos.

Con respecto a Milán, era complicado no reparar en su tamaño. Era una de las tías más grandes que había visto nunca. Difícil calcular cuánto medía, si metro ochenta o algo más, pero era corpulenta, algo hombruna y tosca en sus gestos, pelo castaño no muy cuidado, no sé si liso o con rizos, era una masa indefinida sobre el cráneo. Se encorvaba un poco sobre los hombros, amenazando con una chepa incipiente en un par de décadas, imaginé una vida de mofas y burlas y comprendí que hubiera querido meterse en el cuerpo. Por suerte, de vez en cuando había gente como ella que, en lugar de devolver los golpes, prefería irse al lado blanco de la vida y detener a gentuza durante su jornada laboral. Milán me recordaba a alguien, pero no conseguí localizar el origen de aquella vaga sensación.

Milán saludó con un «¿qué hay?» después de carraspear y se replegó en su asiento como un caracolillo asustado. Le sonreí para infundirle ánimos. Las primeras reuniones en una Unidad nueva siempre imponían al más plantado.

Íbamos a ser un equipo de tres. Cuatro contando conmigo, si la subcomisaria tenía a bien incluirme. Era muy buen comienzo: más personal, más medios, más tiempo para dejarnos de tareas burocráticas y que Estíbaliz y yo nos pudiésemos centrar en lo esencial.

—Inspectora Gauna, usted está al mando. Continúe.

—Milán, Peña…, encantada de teneros con nosotros. Nos vais a ser de mucha ayuda. Peña, quiero que hables con el entorno de Ana Belén Liaño, madre, amistades, demás familia y trabajo. Lo más importante ahora mismo es averiguar quién es el padre de la criatura que llevaba en su vientre. Si tenía novio o pareja estable, si vivía con alguien… En resumen, lo que nos interesa es determinar si era un bebé deseado, si traía consigo algún tipo de conflicto… Busca todo lo que no encaje. Milán, dado que no hemos encontrado su móvil, de momento monitoriza sus redes sociales. Tenía cuentas en Facebook, Instagram, Twitter, etcétera, donde compartía con sus seguidores sus trabajos y sus dibujos, pero también subía fotos de su vida personal. Busca si tenía algún *troll* habitual, algún *hater* especialmente reincidente o algún admirador enfermizo. En cuanto al móvil, localiza el número y contacta con la operadora para que nos proporcione un duplicado por si podemos acceder a los servicios de red, y elabórame un listado de sus últimas llamadas, ubicación… Escarba todo lo que puedas.

Esti se detuvo un momento al percatarse de que Milán escribía con una letra diminuta en un post-it rosa chillón.

—Milán, ¿te va a caber todo ahí?

—Eso intento —contestó ella con el rostro de un color muy parecido al post-it.

—El próximo día mejor te traes una libreta, es más práctico, ¿no crees? —le aconsejó, ni muy dura ni muy blanda.

—A mí es que los post-it me van bien —murmuró para el cuello de su camisa—. Los puedo meter en cualquier bolsillo y no ocupan. No se preocupe, jefa, no los pierdo.

—Como quieras —prosiguió Estíbaliz no muy convencida—. Continúo. También vamos a solicitar al juez que nos permita pedir sus datos económicos al banco donde había depositado el boleto de los tres millones de euros. En mi opinión, como experta en victimología, tenemos tres posibles frentes abiertos. Uno: que la hayan matado por el hecho de estar embarazada y el posible conflicto que esto haya traído en su entorno. Dos: que haya sido por dinero. Tres, y Dios no lo quiera: que estemos ante un ritual celta, como sugiere el *modus operandi* y toda la parafernalia de colgarla y sumergirla en un caldero de casi tres mil años. Amén de que haya sido asesinada en un lugar muy incómodo para matar a alguien: en lo alto de un monte entre dos provincias que ha sido lugar de paso desde la prehistoria.

Aproveché para robarle a Milán uno de sus post-it chillones y le escribí una nota rápida a Estíbaliz, que la leyó y asintió.

—Tal y como me aconseja el inspector Ayala, quiero también que localicen toda la obra artística de Ana Belén Liaño, o Annabel Lee, que era como firmaba sus cómics. Tal vez en su domicilio tuviese un ejemplar de los que publicó. Pídanselos a su madre, o a su pareja si la tiene. Si no los consiguen, averigüen su editorial y contacten con su editor. En cuanto los tengan, quiero que los revisen por si aparece alguno de los elementos que hemos visto en el escenario del crimen: celtas, calderos, ahorcados, embarazadas…

—¿Qué hay de los montañeros que la encontraron? —se adelantó la subcomisaria.

Yo iba a escribirle a Estíbaliz la misma pregunta que acababa de realizar Alba. Me inquietaba mucho lo de la tríada de encapuchados que me había contado Tasio.

—Les tomaron declaración como testigos, aquí tienen el informe —contestó Estíbaliz distribuyendo los folios entre los asistentes—. Por hacerles un resumen rápido: Jose Mari Garmendia padre y Jose Mari Garmendia hijo. De cincuenta y dieciocho años, respectivamente. Vecinos de Araia, pueblo cercano desde el que se suele iniciar la subida al túnel de San Adrián por el camino alavés. El padre tiene un pequeño taller metalúrgico, siguiendo la tradición de sus abuelos, según cuenta, que trabajaron en la fábrica siderúrgica de Ajuria, ahora abandonada. Pero no debe de estar pasándolo bien, ya que ha ido despidiendo a todos sus empleados y ni siquiera puede contratar a su propio hijo. Por lo que dice el informe, el chaval se encuentra en estado de desempleo y sin derecho a cobrar el paro. Jose Mari padre dice que por eso subieron el jueves al monte, que quería animarlo y que en el taller no tenía trabajo que adelantar. Afirma que antes de entrar en el túnel vieron un cuerpo colgado de un árbol, que se movía o balanceaba, tal vez por acción del viento en aquel momento, y que corrieron hacia él cuando se percataron de que tenía la cabeza dentro de un caldero.

—¿Dijo la palabra «caldero»? —preguntó Peña.

—Sí, aquí pone desde el primer momento «caldero» —contestó Estíbaliz encogiéndose de hombros—, ni cazuela ni cacerola ni alguna otra denominación. Entiendo que es normal, él se dedica a la fragua, sabrá distinguir un caldero de una cazuela contemporánea.

—¿Podemos ver las fotos de la posición en la que quedó el caldero? —insistió, alargando su mano temblorosa hacia el centro de la mesa.

—Sí, al menos pudimos salvar el equipo fotográfico, pero yo estuve presente desde el principio en la inspección, puedes preguntarme las dudas que quieras —intervino Muguruza.

—Es un caldero con un fondo curvo que no se sujeta, alguien tuvo que hacerlo mientras le metían la cabeza en el agua. Ella se movería.

—Sí que se movió, y se resistió —dijo la forense—. Tiene hematomas que indican que se golpeó la cabeza en todas las direcciones mientras estaba viva. A falta de la autopsia que realizaré en cuanto salga de esta reunión, las lesiones parecían corresponderse con las dimensiones del caldero.

—Aquí —dijo Estíbaliz leyendo el informe en voz alta—: «El testigo afirma que el caldero se mantenía rodeado de un pequeño montón de piedras que alguien había colocado alrededor de dicho objeto para darle estabilidad y fijarlo en el suelo».

—¿Y dónde está ese montón de piedras en las fotos? —preguntó Peña pasándonos las fotos panorámicas y las de media distancia—. Yo no lo veo. ¿Alguien lo ve?

—Lo cierto es que cuando llegamos el caldero estaba abandonado en el suelo más o menos a unos metros, los testigos dijeron que lo habían retirado para atender a la chica, que se derramó el agua y que lo dejaron a un lado sin tocarlo más. Imagino que las piedras se descolocaron cuando intentaron salvarla y comprobar si estaba viva. Tuvieron que pisar encima del montón de piedras, si es que las hubo.

—Resumiendo entonces: ¿qué tenemos, inspectora Gauna? —preguntó Alba.

—Tenemos al padre y al hijo en plena forma física y con problemas económicos que afirman que la encontraron ya muerta y un montón de huellas en el caldero donde la mataron que no van a poder ser recuperadas. Tenemos también que buscar al padre de la criatura que estaba esperando, y tenemos a una dibujante de cómics embarazada a la que le habían tocado tres millones de euros.

«Pues yo creo que ya tenemos por dónde empezar.»

—¿No se habrán montado una fiesta el padre y el hijo con Ana Belén Liaño y se les ha ido de las manos? —preguntó Peña.

—Creo que esa es una pregunta para nuestro perfilador —contestó Estíbaliz.

Los demás asistentes todavía no sabían que yo conocía a Annabel Lee, y mi compañera me seguía guardando las espaldas.

—Inspector Ayala, ¿lo ve posible? —me tanteó Alba.

—Hasta donde yo puedo especular, entra dentro de lo posible —escribí a mi pesar en la tablet y se lo mostré a los demás—. Pero este escenario no tiene nada de sexual. Ella está vestida, además con ropa de montaña, lleva incluso las botas de monte puestas, podemos suponer que no fue secuestrada, al menos en Vitoria, sino que estaba en el monte o en algún lugar cercano y en un medio rural. Y no tiene nada que ver con otras escenas de orgías donde se les va la mano con las bolsas de plástico en juegos de privación de oxígeno. Sumergir la cabeza en un caldero antiguo y colgarla de los pies no parece ninguna parafernalia sexual. Es rústico y muy laborioso de ejecutar. No creo que vayan por ahí los tiros. ¿Usted qué opina, subcomisaria?

—Yo aún no opino, inspector —respondió mi jefa.

Escribí una pregunta más y se la pasé a Estíbaliz.

—Solo un dato más —le dijo mi compañera al jefe de la Científica—, Muguruza, a ver si se acuerda: ¿los montañeros llevaban sudaderas o chamarras con capuchas?

Peña puso cara de extrañeza y nos miró a ambos un poco sorprendido.

—Pues sí, ambos llevaban capuchas, al igual que la chamarra que encontramos abandonada a pocos metros del cadáver, a falta de confirmar que pertenezca a la chica. ¿Tiene alguna importancia que fuesen los tres encapuchados?

—Me temo que mucha, si nos decantamos por la hipótesis del ritual celta: los tres encapuchados eran los encargados de que los ritos de agua de las Matres se llevaran a cabo —escribí, y se lo mostré de nuevo a todos.

Estíbaliz y yo cruzamos una mirada de preocupación, después ella se decidió:

—Creo que voy a acercarme ahora mismo a Araia y entrevistar a los montañeros. Tal vez no nos hayan contado la historia completa de su encuentro con Ana Belén Liaño y el Caldero de Cabárceno.

10
—

EL JARDÍN DE LA MURALLA

18 de noviembre de 2016, viernes

La reunión se dio por finalizada en el momento en que Estíbaliz salió hacia Araia con la urgente intención de entrevistar a Jose Mari padre e hijo. Todavía era pronto para un interrogatorio en Lakua, pero se imponía un tanteo previo. Algo no cuadraba en aquel rescate tan improbable.

Yo no la acompañé, por mucho que me hubiese gustado, mi afasia no resultaba de utilidad a la hora de extraer información. En pocos minutos la presencia de mis compañeros se fue diluyendo en la sala de juntas hasta que solo quedamos la subcomisaria Salvatierra y yo.

Alba cerró la puerta a su espalda una vez que Peña y Milán desaparecieron y me pidió que no me levantara de mi asiento.

—Quédese, inspector Ayala.

«Usted dirá», le dije con un gesto.

—Su compañera, la inspectora Gauna, quiere que colabore con nosotros en la investigación en curso como perito. Ni qué decir tiene que me voy a ver obligada a dar muchas explicaciones a mis superiores si decido acceder a su petición. Sabe tan bien como yo que no va a poder realizar las funciones a las que está acostumbrado. No puede llevar a cabo interrogatorios, no puede tomar declaración de testigos, va a llamar la atención allá donde vaya debido a su afasia, cuando en una investigación criminal, lo sabe bien, lo vital es pasar desapercibido, y más en esta en la que el secreto de sumario va a ser crucial. En resumen: que es todo

75

un voto de confianza no enviarle hoy a su casa o a su pueblo y desearle una pronta recuperación.

—Quiero entrar en el caso. Puedo ser útil, subcomisaria —le escribí en la pantalla.

—Si estaba deseoso por reincorporarse, debería haber empezado la rehabilitación del habla hace ya varios meses. De haber sido así, puede que ahora mismo ya estuviese bastante recuperado, pero seguimos como el día que se despertó usted del coma.

Apreté la mandíbula, Alba estaba molesta conmigo, y lo entendía. Le estaba pidiendo que se pusiera en evidencia por mí ante el comisario Medina, y yo todavía no había demostrado nada.

Pero el caso de Annabel Lee era demasiado personal como para mantenerme al margen y dejar que otros lo llevaran. Simplemente no me entraba en la cabeza aquella posibilidad.

Yo conocí a la víctima, sabía cómo pensaba, sabía que iba a ser útil para encerrar a quien la colgó boca abajo y le metió la cabeza en un caldero.

La subcomisaria se giró y se quedó mirando a través de la ventana los coches que pasaban por Portal de Foronda. Al día le quedaba poco para empezar a anochecer, y a mi paciencia menos aún para ponerme a gritar.

—Estás enfadada por lo de ayer, y lo comprendo. Pero este caso no tiene nada que ver con nuestra situación, no quisiera que afectase también a lo laboral —me acerqué con la tablet para que leyera lo que había escrito.

—¿Que no nos afecte…? —susurró sin mirarme—. Mi querido Unai: aún no eres consciente de lo que «nuestra» situación me va a afectar en el trabajo, ¿verdad? En un par de meses el embarazo se me empezará a notar pese a esta ropa amplia que llevo. Mis superiores, mis colegas y mis subordinados echarán cuentas y, en el mejor de los casos, pensarán que voy a tener un hijo de un asesino en serie. En el peor, puede que deduzcan que estuvimos juntos y que tuve una relación con uno de los inspectores a mi cargo mientras estaba casada con mi marido. ¿Tienes idea de lo que voy a tener que aguantar durante este embarazo? ¿Y tú me dices que no quieres que nos afecte en lo laboral?

Suspiró, cargada de algo que se parecía mucho a la impotencia.

—No sé en qué burbuja vives, Unai. Esto me va a marcar en

76

el trabajo y en la vida para siempre, pero lo he asumido, tomé mi decisión y me he reincorporado pese a lo que va a venir. Y, como te dije ayer, considero que por mi parte tenía que ser honesta y contarte la verdad, y por ello no quiero que entiendas que espero ninguna respuesta de ti, porque no es el caso. En cuanto a la investigación, voy a dar la cara por ti, pero a cambio vas a comenzar desde ya con la rehabilitación logopédica. La neuróloga te prescribió en su informe una sesión diaria de una hora, cinco días a la semana. Quiero que lo cumplas, sin excusas. En lo profesional, creo que es una pena que perdamos a un perfilador como tú. Eso es lo que te pido a cambio.

Tragué saliva: Alba, pese a sus complicadas circunstancias, se seguía preocupando por mí. Tenía delante a una dama, y yo me sentí mucho más crío y más inmaduro que ella, perdido en mis dramas personales. Admiré una vez más el estoicismo con el que encaraba el chaparrón que le venía encima los próximos meses. Para la gente solo iba a ser un jugoso cotilleo. Para ella, en cambio, iba a suponer tener que soportar miradas cargadas de segundas intenciones y criar a un hijo bajo la eterna sospecha de ser el hijo de un psicópata… o mío.

—Le informo, subcomisaria, de que voy a acudir el lunes a mi primera consulta de logopedia, hoy mismo he pedido cita. Y te informo, Alba, de que es por el bebé, sea mío o de Nancho. Es por el bebé —escribí.

Le di una especie de gracias con la mirada y me fui de allí, avergonzado por no haber estado a la altura de las circunstancias durante los últimos meses.

Una hora más tarde recibí la llamada de Estíbaliz, cuando ya estaba en mi casa tumbado en el sofá, intentando reponerme de la pasada noche en vela y con el cerebro todavía alerta.

—Kraken, estoy todavía en Araia, vengo de hablar con Jose Mari padre e hijo. Me quedan un par de comprobaciones, pero aquí no hay mucho más que rascar —musitó.

No se me escapó el matiz de decepción de su voz.

Hice un esfuerzo y emití una especie de gruñido para animarla a seguir hablando.

—Tienen coartada, y de las buenas. En el taller tienen instalada una cámara de circuito cerrado, por lo visto los pequeños robos de material están a la orden del día en su sector. El padre entró a las siete de la mañana a trabajar, y el hijo acudió a llevarle el desayuno poco después, a las siete y media. A esa hora, a falta de confirmación de la autopsia, el que mató a Ana Belén Liaño estaba en el túnel de San Adrián colgándola y ahogándola. No han podido ser ellos. Han colaborado en todo momento y he revisado a cámara rápida toda la mañana. No se movieron del taller hasta que subieron al monte.

Guardé silencio al otro lado del móvil; ella se anticipó a mis preguntas.

—Tengo que comprobar algunos detalles, pero la grabación no deja lugar a dudas. Se puede ver la oscuridad de la calle y las farolas encendidas de madrugada. Ellos no han podido ser, Unai. No podemos pedirle al juez una orden de detención, no tenemos nada, a no ser que la autopsia nos revele nuevos datos.

Le solté una especie de «Ajá» a modo de despedida, y Estíbaliz colgó.

Había que descartarlos de momento. A no ser que tuvieran el don de la bilocación. No…, primer muro de la investigación: había que retroceder y buscar en otras direcciones.

Pero había otro asunto, más íntimo y personal —más sangrante, también—, que pedía paso y que no podía demorar más.

Tenía que encargarme de ellos.

Sabía que tenía que darles la noticia, pese al secreto de sumario. Así que mandé un whatsapp a los tres.

La cuadrilla había quedado a las diez de la noche en el Aldapa, en Cuesta, para tomar el primer carajillo de ron, pero no tenía pensado acudir porque estaba molido y preveía que el fin de semana iba a ser complicado.

Pero los tenía que avisar, lo supe desde que Estíbaliz me había dado la noticia el jueves al mediodía. Tal vez alguno de ellos ya lo supiera, tal vez seguían en contacto después de tantos años.

Yo nunca preguntaba, ella era uno de esos tabúes que se imponen en las cuadrillas y, a fuerza de no nombrarla nunca, me había hecho a la idea de que no había caminado por las calles de Vitoria durante los últimos veinticuatro años.

Alguna vez la había visto, pero siempre la había ignorado.

Esa era la promesa que le hice y la había cumplido.

Eran ya más de las siete cuando nos juntamos bajo la farola de un pequeño jardín en el Casco Viejo, detrás de las rejas que daban paso a la antigua muralla medieval. El jardín estaba poco transitado y los árboles proporcionaban cierta intimidad, de modo que los esperé en el banco mientras iban llegando.

Vitoria estaba ya a oscuras y solo algunos gatos perseguían sombras por las escaleras de caracol que llevaban al silo iluminado de una antigua nevera restaurada del siglo XIX.

Asier apareció el primero, con cara de fastidio, quizás lo había obligado a salir de la farmacia antes del cierre. Últimamente andaba preocupado por el negocio. Además de ser el propietario de una de las farmacias más antiguas de Vitoria, en plena calle San Francisco, después de que el último dueño se jubilara y se la traspasara, mi amigo había abierto un segundo establecimiento en la zona nueva de Salburua, pero todos sabíamos que no iba demasiado bien. Las auxiliares de farmacia se despedían de la noche a la mañana y, aunque no se hablaba de ello, era *vox populi* que no estaba pasando su mejor momento con Araceli, su mujer. Y me daba pena, porque era una tía fantástica que se había integrado enseguida en la cuadrilla.

Por su parte, el bueno de Jota llegó como siempre: un poco tarde y un poco cocido. Sus viernes siempre empezaban antes que nuestros viernes, y para esas horas sus venas ya llevaban un par de litros de alcohol.

—¡Epa! —se limitó a decir.

Tal vez se avergonzó de su lamentable estado, porque intentó meterse en el pantalón reventado el pico de la camisa que asomaba bajo el jersey mal elegido y se alisó los cuatro pelos rubios que le quedaban sobre la coronilla desértica, posiblemente se recordó una vez más que necesitaba una visita al peluquero.

Lutxo fue el último en llegar, con la capucha puesta para resguardar la calva del relente vitoriano de aquel viernes. Lo noté más enjuto y esquelético, no supe si porque estaba abriendo más vías de escalada que de costumbre o porque los nervios en el trabajo lo estaban consumiendo vivo. Su nuevo puesto de subdirector en *El Diario Alavés* lo traía de cabeza. Lutxo había conseguido su preciado ascenso tras su contribución en el caso del doble crimen del dolmen, pero desde entonces mi amigo había aprendido lo que significaba estar en la directiva de un rotativo y apenas le veíamos el poco pelo que le quedaba en el mentón.

—¿Qué ocurre, Kraken? ¿Y este misterio? —Lutxo abrió el fuego después de apurar una última calada a su cigarrillo.

Le di un par de palmaditas al banco invitándolo a sentarse, no iba a ser una conversación fácil y no tenía muy claro por dónde empezar.

—Tú dirás, Unai —dijo Jota sentándose también a mi lado.

Le hice una seña a Asier para que se acercase y pudiese ver lo que escribía en el móvil.

El nuevo modo de comunicarme al que me había visto relegado desde el disparo de Nancho me obligaba a ser conciso y no irme por las ramas. La gente no tenía paciencia para leer grandes parrafadas y yo no tenía paciencia para escribirlas, de modo que fui al grano.

—¿Alguno de vosotros ha visto últimamente a Ana Belén Liaño? —escribí.

Todos leyeron, y cada uno de ellos torció el gesto como si hubiera comido una ortiga.

—¡Joder, Kraken! —soltó Lutxo con fastidio—. ¿Todavía estás con ese tema? Tienes que superarlo un año de estos, ¿no crees?

—No es lo que piensas —escribí—. Repito: ¿alguno ha estado en contacto con Annabel Lee en los últimos tiempos? ¿Sabéis algo de ella?

—Qué va —se adelantó Jota rascándose la barba de tres días—. De mí pasó enseguida y en Vitoria apenas me saludaba al principio, después de… Después. Hace siglos que le perdí la pista. ¿Qué ha hecho esta vez?

Ignoré su pregunta, frustrado.

—¿Asier? —escribí—. ¿Algo que puedas aportar?

—No estábamos en su círculo, lo sabes, Unai. Por mi parte, esa tía está muerta desde hace mucho tiempo. No me interesa esta conversación —contestó. Iba a decir que con frialdad, pero Asier siempre era frío y pragmático.

Era difícil sacarle un gesto humano a aquel físico anguloso y duro. Su nariz ganchuda, su fino pelo castaño de ratón y su manera de vestir, siempre con uniforme azul de ejecutivo con corbata, no ayudaban a verlo como alguien cálido.

Curioso que se hubiera dedicado a vender medicamentos para aliviar el sufrimiento de la gente, porque daba la impresión de que el sufrimiento ajeno no entraba en el radar emocional de mi amigo Asier.

—Lutxo, no has respondido a mi pregunta —le hice ver.

—La vi hace un par de días, sí. A principios de semana. ¿Qué está ocurriendo, Kraken? —soltó alzando un poco demasiado la voz.

—¿Te contó alguna novedad? ¿Te dijo si tenía pareja? ¿Algo que te llamara la atención?

—Me habló de que iba a entregar su último cómic. Estaba contenta, algo raro en ella… —carraspeó—. Quiero decir que la recordaba taciturna y poco habladora.

—¿No te dijo, o no notaste que estaba embarazada? —escribí.

—Pues no —respondió encogiéndose de hombros—. Llevaba un plumas negro cerrado, no me di cuenta de ese detalle.

—Acabáramos, ¿todo este rollo para eso? —atajó Asier molesto—. Estoy de acuerdo con Lutxo. Unai, deberías pasar página, hombre, que ya tienes pelos en los…

—Es secreto de sumario —le interrumpí—, así que lo que os cuente ahora no sale de aquí. Lutxo, lo que estoy escribiendo tiene testigos y va a quedar en mi móvil, ¿entiendes que no puede haber una filtración en tu periódico?

—¡Hostia, Unai!, que me los estás poniendo de corbata. ¿Qué narices ha pasado? —replicó nervioso Jota.

—Annabel Lee ha aparecido asesinada y estaba embarazada. No puedo daros más datos. Sé que fue la primera vez para todos nosotros, no sé si queréis ir al entierro, será el domingo. He pensado que teníais derecho a saberlo y no me sentiría bien si os lo hubiese ocultado. No me he reincorporado oficialmente, pero voy a ser perito en la investigación. No digáis nada al resto de la cuadrilla —escribí de un tirón y esperé pacientemente a que terminaran de leerlo.

Mis amigos se quedaron blancos.

Pero pude ver, y juro que no quería verlo, que a cada uno de ellos le había cambiado el gesto y los tres trataban de disimularlo con su mejor cara de póker.

Y fui testigo, pese a que a mí me dolió tanto como a ellos, de que en sus ojos todavía quedaba mucha más consternación de la que los cuatro pretendíamos aparentar.

11

EL CEMENTERIO DE SANTA ISABEL

20 de noviembre de 2016, domingo

Había amanecido un domingo bastante cabrón: el aire permanecía quieto, como conteniendo la respiración. Las temperaturas habían bajado casi quince grados durante aquella noche y el relente de la mañana me sorprendió en mi cama de Villaverde con una manta de menos.

Me vestí con el traje de los entierros que siempre guardaba en Villaverde, más que nada porque a efectos prácticos mis muertos habían sido siempre enterrados en el diminuto cementerio a apenas doscientos metros de donde dormía. Ventajas de vivir en un pueblo tan pequeño: los López de Ayala nos manteníamos cerca incluso después de la visita de la Parca.

No quise despertar al abuelo, que a aquellas horas aún dormía, de modo que subí al alto procurando que las viejas escaleras de madera no crujieran a mi paso.

Suspiré cuando vi el panorama allí arriba: no había vuelto desde que terminó el caso del doble crimen del dolmen y el abuelo se había encargado de retirar el despliegue de todas las fotos antiguas y los recortes de periódicos que yo había desplegado sobre una desvencijada mesa de *ping-pong*. El abuelo la había recogido mientras estuve en coma y solo quedaban las cajas etiquetadas donde yo iba guardando retales de mi pasado.

Me acerqué sin ganas a la esquina de las cajas, esquivando las pieles de raposo que el abuelo mantenía colgadas de ganchos negros que nacían de las vigas de madera del techo. Suspiré frente a ellas y me obligué a buscar una en concreto: «Poblado cántabro de Cabezón de la Sal, 1992». Abrirla hizo más real la muerte de Annabel Lee. Allí dentro había guardado los recuerdos de un verano que debería haber sido inolvidable por motivos evidentes y terminó siéndolo por otros muy distintos. Más dolorosos y más oscuros.

Y hablando de oscuridad y de su reina, bajo las fotos donde un Lutxo con pelo en la cabeza, un Jota todavía niño bien y sobrio y un Asier que ya apuntaba maneras en lo que a seriedad y gestos adustos se refiere, encontré una cuartilla firmada por la difunta Annabel Lee. Un dibujo de dos amantes sobre una tumba frente a los acantilados de La Arnía, en Cantabria. Una muchacha en tinta china que era ella se dejaba abrazar por el propietario de un fornido brazo con el tatuaje de un kraken.

Cuando me regaló aquel dibujo, asumió que me lo tatuaría. Yo todavía no había aceptado el mote, me molestaba que Lutxo, el ideólogo de aquel apodo, hiciera sangre con la exagerada longitud de mis brazos y que lo usase precisamente delante de ella. Pero Annabel adoptó el alias con entusiasmo —todo lo que tuviera origen mítico la sacaba de su habitual indiferencia por el mundo exterior— e insistió en tatuarme ella misma el dichoso calamar gigante en mi bíceps.

Yo me negué.

No le sentó bien.

—El abuelo me hostia si vuelvo con una jibia dibujada en el brazo.

—¿Todavía haces caso a tu abuelo? —preguntó con una mezcla entre desprecio e incredulidad que preferí ignorar.

—Tú también le harías caso si conocieses al abuelo, créeme —atajé, y di por terminada la conversación, molesto.

No sé por qué guardé aquel dibujo. Era hora de devolvérselo.

Llegué minutos antes de las once a Vitoria con mi Outlander; Estíbaliz me había informado de que la enterraban en el cementerio de Santa Isabel. Fue una sorpresa, allí solo inhumaban a las familias acomodadas que habían adquirido un panteón en el pasado y desconocía que Ana Belén Liaño perteneciera a una de esas familias. Recordé el poema que ella idolatraba, el de Edgar

Allan Poe que hablaba de su noble parentela. Tal vez tuviese más motivos de los que yo creía para sentirse identificada con la niña protagonista.

Me puse mi chamarra elegante con capucha por si el dios del tiempo nos daba una sorpresa y encontré al nuevo equipo de Investigación Criminal al completo apostado en la entrada del viejo camposanto. Estíbaliz, Peña y Milán, vestidos de modo un poco más formal que de costumbre, helados de frío como yo, y sin dejar de mirar un cielo blanco que amenazaba con las primeras y prematuras nieves del año.

Milán fue la primera en hablar, se la veía incómoda sin sus vaqueros y se sacó un post-it naranja chillón del bolsillo lateral de su inmenso plumífero.

—He averiguado por sus redes sociales que anunció su embarazo hace casi dos meses con un dibujo, supuestamente un autorretrato. Una mujer con su melena estaba sentada sobre una tumba, con vistas a un acantilado, y una barriga prominente. Le llovieron los «Me gusta» y las felicitaciones de sus fans. No he encontrado ningún *hater* al que le sentara mal aquel anuncio —dijo a modo de saludo en cuanto llegué.

Le di las gracias con la mirada por ponerme al día y le escribí a Esti:

—¿Alguna novedad más?

Ella respondió lacónica:

—Después te cuento.

—Yo me he pasado el fin de semana repasando toda la obra pictórica de Annabel Lee. En sus primeros cómics publicados aparecen algunas referencias a celtas y a ahorcados, pero son pinceladas puntuales. No he encontrado ninguna trama que tenga la mínima conexión con lo que le han hecho. Tampoco embarazos ni ritos de fecundidad. Su editor… —dijo Peña señalando a un hombre obeso ya entrado en los sesenta que parecía muy afectado— no lo lleva muy bien. Por lo visto, le tenía mucho cariño, él está a punto de jubilarse y continúa editando por vocación. Es una editorial pequeña, Malatrama, no creo que sobreviva a la ausencia de su principal fuente de ingresos. Pero si me preguntáis si hemos de incluirlo en la lista de sospechosos, creo rotundamente que no. A todas luces parece un buenazo y tiene coartada para el jueves de madrugada. Su mujer, otra santa, ha corroborado su versión y me enseñaron los billetes de avión. Estaban en una convención de cómics en Barcelona. Cuando lo entrevisté estaba aturdido por la muerte de Annabel Lee.

—Gracias, Peña. Muy útil —escribí, y le sonreí.

Supe, por sus bolsas bajo los ojos y el tic exacerbado de la mano, que había pasado un par de noches de insomnio dejándose las córneas en los cómics de Annabel Lee.

Seguimos a cierta distancia a la comitiva familiar, entre cipreses y madroños, pero no parecía haber más familiares que la que supuse era su madre, una mujer que parecía un calco de ella con veinte años más: pelo largo y oscuro, flequillo recto ocultando los ojos, pantalón negro de cuero y una chupa donde se podía ver el emblema del MC de las Dryades. «Las druidesas», traduje de cabeza. Por lo que pude deducir, ahora era presidenta de un club de moteras exclusivamente femenino.

Qué curioso: Annabel afirmaba que era opuesta a su madre, y lo que estaba viendo era un clon. Esa forma de autoengañarse de Annabel era su mayor superpoder: no le gustaba una realidad, la tergiversaba y retorcía hasta creérsela y ofrecerla al mundo con su apabullante poder de convicción.

Me impactó comprobar que no había más mujeres en el entierro. Vi algunos hombres de mi edad guardando un comedido y pudoroso segundo plano, ¿serían amigos, exparejas…?

Quién podía saberlo. Desde luego, en la prensa no había trascendido su identidad y en las redes sociales nadie se había dado por enterado. ¿Cuánto tardarían sus seguidores en echarla de menos?

Yo guardé un más discreto aún tercer plano y observé cómo la tierra se tragaba el ataúd de Annabel Lee frente a unas esfinges de leones alados que la miraban fijamente.

Entonces ocurrió una especie de milagro poético: se puso a nevar y Vitoria se convirtió una vez más en la ciudad blanca.

Muy levemente, como plumas sin peso, los primeros copos de aquel invierno que aún no había ni nacido se posaron sobre la madera oscura de la caja. También cayeron sobre mis hombros y sobre las cabezas sorprendidas de todos los asistentes. No fue una nevada copiosa, solo una alteración del clima puntual y tímida. Pero nos sumió a todos en un extraño estado de ánimo, como si en su último viaje a tierra Annabel Lee nos hiciera comulgar con su modo gótico de ver la vida y la muerte.

No me di cuenta de que me habían rodeado: Jota y Lutxo, a izquierda y derecha. Jota parecía venir directamente de *gaupasa*. Si había pasado por casa para cambiarse y ponerse un traje de chaqueta después de una noche de juerga dándolo todo, desde luego se había olvidado de ducharse porque olía a *kalimotxo* como para levantar a varios muertos.

Lutxo no iba más vestido para un entierro de lo que iría a tomarse el *pintxo-pote* de los jueves, me pregunté si habría acudido en calidad de periodista o de ex de Annabel.

Nos quedamos allí, tres encapuchados frente a su cadáver.

«Al final no tuviste tu sepulcro junto al mar ruidoso», le recordé.

Veinticuatro años atrás le había hecho una promesa: «Tú y yo no vamos a volver a hablar en la vida».

La había cumplido pese al sabor de hiel que me subía ahora por la garganta.

«¿Os dais cuenta? —quise decirles a mis amigos—. Nunca nos vamos a pillar como cuando teníamos dieciséis. Entonces creímos que todos los amores que vendrían serían así de intensos, de épicos, de insómnicos, de braguetas reventonas y agujetas en la lengua. No fue así. Para ninguno de nosotros. No como con ella cuando nos desvirgó a cada uno de los cuatro.»

Hablando del cuarto jinete del apocalipsis, Asier no apareció.

Quien sí apareció, para mi sorpresa, fue Alba, siempre elegante bajo aquel largo plumífero blanco tal vez comprado en previsión de ocultar su embarazo el mayor tiempo posible. Estíbaliz me susurró que había venido como representante oficial, que el comisario Medina no quería dejarse ver en el funeral de la víctima para no despertar sospechas de que su muerte estaba siendo investigada. Alba ofreció discretamente sus condolencias a la madre de Annabel y se dirigió al equipo para saludarlos.

Yo dejé a mis amigos y me acerqué a ella. No sabía qué decirle, aquel cementerio me ponía nervioso, y me pregunté si el ángel del panteón de los Unzueta tendría algo que ver con mi incomodidad.

—¿Has visitado la tumba de Nancho durante estos meses? —me susurró mirando al frente.

Negué con la cabeza, ni siquiera me había planteado qué había pasado con su cadáver. Me perdí su *post mortem* durante mis diez días en coma y luego no quise preguntar por él.

—Ignacio, su hermano, vino a verme al hospital el día después de su muerte —suspiró—. Tasio estaba muy grave durante aquellos primeros días, de modo que su gemelo se ocupó de todo. Me preguntó si quería encargarme yo de los asuntos de la funeraria, y ante mi negativa, me pidió permiso para enterrarlo en el panteón de su familia materna, los Díaz de Antoñana. Me contó que iban a sacar a su madre del panteón de los Unzueta y trasladarla al de su familia. Sé que está enterrado con el nombre de Venancio Urbina, pero no he ido a verlo. Tampoco he vuelto a Manuel Iradier.

Fruncí el ceño sin comprender.

—Mi marido y yo vivíamos en la calle Manuel Iradier, pero no he podido volver a pasar siquiera por delante del portal donde vivíamos. Ya te conté que mi madre vino de Laguardia cuando se enteró de lo ocurrido y le pedí que ella se encargara. Tengo ropa nueva, libros nuevos, un piso en la calle Prado, un nuevo…, un nuevo futuro. Pero sigo evitando Manuel Iradier. No tengo ni idea de dónde he sacado fuerzas esta mañana para venir aquí. Supongo que el cargo obliga a ciertas servidumbres.

Iba a contestarle algo, pero Estíbaliz se acercó rápida como una ardilla y se colocó entre nosotros dos.

—Buenos días, subcomisaria. Creo que aquí no hay más tela que cortar —nos interrumpió—. Pocos amigos, todos hombres. Cuando hemos preguntado, han salido huyendo como adolescentes pillados en un prosti…, bueno, ya me entendéis. No creo que quisieran ser vistos aquí. La madre no parece muy afectada. Dice que llevaban décadas sin tener relación.

—Décadas —repitió Alba—. Pues sí que era independiente. ¿Tienes alguna novedad, Estíbaliz?

—A eso venía. Se trata de un caso antiguo, pero es tan similar que me ha llamado mucho la atención. Y es bueno que estés aquí, Unai, porque quiero tu opinión. He buscado víctimas similares, mujeres jóvenes, embarazadas, solteras… Pero también me he centrado en el *modus operandi* del asesino: colgadas de los pies, cabeza abajo, con las manos atadas en la espalda, sin heridas de armas de fuego o arma blanca… y cuyos cuerpos han aparecido en lugares con cierta entidad histórica.

—¿Y…? —le pedí con la mirada.

—Es un caso extraño, por lo atípico que resultó en su día y porque nunca fue resuelto. Se trató con extraordinaria discreción para estar involucrada la prensa, lo he encontrado cotejando nuestras bases de datos compartidas a nivel estatal. En abril de 1993 una niña de catorce años desapareció en Cantabria, el padre afirmaba que se había escapado de casa y que tenía problemas mentales, todos esperaban que apareciera o que fuese encontrada en pocos días. Un anónimo envió estas fotos al rotativo local, *El Periódico Cántabro,* que no las publicó y se las entregó a la Policía. Se dedujo que el lugar era…

«Fontibre», pensé al reconocerlo.

Sin quererlo dije en voz alta algo parecido a un desentonado y estridente «foigbrrre» y juro que morí de vergüenza cuando Alba y Estíbaliz levantaron la cabeza al escucharme hablar.

—¡Unai, estás hablando de nuevo! —dijo Estíbaliz con la misma expresión de una feliz afortunada de la lotería.

Alba renunció a comentar nada, pero por un microsegundo le vi una expresión tan aliviada que me quedé mirándola un par de instantes de más, alelado. No sabía que se alegraría tanto.

—Eso no es hablar, Esti. Eso es a todo lo que llego, pero la próxima semana empiezo con la rehabilitación —escribí tan deprisa como pude en el móvil y se lo enseñé, azorado.

Después de carraspear nervioso volví a señalar las fotos que Esti nos mostró en su móvil, en la que el cuerpo de una joven pendía de la rama gruesa de un fresno amarrado a los pies por una soga.

La parte superior de la cabeza estaba parcialmente cubierta con el agua del lecho del río, llevaba las manos atadas a la espalda. Quien le había sacado las fotos lo había hecho desde distintos ángulos, y en uno de ellos se podían ver las inconfundibles cintas de colores que los fieles dejaban en el mal llamado nacimiento del Ebro de Fontibre.

—Volviendo a lo que os estaba contando, he conseguido hablar con el inspector que llevó la investigación en su día, Pablo Lanero.

«Paulaner», pensé.

—Lo conozco —escribí en el móvil.

Durante mis prácticas de Perfilación en la comisaría de Santander el inspector Pablo Lanero y yo habíamos hecho buenas migas. Paulaner era tan bonachón y tranquilo como inteligente. Su oronda barriga de fraile aficionado a la cerveza despistaba a muchos, que lo consideraban poco menos que un bufón, pero él soportaba con mucha retranca y filosofía el apodo e iba a lo suyo. Se ganó todos mis respetos, estaba a punto de jubilarse y me alegré mucho de saber de nuevo de él.

—Lo sé, te envía un abrazo y me ha pasado el atestado. La Policía acudió a Fontibre y se encontró la soga todavía atada a la rama del árbol, pero no el cadáver. Alguien se lo había llevado. La niña no apareció nunca, pero hay un detalle que me inquietó mucho al ver las fotos y que en el informe no se comenta, y es que la camisa deja al descubierto su abdomen, y para mí está embarazada a todas luces. De pocos meses, pero una chica de catorce años, delgada como estaba, no tiene esa barriga. ¿Qué opináis?

Alba y yo sabíamos más de barrigas que Estíbaliz, y ambos coincidimos en que el cadáver que estábamos viendo era, de nuevo, el de una embarazada colgada por los pies con parte de la cabeza metida en el agua. Pese a la diferencia de tiempo, veintitrés años, y de que se trataba de otra provincia. Pero realmente era un modo muy particular de matar y cuando vi el cadáver de Annabel mi primer temor fue que no se tratase de la primera vez para el asesino.

No sé si dejó huellas, pisadas y rodadas que la granizada se llevó. No sé si tenía conciencia forense o era un chapucero y hubiésemos podido cazarlo en unas horas, pero todo el ritual era muy complejo y estaba bastante bien resuelto para ser la primera vez que ese tío mataba.

—¿Tienes más datos, nombre de la víctima y de los padres? ¿Podéis ir a visitarlos?, ¿siguen vivos? —preguntó Alba.

—La chica se llamaba Rebeca Tovar Pereda, su madre había fallecido apenas un par de años antes, su padre era…

«Saúl —me dije tragando saliva—. Saúl Tovar», nuestro director en el poblado cántabro de Cabezón de la Sal en el verano de 1992, casi un año antes de que su pobre hija muriera.

12

LA ISLA DE MAN

2 de julio de 1992, jueves

Unai tenía que reconocer que Annabel Lee se tomaba en serio eso de los cómics. La chica encontró una desvencijada linterna de minero que algún becario de Arqueología se dejó a su paso por algún yacimiento y la adoptó como propia.

Todos los días, a eso de las seis de la mañana, Ana Belén Liaño, más Annabel Lee que nunca, se tumbaba cuan larga era sobre su saco de dormir de calaveras y se ponía a perpetrar tramas y personajes sobre un cuaderno apaisado de espirales.

Todos los días.

No fallaba ni aunque la noche anterior se hubieran alargado la cena y la juerga posterior.

Unai, que era bastante alondra y se despertaba siempre antes del alba, observaba con un ojo abierto y otro cerrado cómo se peleaba con los rotuladores negros y grises tumbada sobre su litera solitaria, un poco más alejada del núcleo duro de la cuadrilla de los alfas.

—No acabo de entender qué hace en este poblado cántabro alguien como tú —le susurró Unai después de salir del saco en silencio y acercarse a la litera de Annabel.

—Cazo cocodrilos.

—Es muy temprano para captar el símil, dámelo mascado, te lo ruego.

—El símil no es mío, se lo escuché una vez a Ángel Zapata, un profesor que tuve de escritura creativa. Hablaba de la necesidad de meter cocodrilos en las historias para mantener despierta la atención del lector.

—Cocodrilos.

—Cocodrilos. Imagina que dibujo una historia en la que alguien entra en una habitación de hotel, me esmero en dibujar unas cortinas, una cómoda, un cocodrilo de tres metros durmiendo sobre la cama, una alfombra, un espejo... ¿Dónde se ha quedado tu cerebro? ¿Qué se está preguntando ahora mismo?

—En qué demonios pinta un cocodrilo dormido sobre la cama de un hotel.

—Pues eso: cazo cocodrilos para mis cómics. No es el primer proyecto arqueológico al que vengo. El verano pasado participé en un yacimiento en la isla de Man, voy allí cada año con mi madre. Tenían un programa abierto para becarios de todo el mundo, la isla es diminuta, pero está en el mar de Irlanda, pertenece a las islas británicas, y tiene vestigios celtas y vikingos. Allí me di cuenta de que en la historia antigua podía encontrar muchos cocodrilos para mis cómics.

—¿Y qué haces tú visitando todos los años la isla de Man? —Unai disimuló que era la primera vez que oía hablar de esa isla. Cada vez era más consciente de que Annabel, pese a aparentar su edad, había vivido mucho más que él.

Ella frunció un poco el ceño y renunció a continuar dándole una sombra oblicua a la mirada del ángel que estaba dibujando.

—Verás, mi madre está al mando de un club de moteros, un MC.

—Moteros.

—Harley Davidson, ¿te suenan esos cacharros?

—No sabía que había mujeres moteras.

—Hay pocas presidentas, pero las que hay son de armas tomar, como mi madre. Ella es básicamente nómada. Nací en Vitoria, mi madre mantiene el piso, y fui a la guardería donde te conocí, pero después he viajado por toda Europa y parte de Asia con ella y su club. Desde hace un siglo en la isla de Man se compite en una de las carreras más peligrosas del mundo y todos los años se reúnen más clubs de los que te puedas imaginar. Prácticamente invadimos una isla que mide 22 kilómetros de ancho y 52 de largo, es complicado no caerte por un acantilado. Literalmente no cabemos —comentó con apatía, como si fuese un chiste recurrente y desgastado.

—Hostia, vaya vida has tenido.

—La odio. Estoy harta de ser nómada, quiero establecerme en Vitoria, no volver a moverme. Odio las motos, la gasolina, el olor a cuero de segunda mano, la cerveza…

—Odias todo lo que representa tu madre —resumió Unai, siempre práctico.

—Así es. Dicen que hay dos posibles relaciones entre madres e hijas. Aquellas que son idénticas, el mismo modelo de mujer: clásica con clásica, o rebelde con rebelde. Y las opuestas: madre clásica con hija rebelde o al contrario. Mi madre y yo somos agua y aceite.

—¿Y tu padre? —tanteó Unai, no muy seguro de si su confianza llegaba a tanto.

—Mi padre…, mi padre es alguien de quien no deseo hablar contigo. A efectos prácticos, es solo alguien que no ha estado —cortó un poco seca—. Por eso me he apuntado a este campamento. Al menos pagan. Quiero ahorrar, y en cuanto tenga la mayoría de edad, me independizo de mi madre y me quedo en el piso de Vitoria. Quiero vivir de mis cómics, tampoco se necesita tanto dinero para vivir.

A una edad en la que Unai todavía no tenía claro si Ingeniería Agrícola o de Montes, Annabel estaba de vuelta y quería reposar sus huesos. Unai volvió al saco en cuanto notó que sus tres amigos dejaban de roncar y sospechó que todos estaban poniendo la oreja y escuchando su poco privada conversación.

Annabel volvió a concentrarse, indiferente, en el ángel de granito del acantilado.

En el reparto de tareas del poblado cántabro, Saúl había asignado a Jota y a Annabel la cabaña circular de la Edad del Hierro que estaba falta de techado, así que los primeros días habían trascurrido para ellos a un par de metros del suelo, encaramados

93

muy juntos para no caerse de la estrecha escalera casera. Ella le pasaba las ramas de escoba, él las colocaba con paciencia de hormiga, como si fuesen escamas de pez.

—¿Por qué no te traes mañana al poblado esa cámara de fotos tan chula que tienes y sacas unas fotos de todo lo que estamos haciendo? —le sugirió Annabel Lee a la cuarta hora de la primera mañana.

Annabel se aburría muy pronto de las tareas repetitivas y manuales. A ella, si no había que ponerle imaginación, se le acababa la paciencia antes que el dinero, que ya era decir.

—Ya he sacado fotos de grupo para tenerlas de recuerdo —se excusó Jota desde lo más alto de la cabaña, sin comprender muy bien.

—No me refiero a fotos para un álbum de recuerdos. Esto está lleno de texturas diferentes: haces de cereales, materiales antiguos, madera, manos embarradas... Me refiero a fotos artísticas.

—No sé tomar fotos artísticas. Yo no soy creativo como tú.

—Todos los somos, no hables como un viejo. Yo te enseño a disparar en manual, a controlar la apertura y la velocidad. Nos vamos un día a Santillana del Mar, que seguro que hay tiendas de *souvenirs* con carretes de distinta ISO, y compras varios de grano gordo en blanco y negro. Luego sacas encuadres cortados, objetos cercanos, congelas gestos que te gusten... Se trata de educar la mirada, Jota. Todo el mundo puede hacerlo.

—Bueno, si tú me enseñas... —Jota cogió rápido el guante.

Aquello iba muy bien, la verdad. Lo del poblado celta, lo de Annabel Lee. Ella le había contado lo de su nombre, qué bonito le pareció entonces.

De manera que Jota comenzó a fotografiar a todo bicho viviente e inerte a lo largo de los siguientes días bajo la atenta supervisión de su mentora en asuntos creativos. Ni rastro de mal humor, de depresión, de preocupaciones.

El cielo que Jota veía aquellos primeros días por fin era azul intenso y se despejaba de los nubarrones de la vida real, la que lo esperaba, implacable, a su vuelta a Vitoria.

Tal era su idílico estado mental que Jota incluso se percató de la existencia de Rebeca, la hija pequeña de Saúl. Les tocó juntos en la mesa desde la primera noche y se acostumbraron a colocarse siempre próximos.

A Jota, buena persona y corazón grande, le daba un poco de pena el aislamiento de la niña, perdida en aquel mundo de adolescentes que le quedaba un poco grande. También lo hizo porque era la hija de Saúl, al que comenzaba ya a idolatrar: profe enrollado, padre joven y entregado, tío atractivo que fingía no percatarse de las miradas de Annabel Lee y las estudiantes de Historia de la Universidad de Cantabria que visitaban casi todos los días el campamento.

—Rebeca, ¿mañana vienes y nos ayudas a Annabel y a mí con el techo de la cabaña, que nos hemos atascado y necesitamos a una experta como tú? —Jota magnánimo y todo buen humor.

Rebeca, sorprendida, emocionada, tragando saliva mientras acababa con el último sobao de la bandeja comunal. Estaba deseando que llegase el domingo, cuando su padre les traía los palucos de Cabezón, que llevaban coco y eso a la niña le encantaba.

—Pues claro que os ayudo, que yo ya hice muchos techos el año pasado —ella encantada, agradecida. Todo sonrisas y las mejillas un poco demasiado rojas.

«Igual me equivoqué al chivarme a Asier —pensó Rebeca por la noche, con la cremallera del saco hasta arriba, una medida que de poco le servía—. A lo mejor se lo tengo que contar a Jota y él me ayuda. Seguro que su familia tiene contactos y eso y me pueden ayudar.»

Y Jota, enternecido con la niña: «Qué mona, la hija de Saúl. Qué tío, ojalá fuera mi padre y tú y yo fuésemos hermanos».

Llegó el fin de semana y Saúl Tovar, previsor, los aireó un poco de adobes y techados. Los cargó a todos en el microbús y se los llevó el sábado a Oñati, en Guipúzcoa, cerca de la frontera con Álava. Todos agradecieron la excursión y el descanso que suponía para unas manos que comenzaban ya a encallecerse. Montaron en el vehículo, expectantes, sin preguntar demasiado.

A Rebeca todavía no le había dicho que iban a visitar la cueva de Sandaili, no fuera a negarse y tuvieran una escena desagradable. Saúl no soportaba fisuras en su imagen pública. Le había costado tanto construírsela…

De modo que la ubicó en el asiento de copiloto, con su cinturón bien colocado, y le dio conversación y entretenimiento durante las dos horas que duraba el viaje.

El paisaje no cambió demasiado: verde por verde, eucaliptus y pinos por robles y hayas, árboles rozando los cristales en cuanto la carretera se estrechó, un día magnífico de verano que prometía quedar en un recuerdo inolvidable.

—Me alegra muchísimo haberte traído conmigo, hija —le confesó Saúl en cierto momento después de rascarse la barba que se dejaba crecer todos los años durante las vacaciones.

Así descansaba de tanto afeitado, la tenía tan espesa y cerrada que enseguida le ocultaba las facciones. Y soltó la mano derecha de las marchas y la alargó hacia la de ella.

Su hija miró su mano, se la sabía de memoria. La miraba mucho: era una mano fibrosa y larga, de gigante culto. Rebeca tenía fijación por las manos desde hacía un tiempo. Le avergonzaba reconocer en su interior que clasificaba a la gente en función de sus manos.

Si se parece, no me gusta esta persona.

Si es distinta, le doy una oportunidad.

Pero su padre estaba aquellos días tan encantador, tan comunicativo, siempre solícito y atento, y ella, hija única, a veces caprichosa en sus deseos: pues me compras este libro y el otro, pues me llevas aquí y allá. Y él, complaciente, dándoselo todo a su princesa.

—Gracias por estos días, papá. —Y cogió su mano y la apretó, caliente—. De verdad. Gracias por traerme al poblado cántabro y dejar que sea feliz con lo que más feliz me hace.

—Hija, no podría hacerlo de otra forma. Ahora somos tú y yo. Y la tía. No vuelvas a hacerlo, no vuelvas a traicionarme. Solo os tengo a ti y a tu tía —repitió—. No me dejéis solo. Y te quiero, te quiero muchísimo, mi niña.

«No soy una niña», estuvo a punto de decir. Pero calló por instinto y retiró la mano.

Transcurrió un rato, ambos en silencio; a Rebeca le inquietaban aquellas curvas de carretera conocidas.

—¿Adónde vamos, papá?

—A la cueva de Sandaili.

Rebeca tragó saliva y enrojeció hasta las orejas.

«A la cueva de Sandaili no, Barba Azul», fue capaz de pensar en medio del pánico.

A Sandaili no, en aquella poza bajo las estalactitas que lloraban agua empezó todo.

13

TXAGORRITXU

20 de noviembre de 2016, domingo

Dos mujeres, pelirroja y morena, salieron simulando calma de la habitación azul desde donde un hombre derrumbado, una sombra deformada del recio padre que fue, gritaba «¡Kraken, Kraken, Kraken…!».

«Vaya mierda de idea que he tenido», pensaba Estíbaliz por el pasillo de la residencia de Txagorritxu.

Tiró del brazo de Alba, que fingió delante del enfermo de alzhéimer no percatarse de la incómoda situación, y ambas amigas entraron en el ascensor metalizado como quien sube del infierno a tomar un poco de aire.

Alba se había prestado a acompañar a Estíbaliz a la visita semanal a su padre a la residencia de Txagorritxu. No es que no se sintiera segura, pero su padre se ponía menos violento con los desconocidos y ella se ahorraba la consabida llamada al enfermero de turno para que le inyectasen el penúltimo calmante de la jornada.

Y fue entonces, bajando las escaleras de la entrada, cuando una mujer de unos sesenta años con una enorme bufanda de colores chillones se las quedó mirando y comenzó a increparlas con gestos enérgicos:

—¡Parece mentira! ¡Cómo nos engañaste a todos! —gritó, y su dedo amenazante señalaba directamente a Alba.

—¿Perdone? ¿Me está hablando usted a mí? —preguntó ella extrañada.

—Sí, a ti te hablo. Eres la comisaria Salvatierra, ¿verdad?

—Subcomisaria —aclaró.

—Tú viniste al funeral de mi hijo, Mateo Ruiz de Zuazo, tú me consolaste.

Alba y Estíbaliz recordaron a la vez: la víctima de treinta años que apareció bajo la hornacina de la Virgen Blanca en plenas fiestas.

—Tú me aseguraste que cogeríais al culpable…, y dormías con él cada noche —prosiguió la mujer, hecha un flan de pura rabia—. ¿Cómo es que tú no estás en la cárcel?

—Porque no soy culpable de nada, señora —contestó Alba muy despacio. Alguien tenía que mantener la calma en aquella situación.

—¿Y el juez te ha creído?

—No he sido ni sospechosa ni acusada en ningún proceso penal. Fui ajena a la actividad delictiva del que fue mi marido. Comprendo su dolor, pero…

—¡Eso cuéntaselo a otra! Hasta que no pierdas a un hijo no puedes comprender nada.

Alba renunció a contar hasta diez, se evadió pensando en la torre de Laguardia donde se escondía del mundo, mirando la sierra de Unai. Se protegió la barriga en un gesto inconsciente.

—Siento que lo vea así, pero cumplí la promesa que le hice y averiguamos la identidad del asesino de su hijo, a un coste personal altísimo, debo decirle.

—¡Tonterías, algo tenías que saber! Las mujeres de los asesinos siempre os hacéis las tontas. Nadie mata a veinte personas sin que otros miren a otro lado.

«No va a razonar —se dijo Alba—. Esto no es personal. Soy lo más cerca que va a estar nunca del asesino de su hijo. No es personal.»

—Siento que lo vea así. Le deseo que pase una buena tarde, señora —se despidió amable pero firme. Y dio por concluida la conversación.

Dejaron atrás a la mujer de la bufanda desproporcionada y salieron al jardín de pinos. Algunas ramas todavía retenían la nieve de la mañana, pero apenas había cuajado y decidieron sin mediar palabra acercarse a un banco pintado de un verde ya descascarillado que se ocultaba de la mirada menguada de la anciana población de la residencia.

—¿Es la primera vez que te pasa? —la tanteó Estíbaliz.

—No te preocupes ahora por eso, sentémonos en ese banco apartado. Necesito descansar un poco de tanta tensión. Está siendo un mes más movido de lo que esperaba.

Estíbaliz accedió y se sentó a su lado. Permanecieron calladas un buen rato, pero Alba no quería desaprovechar la situación y rompió el fuego.

Su trabajo la obligaba a ser directa y abordar temas delicados a diario, sabía que Estíbaliz soportaría el interrogatorio.

—Esti, tu padre te pegaba, ¿verdad?

La pelirroja se revolvió en el banco, alargó un brazo y tomó una pequeña piña redonda del pino más cercano. Empezó a jugar con ella, por ahí le afloraban los nervios. Por las puntas de los dedos. Siempre le pasaba: un boli, la goma del pelo…, malditos chivatos.

—¿Tanto se nota? —admitió por fin.

—No lo has tocado, estabas rígida, todavía le tienes miedo. Lo he visto en muchas víctimas.

—No soy una víctima —replicó. ¿Cuántas veces se lo había repetido al espejo?—. Mi viejo tiene alzhéimer, puedo reducirlo en tres segundos. No le tengo miedo.

A Alba no le impresionaron las bravuconadas de su amiga.

—¿Por eso te especializaste en Victimología?

Estíbaliz se rindió por fin, bajó la guardia, abrió la pequeña compuerta de los sótanos de su muro.

—Quería saber qué me convirtió en víctima para no serlo nunca más, con ningún hombre.

Alba se limitó a ponerle la mano sobre el muslo, para darle un poco de fuerza, un poco de calor, un decirle «estoy aquí y a mí me lo puedes contar». Alba tenía un poco de sanadora con aquel tacto tranquilo y cálido.

—Verás —continuó Estíbaliz después de pensarlo un poco—, creo que por mucho que nazcas con una personalidad fuerte y de superviviente, que no permitas las palizas, los malos tratos, los abusos…, la realidad se impone en la infancia, y si eres un niño o una niña con un cuerpo de veinte kilos, no puedes evitar que un adulto te convierta en una víctima de su fuerza. Y pienso que sigue pasando cada día. Me refiero a la violencia intrafamiliar, a los abusos no detectados, no denunciados, a veces permitidos por madres que miran hacia otro lado. ¿Cómo evitan esos niños y niñas más débiles físicamente convertirse en víctimas? Es imposible, no pueden. Después quedan secuelas en un carácter que de otro modo no habría tenido rasgos patológicos.

Alba asintió comprensiva. Qué le iban a contar a ella de rasgos psicopáticos.

—Tu anterior novio, el tal Iker…, era un buen tío, ¿verdad?

—Incapaz de matar una mosca, sí.

—Por eso lo elegiste, porque te sentías a salvo en esa relación, porque sabías que nunca te levantaría la mano, ¿no es cierto? Buscaste un protector.

—¿Eres psicóloga?

—Todos lo somos un poco en este trabajo.

—Pues tú sola te has respondido, entonces —admitió.

—Pero cortaste con él hace unos meses. Te sientes ya fuerte.

Estíbaliz asintió y se llevó la mano al colgante de plata del *eguzkilore*.

—Fue con la muerte de Eneko, mi hermano mayor. Él me protegió de mi padre, aunque me metió en un mundo de sustancias que me dañaban y me convirtieron en dependiente. Pero en realidad estaba enganchada a él, a la protección de mi hermano, no a las drogas que me pasaba. Por eso no he vuelto a probarlas desde que murió, y tengo la seguridad de que no volveré a hacerlo, pese a que Unai aún desconfía. Él no ha entendido todavía que me drogaba por Eneko, y que sin Eneko no hay drogas. Estoy limpia, estoy limpia de Eneko. Su muerte me desenganchó de él, y también de necesitar protección, por eso corté con Iker pocas semanas después. Me di cuenta de que ya era adulta, de que este trabajo y todo lo ocurrido me han convertido en adulta por el camino. Mírame, apenas mido metro sesenta, nunca seré físicamente como un hombre, no tendré su fuerza y cualquier detenido me puede hostiar, pero ya no vivo en un mundo en el que alguien con cincuenta kilos más que yo me patea todas las mañanas si no desayuno las galletas rancias.

—Pero sigues eligiendo a tipos buenos como Unai, de él no te has desenganchado, ¿verdad? Lo sigues queriendo.

A Estíbaliz se le escurrió la piña entre los dedos, qué sentido tenía mentirle a Alba.

—¿Cómo lo has sabido? —susurró.

—Cuando tu padre te pegaba…, tú llamabas a Kraken, lo llamabas para que te salvara, por eso tu padre recuerda su mote. Lo que recuerda en realidad es a ti gritando su nombre.

—Eso es cierto. Gritar su nombre era una vía de escape, una manera de que todo pasase más rápido. Nunca esperé que viniera a salvarme. Lo mío con él nunca ha ido en esa dirección.

No había ni rastro de rencor, de hostilidad o de competitividad en su actitud, solo veía en Alba una amiga a la que contar.

¿Contar qué? Pues todo: por fin la verdad saliendo de su boca, una confidente que no la juzgaba.

—Unai es mi amor, mi único amor, el único tío al que de verdad he querido y del que he estado siempre enamorada, desde los trece años, cuando Eneko y Lutxo comenzaron a ir juntos al monte y a veces coincidíamos con Unai. Eran los tiempos del doble crimen del dolmen.

«Cuando tu marido comenzó a matar niños», se calló Estíbaliz porque consideraba a Alba la primera víctima de Nancho.

—Unai tenía veinte años —prosiguió, con una nueva piña entre los dedos—, yo no tenía nada que hacer con él. He intentado no quererlo, muchas veces, sobre todo cuando empezó a salir con Paula, una de mis mejores amigas. Me sentía mal con ambos, quería quitarme de en medio. Cuando ella murió, yo también me quise morir. Veía el dolor de Unai, cómo le destrozó aquel accidente brutal, cómo se tomó que los hijos que ella llevaba en su barriga no vivieran… Creí morir cuando lo vi sufrir de aquella manera. Solo quería que terminase, que no sufriera más. Lo salvamos entre todos: su abuelo, Germán, la cuadrilla, el ritmo calmado de Villaverde… Se apoyó en nosotros y se dejó ayudar. Por eso sé que su afasia de Broca no va a terminar con él. Ya no es virgen en esto de los golpes, se está haciendo más fuerte, está echando corteza, como su abuelo. Unai será un centenario que se retirará a su pueblo cuando se jubile, y nadie habrá podido acabar con él.

Alba sonrió, tomó a Esti por el hombro y la atrajo hacia ella. Esti apoyó la cabeza en el hombro de su amiga.

—Siempre lo he sabido —dijo Alba por fin—. Y él, Unai, ¿lo sabe?

—Es un tío, ni se entera —sonrió Estíbaliz encogiéndose de hombros.

—Eso es cierto, es tan… blanco. Y por eso se ha ganado ser quien es en nuestras vidas, en la de ambas, ¿verdad? Porque nunca nos haría daño aposta —dijo Alba.

—Sí, creo que es por eso. Oye, esto no va a acabar con nuestra amistad. Dime que no. No soporto el tópico ese de la rivalidad femenina.

—No por mi parte. Tú lo cuidas, él cuida de ti. Eres lo mejor que le puedes pasar como amiga. Quiero que estés en su vida, quiero que lo sigas queriendo bien. Y yo tampoco tengo nada que decir, él te ha elegido, creo que eres familia para él, una hermana, mucho más que una amiga.

—Sí, asumí desde siempre mi papel de pagafantas —suspiró Estíbaliz al escuchar la risa blanca de Alba—. No bromeo. Cuando conoció a Paula a mí ni me vio, yo era transparente en su radar. Me fue contando todos sus avances con ella, y Paula hacía lo mismo. Estaban locos el uno por el otro, y yo en medio, de confidente de ambos, de dama de honor con aquel vestido morado, sí, morado, en su boda. Pero ¿sabes?…, me metí en la academia de Arkaute por él, por estar a su lado todos los días de mi vida hasta mi jubilación. Todos. Lo veía más que Paula, me contaba secretos que a ella no podía confiarle. Esa fue mi elección, lo quiero tanto que ni siquiera deseo acostarme con él y arriesgarme a perderlo. Lo quiero tanto que lo quiero todo de él, y todo es lo que tengo: lo veo todos los días, le puedo llamar a todas horas, puedo encaramarme a su cama de hospital, puedo comer todos los días de la semana con él, puedo desayunar con él. Tengo a la persona que quiero a mi lado y así va a ser toda nuestra vida. Créeme, no tengo el premio de consolación.

—No tienes nada que no merezcas. Solo sois dos buenas personas que se cuidan una a otra. Si alguna vez yo no estoy, si yo fallo, sé que vas a seguir a su lado, cuidando de él.

—Qué hostias vas a fallar tú, qué dices de que un día no vas a estar... ¿Te pasa algo, Alba? —Estíbaliz se separó de ella alarmada.

—Qué me va a pasar, era un deseo en voz alta... —la tranquilizó, debía hacerlo—. Y basta ya de hablar de hombres, dijimos que no hablaríamos de ellos. Cambiemos de tema de conversación, ¿quieres?

—Pues ya que estamos en plan confesionario, quería saber una cosa..., como jefa, no te enfades, ¿vale?

—Dilo, Estíbaliz. ¿Qué te carcome?

—No me has preguntado nunca por mis adicciones, algunas constan en mi expediente.

—Te observo. Si detectase que no vienes a trabajar en buen estado, tendríamos una charla y mi tolerancia es cero, pero ya que tienes personalidad de adicta, prefiero sepultarte bajo montañas de trabajo y darte responsabilidades para que no tengas tiempo de pensar en otra cosa.

—¿Por eso me has asignado el caso?

—El caso va a ser complicado, por eso te lo he dado a ti. Y tienes refuerzos, úsalos. No te quemes como Unai, a ver si tú delegas más que él, ¿de acuerdo?

—Oído —dijo Estíbaliz.

Cualquier consejo le venía bien, el traje de inspectora al frente en solitario se le antojaba una talla superior a la que ella usaba.

—Creo, en todo caso, que te falta una meta en la que enfocar toda esa energía que te sobra. Estoy pensando en la Victimología. En que te impliques en un proyecto para prevenir que haya más niñas abusadas. Yo llevo tiempo dándole vueltas a una idea, tal vez tú y yo podamos ponerla en marcha —la tanteó Alba.

—¿De qué se trata?

—Se trata de crear una Unidad de prevención que vaya por los colegios. Empezaríamos por Álava, yo tengo el puesto y los contactos adecuados. Prevenir que abusen de niños y niñas en sus casas, en las extraescolares, concienciar a los profesores para que no miren a otro lado y sean capaces de detectar abusos o señales de alarma. Educar a los niños para que no se conviertan en celosos, posesivos o machistas, educar a las niñas en la autoestima y que no permitan ninguna clase de abuso. Dar charlas, cursillos de autodefensa en institutos… ¿Qué te parece?

Estíbaliz sonrió, muy lejos de allí. Se había trasladado a su caserío a las faldas del Gorbea. La niña que fue le sonrió también, hecha un ovillo. Tal vez no necesitara nunca más llamar a voz en grito a Kraken.

14

LA PLAYA DE PORTÍO

21 de noviembre de 2016, lunes

Estíbaliz y yo habíamos partido rumbo a Cantabria a primera hora. Teníamos dos visitas que hacer en el mismo día.

Mi compañera conducía, yo me sentía ya bastante seguro manejando un coche, lo había hecho desde la primera semana que volví de baja a Villaverde: quizás no pudiese comunicarme oralmente, pero me negaba a ser una carga para el abuelo y para mi hermano Germán, así que practiqué durante días por los caminos de parcelaria entre Villaverde y Villafría, levantando polvo con el Outlander, pese a que con la debilidad de mi lado derecho me resultaba complicado cambiar de marcha. Pero como todos los procesos automáticos, mejoraron con la práctica.

Aun así, todavía no me había atrevido a emprender ningún viaje fuera de Álava y preferí que Esti llevase el coche de nuestra Unidad.

Introduje en el GPS los datos del MAC, el Museo de Arqueología de Cantabria, a cuyos dueños conocía. Quería acercarme para hablar con Héctor del Castillo, el historiador que gestionaba aquella iniciativa privada.

Tasio llevaba demasiadas décadas fuera de su profesión como para darme la información que yo precisaba. Sabía que Héctor me ayudaría.

Siempre lo hizo.

Confiaba en él.

También habíamos quedado con el inspector Pablo Lanero,

alias Paulaner. Teníamos que ponernos al día y concretar de qué manera íbamos a colaborar en la investigación.

Enfilamos hacia Bilbao, luego pasamos Castro Urdiales y Laredo, bordeamos la bahía de Santander por El Astillero, y al llegar a Santa Cruz de Bezana nos desviamos hacia Liencres.

De allí nos dirigimos hacia la playa de Portío, en plena Costa Quebrada, un paraje que conocía demasiado bien. Casi en el borde de un abrupto acantilado se alzaba el imponente edificio rojo que un día fue la casa de un indiano del siglo XIX, el marqués de Mouro. Sus iniciales todavía resistían labradas en la puerta de madera de la entrada.

Estíbaliz se quedó extasiada en cuanto aparcó el vehículo tras la explanada de césped del museo y saltó de él. Recuerdo que allí siempre corría mucho viento, pero el paisaje agreste de los acantilados cortados a hachazos y la visión de los urros, como llaman los cántabros a las rocas que emergían a pocos metros de la costa, era demasiado poderosa como para ignorarla.

—Guau… —se limitó a decir mi compañera, parada al borde del acantilado.

—Sí —convine con ella. *Sí* era sencillo de pronunciar. Una ese líquida y una vocal discreta que no sonaba estridente como el grito de un urogallo.

Esti me miró con gesto cómplice, creo que feliz por ser testigo directo de mis intentonas orales.

Me vino bien respirar el salitre del aire, pese al molesto viento, demasiado cálido para un día de noviembre, y a la sensación de que iba a ponerse a llover de un momento a otro.

Me sentí un poco abrumado por la colección de recuerdos que llegaron en tropel al volver a aquella costa que había sido tan importante para mí años atrás. Tenía un asunto pendiente con el dios de aquel mar, llevaba un par de décadas evitando meterme en aquellas aguas, el Cantábrico era para mí un lugar amenazante y traicionero. Traté de que Estíbaliz no se percatase de mi desagrado.

Ella no sabía.

Nada.

Nunca se lo conté.

Y me molestó, me molestó mucho saber que Lutxo había compartido aquellos detalles con Eneko, el Eguzkilore.

En ese momento otro coche aparcó junto al nuestro y Paulaner salió de él, no sin cierta dificultad. Había engordado bastante desde la última vez y lo encontré algo más torpe. Se había dejado crecer una de esas extrañas barbas sin bigote que rodean toda la mandíbula, y su parecido con el monje de la cerveza no había hecho más que acrecentarse.

—Mi querido Unai —me saludó efusivo con un abrazo—. ¡Cuánto me alegra verte de nuevo!

Yo le hice un gesto para expresar «Y a mí también», y el viejo inspector me devolvió una mirada de consternación.

—Ah, vaya…, que no podías hablar. Ya me enteré, ya. De verdad que lo siento, chico. Lo siento mucho.

Me encogí de hombros y le sonreí, ocultando mi incomodidad. No me gustaba ver cómo mi lesión afectaba a los que me querían. Me recordaba que era un cobarde por no haber hecho nada en meses por recuperar el habla.

—Soy la inspectora Gauna —se adelantó Estíbaliz, y alargó la mano para presentarse.

—Encantado, inspectora. Cuídeme bien al compañero, que por estos pagos se le aprecia mucho —le dijo, y le dio una palmada en la espalda que por poco la tumba.

—Eso hacemos, inspector. Eso hacemos —contestó ella sonriente.

—Pues vamos entonces a hablar con Héctor del Castillo. Os agradezco mucho que me hayáis resuelto el robo del Caldero de Cabárceno. La prensa lo ha tratado con mucha discreción, pero si no llega a aparecer una pieza tan emblemática como esta, los de arriba no habrían tardado en echarnos a los perros.

—La verdad es que habríamos deseado encontrar el caldero en otras circunstancias —comentó Estíbaliz—. Vamos a ver adónde nos lleva todo esto. Ah, y dele las gracias a su compañero por el informe de la chica de Fontibre.

—Para eso estamos —asintió rascándose la barba con una sonrisa beatífica—. Algo me dijo de un caso antiguo, pero yo no trabajé en él en su momento.

—En todo caso, veamos si Héctor del Castillo puede aportarnos algo —dijo mi compañera.

Traspasamos el umbral del edificio restaurado para subir a la cuarta planta, donde Héctor tenía el despacho. Le había enviado un correo el día anterior, en cuanto Estíbaliz y yo decidimos que teníamos que hacer una visita a Cantabria, y Héctor no se demoró con su amable respuesta.

Lo encontramos de espaldas, contemplando las vistas espectaculares desde el ventanal de su despacho. Me dirigió una mirada afable y confiada, y se acercó a nosotros.

Héctor tenía varios años más que yo, y su eterno uniforme trajeado de directivo le añadía seriedad. Era un hombre no muy alto, de pelo y ojos claros, castaños, mandíbula cuadrada y modales tranquilos. Pensaba siempre sus respuestas y no parecía alterarse por nada. Sabía de su pericia en temas arqueológicos y quería consultar con él mis dudas después de lo que había visto en el túnel de San Adrián.

—Inspector Lanero… —saludó Héctor a Paulaner con una sonrisa—. Inspector Ayala, ¡no sabe cuánto me alegra volver a verlo! Bienvenido a la tierruca de nuevo, ¿nos echa de menos?

Nos dimos un cálido apretón de manos y asentí.

Al principio no se percató de mi afasia, pero mi compañera acudió al rescate antes de que la situación se tornase incómoda.

—Soy la inspectora Estíbaliz Ruiz de Gauna, puede llamarme inspectora Gauna. Estoy al frente de una investigación en la que está involucrada la pieza que fue robada de este museo, el Caldero de Cabárceno. El inspector Ayala es uno de nuestros peritos ahora, ya que se está recuperando de la afasia que le produjo una lesión cerebral en un caso anterior. Es por eso que no puede hablar con usted.

—Puedes tutearme, no soy tan viejo —contestó tranquilo, invitándonos a sentarnos en las sillas vacías frente a la inmensa mesa de nogal de su despacho mientras él ocupaba un butacón de cuero—. En cuanto a las actuales circunstancias del inspector Ayala, no me eran ajenas, pese a que preferí no tocar el tema ayer, cuando contactó conmigo, pero estos pasados meses ha sido imposible abstraerse del revuelo mediático de los crímenes que tuvieron lugar en Vitoria. Tú dirás, inspector Ayala, cómo te encuentras más cómodo a la hora de que nos comuniquemos.

—Yo escribo en el móvil, te lo muestro, tú respondes —tecleé de corrido, y Héctor sonrió.

—Con muletas —murmuró—, como quieras, inspector. Sea.

—El viernes nuestra comisaría contactó contigo y con el director del Museo de Prehistoria para informaros de que la pieza robada había aparecido. Sabemos que la Unidad de la Científica y nuestra Brigada de Patrimonio Histórico ya se están coordinando con los técnicos para devolver el caldero y que sea restaurado debidamente en cuanto la comisaría de Vitoria obtenga todos los datos para la investigación en curso —comenzó Paulaner.

—Correcto —nos confirmó Héctor.

—El inspector Lanero nos ha facilitado el informe con tu declaración y la de los empleados, por lo que no vamos a insistir en ello —prosiguió mi compañera—. Por lo que sé, la pieza se colocó en una vitrina en el marco de una exposición temporal dedicada a la cultura celtibérica en la cornisa cantábrica. El salón en el que se montó no tiene cámaras de seguridad. Sé que has puesto a su disposición las grabaciones de las cámaras de entrada al edificio, pero no se ha apreciado nada inusual más allá de los visitantes y los empleados. También se tomaron huellas de todos los marcos de las ventanas por las que pudo salir el ladrón o ladrones, pero no han encontrado ninguna coincidencia con delincuentes fichados por delitos similares.

—Así es. Este museo es un empeño de mi familia y está financiado por el patrimonio de mi hermano fallecido, Jairo del Castillo, que en vida fue un conocido mecenas. Pero debes entender que no contamos con los recursos económicos de otros museos públicos, por lo que la seguridad se limita a esas cámaras en la entrada y al personal de seguridad que hace rondas diurnas. No tenemos a nadie contratado por la noche, nunca antes nos ha hecho falta. Fue especialmente triste que nos robaran esa pieza porque, amén de la querencia sentimental que le tengo como todo historiador cántabro, era una cesión temporal del Museo de Prehistoria de Cantabria, lo que nos colocó en una posición muy incómoda. No sabéis el alivio que me supone que la hayan encontrado, pese a que, si dos inspectores de la Unidad de Investigación Criminal habéis venido desde Vitoria, me inquietan mucho las circunstancias en las que ha aparecido. Entiendo que queréis hablar de ese tema conmigo, ¿verdad?

Asentí, a Héctor no solía escapársele nada. Tenía una visión bastante panorámica de los acontecimientos.

—Lo que aquí se va a hablar es confidencial y estamos tratando y compartiendo información reservada. El juez instructor ha decretado secreto de sumario —intervino Estíbaliz.

—Lo entiendo perfectamente, podéis contar con mi discreción. ¿Para qué han usado el caldero? —preguntó serio al tiempo que suspiraba, como si pudiese anticipar la respuesta—. ¿Ritos de agua?

—¿Perdona? —preguntó Estíbaliz sin comprender.

—Preguntaba si el caldero se ha usado en algún tipo de ritual en el que el agua haya estado implicada.

—No sabemos si ha habido ritual, pero hemos encontrado un cuerpo cerca del caldero —escribí, y se lo mostré.

—¿Colgado de los pies, tal vez de la rama de un árbol?

—Tal vez, sí. Tal vez —intervino Estíbaliz, tan pasmada como yo.

Paulaner se revolvió en su butaca, intranquilo.

Héctor nos miró con preocupación y se levantó de su butacón. Buscó en las estanterías plagadas de volúmenes pesados de Historia y puso frente a nosotros un atlas de Arqueología abierto por una página donde una lámina a todo color mostraba un caldero similar al de Cabárceno, pero más decorado.

—Es el Caldero de Gundestrup, encontrado en 1891 en Dinamarca. Quiero que os fijéis en este relieve del repujado de plata: es el dios Taranis, el dios Padre, sumergiendo a un guerrero en un caldero.

Estíbaliz y yo vimos una imponente figura que cogía a un hombre de los pies y pretendía introducir su cabeza en el recipiente.

Héctor pasó de página y nos mostró otra pieza similar, también con una figura que sostenía un par de calderos.

—Si queréis un ejemplo más cercano, tenemos la Diadema de Moñes, encontrada en Asturias en el siglo XIX, y también de la cultura celta, en este caso castreña: siglos III al I a. C. Eran ritos propiciatorios, tenían que ver con la fertilidad. El agua como símil del esperma que engendra la vida.

—¿Tiene algo que ver con el culto a las Matres?

—¿Las Tres Madres? Claro, fue un culto muy extendido por

toda el área de influencia celta, también aquí, en la cornisa cantábrica. Después los romanos las adoptaron y el culto pervivió en aras votivas.

—¿Tiene sentido que este ritual se haya llevado a cabo en el túnel de San Adrián?

Héctor lo pensó durante un momento con calma.

—Lo cierto es que la ermita primitiva, no la actual, se erigió en honor a la Santísima Trinidad, así que los vascos la llamabais Sandrati o Santatria, por eso luego derivó en Sant Adria debido a la transcripción de un escribano de la época y finalmente en San Adrián. La tríada... y luego las tres Matres, sí, tiene sentido. Me cuadra la elección del lugar. Tenemos de nuevo el elemento triple, es una constante en la cultura celta. También es cierto que existe un túmulo prehistórico donde comienza Álava llamado el Alto de la Horca, donde colgaban a los bandoleros que campaban a sus anchas por aquellos montes tan transitados, por eso se le llamaba la Frontera de los Malhechores. Por otro lado, siempre se ha dicho que el túnel tiene pasadizos acuáticos que llevan a otros lugares de culto donde sí se han encontrado altares dedicados a las Matres, en Zegama.

—Sí —me animé a pronunciar en voz alta. No sé por qué, pero con Héctor no sentía tanta vergüenza como con el resto de la humanidad—. Conocíamos el dato —me apresuré a escribir, después de comprobar que me había salido un «sí» demasiado estridente.

Héctor fingió no darse cuenta de mis esfuerzos vocales.

—¿Qué hay de Fontibre? —preguntó Estíbaliz—. ¿Te encaja como lugar para un ritual similar?

—¿Fontibre, *Fontes Iberis*?, ¿las falsas fuentes del Ebro, como las llamó Plinio el Viejo? Más agua, más ninfas, más diosas celtas... El culto a esas aguas ha pervivido hasta nuestros días, como sabéis. En este caso es la devoción mariana quien la mantiene viva con las cintas de colores que los fieles anudan en el nacimiento del río. No debió de diferir mucho de los rituales de antaño. Los celtas también acostumbraban a anudar cintas de colores en los árboles sagrados en torno al sacrificado.

Pero yo me había quedado atascado en su mención de los «ritos propiciatorios».

—Héctor —escribí—, hay un dato que todavía desconoces y es que ambas mujeres, en San Adrián y en Fontibre, estaban embarazadas. No me cuadra con un rito propiciatorio de fertilidad.

Su rostro cambió, vi un temor mucho más oscuro en sus ojos de avellana.

—¿Embarazadas? Por Dios…, entonces la naturaleza del rito es otra. Habéis dicho que aparecieron colgadas, y deduzco, pese a vuestros esfuerzos por escatimar datos de la investigación, que sus cabezas estaban en el interior del caldero con agua, o en el caso de Fontibre, sumergida en el río. Tan solo os haré una pregunta: ¿también las quemaron?

—¿Quemadas? —se espantó Estíbaliz—. No, no que sepamos todavía. Aún no disponemos de la autopsia de una de ellas, y no hemos recibido la de la segunda. ¿Por qué, Héctor? ¿Por qué hablas de quemaduras?

Héctor se levantó de nuevo, y su inquietud me preocupó a mí también. Me preocupó mucho.

—Porque entonces hablamos de la Triple Muerte celta, originalmente llamada la *threefold death:* ahogar a la víctima, colgarla y quemarla, hay diferentes versiones. Quiero que leáis esto —dijo, y nos acercó un pequeño libro de tapas de cuero, tan manoseadas y desgastadas que me pregunté por su fecha de edición.

Estíbaliz se acercó con curiosidad.

—Está en latín, Héctor. No sabría decirte lo que pone —le hizo ver.

—Te ruego me disculpes, no me había dado cuenta —se excusó un poco azorado—. Es la *Farsalia,* de Lucano, siglo i d. C. Leo: «Los que aplacan con horrendo sacrificio al cruel Teutates y al horrible Esus, el de bárbaros altares, y a Taranis, cuyo altar no es menos cruel que el de la Diana escita». Para los sacrificios en honor a Teutates, ahogaban a un hombre sumergiéndolo en una tinaja o caldero. En honor de Esus, lo colgaban de un árbol. Y para honrar a Taranis lo quemaban vivo, encerrado en una estructura ígnea vegetal en forma de maniquí. No sé si habéis oído hablar de «El hombre de mimbre», *The wicker man,* una película con Christopher Lee de 1973 que tuvo un *remake* en 2006 con Nicolas Cage. La película trata de un culto que llega a nuestros días y en el que sacrifican hombres dentro de un muñeco gigante de mimbre, al estilo celta.

—¿Crees que esto puede ser obra de un culto neopagano o de una secta de inspiración celta? —preguntó Estíbaliz.

—Rotundamente no. Si bien desde el siglo XVIII ha habido un resurgir del nacionalismo celta por toda Europa, y existen asociaciones recreacionistas y de tipo cultural, no tengo constancia de sectas de este tipo en los últimos años, no en la península ibérica. Además, pienso que no hace falta una entidad o grupo organizado, basta que para alguien tenga sentido el castigo, cualquiera que haya leído a ciertos clásicos sabe de la Triple Muerte, y los lugares…, los lugares son de libre interpretación. San Adrián y Fontibre tienen un significado muy potente para sus vecinos. Desde siempre, es algo atávico. Ha habido ritos, plegarias, rezos… Demasiadas culturas y sucesivas religiones como para que os las nombre, pero los lugares de culto, algunos, los más poderosos, permanecen, se adaptan, siguen ahí. La Triple Muerte tiene un fondo mítico indoeuropeo muy antiguo, cuyo origen es anterior a la Edad del Bronce. Ha pervivido en el imaginario celta por tierras atlánticas hasta Hispania, y en tradiciones literarias populares de origen celta en Galicia, Asturias y Cantabria…, y no solo aquí. Aparece en narraciones medievales de la mitología celta irlandesa, es mencionada en textos del ciclo artúrico y también en el *Libro de Buen Amor* del Arcipreste de Hita. En resumen: ha habido una continuidad, al menos oral y testimonial, que ha sido recogida por escrito a lo largo de los siglos.

Se giró hacia nosotros, que le escuchábamos sin perder detalle, y añadió:

—¿Habéis oído hablar de los cuerpos del pantano, las momias de las turberas?

—No. —Negué con la cabeza tras animarme a pronunciarlo.

—En el endogámico mundo de la arqueología del siglo XIX no se hablaba de otra cosa. Las excavaciones se profesionalizaron y se sistematizaron. Los ríos como el Támesis, las ciénagas, los pantanos se drenaron. Comenzaron a aparecer momias, perfectamente conservadas debido al medio ácido del agua y la tierra que las acogió, en las turberas y pantanos de la Europa húmeda: Irlanda, Holanda, Dinamarca, Gran Bretaña… Tal vez os suenen el Hombre de Tollund o el Hombre de Lindow. Se han examinado con técnicas criminalísticas forenses y hemos podido deducir que fueron víctimas de complejos sacrificios rituales: quemados, ahorcados y sumergidos en las aguas. Sobre el Hombre de Lindow, por ejemplo, encontrado en 1984 cerca de Manchester, el estudio paleopatológico determinó que murió debido a un triple sacrificio ritual a mediados del siglo I d. C. Era una persona de la élite local, conservaba las uñas y el bigote bien cuidados. Encontraron restos de tortas de cereales en su estómago, y frutos de muérdago, la planta sagrada para los celtas, según contaba Plinio.

—Y entre esos cuerpos del pantano…, ¿se han encontrado mujeres?

—Sí, numerosas, de hecho. Como la hallada en 1835 en Gunnelmose, cerca de la antigua capital medieval danesa, a la que se ha relacionado con la legendaria reina noruega Gunnhild o Gunilda, viuda del rey Erik Blodoxe, nacido en 946. Fue violada y ahogada en el pantano por orden de Harald Blotand, el famoso Harald Bluetooth cuyas runas tenéis ahora en todos vuestros móviles debido a que la compañía danesa Bluetooth lo adoptó como logo.

—Has hablado de castigo —le interrumpió Estíbaliz, centrándolo en lo que nos interesaba.

—Así es. La Triple Muerte se considera una expiación o castigo por haber ofendido a divinidades. Si me decís que las víctimas están embarazadas es porque han ofendido a las tres Matres y el mensaje del ejecutor es claro: no deberían ser madres, o padres, si la víctima fuese un hombre que espera descendencia. No deberían tener esos hijos, que se les ofrecen en cambio a las Matres para que cuiden de ellos mejor que sus propios progenitores. Es alguien que cuida de los niños o niñas que nacerán, está preocupado y los salva de sus padres de esa manera.

—¿Por qué se las castigaba, Héctor? —escribí con la boca seca—. En el pasado, a esas víctimas en concreto. ¿Cuál fue su crimen?

—Se las castigaba por violar tabúes, o por crímenes graves, como el asesinato de parientes, considerado capital en las antiguas leyes irlandesas.

—Me cuesta pensar que una persona pueda matar mujeres embarazadas hoy en día con la intención de proteger a esos niños no natos —escribí.

—Hay una cadena de violencia que se remonta al Paleolítico —pronunció Héctor como si fuese un mantra, mirando el ventanal—. Por cierto, va a llover, hace tres días que sopla el ábrego. Os puedo prestar un paraguas.

—¿Perdona? —escribí.

—«*Ábregu* de día, agua al tercer día», dicen por aquí. Los vascos lo llamáis *hego haizea,* el «viento del sur», o de los locos. Hoy lloverá.

—No me refería al viento —escribí—. ¿Qué decías de una cadena de violencia?

—Es una vieja teoría de nuestro amigo historiador —nos aclaró Paulaner. Por lo visto, el inspector ya se la había escuchado antes a Héctor.

—Ahora os hablo como alguien que lleva muchos años analizando restos humanos en excavaciones de todo el mundo —comenzó Héctor—. Veréis, desde que somos *Homo sapiens* modernos hemos ejercido la violencia sobre nuestros semejantes. Me refiero a violencia intrafamiliar, entre clanes, entre pueblos vecinos, entre naciones, Estados, reinos… En la prehistoria no existía el concepto de familia mononuclear, pero no es difícil conjeturar que quienes tenían el rol patriarcal en ocasiones usaran la violencia con la siguiente generación mientras esta era débil, o lo que es lo mismo: padres pegando o abusando de sus hijos, hijos abusados que a su vez se convertían en abusadores o en torturadores. En psicología se dice que una persona normal no tortura, solo lo hace alguien que ha sufrido tortura antes.

Asentí, eso era cierto, como perfilador lo había estudiado y era uno de esos paradigmas que se dan por irrefutables.

—Los hallazgos de indicios de guerras y de violencia entre individuos en etapas muy incipientes de la prehistoria se están sucediendo a mucha velocidad estos últimos años en el mundo de la arqueología —continuó Héctor del Castillo—. Las fechas no dejan de retroceder: 27 individuos atados en Kenia, hace 10 000 años, niños y una mujer en avanzado estado de gestación, golpeados y atravesados con flechas. Literalmente masacrados.

Si nos vamos al Medievo, un tercio de la población moría asesinada a manos ajenas. ¿Os dais cuenta de lo que supone esta estadística?

—Que todos somos nietos de una víctima o de un asesino —se adelantó Estíbaliz.

—Así es. Si un tercio moría asesinado, eso supone que otro tercio asesinaba. Todos somos descendientes de los que sobrevivieron a la infancia y se reprodujeron antes de morir, a la edad que fuera. Lo más realista es asumir que en nuestro ADN llevamos los genes tanto de personas que perecieron asesinadas como de los que asesinaron.

Las palabras de Héctor se quedaron en mi cabeza.

Anidaron allí, justo cerca de mi miedo más cerval desde el maldito día en que Alba me había revelado su embarazo: criar al hijo de un sociópata integrado como Nancho.

Tasio también tenía rasgos de psicopatía narcisista: egomanía exacerbada, falta de empatía, manipulador, encantador para su propio beneficio y su meta. Que en su caso no era otra que su obsesiva sed de reconocimiento social.

Me aterraba educar a un hijo o una hija temiendo detectar patrones psicopáticos desde la infancia. Solo quería una familia normal, una mujer como Alba, unos hijos deseados, salir al monte los domingos, pasar el fin de semana en Villaverde o en Laguardia.

A mi modo de ver, no era demasiado pedir.

Solo un poco de normalidad.

Por otro lado, Ignacio era un ejemplo viviente de trillizo no psicópata frente a sus hermanos con rasgos o con la psicopatía plenamente desarrollada. Se había criado en el mismo entorno que Tasio, tal vez había heredado esos mismos genes, pero no desarrolló un carácter psicopático. Eligió ser compasivo, honesto, recto. Íntegro. Eligió tener moral y ser un buen policía.

Durante mi formación como perfilador criminal había estudiado la controvertida discusión acerca del componente genético de la psicopatía. Pese a que no se ha aislado un solo gen que por sí mismo dé lugar a un individuo psicópata, se da por hecho que existen muchos genes que contribuyen a ella, aunque los estudios entre gemelos dan también como resultado que la socialización y los factores ambientales interactúan con la genética.

Pero esa frase de Héctor sobre que todos tenemos entre nuestros ancestros a algún asesino me daba algo de consuelo frente a la duda que me tenía atenazado desde la visita de Alba a mi casa. ¿Sería capaz de vivir con la incertidumbre de qué tipo de persona iba a aceptar como mi hijo?

Se me fue el santo al cielo, sé que Estíbaliz continuó preguntando con sus modales de ametralladora y Héctor, pacientemente, fue resolviendo sus dudas, pero yo estaba lejos de aquel museo junto al acantilado.

Estaba en mi portal, una madrugada de fiestas de la Blanca, tal vez engendrando un López de Ayala.

Estaba en lo alto de San Tirso, una mañana de octubre, salvando sin saberlo una vida en camino.

15

LA FACULTAD DE HISTORIA

21 de noviembre de 2016, lunes

Héctor se quedó a despedirnos con su afable sonrisa en el aparcamiento del personal del MAC. Llevaba un rato lloviendo mansamente y no tenía visos de escampar. Nos prestó un paraguas rojo con el logo del museo y se ofreció a resolver las dudas que nos surgieran.

—Yo os dejo por ahora. Mantenedme al día de vuestros avances y nos seguimos coordinando —nos dijo Paulaner antes de despedirse y salir con su coche hacia la comisaría de Santander.

Me dio un abrazo comedido, me miró como un caso perdido, con mucha pena, una pena que me hizo daño, y se marchó.

—¿Qué te ha parecido lo de Héctor? —le escribí a Esti en cuanto nos montamos en el coche.

—Que me acabo de enamorar —contestó con un suspiro, siguiendo a Héctor con la mirada.

Fingí mirarla escandalizado y le propiné un leve codazo.

—¡Inspectora Gauna!, ¿no le bastan con sus amores de barra estivales? —escribí, no sin cierta curiosidad.

Estíbaliz me mantenía bastante informado de su etapa posruptura con Iker, su novio de toda la vida. Llevaba todo el verano y parte del otoño practicando una sana promiscuidad cuyos detalles compartía conmigo con tanta indiferencia como alegría.

A veces temía que hubiera cambiado una adición por otra, siguiendo su patrón de politoxicómana. Parecía que estaba limpia de sustancias ilegales, al menos durante los últimos meses.

Yo la observaba y no veía signos de que se metiese nada extraño en el cuerpo. Parecía más sana, practicaba más monte que nunca, salía a todas horas y tenía amistades que yo no controlaba.

Bien por ella.

—Héctor no tiene perfil de amor de barra estival —comentó poniéndose seria—. Y un experto en perfiles como tú ya lo sabe. Pero estamos en horario infantil y vamos a dejarnos de fantasías, por muy apetecibles que se me antojen. Ahora hablo con el perfilador: ¿qué opinas de lo que nos hemos enterado en ese despacho, Kraken?

Me lo pensé un poco, Héctor nos había dado demasiados datos que procesar.

—Que es una línea de investigación interesante la de la Triple Muerte, salvo que a ambas víctimas les faltaría el detalle de haber sido quemadas. Pienso que si la primera muerte fue perpetrada por el mismo autor hace más de veinte años, su ritual de entonces era menos elaborado y más chapucero, menos acabado. Creo que el hecho de que retirara el cuerpo dice mucho del temor a que lo que podía encontrarse en él lo implicase. Todavía no tengo claro que sean obra del mismo tío —escribí, y le mostré la parrafada.

—Ahora te habla la experta en Victimología: dos mujeres, solteras, embarazadas, colgadas en lugares de culto histórico relacionados con rituales de agua celtas, provincias próximas y… Y este *y* es lo más importante: las víctimas se conocían porque veinticuatro años atrás compartieron tres semanas de un proyecto arqueológico en un poblado celta. Amigo, veas como lo veas, ambos crímenes y ambas víctimas están relacionados. Y si no le he dicho nada a la subinspectora Salvatierra de que tú también conocías a las dos fallecidas es porque no quiero relacionar oficialmente los dos crímenes hasta que tengamos algo sólido, pero no voy a jugarme la confianza que me he ganado con ella por seguir cubriéndote. Quiero que seas tú, en tus términos, quien le explique a Alba que estuviste en el mismo campamento que esas dos mujeres muertas.

—Voy a hacerlo en breve. No quiero perjudicarte. Déjame elegir el momento, pero a la vuelta de este viaje hablaré con Alba —escribí.

Ella leyó y asintió conforme.

—Así que ahora nos queda tu visita al director de ese poblado cántabro inolvidable, ¿estás preparado? —dijo solemne.

Suspiré y Estíbaliz arrancó el motor.

A eso habíamos ido a Cantabria, entre otras cosas. A visitar por sorpresa a Saúl Tovar, que ahora tenía una plaza de catedrático e impartía Antropología Social y Cultural en el Grado en Historia de la Universidad de Cantabria, justo hacia donde Estíbaliz y yo nos dirigíamos.

Con Saúl tenía sensaciones o sentimientos encontrados, siempre los tuve.

Para todos nosotros, los cuatro amigos que acudimos al campamento, pudo ser la figura paterna cercana que todos anhelábamos.

Para algunos lo fue.

Pero nuestra maldita rivalidad hizo que yo fuese el menos cercano a él, tal vez por mi culpa. Ahora me sentía fatal, después de enterarme de la muerte de su hija.

Rebeca llevaba muerta más de veinte años, pobre chiquilla.

Fue difícil aparcar, siempre lo era en los recintos universitarios, y más un día de lluvia floja como aquel. Finalmente tuvimos que esperar a que un universitario poco motivado hiciese novillos para dejar el coche frente al edificio interfacultativo de ladrillo rojo y llamativas columnas azulonas.

No fue difícil localizar a Saúl Tovar; en cuanto preguntamos, todo el mundo se mostró interesado y parecía saber dónde estaba exactamente en aquel preciso momento de la mañana.

Pero hubo un detalle que me llamó la atención: un chaval algo mayor, tal vez de último curso, que nos miró con desconfianza cuando preguntamos en su grupo por Saúl y pareció molestarse. Llevaba uno de esos tupés enhiestos que le regalaba diez centímetros de altura y tenía un rasgo que no pasaba desapercibido: un ojo de cada color. Un iris marrón y otro verde claro.

—Preguntan por Barba Cana —le susurró a otro, pero yo estaba cerca y lo escuché.

—¿No decías que era Barba Azul, el uxoricida? —replicó el más alto.

—Barba Azul es ahora Barba Cana, ¿no te has enterado? Vámonos, yo paso —dijo, y ambos nos dieron la espalda y se fueron mientras Estíbaliz seguía atenta a las indicaciones que nos daban dos chicas muy amables.

Buscamos su despacho y llamamos a la puerta. Nadie contestó, así que pasamos. Saúl estaba sentado sobre una esquina de su mesa, con varias alumnas esparcidas en las sillas que lo rodeaban. Nos hizo un gesto de «esperad un poco» sin apenas mirarnos, y prosiguió con su tutoría.

Es curioso en lo que te fijas cuando llevas sin ver a alguien veinticuatro años. Estaba más ajado, como yo mismo, imagino. Calculé que contaba cincuenta y pico otoños. Las canas en su antaño barba negra, las arrugas más marcadas alrededor de los ojos…, y la actitud. Sobre todo, la actitud.

Recordaba a Saúl como el típico profesor carismático siempre acompañado de jóvenes, mezclándose con ellos y con ellas. Ahora lo veía también rodeado de estudiantes, con sus vaqueros y su camisa informal por fuera, pero había una distancia y un cansancio en su actitud vital que me supo casi a derrota amarga, como si el juego del postureo del joven maestro le hubiera cansado ya.

Cuando yo lo conocí, fue Lutxo quien nos persuadió para que nos apuntáramos como voluntarios en un programa becado de la Universidad de Cantabria que buscaba captar jóvenes de todas las Comunidades Autónomas para futuras matriculaciones en la que entonces se llamaba Licenciatura de Historia.

Mi amigo siempre había soñado con ser arqueólogo y aquel verano todos queríamos ganar algo de dinero, por lo que barajábamos también la posibilidad de ser voluntarios en la Expo de Sevilla o en la Villa Olímpica de Barcelona.

Aunque lo que nos convenció en realidad a Lutxo, Asier y a mí fue nuestra conciencia como cuadrilla para apoyar a Jota en el peor momento de su vida y alejarlo durante unas semanas de Vitoria: su padre luchaba contra un cáncer fulminante de páncreas, y el hasta entonces centrado y buen estudiante José Javier Hueto estaba derrapando cada fin de semana a marchas forzadas.

Cada vez bebía más *kalimotxo* y se metía en más broncas, solo queríamos salvarlo y seguirle el juego. Sabíamos que no aceptaría ir hasta Sevilla o Barcelona, y la cercana Cantabria era la opción más realista.

También contribuyó que el programa para los jóvenes de entre quince y diecisiete años contemplase una ayuda de 50 000 pesetas, amén del traslado y manutención a cargo de la universidad, por lo que, con dieciséis años y un verano por delante, el plan nos cuadraba a todos.

Las estudiantes escuchaban con atención algo que Saúl contaba acerca de los teónimos, palabras fosilizadas que designaban lugares y que ocultaban nombres de dioses celtas como Deba, Teutates, Tulonio, Lug… Dos de las chicas tomaban apuntes y le sonreían cuando levantaban la cabeza con algo parecido a la adoración. Él simulaba no darse cuenta.

Esperamos un rato, pero Saúl estaba tan concentrado con su charla celta que pronto nos olvidó y a Estíbaliz se le terminó en pocos minutos su legendaria paciencia.

—Profesor Tovar —anunció después de carraspear, con la placa bien visible—, venimos de la comisaría de Vitoria. Nos gustaría que nos atendiese. No tenga prisa, cuando pueda.

Algo se nubló en los ojos rasgados de Saúl. No empezábamos con buen pie.

—Patricia, Maite, Sandra…, ¿podéis dejarnos solos? El jueves podéis volver a la tutoría si os han quedado dudas —les ordenó en un tono amable pero que no dejaba lugar a protestas.

Las chicas se marcharon después de cruzar una mirada cómplice entre ellas y escanearnos de arriba abajo a Esti y a mí.

—¿Para qué han venido exactamente? —nos dijo en cuanto las chicas cerraron la puerta.

—¿Recuerda al inspector Unai López de Ayala? —preguntó mi compañera, facilitándome un poco la vida.

—Claro. Estás más hombre, Kraken, pero sigues teniendo un físico muy reconocible. Además, no voy a fingir que no seguí con interés lo que te ocurrió en Vitoria hace unos meses. Vivo en este planeta. En Santander no se hablaba de otra cosa.

—Pues tenía que haber vivido en Vitoria… —se le escapó a Estíbaliz. Después carraspeó y se cuadró, como recordando que estaba en horario laboral y debíamos sondear a un testigo de un caso antiguo.

—Mejor nos tuteamos todos —le sugirió Saúl.

—Perfecto así —asintió mi compañera—. Somos inspectores de la Unidad de Investigación Criminal. Hemos venido para consultarte ciertas dudas que nos han surgido con el caso de la desaparición de tu hija, Rebeca Tovar.

—Por Rebeca…, así que es eso —susurró, y el gesto se le agrió con dolor y se negó a mirarnos—. ¿Hay algo nuevo? ¿Habéis encontrado por fin el cadáver? —preguntó cuando encontró fuerzas.

—Me temo que no, pero su caso parece conectado con uno del presente y queremos descartar esa relación y, ya de paso, dejarte en paz con tu dolor —dijo Estíbaliz con una confianza a la que yo no estaba acostumbrado que usase con los testigos—. ¿Qué crees que le pasó a tu hija, Saúl?

—Algo turbio, entre varios. Una chapuza. Eso creo —le contestó Saúl, y ya volvía a ser él, con su voz cálida. Se quedó mirando a Estíbaliz a los ojos e inclinó su cuerpo hacia delante, aproximándose a nosotros—. Creo que fueron varios, que alguno de los involucrados sacó las fotos para chantajear al otro u otros, o que luego se arrepintió y las envió a los medios. Creo que no apareció el cadáver porque temían que se encontrasen huellas o indicios que los incriminasen. Con huellas me refiero a restos biológicos, semen, lo que fuera…

—Saúl…, ¿y el embarazo? —preguntó Estíbaliz con cautela.

—No estaba embarazada.

—Era una adolescente, las estadísticas están llenas de padres que no se enteran de los embarazos de sus hijas.

—Yo no era el tipo de padre que no se entera del embarazo de su hija. Rebeca no podía estar embarazada porque… —Suspiró y se giró hacia mí—. Unai, ¿ tú te acuerdas de mi hija?

—Sí, tuvimos cierta amistad. Guardo un buen recuerdo de ella —escribí en el móvil.

Hasta entonces no había abierto la boca, y a Estíbaliz se le había olvidado mencionar lo de mi lesión en el área de Broca. Saúl ató cabos, imagino que de recortes de prensa que su memoria guardaba, y asimiló que yo no hablaría en aquella conversación.

—Me refiero a físicamente —insistió—, ¿tú recuerdas que mi hija tuviera formas de mujer?

La pregunta me incomodó. Responder a un padre cuya hija adolescente había muerto si recordaba sus curvas se me antojó un juego un poco perturbador.

—No lo recuerdo —mentí por escrito.

—Claro, solo tenías ojos para Annabel Lee. Rebeca no estaba muy desarrollada todavía, ni física ni mentalmente. Era muy niña, aún no andaba con chicos. Mi hermana era su endocrina y controlaba su crecimiento. La Policía me hizo la misma pregunta hace veintitrés años y mi hermana presentó la analítica que demostraba que no pudo estar embarazada durante los meses anteriores a su desaparición. No le dieron más importancia a ese asunto. Tengo dos teorías al respecto. La primera es que el ángulo desde el que están sacadas las fotos pudo crear esa impresión. Pero no me quedaba tranquilo con esa explicación y consulté con un doctor forense en Santander. Su opinión era que la hinchazón abdominal podía deberse a los fenómenos cadavéricos de descomposición del cuerpo, en el caso de que llevase unos días muerta, aunque no se aprecian más signos desde esa distancia. Aunque su rostro…, he mirado mil veces esas fotos, y sin duda era mi hija. Del derecho o del revés, un padre siempre reconoce el rostro de su hija.

—Tú siempre hablabas de lugares de culto —le escribí, cambiando de tercio—, ¿qué pensaste de que fuera en Fontibre?

—Que el destino tiene muy mal gusto y un pésimo sentido del humor.

—¿No creíste que fuera nadie de tu entorno académico o laboral, algún colega relacionado con la antropología cultural, un grupo de tus propios alumnos o alguien para el que Fontibre tuviera alguna resonancia especial? La forma de matar a tu hija no tiene nada de habitual, al menos en nuestra cultura, Saúl.

—¿Me lo dices tú, ahora como experto? ¿Te crees que no lo sé? —dijo alzando la voz tal vez demasiado.

El Saúl del presente controlaba un poco menos sus arrebatos que el que yo había conocido, un tipo templado y fuerte que sabía mediar en nuestros conflictos.

—¿Crees que alguien se vengó de ti, alguien que quiso hacerte daño? —le apreté.

—Alguien me lo hizo, desde luego. Pero más daño le hizo a ella. Más daño le hizo a ella. ¿Qué queréis, en realidad? Venís desde Vitoria, no me hacéis preguntas nuevas, no me traéis ningún avance en la investigación ni ningún indicio de dónde puede estar enterrado el cuerpo de Rebeca. Es más que evidente que han vuelto a matar, que ha sido en Álava y que tiene algún parecido con el *modus operandi* de lo que le hicieron a Beca; en caso contrario, Kraken, tú no estarías aquí pese a tu lamentable estado comunicativo. Sé que ahora eres perfilador criminal, ¿han vuelto a hacerlo? ¿Se trata de un asesino en serie?

Encajé el golpe sin acusarlo demasiado, más me llamaba la atención la hostilidad de Saúl. Yo no era uno de sus favoritos, fue más cercano a Jota, al principio, cuando lo apoyó debido al palo de su padre, y después a Asier, y después a Lutxo.

Pero yo también le debía algún que otro buen consejo, como que aceptase con orgullo el apodo que me habían puesto y me lo tomase como un tótem, como hacían los antiguos con el espíritu de los animales que admiraban y cuyas fortalezas deseaban hacer propias.

Así dejé de odiar que Lutxo me martirizase con aquel mote y comencé a soportarlo, primero con resignación, después con creciente simpatía hasta el presente. Me sentía totalmente identificado con él.

Fue un buen consejo y le seguía estando agradecido por ello. También por sus esfuerzos por amenizarnos un verano único y por templar gaitas entre nuestros egos exaltados de adolescentes.

No comprendía bien su actual hostilidad, pero era cierto que habíamos irrumpido de nuevo en su vida con muchas preguntas delicadas y trayendo el recuerdo de una hija muerta. A mí tampoco me habría gustado.

—Todavía no lo sabemos, Saúl —intervino Estíbaliz al ver que yo no tenía intención de escribir nada—. Si hemos venido a Santander es para contrastar contigo la información que tenemos hasta la fecha y determinar si hay suficientes puntos en común como para pensar en un mismo autor.

—Autores —corrigió Saúl, y su voz sonó como cuando restallan un látigo—. Autores.

—Veo que lo tienes muy claro —escribí—. Después de escucharte, creo que tienes tu propia teoría acerca de quiénes fueron los culpables.

—Curioso que tú me lo preguntes, Unai. Curioso que tú me lo preguntes.

16

LA CASA DE PANDO-ARGÜELLES

21 de noviembre de 2016, lunes

En Santander seguía lloviendo y casi tuvimos que correr a resguardarnos en el coche. La lluvia había disuadido a casi todos los estudiantes y el aparcamiento se había quedado vacío. El edificio de ladrillo cara vista parecía más regio sin la algarabía de los jóvenes parloteando entre sus columnas. Un día yo fui como ellos, alguien eternamente preocupado por aprobar el siguiente examen. Ahora había otras prioridades en mi vida: detener al asesino, recuperar el habla, decidir cómo encajar la noticia que me había dado Alba…

—¿Qué quiso decir con eso de que era curioso que tú le preguntaras por los sospechosos, Unai? —me interrogó Estíbaliz después de que Saúl nos acompañara a la puerta de su despacho con la clara intención de invitarnos a que nos largáramos de allí.

—Soy el primer sorprendido. Yo nunca supe de la muerte de Rebeca, y es cierto que nadie en la cuadrilla lo ha comentado nunca, pero es que durante unos años no volvimos a hablar de aquel verano por motivos… —tardé en encontrar la palabra y escribirla— evidentes. ¿Cómo no me enteré, Esti? No recuerdo que tratasen la desaparición de Rebeca Tovar en el telediario ni en *El Correo Vitoriano* o en *El Diario Alavés*.

—Yo tampoco, pero entonces yo tendría… diez años. Cada año desaparecen catorce mil personas y la mayoría de ellas vuelven a sus casas. Suelen ser fugas de adolescentes, tanto en el entorno de su propio hogar como en las casas de acogida. De vez en cuando, alguna desaparición acapara los titulares por sus especiales circunstancias —razonó Esti en voz alta mientras conducía de vuelta a una Vitoria que presuponía tan mojada como Santander—. Creo que la dirección del periódico cántabro se comportó de manera ejemplar, contactó con la Policía y no hizo de aquello un circo. Milán ha buscado la noticia de la desaparición de Rebeca Tovar en la hemeroteca, pero solo ha encontrado una pequeña mención de una chica de catorce años desaparecida y de sus iniciales. El periódico no dice nada de las fotos enviadas. No hubo alarma social, no fue una noticia que trascendió.

—Por cierto, inspectora Gauna, ¿qué tal Milán? —escribí cuando llegamos a nuestra ciudad, y la miré de reojo. Era una agente que me producía cierta curiosidad.

—Pues pese a que por sus habilidades sociales da la impresión de ser un poco torpona, en temas de documentación y ordenadores es una máquina. Me está entregando todo lo que le pido en la mitad de tiempo. No parece muy sociable y no le gusta hablar demasiado. Es un poco ruda a veces, pero tiene una pinta de buenaza que no puede disimular. Me alegro mucho por el equipo que me han asignado. Peña es hipernervioso, y le saca un poco de sus casillas a Milán que no se esté quieto en las reuniones. Pero creo que se acoplarán bien. Peña es un tipo curioso en cuanto sale de comisaría. Nunca come nada antes de las siete de la tarde, en todo el día. Dice que así le va bien. Y es... músico. Suele dar conciertos en festivales folk, toca el violín. Pero en el despacho se transforma, es muy analítico, pese a que va a mil revoluciones por segundo. Quiero decir que no lo veo muy emocional. Eso es bueno para compensar la Unidad cuando te reincorpores. A ti te sobra fuego.

—Mira quién habló —se me escapó en voz alta, y le despeiné un poco la melena pelirroja.

Sonó algo parecido a «ia ien aó», y de nuevo el calor me subió a las mejillas de pura vergüenza.

—Tienes que ir al logopeda, Unai —dijo ella poniéndose seria por una vez—. Alba te lo impuso como condición para volver y yo tengo que entregar reportes puntuales de tu evolución. Vamos a dar la cara por ti, no nos dejes tiradas. Es un aviso. Y voy muy en serio.

—¿Desde cuándo sois tan amigas Alba y tú? De verdad que me alegro mucho —escribí cambiando descaradamente de tema.

—Desde que iba a visitarte a diario al hospital de Santiago durante tu coma. Los primeros días ella también estuvo ingresada y pasaba a visitarla. Me parecía durísimo que hubiera perdido a su marido y que además fuera el asesino. En Lakua las cosas estaban muy tensas, el comisario Medina no tenía claro si apoyarla o abrir una investigación interna. Algunos compañeros desconfiaban de ella, no creían que no hubiese detectado nada en el comportamiento de su marido, la creían cómplice por omisión. Pero yo..., yo maté a Nancho. Yo lo maté, me cargué a su marido. Tenía que hablarlo con ella, es una persona a la que siempre he admirado, y no quería que eso quedase sin hablar.

—Eso te honra. ¿Y qué ocurrió?

—Que desde entonces solemos quedar entre semana en Vitoria y los fines de semana en Laguardia, en su casa, o nos vamos juntas a subir algún monte. Es una persona muy calmada, piensa mucho las cosas, al contrario que yo. Me da tranquilidad, escucha mucho y no juzga.

Asentí cuando me miró, pero no se le escapó mi gesto.

—¿Qué? ¿Estás celoso?

—Por supuesto que estoy celoso —escribí—. Ojalá tuviera esa amistad con ella.

—Nunca hablamos de ti, de todos modos —dijo, como si tuviera la necesidad de aclararlo—. Me refiero a ti fuera del trabajo. Hemos hablado de tu recuperación, pero siempre en horario laboral. Cuando estamos fuera no hablamos de tíos, solo de nuestras cosas y de nuestra vida. Y por cierto, tiene un pasado de lo más interesante. Ya te lo contará ella si decide hacerlo.

Ahora sí que me corroía la envidia. No sabía apenas nada de Alba. Salvo que quería estar con ella. Lo del bote en el estómago y en la entrepierna cada vez que aparecía en Lakua seguía intacto. La química no se había esfumado, ni las ganas de pasar tiempo con ella, o dormir con ella, o lo que fuese con ella.

—Volviendo a tu recuperación: o comienzas esta semana o doy parte.

—Comienzo esta misma tarde, Esti —la frené—. Ahora, con

lo de Ana Belén Liaño y Rebeca Tovar, soy el primero que quiere estar cien por cien operativo.

Ella sonrió satisfecha.

—Eso es todo lo que quería escuchar. Te llamo. Dame un beso, anda —dijo mientras me dejaba cerca de casa.

Le encajé un beso sonoro en la mejilla y me largué a comer al Toloño, no me apetecía cocinar ni quedarme en casa solo con mis pensamientos.

Por la tarde me preparé mentalmente para lo que iba a venir, mitad esperanzado y mitad ansioso, y me encaminé hacia la zona del Ensanche del siglo XIX. El despacho de mi logopeda estaba al final de la calle San Antonio, casi donde se veían las vías del tren. Unas calles aristocráticas que se erigieron para la clase alta. Había profusión de despachos por la zona, pero el de mi logopeda, doña Beatriz Korres, estaba especialmente bien elegido.

La casa Pando-Argüelles era un edificio señorial que hacía esquina con Manuel Iradier, una de las mejores calles de la ciudad. El abuelo me contó en su día que su llamativa cúpula azul con estrellas naranjas había sido un nido de ametralladoras anti-aéreas durante la Guerra Civil. Después había sido la sede del Sindicato Vertical, el colegio Nieves Cano y mil historias más. Lo último que sabía era que una promotora lo había comprado en un intento fallido de construir viviendas de lujo. Por lo visto ahora alquilaban despachos.

Me acerqué con curiosidad al portal 41, donde una imponente puerta de rejas negras me recordó a la barandilla de la playa de la Concha de Donosti. Pulsé el telefonillo y una voz tranquila me pidió que subiera al segundo piso.

En cuanto crucé el umbral del portal, el olor a pintura y a obra recién terminada me colonizó las fosas nasales. Parecía que mi logopeda era una de las primeras propietarias en alquilar uno de aquellos pisos de alto *standing*.

—Así que te has decidido, Unai —me dijo a modo de saludo al abrir la puerta, con una amplia sonrisa.

Me sorprendió un poco su físico. Beatriz Korres era como una antigua diva de los años 40, ese tipo de mujeres de maquillaje pulido y perfecto, raya del ojo apuntando hacia las estrellas, barbilla gloriosamente rematada en un atractivo hoyuelo. Tacones de aguja, falda tubo. Pelo de color canela, levantado por la laca y los rulos. Un poco entrada en carnes, orgullosa de ello.

Beatriz me cayó bien desde el primer momento, era tan jodidamente perfecta en su singular apariencia que parecía salida de un anuncio de moda no apto para todos los bolsillos. Imagino que tardaría media jornada laboral en arreglarse antes de salir a la calle. Ella no pareció percibir mi estupor, era una tía segura de ser tía, ¿cómo no admirarla?

—Sé que debí haber venido antes —escribí a modo de disculpa, y le mostré la pantalla del móvil.

—Pasa, eres el último paciente de la tarde —me dijo mientras me invitaba a entrar en un pequeño estudio sin apenas muebles ni adornos—. Acabo de alquilar el despacho, tendrás que disculpar la ausencia de elementos decorativos.

Sonreí, y le hice un gesto de asentimiento. En la mesa tenía unos folios con mi informe de la neuróloga y un frasco de cristal con multitud de chupachups de chocolate y vainilla, mis favoritos.

—Siéntate, por favor. Me alegra que hayas venido, la doctora Diana Aldecoa me ha hablado mucho de ti, y me alegra que me haya asignado tu caso, es todo un reto, pero tenemos mucho trabajo contrarreloj. Unai, tu recuperación va a depender de las horas que le dediques a la rehabilitación. Si le dedicas dos horas al día, mejor. Si pueden ser tres, antes veremos resultados, ¿comprendes?

«Que sean cuatro, cinco, todas», pensé. Pero callé porque no me creería, y no me importaba. Volver a hablar y recuperar mi vida se había convertido en mi prioridad, y mi logopeda no me conocía en modo kamikaze.

—¿Por dónde empezamos? —escribí.

—Esta semana tienes que venir a más sesiones, tengo que hacerte una batería de pruebas antes de empezar con la rehabilitación. Por el informe del equipo que te operó y por lo que Diana, disculpa, la doctora Aldecoa me contó, te pautaron medicación. ¿La estás tomando?

Asentí con la cabeza. Puede que hubiera sido un huevón durante los últimos meses negándome a ir al logopeda, pero no era un suicida ni un dejado, y comprendí desde el principio que los fármacos que me habían prescrito eran vitales para que mi cerebro se recuperase pronto. No quería ser dependiente y convertirme en una carga para mi hermano Germán, y mucho menos para un abuelo casi centenario como el mío, por mucho que fuese la persona más resolutiva que había conocido y sabía que podría con esa carga y con muchas más.

—Eso es muy bueno, Unai. Estás tomando el mismo tratamiento que se administra en ciertos casos de alzhéimer y de párkinson con excelentes resultados en casos de traumatismos craneoencefálicos como el tuyo. El origen de la lesión, el proyectil, te fue extraído durante las primeras horas, así que el pronóstico, debido a tu edad y tu excelente forma física y mental, era bastante alentador. Pronóstico que te has cargado tú solito —me dijo mirándome fijamente con esos ojos perfilados con aquella rayita tan bien hecha. No me esperaba un rapapolvos en la primera visita, pero no decía nada que no fuese cierto—. Mira, comprendo tu estrés postraumático, pero también en eso deberías haberte dejado ayudar y tenías que haber acudido a un psicólogo. Algo que, obviamente, tampoco has hecho. Así que, don Autosuficiente, haz el favor de demostrarnos al mundo entero que estabas en lo cierto y que tú solo vas a salir de esta.

—Hecho —escribí—. ¿Y después del informe logopédico?

—Empezaremos por desinhibir tu lenguaje oral: conteo de los días de la semana, meses del año, números… También haremos ejercicios en consulta y te mandaré que en casa entones melodías conocidas y repitas frases hechas. ¿Eres religioso?

Negué con la cabeza.

—Es una pena, las oraciones tipo padrenuestro suelen ser muy útiles.

—Habrá otra manera —escribí.

—La música —respondió Beatriz.

—Eso me sirve.

—Canta cuando estés solo. En la ducha, en tu casa, en el coche…

«Desinhibir mi lenguaje oral —me repetí—. De acuerdo. Puedo hacerlo. Paso muchas horas solo. No voy a callarme ni debajo del agua.»

—También tienes que restablecer la pronunciación de las palabras. Pronunciaremos palabras a coro, tanto en susurro como en voz alta. Y vamos a rehabilitar tu vocabulario activo: te describo un objeto y tú encuentras la lámina correspondiente y la nombras. Como veo que te gusta estar pendiente del móvil, te vas a descargar dos aplicaciones en las que tienes que identificar objetos y decir su nombre en voz alta. En consulta vamos a hablar desde el primer día, primero serán bisílabas sin sentido, luego tres sílabas, cuatro… Después repetirás palabras de estructura compleja. Como te digo, tienes que desinhibir el mecanismo del lenguaje. En afasias como la tuya los pacientes son muy conscientes de sus errores y de su estilo telegráfico. Tienes que superar esa vergüenza. Y eso solo lo vas a conseguir si practicas mucho a solas y luego con personas de tu entera confianza o con familiares, ¿tienes algún voluntario?

—Dos —me animé a decir en voz alta. Me volvió a salir voz de urogallo, pero pensé que estaría acostumbrada a todo tipo de voces dañadas, y eso me desinhibía bastante, tal y como ella había dicho.

Sacó una caja con tarjetas de dibujos a los que llamó «pictogramas» y me las mostró.

—Son las cartas de Nardil. Con ellas construirás frases de dos, tres, cuatro palabras… En pocas semanas espero que puedas comenzar a expresarte en voz alta. Tal vez no con la fluidez de antes, pero mi objetivo es que te quede el menor número posible de secuelas en el habla. Por otro lado, también tienes que reforzar el lado derecho de tu cuerpo. ¿Haces deporte?

—Corría —escribí.

«Corría por las mañanas, pero me quedé sin ganas», añadí para mí.

—Vuelve a correr, pero tienes que hacer también ejercicios de resistencia y de fuerza. Tienes que entender que ahora el área izquierda de tu cerebro tiene que volver a tender todas las conexiones posibles entre las neuronas. Todo lo que estimule tu parte derecha te vendrá bien: pelotas con pinchos en la palma de la mano y en la planta de los pies, cualquier objeto que trabaje el tacto de las extremidades. Conviértete en un obseso de la terapia, yo te veré todos los días y te voy a apretar para ver resultados.

Vas a aborrecerme muchas veces, pero si dejas de venir, yo seguiré hablando y recibiendo a pacientes y tú seguirás con tu flamante afasia de Broca.

—Nada que objetar.

—Hoy tengo que evaluarte la deglución, el estado de tu musculatura buco-facial, y tu voz. Pero voy a enseñarte también las praxias buco-faciales y quiero que esta misma noche comiences con tu rehabilitación. Hazlas como mínimo una vez al día.

Asentí; mi logopeda sonrió.

Después de innumerables pruebas que no entendí y que me parecieron muy repetitivas, dio por concluida su evaluación y sacó un espejo del cajón de su mesa. Entonces empezó a enseñarme con paciencia a mover la lengua de norte a sur, de este a oeste y en todas las direcciones posibles del espacio.

Eran ya las ocho pasadas cuando bajamos juntos a la calle después de que Beatriz cerrara con llave su despacho y me regalara un chupachups para que siguiera moviendo la lengua.

Ya no llovía y había refrescado bastante, pero no me esperaba que bajo la luz de una farola en la acera de enfrente nos estuviera aguardando mi hermano Germán, ataviado con uno de sus impecables trajes a medida y las tres puntas de su pañuelo asomando del bolsillo, junto al corazón.

—¿Día de juzgados? —escribí en el móvil y se lo mostré.

—Día de juzgados —confirmó, pero no me miraba a mí, sus ojos se quedaron atascados en mi nueva terapeuta y me apresuré a hacer las pertinentes presentaciones.

—Beatriz Korres, mi logopeda —escribí en el móvil, y se lo mostré a ambos—. Él es Germán López de Ayala, mi hermano. Tiene su despacho de abogado en la plaza Amárica y por lo que veo no ha podido evitar venir a recogerme.

Beatriz extendió su mano, Germán aprovechó para hacerle un gracioso besamanos que solía quedarle muy bien con las mujeres. Lo miré un poco sorprendido, hacía tiempo que no le veía hacer aquel gesto. A Beatriz, por su parte, no pareció sorprenderle la baja estatura de mi hermano.

—¿Y cómo se ha portado, doctora? —le preguntó mientras echábamos a andar hacia la calle Manuel Iradier.

—Hoy me he limitado a comenzar con mi informe preliminar.

Pero voy a aprovechar que estás aquí para insistirle a mi paciente en que se involucre en la terapia no solo durante las consultas. Si puede ayudarle con los ejercicios que le voy a ir mandando para casa, su evolución será más rápida y…

—Eso está hecho —le cortó Germán—. Todos nos morimos por escuchar al pesado de mi hermano de nuevo. Unai y yo nos íbamos a tomar unos *pintxos* en el Saburdi, no sé si querrá acompañarnos.

Beatriz lo miró como si le hubiera encantado la propuesta, y por un momento creo que estuvo tentada a aceptarla.

—Os lo agradezco, de verdad, pero la sesión ha terminado —dijo pasando a tutearnos—. Unai, nos vemos mañana a las siete. Con los deberes hechos. Quiero ver progresos desde ya. Germán, encantada de conocerte.

Y Beatriz y sus *stilettos* granates se fueron taconeando rumbo a la calle Dato mientras mi hermano la miraba como si se le hubiera aparecido la diosa Mari.

—¿Qué ha sido eso, Germán? —Tuve que ponerle la pantalla del móvil delante de los ojos para que me leyera, porque no había manera de que dejase de mirarla.

—¿Qué? —preguntó todavía distraído por sus caderas.

—Eso —señalé a mi logopeda.

—Nada, es solo que me ha dado la impresión de que estás en buenas manos y eso me alegra mucho, Unai. Quiero verte recuperado de una vez por todas, quiero pasar página, que se acabe este año y nos olvidemos de él.

Brillante. Mi hermano echando balones fuera era brillante. Y muy elegante, era lo suyo.

¿Qué más le habría dado decir: «Tu logopeda me parece una mujer muy interesante»? Imagino que el pudor del recuerdo de Martina. En eso le entendía, yo pasé por lo mismo después de lo de Paula.

Culpabilidad por volver al mercado, esa sensación de ponerle cuernos a alguien que está muerto. Una sensación de deslealtad que había odiado pese a que no remitía con el paso de los años.

Volví pronto a casa, pero me acosté muy tarde: repetí las veinticuatro praxias tres veces. Aquella noche aprendí que podía tener agujetas en los maseteros. Mi cerebro también se quedó líquido después de descargarme las aplicaciones que me había apuntado mi logopeda e intentar repetir sílabas sin ton ni son. Me tomé las pastillas que me había pautado la neuróloga casi con devoción mariana y me dormí feliz y satisfecho.

Cuatro horas. Primer día de mi nueva vida y le había metido cuatro horas a la rehabilitación.

Me levanté a eso de las ocho y desayuné con calma. Desde que estaba de baja y había dejado el *running* matutino, me había acostumbrado a remolonear entre las sábanas cuando dormía en Vitoria.

En Villaverde siempre había mucha labor que hacer y el abuelo se levantaba antes de que cantara el gallo de Pruden, nuestro vecino, por lo que me permití un poco de pereza otoñal. Encendí el móvil y me encontré con una llamada perdida de Estíbaliz, e iba a escribirle un whatsapp cuando uno de los números de comisaría se coló en mi pantalla. Escuché *Lau teilatu*, que era el tono que tenía mi móvil desde verano y que me recordaba demasiado a Alba y a lo que vivimos sobre los cuatro tejados, pero no me decidía a quitarlo pese a lo que dolía cada vez que lo escuchaba.

Respondí con un «sí», que era mi palabra favorita por lo bien que me salía. El mensaje de mi logopeda acerca de la «desinhibición» de mi lenguaje había calado muy hondo. De todos modos, esperaba que fuese Estíbaliz quien me llamaba.

—Hum..., ¿inspector López de Ayala?

—¿S...sí? —repetí sin tanta confianza al no reconocer la voz grave que me hablaba desde Lakua.

—Soy la agente Milán, la inspectora Ruiz de Gauna ha salido y me ha pedido que le llame para ponerle al tanto de las novedades.

—¿Y? —pregunté. La *y* sola también era fácil, y muy útil. Y yo sin darme cuenta.

—Verá, la inspectora me pidió que rastrease las cuentas bancarias de Ana Belén Liaño. Me ha costado un poco, pero la que nos interesa, obviamente, es la que abrió en Kutxabank cuando le tocaron los tres millones de euros. Lo que hemos encontrado interesante es que un individuo llamado Asier Ruiz de Azua es también titular de la cuenta.

Se tomó un segundo de silencio. Yo no habría sido capaz de responder aunque hubiese recuperado el habla.

—He hecho una pequeña investigación en nuestras bases de datos —prosiguió con su voz de barítono—. Lo curioso es que el tal Asier tiene cuarenta años, está casado y es farmacéutico. De hecho, consta como dueño de dos farmacias, en la calle San Francisco y en el barrio de Salburua. Hasta donde he podido cruzar datos, no le une ningún vínculo familiar ni laboral con la víctima. Se me ocurre que podría ser el padre del hijo que esperaba, ¿no cree?

Yo no creía nada porque me había quedado en blanco al escuchar que Asier, el mismo que días atrás negó haberla visto en veinte años, se había abierto una cuenta con Annabel Lee, y que ella le había confiado la mitad de sus tres millones de euros.

17
—

LA CALLE SAN FRANCISCO

22 de noviembre de 2016 , martes

Fue entonces cuando recibí otra llamada, esta vez de Estíbaliz:

—Tienes que venir a la farmacia de Cuesta de tu amigo Asier, Unai —me apremió, y su voz no dejaba presagiar nada bueno—. He encontrado su cuerpo tendido en el suelo.

Salí escopeteado escaleras abajo, con el cerebro todavía a medio gas por el sueño denso de aquella noche, intentando no anticipar nada.

No me entraba en la cabeza que pudiera haberle pasado algo malo a Asier. Era demasiado duro, una roca, alguien infalible y de una pieza. En las casi cuatro décadas que hacía que lo conocía, jamás lo había visto romperse ni quebrarse.

No, no podía haberle ocurrido nada.

Llegué al negocio de mi amigo cinco minutos después, Estíbaliz me apremiaba con la cabeza desde el umbral.

La farmacia que había heredado Asier era una cápsula del tiempo, de esas de suelo de damero, botes de porcelana de Limoges con principios activos y balanzas de cobre.

Pero ver a Asier con su bata blanca salpicada de sangre, tirado e inmóvil en el suelo decimonónico, me paró el ritmo cardíaco y me lancé sobre él en busca de pulso.

Estíbaliz me miraba preocupada.

—Tranquilo, Unai. No está muerto, solo inconsciente. No sé por qué carajo no ha llegado ya la ambulancia, la he llamado hace un buen rato. Asier tiene una fuerte contusión en la ceja, por eso sangra tanto. Imagino que también le han arreado en la cabeza y lo han dejado KO.

Eran poco más de las ocho y media de la mañana y Vitoria despertaba con pereza, los muchos negocios no abrían hasta las diez en el Casco Viejo y apenas pasaba gente somnolienta que se dirigía al trabajo con el piloto automático. Ninguno se percató de que en el interior de la farmacia yacía tendido el cuerpo manchado de sangre del farmacéutico de su barrio.

Pero yo sí y el susto no me lo quitaba nadie. Pensar por un momento en que un amigo al que conocía desde primero de EGB pudiese estar muerto me colapsó, y volví a dudar de la cordura de la decisión de volver a ser un investigador en activo. Al menos de la Unidad de Investigación Criminal, cuyo trabajo rutinario incluía ver muertos cada pocas semanas. ¿Estaba preparado para volver? ¿Quería hacerlo?

Por suerte, Asier tenía la cabeza más dura que yo, al menos el hueso occipital, donde un chichón que crecía por segundos evidenciaba que alguien lo había golpeado en la nuca. Pero lo más escandaloso era la sangre que manaba de su ceja derecha.

Entonces me percaté de que tenía algo en la mano que no me gustó. Cogí una toalla del baño del personal para limpiarle la sangre, pero le tapé también el puño con disimulo para que Estíbaliz no pudiera verlo.

«Deja que hable yo con él primero», le rogué a Estíbaliz con la mirada mientras lo cargábamos hasta la trastienda, donde tenía un pequeño despacho.

No es que a mi compañera le hiciera mucha gracia, pero se atuvo a razones y consintió.

En la rebotica había un sofá donde lo tumbamos y donde no tardó en espabilarse, abriendo los ojos con una mueca de inmenso dolor.

—¿Cómo estás? —le pregunté a mi amigo con un gesto. Odié no poder hablar. ¿Cómo decirle lo preocupado que estaba por él, el susto que me había dado al creerle, durante unos nanosegundos, muerto?

—Estoy hecho un cristo —respondió con disgusto al mirarse la bata ensangrentada—. Ayúdame a quitarme esta mierda, que en media hora vienen las auxiliares y no quiero que sepan nada de lo que ha pasado. ¿Lo entiendes? Nada.

—¿Y qué ha pasado? —escribí en el móvil.

—No he podido verlo, pero un capullo me ha golpeado fuerte en la cabeza y he perdido la consciencia. Será algún yonqui madrugador, estoy harto de esa chusma. Vamos a ver si ha robado algo —dijo haciendo un ademán por levantarse del sofá.

Yo se lo impedí.

—¿No lo has visto? —insistí enseñándole la pantalla.

«¿Por qué me mientes, amigo?», pensé molesto.

—Te lo he dicho, estaba encendiendo las luces, he sido tan imbécil de dejar la puerta sin bloquear cuando he ido al cuadro eléctrico, y alguien me ha golpeado desde detrás.

«Vale, tú lo has querido.»

—Asier, antes de arrearte por detrás te han golpeado en la ceja, y tú te has defendido, porque tienes los nudillos en carne viva. Lo has visto, tío. Sabes quién es y me lo estás ocultando. ¿Qué cojones está ocurriendo aquí? —escribí perdiendo la paciencia.

—Te lo he dicho: ha tenido que ser un drogata. Yo no he visto nada —se enrocó.

—Este no es barrio de yonquis entre semana. Hemos venido porque hemos encontrado algo en el curso de la investigación por el homicidio de Ana Belén Liaño. ¿De verdad vas a seguir negándolo todo? —escribí, un poco cansado de toda aquella apología de la negación.

—¿Negar qué?

—Que te abriste una cuenta con ella cuando le tocó la lotería.

—Eso no te lo tengo que explicar a ti, Unai. Son temas privados.

—Dejan de serlo en cuanto eres investigado por homicidio.

—¿Tienes una orden de detención del juez?

«Serás capullo, amigo.»

—Todavía no, pero si te niegas a colaborar y a dar explicaciones, puede que a la inspectora Gauna le toque venir a detenerte por obstrucción a la justicia, sí. Entra dentro de lo posible. —Se lo mostré, un poco asqueado de que me obligase a escribir esas frases—. Hay algo que también te quiero preguntar. Después de que el otro día te contase que Ana Belén había muerto, ¿le dijiste algo a tu mujer?

Araceli, la mujer de Asier, era buena persona, pero ya habían tenido problemas en el pasado por sus celos patológicos con algunas ex de Asier, y no es que Asier se hubiese convertido en un santo después de casarse. Me intrigaba saber cómo estaba manejando mi amigo el espinoso asunto de la muerte de Annabel Lee con ella. Me intrigaba mucho, la verdad.

—A Araceli no la metas en esto, Kraken —me soltó, y su rostro se tensó de rabia a pocos centímetros del mío—. O tú y yo acabamos muy mal. A Araceli ni mentarla. Y ni se te ocurra hablar con ella.

«¿Eso es que no quieres que la vea por si ha habido un episodio de violencia doméstica y le has marcado la cara con esos nudillos?», pensé.

Pero en ese momento, Estíbaliz, que nunca fue precisamente la diosa de la paciencia, se acercó a nosotros con cara de «ya os he dejado bastante».

—Hola, Asier. Veo que no nos lo quieres poner fácil, ¿vas a poner una denuncia al yonqui invisible?

—¿Serviría de algo? ¿Correríais a investigar y me lo traeríais esposado y en bandeja? —le respondió volviendo a su tono frío y monocorde de siempre.

—No te pongas chulo conmigo, no tienes nada que ganar —contestó ella—. Dime, y voy al grano: ¿por qué sacaste 200 000 euros de la cuenta que compartías con Ana Belén Liaño dos días antes de su muerte?

No conocía aquel dato, Milán no lo había compartido conmigo y escucharlo me dejó atónito. ¿200 000 euros? ¿Para qué, exactamente, necesitaba Asier 200 000 euros?

—Como le he dicho al amigo Kraken, eso no os lo tengo que explicar a no ser que medie una orden judicial —contestó.

Y al mirar el rostro hierático de Asier, supe que no le sacaríamos nada.

Nada de nada.

—¿Cómo le sentó a Ana Belén que rascases un pellizco de su premio? ¿Se cabreó, discutisteis, te llamó ladrón, aprovechado…?

—apretó Estíbaliz metida en su papel—. ¿Por eso la mataste, para poder sacar la mitad de su premio antes de que ella se hartara de ti, el dinero que legalmente es tuyo por el hecho de abrir una cuenta como titular con ella?

—Estáis dando palos de ciego. Buena suerte con eso —se limitó a responder.

En ese momento llegó la ambulancia. Un chaval uniformado de nariz gruesa comenzó a curarle la brecha de la ceja, que todavía sangraba.

—Seréis capullos, se va a enterar todo el Casco Viejo. Muchas gracias, Kraken, por tu legendaria discreción. Muchas gracias —dijo en cuanto el paramédico volvió a la ambulancia en busca de más material, y me lanzó una mirada tan avinagrada que me dejó amargado todo el día.

Me sabía a decepción y a una rivalidad muy antigua que yo pensaba ya desterrada.

Estíbaliz y yo abandonamos la farmacia centenaria compartiendo una mala hostia de las que provocan úlceras.

—Vamos, te invito a desayunar al mercado de Abastos. El capullo de tu amigo ha sido tan capullo que me ha dado ganas de robarle alguna pirula y me he resistido. Vamos a celebrarlo, hoy es un gran día —propuso Esti en tono sombrío.

Una vez allí, después de pedir una tortilla en el Txiki, Estíbaliz se acercó a la barra y volvió a nuestra mesa con los dos ejemplares de los periódicos del día, *El Correo Vitoriano* y *El Diario Alavés*.

—¿No te das cuenta de algo, Unai? —me tanteó pasando las páginas de *El Diario Alavés*.

—N…no —me animé a decir en voz alta.

—Nuestro amigo Lutxo está más callado que un muerto. Su periódico no habla de Ana Belén Liaño. Ni *El Correo Vitoriano*. Pero estuvo en el funeral, luego estaba enterado. Entiendo que tú se lo contaste.

—A título personal, a él, a Asier y a Jota. Era una amiga de la adolescencia. Tenían derecho a saberlo —me defendí.

—Eres mi héroe en cuanto a eufemismos se refiere: «amiga de la adolescencia» —comentó con gesto irónico—. Pero volviendo a Lutxo, es la primera vez en mi larga vida que lo veo renunciando a un titular escabroso.

—Recuerda el secreto de sumario. Tiene que respetarlo —señalé.

—Sí, pero Lutxo podría informar de la muerte de la dibujante de cómics Annabel Lee sin relacionarlo con el hallazgo de la montañera embarazada del túnel de San Adrián. Y no lo ha hecho —replicó.

—Lo habrá hecho por respeto a Annabel Lee —escribí, pero no me lo creía ni yo.

—O no le interesa que salga —comentó con la boca llena de tortilla.

Una hora después, ya con bastantes hidratos en la sangre, entramos en el despacho de la doctora Guevara en el Palacio de Justicia, al final de la avenida Gasteiz.

El viernes siguiente a la reunión le habían practicado la autopsia a Annabel Lee y habíamos recibido el informe, pero después de la visita a Héctor del Castillo en el Museo de Arqueología de Cantabria nos habían surgido algunas dudas que necesitábamos aclarar con ella.

La forense nos esperaba tras la mesa de su despacho. Nos saludó amable y nos invitó a sentarnos.

—¿Qué tal el fin de semana? ¿Os habéis recuperado del susto de la granizada?

—Hay que seguir adelante, ¿cómo está usted? —contestó Estíbaliz mientras se sentaba.

—Bastante afectada por la muerte de Cuesta, la verdad. Han sido muchas inspecciones oculares en nuestras carreras. Se va a hacer duro, pero hay que seguir, como tú dices —suspiró—. ¿En qué puedo ayudaros?

—Tenemos una duda con respecto a la muerte de Ana Belén Liaño. La línea de investigación que estamos siguiendo hasta el momento nos hace sospechar de un elemento ritual a la hora de asesinarla —comenzó Estíbaliz.

—Y es vuestra labor buscarle explicación a lo que le han hecho a esta pobre madre —la interrumpió tranquila—. Pero yo os diría que estoy de acuerdo. En los años que llevo de profesión, no había visto nada así. Colgar a alguien de los pies, maniatada, y matarla por inmersión en un caldero lleno de agua… No es una muerte habitual.

—¿Y si fueran tres muertes y no una? —escribí en el móvil y se lo mostré.

—¿Cómo que tres? No entiendo tu pregunta, Ayala.

—Lo que mi compañero quiere saber es si cabe la posibilidad de que a Ana Belén Liaño la hayan matado en una ceremonia celta llamada la Triple Muerte. Consiste en quemar, colgar y ahogar a la víctima hasta que muere. En este caso nos faltaría el elemento fuego. Hemos leído con mucha atención el informe de su autopsia, hemos revisado todas las fotos del cadáver, tanto las que se sacaron en la inspección ocular como las que usted nos remitió. Solo una pregunta, doctora —dijo Estíbaliz, y después separó una de las imágenes del cuello de Annabel y se la mostró—. ¿Estas dos punciones en el cuello podrían ser compatibles con los dardos de una Taser?

La forense alejó la foto todo lo que le permitía la longitud del brazo para mirarla detenidamente y terminó colocándose las medias lunas que colgaban de una cadena dorada.

—No soy experta en armas de electrochoque —comentó en voz baja mientras estudiaba la foto con calma—. Pero tienes razón, estas punciones pueden ser perfectamente compatibles con un arma similar. Estaban bajo uno de los hematomas del cuello y pensé que eran pequeños desgarros debido a la violencia de los golpes que ella misma se provocó. Respecto a la Triple Muerte, como decís, es cierto que la víctima estaba viva cuando se le sumergió la cabeza en el caldero. Hemos encontrado agua en los pulmones, así que respiraba todavía, y desde luego se resistió. Si antes fue reducida y paralizada con una pistola Taser, el efecto se le pasó antes de morir por inmersión. Pero pudo ocurrir: el asesino o asesinos le dispararon por la espalda, ella quedó fuera de combate durante un tiempo, suficiente como para maniatarla con las bridas, colgarla de los pies con la soga y alzarla en un árbol. Después le sumergieron la cabeza en el Caldero de Cabárceno, y sus músculos ya le obedecían cuando intentó sacar la cabeza y respirar para salvar su vida y la de su hijo.

Tragué saliva cuando escuché sus dos últimas palabras: Annabel esperaba un varón, la doctora había visto el feto de veinte semanas y el sexo estaba más que definido.

Saber aquel dato había hecho más real el drama de que el asesino o asesinos se habían llevado por delante dos vidas, y eso me llevaba a la inevitable pregunta: ¿quién era el padre del hijo que esperaba Annabel Lee?

Sabía que se le podía extraer el ADN, la doctora había guardado una muestra biológica de la madre y del feto y podía mantenerla durante unos meses. Sabía que podíamos compararla con la muestra del ADN del posible padre, pero para eso necesitábamos la orden del juez Olano, y no íbamos a conseguirla si no presentábamos indicios fehacientes de la identidad del sospechoso, de un móvil más que razonable y de que esa misma persona podía estar también implicada en el homicidio de Ana Belén Liaño...

Y todavía no estábamos, para nada, en ese punto de la investigación.

De momento, teníamos una cuenta bancaria que conectaba a Ana Belén con Asier, pero no era suficiente para que el juez Olano nos firmase una orden que obligara a Asier a someterse a la prueba de paternidad.

De todos modos, intenté hacer una comprobación y envié un whatsapp a Araceli. Quería saber si ella había tenido algo que ver con la ceja de Asier y también quería verla a ella, por si detectaba algún indicio de violencia en su rostro.

—Kaixo, Araceli. ¿Puedo verte? —escribí.

—¿Pasa algo, Unai? —contestó al rato.

—No, nada —mentí por escrito—. Es solo que quería tomar un café para ponernos al día. Un poco de normalidad, supongo.

—Claro. A ver si nos podemos ver la próxima semana. Yo estoy todos estos días en Deusto. Clases y más clases. Ya sabes.

—Me avisas cuando vuelvas, nos vemos —me despedí.

Volví a mi casa tan frustrado como Estíbaliz.

No hablamos mucho por el camino, ambos sabíamos que, si se cumplía la condición de que Ana Belén hubiese muerto también con un elemento de fuego, la perspectiva de que fuese la Triple Muerte celta no era muy halagüeña.

Un crimen ritual tiene más que ver con el rito y el sacrificio en sí que con la víctima. Eso suponía que podía volver a repetirse.

Respecto al crimen de Rebeca Tovar, era poco probable que le hubieran disparado con una Taser porque en 1993 el uso de esas pistolas no estaba generalizado en Europa, pero era imposible saber si la habían quemado de alguna manera después de que el cuerpo fuese descolgado del árbol en Fontibre.

Tal vez por eso no apareció nunca.

Reprimí una arcada cuando pensé en el cuerpo quemado de Rebeca, me resultaba un final demasiado oscuro y tétrico para una niña tan frágil como ella.

18

EL PASEO DE FRAY FRANCISCO

23 de noviembre de 2016 , miércoles

A la mañana siguiente me puse el despertador a las seis. Me lancé a la calle a eso de las seis y media: Vitoria estaba helada y a oscuras, a mí me daba igual. Me metí por el parque de la Florida, que a aquellas horas parecía una cueva vegetal, y aminoré el ritmo cuando llegué al paseo de la Senda.

Allí la encontré, corriendo con sus mallas blancas. Se sorprendió al verme, deduje que ella nunca había dejado de entrenar y que había vuelto a las rutas que un día compartimos.

Para mí verla allí, antes del alba, fue como si volviera al pasado verano, a los primeros días de agosto. A aquella química que tuvimos sin saber que la muerte estaba ya de camino.

Ahora la vida también estaba de camino y ambos lo sabíamos.

Pero debía ser justo con ella, y era el momento de dejar de ser un trilero, levantar los tres vasos y mostrarle todo lo que había debajo.

—¿Inspector Ayala o Unai? —me tanteó ella cuando me detuve impidiéndole el paso.

—Ambos —escribí.

—Tú dirás —dijo un poco pendiente de mis gestos.

Estábamos bajo una farola que emitía una luz amarilla, el cielo todavía no había virado al azulón de los amaneceres vitorianos.

—No quiero que nos enfriemos, vamos aminorando el paso, tengo mucho que escribir —le mostré en el móvil, y nos encaminamos hacia el paseo de Fray Francisco.

—De acuerdo, empieza —accedió.

—La inspectora Gauna te ha informado de la identidad del cotitular de la cuenta bancaria de la víctima, Asier Ruiz de Azua, farmacéutico de profesión, casado, y también que ayer alguien le agredió a primera hora cuando abría las puertas de su negocio y no ha querido interponer denuncia.

—Sí, estoy al corriente. ¿Hay algo más?

—Sí, Alba. Hay algo más, pero no te había informado porque quería que contases conmigo como perito en este caso y no quería arriesgarme a que me dejases fuera.

No le hizo gracia, me miró sin comprender y se detuvo cruzando los brazos.

—Unai, cuéntamelo todo, por favor —me dijo en un tono severísimo.

—La víctima fue mi primera novia —le confesé—. También lo fue de Asier, él es de mi cuadrilla. Y de Lutxo, el periodista de *El Diario Alavés*. Y de otro amigo, José Javier Hueto, alias Jota.

Alba asimiló los datos y lo que suponía todo aquello.

—Unai, ¿me estás diciendo que cuatro amigos de tu cuadrilla estuvisteis con la misma chica? No me hagas repetir chistes fáciles acerca de las cuadrillas vitorianas y compartirlo todo.

—No lo pretendo —repliqué sin ganas de chanzas—. Fue nuestra primera vez, para los cuatro, sí. Ocurrió en julio de 1992, fuimos como becarios a un proyecto de un poblado celta en Cantabria. También debes saber que Rebeca Tovar, la niña de catorce años colgada de un árbol en Fontibre, y su padre estuvieron en el mismo campamento.

—Termina, Unai. No te dejes nada. Ahora te habla tu jefa, que se está jugando el puesto por ti.

—Hemos consultado con un experto en cultura celta: puede que la forma de morir de ambas mujeres sea un sacrificio que se practicaba hace más de dos mil años en toda la zona de influencia celtíbera, incluidas estas tierras y también Cantabria. La Triple Muerte celta: víctimas quemadas, colgadas y ahogadas en un elemento acuático que tiene que ver con la fertilidad. Dado que sospechamos que Rebeca también estaba embarazada, sería un rito de castigo debido a que se les suponía que iban a ser malas madres. Según este rito, el niño no nato sería entregado a unas diosas del panteón celta: las tres Matres, una especie de diosas madres.

—Dios, otra vez no... Un psicópata no —susurró ella llevándose las manos a la cabeza con un gesto de dolor que me sorprendió.

Alba no era muy expresiva con sus emociones, y me dejó un poco fuera de combate que se mostrara tan vulnerable conmigo.

—Como perfilador, ¿qué crees? —me preguntó.

—Para ser un asesino serial se necesitan tres asesinatos con un período de enfriamiento entre ellos, lo sabes. Pero no podemos obviar el parecido en el *modus operandi* de ambos, y desde la victimología está claro: mujeres embarazadas fuera del matrimonio. No tiene buena pinta, Alba. Diría que estamos al inicio de una serie y que el asesino o asesinos han tenido muchísima suerte con la tormenta en San Adrián. Creo que, si fueron los mismos que en Fontibre, allí retiraron el cadáver por miedo a lo que encontrara la Policía. Con Ana Belén, los montañeros descubrieron el cadáver contra todo pronóstico, es un paraje inhóspito en invierno y entre semana. El asesino pensaba volver a por el caldero, que tal vez robó para futuros ritos. Pero la impunidad de que no haya salido en prensa y que no haya detenidos puede ser nefasta. Se van a envalentonar, van a creerse invulnerables. Eso puede reducir el período de enfriamiento, me temo.

Alba leyó y terminó sentándose en un banco frente a Villa Sofía, un palacete oriental del siglo XIX que parecía sacado de *Las mil y una noches* y que no pegaba nada frente a la residencia del *lehendakari*, pero ella se quedó mirando la extraña esfera que lo coronaba y los minaretes como si allí estuviera la clave del universo.

—No me dijiste que conocías a la víctima y te metí en el caso. He dado la cara por ti, sabes la situación en la que me encuentro y el escándalo que está por llegar con mi embarazo, y tú... ¿me ocultas esa información? ¿Juegas sucio conmigo?

Asentí, no podía negarlo.

—Unai, no puedes seguir saltándote las normas y las jerarquías por tus asuntos personales. Nos vas a arrastrar a todos, ya lo hiciste en el caso anterior. No puedes pretender reincorporarte si me ocultas datos relevantes de la investigación.

—Te recuerdo que fuimos los dos quienes cabreamos a tu marido y por eso murieron mi cuñada y el hermano de Estíbaliz. No quiero ser injusto contigo, pero tú también te saltaste las normas, Alba.

—Y voy a pagarlo durante lo que me queda de vida —susurró.

—No quiero que hablemos de lo que ya no tiene remedio. El pasado es pasado —escribí—. Quiero que hablemos de que soy el más apropiado para resolver este caso. Conozco el entorno, a las víctimas y a los probables sospechosos. Déjame seguir como perito. Estíbaliz es tan cabezona como yo, está llevando la investigación de modo impecable, pero no conocía a ninguna de las víctimas. No desperdicies lo que puedo aportar. Se trata de encerrar a ese desalmado o desalmados, no lo olvides.

—No lo olvido, Unai. Ni por un momento. Eres uno de los mejores perfiladores a nivel nacional, y creo que perdemos un activo vital si no te reincorporas, pero no vuelvas a escatimarme información, porque no voy a permitírtelo. No hagas un infierno de mi trabajo. ¿Entendido?

Afirmé con la cabeza.

Alba se levantó del banco después de mirar el reloj y se perdió por la Senda cuando ya amanecía.

19

LA POZA DE VILLAVERDE

23 de noviembre de 2016, miércoles

Volví a mi casa y me pasé la mañana esperando alguna llamada de Estíbaliz que no llegó, por lo que asumí que no requería mi presencia y que estaba cruzando datos en el despacho. Aproveché para acercarme a Villaverde, mi pequeño pueblo en la Montaña Alavesa, cuarenta kilómetros hacia el sur de la capital.

Germán y yo nos turnábamos para ir entre semana a comprobar que el abuelo estaba bien atendido. No es que reclamase nuestra ayuda, pese a sus noventa y cuatro inviernos se organizaba solo perfectamente y gestionaba mejor sus tareas en el campo que un experto en productividad, pero siempre le venía bien que le echásemos una mano en la huerta.

Lo encontré sentado en su sofá, roncando bajo la boina que ocultaba su cara a la claridad de la tarde que entraba por el pequeño balcón de la cocinica baja, frente a un fuego encendido que venía muy bien para templar la enorme casa de paredes de piedra.

Pese a que dormitaba profundamente, era como las liebres, que duermen con un ojo abierto, y en cuanto me acerqué se recolocó la boina en la cabeza y me preguntó de buen talante:

—¿Qué tal, hijo?

Le hice un gesto cómplice para que viese que la semana me iba bien, no es que fuera rigurosamente cierto, pero no había necesidad alguna de preocuparlo.

—¿Me acompañas a la huerta? Quiero ver cómo van los puerros.

Asentí y lo seguí escaleras abajo. La huerta del abuelo estaba muy tristona en invierno, apenas plantábamos unas pocas verduras que soportaban los rigores de las heladas villaverdejas. Descendimos por unas escaleras ganadas al desnivel, que el propio abuelo había tallado con mucho sudor, y bordeamos la pared de piedra que daba a una poza a medio llenar de la que nos surtíamos para el riego.

—Germán dice que la médica esa te va a curar pronto. No deja de hablar de lo buena moza que es —comentó con gesto pícaro, concentrado en no caerse por las escaleras.

—Sí que es buena moza, sí —escribí en el móvil.

Al abuelo le solían molestar mis mensajes en una pantalla, con su menguada visión de cerca no acertaba a leerlos bien y tenía que ponerse sus gafas de pasta, a las que no acababa de adaptarse.

—¿Y esa médica tuya no te ha dicho que dejes de una puñetera vez el móvil de las narices? —contestó, y me sorprendió una respuesta tan dura. No era propia del abuelo.

—No —escribí también molesto.

«Lo estoy intentando, abuelo. Lo estoy intentando», quise decirle.

—Pues muy mal, esa médica. Cualquiera con dos dedos de frente sabe que no vas a hablar si te apañas bien con ese trasto —dijo de mala gana, plantado en mitad de la huerta.

—Pues es lo que hay: tienes un nieto mudo y vas a tener que aceptarlo —le escribí con mayúsculas, mi enfado estaba subiendo enteros y el suyo también.

El abuelo leyó mi frase lapidaria y antes de que pudiese darme cuenta me arrancó el móvil de la mano y lo lanzó al otro lado de la poza.

—¡No! —grité sin poder dar crédito.

Y corrí a buscar una vieja escalera de mano de madera que descansaba junto a otros aperos de labranza.

—Ahora no te queda más remedio que hablar —concluyó él con su lógica aplastante.

Ignoré su comentario y cargué con la escalera sobre los hombros. Subí con menos cuidado del que debiera y me asomé a la poza. Medía unos tres metros por cuatro, apenas se veía el fondo porque la superficie estaba sucia de ramas y algas.

Salí corriendo en busca de un rastrillo y volví con él. Me concentré en calmarme y no cargar contra el abuelo.

«Te está ayudando, a su manera el abuelo te está ayudando», me repetí, pero no funcionaba.

Subí de nuevo haciendo equilibrios por la desvencijada escalera casera y pasé el rastrillo por el fondo.

Me pasé un par de horas, desesperantes horas, peinando el fondo de la poza. Saqué paladas y paladas de algas gelatinosas y ramas podridas.

El abuelo apareció a la hora de la comida con cara de preocupación.

—Vamos, hijo, algo tendrás que comer —me dijo—, sube a casa de una vez.

Negué con la cabeza y me concentré, frustrado, en una de las esquinas que todavía me quedaba por rastrillar.

—Es un móvil, hijo, y ya ni lo apagabas por las noches. No puedes pasarte lo que te queda de vida escribiendo noticas en él. La gente se cansará.

—No… no ppasa… —Intenté pronunciar «No pasa nada», pero no pude terminar la frase. Todavía no tenía recursos ni pericia.

Subí a comer con el abuelo, una crema caliente de calabacín que me reconfortó un poco el alma, pero mi mente estaba en el fondo de aquella poza.

Retomé mi operativo de rescate en cuanto di cuenta de todas las castañas que el abuelo había asado. Cambié de táctica, recuperé unas botas altas de pescador y me metí en la poza, pese a que el agua estaba helada. Bendije la largura de mis brazos, y recorrí palmo a palmo los doce metros cuadrados de suelo resbaladizo y gélido. Hasta última hora de la tarde, cuando las farolas estaban a punto de encenderse y las piernas no me respondían del frío, no recuperé lo que quedaba de mi móvil.

Conocía el peligro de un cortocircuito, así que extraje la batería rápidamente. Lo subí a casa del abuelo con más cuidado que si hubiese sido una trufa blanca de medio kilo y le retiré la humedad con papel secante. Sabía que tenía que dejarlo unas horas en un ambiente seco pero no demasiado caliente y me resigné a pasar la noche en Villaverde sin saber si mi móvil resucitaría o no.

El abuelo observó en silencio toda mi operación, paciente y discreto. Sabía que teníamos una conversación pendiente.

Me acerqué a mi dormitorio y busqué un folio en el cajón de mi mesilla de noche.

—Esta vez te has pasado, abuelo. En ese móvil estaban todos mis contactos de trabajo y muchas fotos que no están en otro sitio. Era mi despacho, era mi vida —le escribí con un tamaño de letra tirando a gigantesca.

—La vida la tienes delante y la estás echando a la basura por tu cobardía, hijo. Y si hemos tirado quinientos euros al agua para que te des cuenta, bien empleados están. Yo te pago el aparatico ese, no pases mal rato —dijo en tono conciliador.

—No es el dinero, abuelo. No es el dinero. No te preocupes por eso —le escribí en el folio.

A veces las lecciones del abuelo dolían, tal vez a él más que a mí.

Pero el abuelo estaba en lo cierto, el móvil era solo un objeto al que yo le había dado poder para que fuese el centro de mi existencia, mi salvavidas, o tal y como Héctor del Castillo había dicho, mi muleta.

Finalmente me metí en mi dormitorio y traté de dormir. A la mañana siguiente desperté de unos sueños agitados y salté de la cama en busca del aparato. Lo monté pero no encendió. Me había quedado sin móvil.

Abrí el portátil y pensé en mis opciones, además de salir escopetado a Vitoria a comprar un nuevo móvil para seguir estando operativo en la investigación.

No quería que los compañeros de la Sección de Delitos en Tecnología de la Información o Milán tuviesen acceso a la memoria del móvil. Todavía guardaba los mensajes que Alba y yo intercambiamos en verano, y no quería exponerla de esa manera.

Lo estuve valorando durante un buen rato y después, no muy convencido, me decidí a enviarle un correo electrónico:

—Golden, necesito tu ayuda. Ya —me limité a escribir.

Golden Girl, la chica de oro del *hackeo* nacional, siempre cobraba caros sus favores. Tras su apariencia de anciana incisiva de pelo blanco había una jubilada experta en seguridad informática que había trabajado en Cisco durante décadas y que daba mil vueltas a muchos *crackers* experimentados.

—Lo que quieras, Kraken. Aquí me tienes —contestó al minuto.

Le expliqué brevemente mi accidente acuático y quedé con ella en hora y media en Vitoria para entregarle lo que quedaba del móvil.

Golden vivía en el cantón de las Pulmonías, en unas casas que daban al patio interior del antiguo Seminario Viejo, frente a la plaza de la Catedral Vieja.

Me recibió en el umbral de su piso con su melena blanca cortada al ras de su barbilla y unas muletas que la convirtieron a mis ojos en alguien mucho más anciano de lo que recordaba. No me dejó entrar en su piso, seguía siendo una *hacker* huraña que no se fiaba de nadie, ni siquiera de mí.

—¿Y eso? —fui capaz de preguntar en voz alta al ver las muletas.

—Hace un mes me operaron la cadera. Apenas tengo movilidad y voy a morir de aburrimiento —dijo de corrido—. Gracias, Kraken.

—¿Y eso? —repetí en un alarde de recursos.

—Es prácticamente imposible recuperar los datos de este móvil. Me encanta el reto. Contacto contigo en cuanto pueda darte una respuesta —sonrió sin dejar de mirar mi *smartphone* como si fuese un huevo de Fabergé.

Ahora que ha pasado el tiempo y comprendo las implicaciones de aquel encargo, soy consciente de que yo fui uno más en aquella imparable sucesión de errores y horrores de los que hablaba Héctor del Castillo. De esos que contribuían a la eterna cadena de violencia que se remonta al Paleolítico, tal y como mi amigo historiador había dicho. Pero no lo sabía por entonces, no podía saberlo.

O eso me digo todavía hoy en día para conciliar el sueño por las noches.

20

SANDAILI

4 de julio de 1992, sábado

Algunos metros atrás, en la penumbra del microbús, la cuadrilla bromeaba distraída por el paisaje. Lutxo y Asier de pareja en el microbús, Jota y Unai tras ellos, sentados juntos bajo el lógico criterio de sus afinidades. Jota sacaba fotos que después revelaría desenfocadas, eran los primeros inciertos pasos de una vocación recién despertada.

Todos ellos un poco demasiado pendientes del atuendo que Annabel Lee había elegido para ese día, un vestido negro nada ceñido y deliciosamente corto que quedaba de lo más cañero con sus botas militares amarillas.

Asier rompió el fuego, a su manera.

—¿No eres mayorcita para hacer dibujitos y garabatos?

Annabel ni siquiera levantó la vista de su antebrazo. A falta de papel, se estaba dibujando en la piel un ahorcado a punto de expirar. Le había venido la inspiración después de observar, silenciosa, cómo las ramas altas de los castaños de la carretera golpeaban la luna del bus a la altura de su cabeza.

—Son historias, imbécil —se limitó a decir mientras todos, incómodos, contenían la respiración—. Vives en el mundo material.

—Es el que hay. Pisa tierra, tía, a mí no me impresiona tu pose de gótica. Solo eres una muerta de hambre.

—¿Muerta de hambre? Mira tus vaqueros de mil pesetas. Te hago una apuesta, míster hostil: el día que me muera seré más rica que tú.

Asier no apretó más los labios porque no podía. Murmuró un «Hecho» que sonó a escupitajo y se replegó, malhumorado, en su asiento.

Annabel lo miró y Unai observó con preocupación aquella mirada, porque no vio odio, que era lo lógico. Había un reto, una determinación, cierta satisfacción por una decisión tomada.

Saúl había vigilado la escena desde el apaisado espejo retrovisor guardando el paciente silencio de los catalogadores. En la universidad también lo hacía con sus alumnos: alfas, betas, pasivos, agresivos, hostiles, indiferentes... Todos tenían un rasgo dominante que los definía y él sabía sacar partido. A esa edad eran tan... transparentes.

Aparcaron por fin, becarios y cuadrilla. Saúl y Rebeca los guiaron por una senda que discurría pegada a la peña. Después de un rato de caminata divisaron el hueco que anunciaba la cueva de la ermita de San Elías en lo alto de unos muros que en su día habían sido la casa de la serora, según contó Rebeca mientras todos subían las estrechas escaleras de piedra.

A la derecha, un pilón, una poza rectangular tallada en la misma piedra. Era importante. Era el motivo de la visita, así lo hizo saber Saúl.

Los hizo detenerse a todos.

—Los lugareños llaman Sandaili a este lugar, pero tal vez no sea una derivación de san Elías. A decir verdad, los antropólogos pensamos que puede deberse a santa Ylia, y esta santa, a su vez, está relacionada con la diosa Ivulia, una divinidad prerromana, que ya aparece en una inscripción hallada en Forua, Vizcaya. Esto es importante. Veréis, para los celtas, la diosa Ivulia está relacionada con el culto a las aguas, y esta poza que tenéis delante ha sido desde siempre un lugar donde se han llevado a cabo ritos de agua.

Algunos como Lutxo escuchaban embelesados; otros, un poco distraídos.

—¿Ritos de agua? —repitió Jota deseoso de agradar.

—Sí, se dice que el agua que emanan las estalactitas de esta cueva se recoge en este pilón. Como veis, es un símil muy obvio entre el esperma como líquido fertilizante y la poza como útero. Las mujeres de los caseríos de la Llanada Alavesa, la antigua morada de los Guevara, los señores de esta tierra, han venido desde siempre a realizar lo que antaño se llamaban «abluciones fecundantes», es decir, se metían en este pilón hasta la cintura. Las mujeres de Oñati llamaban a esto *beratu,* en euskera «ablandarse». Eran ritos de fertilidad, esperaban así quedarse embarazadas.

Saúl se tomó su tiempo para hablarles de lo que más le apasionaba: cómo los ritos celtas habían pervivido hasta nuestros días, semiocultos bajo ceremonias cristianas que apenas podían disimular su origen pagano.

Después coronaron la caverna y todos, un poco cansados por el paseo, desenvolvieron del papel Albal sus bocadillos de chorizo y se distribuyeron sentados contra el pequeño murete que rodeaba la ermita de San Elías. Pequeña, blanca de cal y piedra caliza, un arco semicircular sobre la campana le daba cierta personalidad.

Alguno que otro comenzó a roncar, era la hora perezosa de la siesta y el calor apretaba aquel día. Los tábanos molestaban, pero la cueva daba un frescor que el exterior no ofrecía y todos se quedaron a dormitar.

Todos no, eso es cierto.

Casi todos.

Asier se había quedado paseando bajo la pared que algunos escaladores solían usar para entrenar y abrir vías. A aquella hora de calor inmisericorde no quedaba rastro de ellos. Estaba un poco encabronado después de la conversación con Annabel, tal vez se estaba pasando demasiado con ella. Tal vez se le notaba.

«No, qué se me va a notar, que no es telépata», se decía a sí mismo un poco contrariado.

Apareció Saúl, que había bajado a dar una vuelta por el terreno y se lo había encontrado allí sentado junto a la pared de roca, encabritado.

—Oye, me he fijado en lo de tu mano. —Saúl fue al grano, ya se lo había trabajado un poco las últimas noches.

—¿Qué de mi mano? —contestó Asier a la defensiva, metiéndose la mano izquierda en el bolsillo del vaquero, donde casi no cabía.

—Esa falange mal curada que tienes en el anular. ¿Una rotura?

—Una rotura, sí —contestó distraído.

—Yo tuve una parecida a tu edad. Mi padre... Tu padre ¿a qué se dedica?

—Es reponedor de Eroski. Y ahora es cuando te ríes de mí.

—¿Por qué me iba yo a reír de ti?

—Porque tú eres profesor universitario, y yo soy hijo de un reponedor de Eroski y de un ama de casa.

—¿Qué nota media tienes?

—Notable alto. —Aquel era su plan A. Su único plan, en realidad: estudiar una carrera, salir de la mediocridad de una familia sin cultura y sin estudios. Ni loco quería acabar como su padre, con un trabajo poco remunerado y manual.

—Entonces no tienes mi mofa, tienes mi respeto.

Nunca, en sus dieciséis años de vida, había escuchado Asier la palabra «respeto» dirigida a él.

—¿Y qué vas a estudiar, Historia? —tanteó Saúl todavía con esperanzas de reclutar a alguno de los vitorianos para su causa.

—No, algo que me haga muy rico.

Asier era algo agarrado en temas monetarios. Los de la cuadrilla sabían que si una noche no bebía, no ponía bote, pero luego acababa pidiendo algún cubata o el *kalimotxo* de turno. Lo mismo con los cigarros, que alguno siempre caía de gorra y él no se cortaba si tenía que pedir cuando todos iban ya entonados. Sableaba sobre todo al bueno de Jota, que era el que tenía más pelas de todos ellos.

El dinero, o más bien la falta de él, le obsesionaba y le motivaba para hacer lo único que podía hacer con dieciséis años: ser buen estudiante.

—Entiendo —dijo Saúl. Y sabía que el chaval entendía. Que era suficiente—. Mira, respecto a tu padre...

—Respecto a mi padre, nada —le cortó Asier.

«Mejor a mí que a mis hermanas», calló.

—Lo sé, descuida, que yo no voy a decir nada. Esas cosas no se denuncian, lo que ocurre en la familia se queda en la familia. Solo te digo que llegará un día en que, cuando te levante la mano, lo mirarás desde arriba y podrás parar el golpe, ¿de acuerdo?

—Yo no te he dicho que me pegue nadie —contestó Asier un poco humillado.

—Lo sé —contestó Saúl comedido, sentado, con cautela en la voz.

—¡No te lo he dicho! —gritó Asier, y se levantó bruscamente de un salto, incómodo. Se arrepintió al momento.

Saúl lo vio alejarse en dirección a las escaleras de la ermita.

—Lo sé —murmuró tranquilo.

Saúl calculó un cuarto de hora y subió hasta la ermita en silencio, comprobó que todos estaban dormidos y se acercó a su hija.

—Vamos, Beca. Bajemos a la poza. La diosa espera.

Rebeca lo miró con terror en los ojos.

—Papá, por favor, aquí no —susurró.

Saúl le sonrió, no entendía su miedo.

—Vamos, hija. No me obligues.

Y Rebeca sabía ya que no había nada que hacer. Tragó saliva, agachó la cabeza y bajó en silencio por las estrechas escaleras bajo la atenta mirada de su padre.

Unai se despertó poco después, un poco sofocado del calor y con mal cuerpo por la postura en la que se había quedado dormido.

Miró alrededor, notó algunas ausencias.

En parte por su instinto de comprobar siempre que todos estaban bien, en parte porque tenía que aliviar la vejiga urgentemente, tiró escaleras abajo y, una vez en tierra firme, buscó un lugar escondido entre los árboles donde bajarse la cremallera con cierta intimidad.

No esperaba ver lo que vio.

A Jota tumbado sobre el césped, con los pantalones bajados hasta las rodillas. A Annabel sobre él, a horcajadas, moviéndose a ritmo de ola. Hasta el ahorcado de su antebrazo se movía bien.

El famoso vestidito negro ocultaba entre sus pliegues el enganche carnal entre los dos muchachos, un tirante bajado exprofeso dejaba al aire un pecho sobre cuya talla habían bromeado los cuatro cada noche.

Annabel, bien dotada de curvas, sabedora de ello, buena instructora, le susurraba a Jota cómo acariciarla para hacerla disfrutar.

Jota obediente, alucinado, con cara de estar viendo a una diosa del agua.

Unai se quedó en blanco, con la bragueta a medio bajar.

Le costó más de la cuenta reaccionar, no es que hubiera sido un santo hasta entonces, pero era la primera vez que veía sexo en vivo, y durante muchos años recordó aquella primera visión de Jota y Annabel, excitado.

Ella fue la primera en percatarse de su presencia, pero no detuvo su cabalgada hasta que la respiración se le volvió entrecortada y se sirvió de la mano obediente de Jota para taparse a sí misma la boca y evitar que sus gemidos se escuchasen prado arriba.

Para Unai aquella visión fue gloriosa, casi sobrenatural; para Jota también. Después ella simplemente desmontó y volvió a su apatía habitual. Miró a Unai, tranquila.

Ni rastro de zozobra ni de vergüenza.

Jota también había gozado lo suyo, un poco más ruidoso y todo más breve, como correspondía a su primera vez. Solo entonces se percató de que su mejor amigo estaba clavado junto a un árbol a pocos metros de él.

—Perdón, no quería ver —trató de justificarse Unai en cuanto se supo descubierto.

—¡Hostia, Unai!, ¿no habrás visto…? —gritó alarmado Jota, le salió un gallo, fue casi cómico.

—Perdón, perdón. Si ya me voy…, venía a mear…, yo no quería… —se disculpó Unai.

Y se largó ya sin ganas de orinar, escaleras arriba, con la imagen de ellos dos grabada a fuego en el área de su memoria.

21

EL ESTANQUE DE LA BARBACANA

4 de diciembre de 2016, domingo

Había pasado más de una semana desde el incidente del móvil. Golden había conseguido salvar mis fotos y por suerte tenía configurado el Whatsapp para que guardase una copia de todas las conversaciones. Tuve que comprar un terminal nuevo y el operador me hizo un duplicado de la tarjeta. Mi vida digital se había salvado *in extremis*.

En la comisaría habíamos entrado en la parte tediosa de la investigación: comprobar todas las grabaciones de vehículos en las cámaras del Ayuntamiento de Zalduondo cercanas al aparcamiento desde el que se suponía que Annabel y su acompañante o acompañantes habían subido a San Adrián aquella mañana.

Annabel no tenía vehículo propio, por lo que alguien tuvo que acercarla hasta allí. Pese a lo intempestivo de la hora, teníamos una treintena de vehículos que comprobar.

Por otro lado, el móvil de Annabel no aparecía, el juez Olano consiguió que el operador nos facilitase un duplicado, pero Annabel resultó ser bastante parca en llamadas y los pocos números marcados la víspera de su muerte correspondían a su editor. Pudimos comprobar que la mañana de su muerte ni siquiera lo encendió. No podíamos seguirle los pasos de sus últimas horas.

Por las tardes yo acudía obedientemente a la consulta de la logopeda, nos pasábamos la hora entera pronunciando sílabas y terminando palabras. La última semana le había dedicado una media de cinco horas a las praxias frente al espejo, a practicar con el móvil las aplicaciones que me había descargado y había instalado una barra horizontal que cruzaba el pasillo de mi piso. Cada vez que pasaba, hacía tres dominadas. Unas treinta al día. Tenía los brazos cansados al principio, pero conseguía reforzar mi lado derecho, y mientras estaba en casa no soltaba unas pinzas para fortalecer mi mano diestra.

Al paso que llevaba me iba a convertir en un kraken de verdad.

El fin de semana estaba demasiado desmotivado como para salir con la cuadrilla y me escondí en Villaverde buscando la perspectiva que necesitaba. El abuelo se negaba a mirar la pantalla del nuevo móvil cuando yo escribía algo, de modo que me vi obligado a comunicarme a base de monosílabos que él interpretaba con paciencia de centenario.

El domingo recibí la llamada de Estíbaliz a primera hora de la mañana.

—¿Estás en Villaverde, Unai? —me soltó mi compañera a bocajarro. Estaba alterada, me metía prisa en tono apremiante.

—Sí.

—Tienes que ir a Laguardia ahora mismo —me urgió.

—¿A...? —la tanteé sin comprender.

—Al estanque de la Barbacana, los vecinos han encontrado reventada la puerta de entrada del centro de interpretación y han avisado a la comisaría de Laguardia. Han enviado un par de agentes para comprobar si se trataba de un robo o de una gamberrada y han encontrado a un hombre joven colgado de las vigas del techo. En esta ocasión no hay caldero, pero tiene el pelo y la ropa mojada hasta los hombros, parece que ha muerto por inmersión. Milán, Peña y yo estamos yendo para allí.

—V...voy —acerté a pronunciar.

Arranqué el Outlander que dormitaba bajo el balcón de casa del abuelo, volé hacia Laguardia y en menos de media hora pude aparcar junto a la entrada sur de la villa alavesa.

Jamás había entrado en el centro de interpretación del estanque celtibérico de la Barbacana; por lo que pude ver, estaba situado intramuros. Localicé enseguida el coche patrulla de mis compañeros de la comisaría de Laguardia y pasé por debajo del precinto que habían colocado como perímetro de protección.

Saqué mi placa, pero, por lo visto, ya me conocían. De las noticias, supongo. No me acostumbraba a eso de ser una leyenda dentro del cuerpo.

El juez ya había dado la orden de que la inspección ocular podía comenzar. Conocía los vehículos de la Científica y Muguruza ya había llegado. Traspasé el umbral de la puerta de aluminio reventada con una simple palanca. Recorrí un pasillo oscuro que me llevó al mostrador donde supuse que el personal atendía a los visitantes. Alguien había encendido las luces y también la grabación de sonidos acuáticos que todo lo envolvía. Las paredes y el techo estaban pintados de un azul muy intenso, casi añil, y creaba el onírico efecto de estar caminando por el lecho marino.

Pude ver paneles propios de un centro de interpretación que explicaban la cultura celtíbera que habitó en la zona hace 2100 años. Conocía bien esa etapa de la historia: por las nociones arqueológicas que aprendí con Saúl Tovar, también por el segundo asesinato del doble crimen del dolmen. Nancho había matado a dos niños de cinco años en el poblado celtíbero de La Hoya, situado a la salida de Laguardia.

Un estanque vacío, el más grande de Europa, se desplegaba a mis pies. Un maniquí vestido de mujer celtíbera, con túnica blanca y tocado de la época simulaba acercarse al estanque, tal vez para realizar un ritual, tal vez solo para aprovisionarse de agua.

Vi a la víctima colgada de los pies con una gruesa soga que pendía de una de las sólidas vigas de cemento del techo azul. El extremo de la cuerda estaba atado a uno de los pies de los paneles. Eso permitía mantener suspendido el cuerpo maniatado de aquel hombre. No era muy alto, parecía joven. Cuando llegué, el propio Muguruza me tendió unos chapines de plástico y me acerqué al cadáver.

Hinqué la rodilla, en señal de respeto. A la puta Muerte, al vivo que fue aquel cuerpo hasta hacía apenas unas horas:

«Aquí termina tu caza. Aquí comienza la mía.»

Los rasgos parecían algo hinchados, pero era reconocible. Al menos, yo lo reconocí.

El hombre muerto que estaba colgado frente a mí era mi amigo Jota.

22

EL HOTEL DE DOÑA BLANCA

4 de diciembre de 2016, domingo

No recuerdo muy bien lo que hice a continuación. No sé con qué técnico me comuniqué para darle el nombre de mi amigo fallecido. Envié un whatsapp a Estíbaliz. Eso lo sé porque después comprobé las horas de mis mensajes en el móvil.

Le ordené, muy metido en mi papel de exigente perito, que comprobase con la forense si había marcas de arpones de una Taser en el cuerpo de Jota.

Alba me llamó apenas un minuto después.

—Estoy en Laguardia. Estíbaliz me ha informado de la identidad de la nueva víctima. Quiero que vengas a mi casa, Unai. Tenemos que hablar. Te envío mis coordenadas. Yo tengo que reunirme con el juez Olano y voy a acercarme a la Barbacana. Espérame aquí, tómatelo como un ruego o como una orden, pero ven aquí inmediatamente, ¿de acuerdo?

—Sí —contesté en voz alta.

Me daba igual si mi tono sonaba estridente. Me daba igual arre que so, una apatía de siglos me había sepultado al reconocer el rostro azulado de Jota y no me sentía capaz de quitarme de encima el peso de aquel derrumbe mental.

Abandoné la Barbacana sin despedirme de nadie. Bastante tenían con procesar los indicios. No quería ser parte de aquello. Analizar con mente fría los últimos minutos de mi amigo de la infancia, del chico dorado al que todos cuidamos y todos traicionamos.

Al derrumbado Jota, el del futuro quebrado por los vinos.

No recuerdo la primera vez que lo vi, imagino que sería el primer día de primero de EGB en San Viator. De aquellos años lejanos uno no se acuerda demasiado, ¿cuándo dicen los neurólogos que comienzan los primeros recuerdos?

Ni idea. Ya no tenía ni idea de nada.

Me dejé llevar, Alba me envió al móvil la ubicación de su casa en Laguardia. No quise coger el coche, no estaba en condiciones de conducir. Callejeé por las aceras adoquinadas, como si una máquina del tiempo me hubiera llevado al Medievo. Un maldito *eguzkilore* me saludaba desde el portal 96 de una de las callejuelas.

«Ahora no, miserable», le susurré al pasar. A mí ni cristo me protegía de los malos espíritus.

Recorrí la villa en dirección norte, no comprendí muy bien la situación cuando descubrí que mis pasos me llevaban al final del paseo del Collado y allí, frente a mí, la dirección que Alba me había dado coincidía con un castillo. Un hotel, en realidad, el Hotel de Doña Blanca.

Era una construcción señorial, antigua, que dominaba el promontorio de Laguardia y a la que no le faltaba ni el torreón octogonal. Subí las empinadas escaleras de piedra sin entender demasiado y crucé la puerta bajo un blasón nobiliario.

El lateral tenía la pared cubierta de hiedra, era una especie de bar con rejas y vidrieras, había mucha gente reunida, no sabía dónde buscar a Alba.

En esos momentos, una mujer de unos setenta años me interceptó. Una dama, más bien. Todo en ella era distinguido, el pelo de mechas rubias impecables, corto y con volumen, una capa abrigada sobre los hombros que le aportaba una elegancia al margen de modas.

—Buenos días, Unai. Te estaba esperando. Me llamo…

«Aurora Mistral», pensé, incapaz de procesar que estuviera delante de uno de los mayores mitos del cine y del teatro del siglo XX. La actriz que se ganó el respeto y múltiples premios y que siempre sería recordada por ser la protagonista de *La casa de Bernarda Alba* en los teatros.

Sabía que se había retirado hacía décadas. No tenía ni idea de que vivía en Laguardia. Al abuelo le habrían temblado las rodillas de tenerla delante. Era una leyenda desde la posguerra, la niña prodigio que actuaba y cantaba. Varias generaciones la admiraron y acudieron en tropel a los cines de barrio durante los años que duró su flamante carrera.

—Nieves Díaz de Salvatierra, soy la madre de Alba. Me ha dicho que la esperes en la habitación de *Amor y locura,* en la última planta. Ella acaba de salir por una urgencia laboral. Si necesitas descansar, siéntete libre de usar la cama. Yo estoy con un evento del Club Rotary, vas a tener que disculparme si ahora no te hago compañía. Toma la llave de la habitación.

Aurora, o Nieves, como ella decía, entró en el mostrador de recepción y me tendió una pesada llave.

La madre de Alba tenía una presencia no solo fruto de las tablas. Había en ella un porte digno que había transmitido a su hija, pese a que físicamente no se parecían demasiado. Alba era morena, de ojos oscuros, espigada. Su madre era rubia de ojos azules, ni la forma del rostro, nariz o cejas coincidían. Jamás habría dicho que eran madre e hija.

Tomé la llave un poco aturdido. Estreché su mano de nuevo y subí las escaleras de aquel castillo. Encontré la habitación con nombre de fábula de Samaniego, la abrí y me tumbé en la cama. Hundí mi cabeza en los cojines y me puse a llorar como un descosido. Las telas amortiguaban mis sollozos, pero en esos momentos no me importaban los otros huéspedes.

Jota estaba muerto, y yo estaba harto de muertes. La de Martina, la de Annabel Lee, la de mi amigo…, demasiadas para un año, demasiadas para dos casos tan seguidos.

Tenía que avisar a su familia, a su madre y a su tío. Odié no poder hablar todavía, no quería dar aquella noticia por escrito.

Al rato dejé de llorar y me quedé relajado, tumbado en aquella cama y en aquel dormitorio decorado para noches de bodas de novios ilusionados que empezaban nuevas vidas. Yo estaba en otro punto, me sentí muy viejo y gastado a mis cuarenta años.

Alba llegó bastante después. Me encontró de nuevo en fase apática, mirando mi sierra por la ventana, ahora la veía desde el otro lado de la realidad.

—¿Cómo estás? —preguntó sentándose junto a mí sobre la

inmensa cama en la que vete a saber cuántos polvos se habían echado.

Me limité a cerrar el puño y bajar el pulgar, como habría hecho Nerón un mal día de circo.

Ella tomó mi mano con una ternura infinita, como si fuese un pequeño regalo de los dioses.

—Estoy aquí, quiero que lo sepas. Estoy aquí. —Y se tendió a mi lado y me abrazó por la espalda.

Yo me dejé hacer. Qué bien se sentía su calor aquella fría mañana.

—No quiero que te pase nada, Unai. Ya hemos pasado por esto.

Inútil argumentar. Para qué. No tenía ganas de escribir ni de hablar. Solo sentir que se preocupaba por mí, que ella estaba al mando. Que yo podía llorar a mis muertos aquel domingo de diciembre.

—Vamos al torreón. La mañana ha levantado y arriba nos despejaremos. Tenemos mucho de que hablar, aquí solo hay tentaciones —me dijo cuando se cansó de acariciarme el pelo con aquella calma tan suya.

Después me dio la mano y la seguí por una escalera de caracol octogonal hasta que llegamos a la torre y salimos al exterior.

Se sintió bien aquel aire fresco sobre nuestras cabezas. La visión panorámica de una Laguardia con un mar de viñedos a nuestros pies. Se veía hasta el poblado de La Hoya, que me trajo recuerdos dolorosos. Daba igual en qué punto estuviese con Alba, Nancho terminaba en nuestros pensamientos.

—Aquí salvaste la vida de mi hijo —murmuró mirando la sierra que quedaba frente a nosotros.

—Tal vez los antiguos dioses de estos montes lo estén protegiendo —escribí.

Ella me pidió explicaciones con la mirada.

—Los nativos tenemos la costumbre de llamar sierra de Cantabria a estos montes, pero la denominación antigua era sierra de Toloño, derivado del dios várdulo Tullonius. Es el dios padre para los celtas, Teutates. Incluso quedan las ruinas de un monasterio medieval dedicado a santa María de Toloño. Dicen que tuvo que ser abandonado por los monjes debido al frío. Me encantaría llevarte allí. Tal vez ese día el dios Tulonio protegió a tu hijo. Quiero creer que no lo tenemos todo en contra.

—Yo también prefiero creerlo. Es la única manera de seguir. Sé que es un mal día para ti, me gustaría cambiarlo, o al menos aliviarlo. Déjame darte una buena noticia.

—Tú... dirás —me salió con esfuerzo.

—Esta semana he estado en la consulta y me han hecho una ecografía y otras pruebas. Han descartado que mi hijo tenga osteogénesis imperfecta de tipo II —pronunció con una gran sonrisa, paladeando las palabras.

Miré aliviado la sierra del viejo dios, sentí que mis hombros ya no llevaban el peso del mundo. El temor a que mi hijo padeciese también la enfermedad que había matado al primer hijo de Alba había sido otro nubarrón en mi cabeza desde que Alba me dio la noticia de su embarazo.

«Gracias, Tulonio. Por cuidar de los míos», recé mentalmente.

El abrazo que le di a Alba, los besos que llegaron después..., eso queda para mi memoria de aquel día, encapsulados. Así lo prefiero.

Después, más calmado y sin ganas todavía de volver a la realidad de mi cuadrilla esquilmada, interrogué a Alba.

—Tienes que explicarme lo de tu madre. No puedes escatimarme una información de ese calibre.

—Lo sé —suspiró—. Lo sé. Ya la has conocido, no voy a hablarte de su vida pública. Sabrás, como todo el mundo, la leyenda de la niña pobre de provincias: que la descubrió un representante de artistas de Madrid, un zorro viejo, cuando se presentó a un concurso de talentos porque la niña cantaba y bailaba muy bien y sus padres, que siempre vivieron en Laguardia, se animaron a enviarla a Madrid a través de unos tíos que vivían en la capital.

Aquella parte la sabía, excepto el detalle de Laguardia.

—El resto es historia. Mi madre enamoró a toda una generación con sus ojos azules y su pelo rubio, rodó películas como rosquillas durante años y cuando llegó la primera gran crisis del cine se refugió en el teatro. Ya era una adulta y su representante dirigía su carrera con mano de hierro. Triunfó con su interpretación de *La casa de Bernarda Alba* y yo dejé de verla de continuo. Ya no eran los tres meses de rodaje, eso permitía visitas los fines de semana. Ahora eran giras que duraban años por todos los teatros de la geografía nacional, era totalmente incompatible con mi vida escolar en Madrid.

—¿Y tu... —me corté al escribir una pregunta tan personal, pero ella lo sabía casi todo de mí— ... padre?

—Mi padre fue el chofer de mi madre desde que tuvo uso de razón. Era el hijo sin estudios de su mánager, nunca hizo otra cosa que vivir a la sombra de su padre.

—¿El representante de tu madre era tu abuelo?

—Nunca lo he llamado así. Él la descubrió siendo niña. Él la pulió, le pagó las clases de baile, dicción y canto, pero después malgastaba el dinero de mi madre a manos llenas. Se iba al casino con cuatro furcias y se gastaba en una noche lo que mi madre había ganado en una semana de funciones. Yo odiaba a aquellas tipas. Venían con bolsas de vestidos de fiesta y tacones de las mejores boutiques mientras mis padres y yo vivíamos con los gastos controlados, sin un solo capricho o regalo. Crecí rodeada de la austeridad más absoluta. Por aquella época mis abuelos maternos fallecieron. Mi madre era mayor de edad y se quedó sola en Madrid sin otro entorno conocido que el de la farándula.

La miré en silencio, quería que siguiese hablando.

—Mi padre no tenía oficio. Tenía lo que hoy llamaríamos un perfil bajo. Creo que mi madre comenzó a salir con él porque pasaban mucho rato juntos en los viajes, en la carretera. Tenían la misma edad y no era un adulador como el resto de los actores, no tenía que competir con su ego. En resumen: estar con mi padre era para ella un descanso en su carrera. Mi padre era la única relación normal en mitad de la montaña rusa que la rodeaba. Me tuvieron a mí, mi abuelo creo que al principio incluso se ilusionó y vio en la hija de su pupila otra posible mina de oro. Pero yo no heredé sus ojazos y, para desgracia de todos, fui una niña gordita, sin aptitudes para actuar.

«No te imaginaba así», pensé, y esperé a que continuase. Me venía bien evadirme del presente.

—Años más tarde estalló el escándalo: el padre de mi padre fue acusado de evadir impuestos, cerca de seiscientos millones de las antiguas pesetas. Mis padres eran unos analfabetos financieramente hablando: él les daba una décima parte del dinero que pedían y apenas sabían administrar unos pocos gastos. Del resto se encargaba él. Durante el juicio se fugó, hace unos años investigué y pude averiguar que se marchó a algún país latinoamericano con otra identidad. En cuanto al regalo envenenado que nos dejó, puedo contarte que había gestionado negocios a nombre de mi madre, así que nos arruinamos y nos embargaron casi todas las propiedades: el piso de Madrid, locales y garajes. Mi madre no quiso volver a actuar, hacía tiempo que aquella etapa le sobraba, no soportaba a la prensa.

—¿Le gustaba tu marido?

Sé que Alba me había prometido que no lo nombraría de nuevo, pero la tenía en plena confesión vital y quería saberlo todo de ella. Comprender quién era y qué la había llevado a aquella torre, a aquel pueblo, a aquel marido psicópata integrado.

—Nunca le hizo demasiada gracia que saliese con él, al principio pensó que se había acercado a mí por ella, por lograr un buen reportaje de investigación tipo *¿Qué fue de...?*, o por si ella sabía algo del paradero de su representante. Nancho, a su manera, se lo tomó con mucha calma y se propuso limar asperezas con ella, poco a poco, con elegancia. Ya conocías su estilo.

Sonreí por primera vez al recordar al tranquilo tipo que se ganó mi confianza con paciencia y buenos gestos.

—Digamos que mi madre y yo nos distanciamos bastante cuando me casé con Nancho —prosiguió—. Ella nunca se sintió cómoda compartiendo su intimidad con él. Mi madre tiene alergia a los focos, no quiere que nadie la asocie con su nombre artístico pese a que Laguardia es un pueblo pequeño y prácticamente todo el mundo lo sabe, pero lo cierto es que aquí la gente es discreta y ella se ha ganado el respeto como hostelera. También porque colabora en causas benéficas con los rotarios de Vitoria y de Logroño. Respecto a mi relación con ella, ahora hemos vuelto a conectar. Ya te conté que mi madre fue la primera persona que vino al hospital en cuanto se enteró de lo que él me había..., nos había hecho. Ella se encargó de todo durante las primeras semanas en las que yo fui incapaz de reaccionar por el *shock* y porque estaba demasiado pendiente de tu coma. Me trajo aquí, estas vistas de la sierra y de los viñedos me curaron. Ahora vengo los fines de semana, a veces con Estíbaliz, y duermo en el castillo. Creo que estoy en una etapa más tranquila y me resulta más fácil entender a mi madre.

—¿Qué ocurrió cuando tu madre dejó el cine y el teatro?

—Yo estaba en plena adolescencia, era una niña obesa y timidísima. Lo pasamos muy mal durante un par de años, mi padre era básicamente un amo de casa. No tenía contactos, no tenía trabajo, se quedó bloqueado cuando su padre desapareció. Fue mi madre quien tomó las riendas de la situación, estaba mucho más madura que él. Nos refugió en Laguardia, lejos de Madrid, en el pueblo de sus padres, donde veníamos en verano. Mi madre se empeñó en salvar de la quema un edificio de Laguardia que aún estaba a su nombre. Lo convirtió en hotel, pregúntame el precio de cada maceta, porque lo hemos ido comprando con mucho esfuerzo a lo largo de los años. Yo me puse a dar clases después del instituto por las tardes y a servir copas los fines de semana para ayudarla, creo que crecí en dos días. Hasta entonces había sido un desastre como estudiante, pero, cuando me centré, dejé de suspender y me pagué yo misma la matrícula de la carrera. De la noche a la mañana me convertí en alguien responsable.

—¿Te cambiaste el orden de tus apellidos? Tu madre me ha dicho que se llama Nieves Díaz de Salvatierra. Yo pensaba que su nombre verdadero era Aurora Mistral.

—No, ese era su nombre artístico. Y respecto a mi primer apellido, no quiero saber nada de él. Me lo cambié con el permiso de mis padres cuando vinimos a vivir a Laguardia, en COU. Yo seguía siendo una adolescente muy retraída que ocultaba la identidad de mi madre, en primer lugar para que no me tratasen de manera diferente, pero sobre todo por dejar atrás el calvario que sufrimos con el escándalo financiero y porque no queríamos que lo asociasen con el hotel.

—¿Te pusieron el nombre por *La casa de Bernarda Alba*? —escribí.

—Todos tenemos un pasado, ¿no crees? —contestó con cierta ironía.

—¿Tu madre era así, controladora y opresiva como aquel personaje?

—No, ella solo era de esa manera cuando subía al escenario, creo que imitaba a su suegro, él sí que era así: no la dejaba salir con los actores galanes de la época, quería cuidar su virtud, odiaba los escándalos. Una auténtica ironía, dada la vida que llevaba y cómo terminó. Creo que quería mantenerla virgen y apartada del matrimonio: como la reina virgen, como Isabel I. Sí, mi madre también representó esa obra. Pero su primer acto de rebeldía fue quedarse embarazada de mi padre antes de la boda. Su suegro no pudo resistirse a una boda de penalti. Como fanático religioso, estaba en contra del aborto y no tuvo más remedio que consentir.

—Así que naciste de penalti —escribí, y le sonreí. Siempre he tenido debilidad por los hijos ilegítimos. Su concepción es más sincera que los nacidos después de un contrato—. ¿Cómo se las arregló tu abuelo para evitar el escándalo en aquella época?

—Fue en la década de los setenta. Mi madre desapareció de la escena y de la prensa durante dos años. Nadie pudo hacer cuentas, no se publicó la fecha de la boda. Su suegro tenía muchos amigos entre los directores de las revistas de la época. Cuando reapareció, todo lo que se sabía era que ya se había casado y tenía una hija pequeña. Yo nunca salí en las revistas. En parte por él, en parte porque mi madre quería protegerme de la exposición mediática y no quería aquella vida para mí. Por otro lado, el padre de mi padre nunca se mostró orgulloso de enseñarme a sus amistades, nunca me trató como a una nieta, sino como un molesto inconveniente; yo no entendí el significado de la palabra «abuelo» hasta que lo vi en mis amigas del colegio. Al principio me extrañó tanto el cariño que se profesaban que lo encontré casi antinatural. No lo entendía, creía que la familia alcanzaba solo al padre y a la madre, y que los abuelos no se consideraban familia, sino extraños.

—El abuelo te soltaría un buen bufido si repites eso en su presencia —escribí.

En ese momento la pantalla se iluminó y volví al mundo real. Alba había conseguido que por unos minutos me zafase de lo que acababa de suceder en el estanque de la Barbacana.

Fue el whatsapp de la cuadrilla el que reclamaba mi atención.

—¿Alguien sabe dónde está Jota? Habíamos quedado a las

10:00 para dar un paseo hasta Armentia. Jota, ¿te has quedado durmiendo la mona? —había dejado escrito Nerea.

Jota y Nerea eran íntimos desde primero de BUP, no había rastro de tensión sexual no resuelta entre ellos y su amistad había perdurado durante tres décadas sin el menor escollo, simplemente eran dos personas que se apreciaban mucho. Pero Nerea, que regentaba el quiosco junto a mi casa, era un altavoz con piernas, y tenía que parar aquello antes de que pusiera toda Vitoria patas arriba.

—Unai, ¿te quedaste tú de marcha con él?

—No, ya os dije que me quedaba en Villaverde este fin de semana. Nerea, te llamo.

Y me di cuenta una vez más de que aún no dominaba las cinco sílabas que componían la frase lapidaria: «Jota ha muerto». Me tuve que pasar a su whatsapp y odiarme por escribírselo así, a pelo:

—Jota ha muerto.

Un segundo después Nerea llamó, imagino que por el *shock* se olvidó de que yo no podía hablar.

Lo cogí, ¿qué otra cosa podía hacer?

—¡Dime que ha sido el corrector del Whatsapp, Unai! Dime que te has equivocado poniendo lo que has puesto y se te ha ido el dedo —gritó desconsolada.

—Nerea lo… lo… —Ni siquiera era capaz de consolar a una amiga. Bien por Nancho, dondequiera que estuviese ardiendo.

Alba vino al rescate y me quitó el móvil de las manos.

—Buenos días, Nerea. Soy la subcomisaria Alba Díaz de Salvatierra, superior jerárquica de su amigo Unai. Siento confirmarle que, efectivamente, José Javier Hueto ha sido encontrado sin vida. Siento mucho su pérdida y le transmito todo mi apoyo y el de mi Unidad —pronunció aquellas frases con voz calma y tranquilizadora, de manual. Dominaba el arte de dar malas noticias con tacto—. Ya hemos hablado con su familia, imagino que en breve les darán detalles del funeral. Sea paciente, son momentos difíciles para ellos y a veces se tarda horas en reaccionar y ser operativo. La investigación está bajo secreto de sumario, le ruego que no difunda ni especule públicamente con ningún aspecto que rodee el fallecimiento de su amigo. Y… otro asunto, ahora más personal.

Nerea contestó algo que no escuché.

—Apóyense los unos a los otros, Unai también está muy afectado. Muchas gracias por escucharme en estos momentos tan difíciles.

Alba se despidió de Nerea con una paciencia infinita y me devolvió el móvil.

Se lo agradecí con la mirada, me acerqué a ella, le di un abrazo y acomodé su cabeza entre mis brazos. La quería a mi lado, estaba harto de distancias.

Fue ella la encargada de romper el hechizo, algo le molestaba en el ánimo y tenía que soltarlo.

—Tenemos que hablar de lo que he visto en el estanque de la Barbacana, Unai.

—Tú... tú dir... dirás —pronuncié, y ella fingió no darse cuenta de lo colorado que estaba.

—He estado con la doctora Guevara, tu amigo José Javier...

—Jo...Jota —le interrumpí. Jota odiaba que lo llamaran con el nombre que compartía con su padre, qué mínimo que respetar sus deseos el mismo día de su muerte.

—Jota tenía un ojo morado con una herida alrededor. Estíbaliz ha apuntado la posibilidad de que tu amigo Asier le propinara la paliza a él, y no al misterioso drogadicto del que no hay constancia ninguna. ¿Tú estuviste en persona con Jota después del día del incidente de la farmacia?

—No, no se me ocurrió —escribí incómodo.

«¿Cómo no se me ocurrió?»

Tampoco había visto desde entonces a Lutxo, ¿cómo había sido tan inútil de no controlar en el entorno de Asier a los posibles implicados en aquella pelea? Me limité a frustrarme cuando Araceli me dio largas al intentar quedar con ella.

—Me dijiste que cuatro amigos de tu cuadrilla habíais estado con Ana Belén Liaño hace un par de décadas. Y ahora comprobamos que uno de ellos como mínimo continuaba en contacto con ella, con la suficiente confianza como para que ella compartiera tres millones de euros con él. Y este amigo recibe una paliza y agrede al hombre invisible.

—¿Adónde quieres llegar, Alba? —escribí.

—Estíbaliz está analizando este nuevo giro del caso desde el punto de vista de una experta en Victimología. Como te habrás dado cuenta, el perfil de víctima ha cambiado.

—Sí, yo también me he dado cuenta —escribí—. El asesino o asesinos no matan a mujeres embarazadas, sino a todos los que estuvimos en aquel poblado cántabro en 1992.

—Te equivocas, puede que sigan matando según un castigo a la fertilidad, que sigan el rito celta de las Tres Muertes para castigar a quien creen que no merece tener hijos.

—Explícate, porque ya estoy perdido —escribí—. Jota no es ninguna mujer embarazada.

—No lo es, pero puede que estuviera esperando un hijo.

—¿Jota? Imposible.

—A no ser que… —dijo Alba con un gesto obvio.

A no ser que mi amigo Jota fuera el padre del hijo que esperaba Ana Belén Liaño.

23

EL CANTÓN DE SAN ROQUE

4 de diciembre de 2016, domingo

La noche ya estaba cerrada cuando llegué a la plaza de la Virgen Blanca, rumbo a mi portal. Las luces amarillas de las farolas se reflejaban en el granito del suelo: en Vitoria había llovido por la tarde y el ambiente había refrescado.

Me saqué el manojo de llaves con la talla de madera de mi sierra colgando, la que me había esculpido el abuelo, y me subí un poco más la cremallera de la chamarra.

No veía la hora de entrar en casa y tumbarme en la cama. Olvidarme de todo. Dormir un poco. Esas cosas que se hacen cuando tus amigos de la adolescencia van cayendo como moscas y sobre tus hombros con agujetas recae la responsabilidad de detener a los culpables.

Fue entonces, al volver a meter la mano en el bolsillo de la cazadora, cuando me encontré con otra mano.

Me rozó los dedos rápidamente y dejó una especie de papel en el fondo del bolsillo. Yo me giré como un muelle, no sabía si me estaban metiendo mano o atracando.

Un chavalín oculto tras una capucha blanca de la que sobresalían algunos mechones de pelo azul salió corriendo con una enorme tabla de *skate* bajo el brazo. El plumas del chaval era totalmente blanco, no tenía ningún detalle significativo. El único dato que pude registrar por si me servía a la hora de hacer una identificación formal fue que el *skate* llevaba pintado un anciano de barba larga y blanca.

—¡Eh! —grité de mala hostia—. ¿Tú de qué vas?

Cuatro sílabas. De eso me di cuenta al momento. Cuando no estaba el factor vergüenza de por medio, encadenaba más sílabas. Iba a ser cierto aquello de exponerme fuera de mi zona de confort.

Corrí tras él plaza abajo, por la acera no pasaba nadie. Eran las once y pico de la noche de un domingo de diciembre y toda Vitoria estaba ya de retirada.

El *skater* misterioso vio que yo acercaba posiciones a la altura del café Dublín, se subió a la tabla de golpe y giró hacia la calle Diputación, tan peatonal como vacía.

A la altura del cantón de San Roque, un fósil arquitectónico que con el paso de los siglos se había convertido en la calle más estrecha de la ciudad con poco más de un metro de anchura, el chaval se apeó de su tabla, la cargó de nuevo con un gesto rápido y se metió por el oscuro callejón.

Para cuando llegué al cantón y recorrí sus pocos metros, ya lo había perdido. No sabía si había ido Herrería arriba o Herrería abajo, o tal vez había subido corriendo por el cantón y ya estaba en Zapatería o en la Corre.

Lo tuve que dejar correr, y nunca mejor dicho.

Volví a mi casa bastante frustrado, esta vez cruzando las calles gremiales, y solo cuando cerré la puerta de mi piso me permití sacar el papelito arrugado y leí el mensaje que me había dejado:

> Kraken, que la estás jodiendo, parece mentira. Mañana tú y yo a las 13:13 en la cripta de la Catedral Nueva. Y de esto ni a cristo. No lo comentes a nadie en el móvil, y ven sin él, por dios.

La nota terminaba con una firma grafitera que rubricaba la retorcida escritura de MatuSalem.

¿MatuSalem? Ahora comprendía el dibujo de su tabla de *skate:* el patriarca bíblico que vivió más de novecientos años.

Había conocido a MatuSalem meses atrás, cuando descubrí que Tasio tenía un *hacker* colaborador fuera del penal de Zaballa, y pese a que aparentaba ser un imberbe angelical, el crío era ya mayor de edad, y a su paso por la cárcel, el bueno de Tasio se había convertido en su protector.

Me costó mucho vencer la atávica resistencia del niño *hacker* a colaborar con mi investigación en el caso del doble crimen del dolmen, pero le pudo más su gratitud hacia Tasio y terminó trabajando puntualmente como asesor extraoficial.

Después había desaparecido.

La cuenta de Tasio en Twitter, inactiva.

Su presencia en mi bandeja de entrada, un recuerdo borroso. Nada.

No sabía nada de él desde que Nancho me disparó y desperté del coma. No es que MatuSalem fuese discreto: era el rey de los cerebros conspiranoicos y, si no quería dejar rastro, simplemente no lo dejaba. Ni en el mundo virtual ni en la vida real. Yo lo había intentado investigar y puedo afirmarlo. Estuve allí, y nada. Solo Golden Girl pudo entregármelo en bandeja, pero esa es otra historia.

Estíbaliz me requirió a la mañana siguiente a primera hora para una reunión urgente en su despacho de Lakua. Sabía que todavía no tendríamos el informe de la autopsia de Jota, pero había mucho material por discutir. Después de hacer las praxias frente al espejo, me monté en el coche y terminé aparcando en el estacionamiento de Portal de Foronda. El día había salido oscuro y llovía mansamente.

Me esperaban Alba, Esti, Milán y Peña. Me esperaba también un portátil con un programa de edición de textos abierto y enganchado a la pantalla del proyector de la pared.

Les sonreí a todos, a modo de agradecimiento. Podía participar en la reunión con cierta fluidez insertando mis comentarios por escrito mientras todos los leían. Era lo más parecido a mantener una conversación y hacía mucho tiempo que yo no mantenía una a cinco bandas. Era como ser normal de nuevo. Hablador y eso. Alguien útil que aportaba. A mi ego maltrecho le vino muy bien.

Estíbaliz estaba para pocos prolegómenos, de modo que fue directamente al grano.

—Aquí tienen las carpetas de la presente investigación, la hemos bautizado «Los Ritos del Agua» por sus especiales características —comenzó mi compañera mientras distribuía los informes entre los presentes—. Unai, la doctora Guevara tiene que confirmarlo en la autopsia que va a practicarle a José Javier Hueto esta mañana, pero el cuerpo presentaba un par de heridas compatibles con las marcas que dejarían los anzuelos de una pistola Taser.

—Oído —dije en voz alta y con cierta chulería al escuchar de nuevo mi voz. Lo había ensayado frente al espejo y me quedó relativamente comprensible.

—Peña —continuó ella—, tú te encargaste de hablar con los vecinos que viven enfrente del local del centro de interpretación del estanque de la Barbacana y con el personal que trabaja allí. Cuéntanos qué has sacado en claro.

—Pues poco, jefa —dijo frustrado después de exhalar un tembloroso suspiro—. En el centro de interpretación no hay cámaras de seguridad, ni externas ni interiores, por lo que no tenemos grabaciones ni imágenes de nada. Los vecinos ni escucharon ni vieron nada excepcional. La población que reside en esa parte de la calle es muy mayor y el sábado por la noche y el domingo de madrugada estaban todos acostados. Salvo una vecina: ochenta y un años, insomnio, poco habladora. Doña Regina Matauco, así se llama la señora. Dice que se asomó a la ventana del salón de madrugada, cansada de dar vueltas en la cama, y que vio justo frente a la entrada de la Barbacana un vehículo aparcado tapando la puerta. Aunque nos parezca increíble, la abuela no sabe decir si fue un coche o una furgoneta, tampoco el color, únicamente puede afirmar con seguridad que estaba oscuro. Le hemos enseñado mil marcas de vehículos y básicamente solo sabe decirnos que tenía cuatro ruedas. Es desesperante.

—No te centres en lo que no tenemos, sino en lo que tenemos —le cortó Esti—. ¿Qué puedes rescatar de su declaración, Peña?

—En mi opinión, desde el segundo piso, que es desde donde miró la señora, se podía ver un vehículo que tapaba la visión de la entrada y de lo que ocurría en ese ángulo, que por estar techada la entrada se convierte en un ángulo muerto. Os enseño las fotos —dijo, y esparció por la mesa diversas imágenes de la entrada desde todas las perspectivas—. El autor o autores pudieron aparcar el coche o furgoneta antes de que amaneciese, a una hora en la que por esa calle no pasa nadie y los abuelos ni se enteran de los ruidos. Después abrieron la puerta con una simple palanca y arrastraron el cuerpo hasta el estanque. Posiblemente la víctima ya estaba muerta, porque si falleció por inmersión, en el centro de interpretación no hay ningún lugar con agua donde sumergir a alguien hasta los hombros y ahogarlo. Tuvo que ser anterior, en el propio domicilio del asesino, en una bañera, o en un pilón en mitad de algún monte poco concurrido. Imagino que antes de eso dejarían a la víctima inoperativa debido al disparo de la pistola Taser. Yo creo que en una o dos horas se puede hacer, si tienes claro el *modus operandi* y si no es la primera vez.

—No se encontró el móvil, como en el caso de la primera víctima. El juez Olano va a pedir a la operadora una copia de su tarjeta SIM y veremos si nos puede dar información de sus últimos movimientos. Sabemos por las declaraciones de varios miembros de su cuadrilla que salió por el Casco Viejo de Vitoria el sábado por la noche y que se retiró a eso de las cuatro de la madrugada. No llegó a su casa, por lo que es posible que en esa horquilla de tiempo el asesino contactase con él.

Imaginé a Jota de marcha con varias copas de más. Siempre fue un bendito y se fiaba de cualquiera. Maldije al tipo que lo asesinó porque se aprovechó de mi amigo vulnerable.

—Una última puntualización antes de cerrar el tema del escenario del último asesinato —intervino Estíbaliz de nuevo—: estamos a la espera de los informes de la Científica, por si pudieron rescatar alguna huella, aunque cuando yo abandoné el lugar no tenían nada. Pero hay algo curioso y casi prosaico que nos joroba un poco más nuestra labor: el agresor o agresores barrieron el camino desde la entrada del recinto hasta el lugar en el que colgaron a la víctima. Esa fue su manera de eliminar las huellas de sus pisadas. Dejaron la escoba, sin huellas dactilares, apoyada en la pared junto a la puerta. Se está analizando toda la porquería que quedó entre las fibras de la escoba. Veremos si se puede sacar algo en claro.

—No, si encima el tío es pulcro —murmuró Peña.

—Cierta conciencia forense sí que tiene —intervine yo escribiendo en el portátil—. Puede que su escalada delictiva le esté haciendo mejorar y prever errores que se encontró al perpetrar los anteriores crímenes. De hecho, no hay rastro de caldero celta. Creo que lo del Caldero de Cabárceno supuso demasiado riesgo y no hay muchos más de características similares. Esta vez se ha limitado a sumergir a su víctima en un lugar con agua.

Mis palabras fueron leídas en tiempo real frente a nosotros en la pantalla gigante del despacho de Esti. Sonreí. Qué efectivo era aquello.

—Pasemos al segundo punto de la investigación: la relación entre Asier Ruiz de Azua, el cotitular de la cuenta de la anterior víctima, y José Javier Hueto. Amigos desde la infancia, comparten cuadrilla también con el inspector López de Ayala, aquí presente.

Asentí.

—No hemos podido relacionar a José Javier con el altercado que sufrió el pasado 22 de noviembre Asier en su farmacia, pero ambos tenían un ojo morado —continuó Estíbaliz—. La doctora Guevara va a tratar de averiguar si el hematoma que presentaba José Javier en el momento de su fallecimiento había sido producido momentos antes de su muerte o si la fecha puede coincidir con la agresión al farmacéutico. Nos sería útil para apuntalar esta línea de investigación.

—Inspectora Gauna, quiero que comparta con nosotros el hallazgo de otra posible víctima que pudo ser asesinada con un *modus operandi* similar —intervino Alba.

—Así es: Rebeca Tovar, 14 años, desaparecida en el año 1993 de su domicilio familiar en Cantabria, hasta el presente no ha aparecido el cadáver, pero un anónimo envió estas fotos días después a *El Periódico Cántabro*. No se publicaron. Como pueden apreciar en las imágenes, la joven aparece colgada de un árbol con la cabeza semisumergida en el lecho del río en Fontibre, lugar de culto a divinidades acuáticas desde tiempos remotos. La Policía encontró la soga, pero no el cuerpo.

—¿Algo más?

—El inspector Ayala y yo visitamos al padre, Saúl Tovar, catedrático de Antropología Cultural en la Universidad de Cantabria. Está convencido de que fueron varios agresores y de que retiraron el cuerpo por miedo a que lo que se encontrara en él los involucrase. Piensa que uno de ellos se arrepintió y envió las fotos al periódico, quién sabe si para al menos dejar claro a la familia que la niña había muerto o para aportar una pista a la Policía y que capturaran al resto de los culpables. En mi opinión, y por lo que vemos en las fotos, esa chica estaba embarazada, pero el padre lo niega categóricamente. Nos contó que hace veinte años su endocrina aportó los informes médicos que avalaban su afirmación. Un detalle: la endocrina era su hermana, tía paterna de la chica. Todo muy endogámico, sí.

—Déjeme que investigue un poco en el entorno del profesor y de su hermana, inspectora —le interrumpió Milán bruscamente, tal vez con un poco más de energía de la que teníamos el resto a esas horas de la mañana.

—Todo tuyo, Milán —concedió Estíbaliz—. Puedes pedir ayuda al inspector Lanero, no olvides que colaboramos con ellos. Puedes acercarte si quieres a la comisaría de Santander y reunirte con él, aunque parece que se te dan bien las búsquedas.

—No creo que sea necesario de momento, de verdad. Si hay algo, lo encuentro fijo —comentó con voz gutural mientras se encogía de hombros y se le coloreaban las mejillas. Era tierno ver cómo una tía tan grandota no sabía cómo aceptar un halago, todos sonreímos con disimulo.

—Victimología del caso, Gauna —continuó Alba, mirando el reloj.

Estaba seguro de que tenía un día largo de reuniones antes del macropuente de diciembre. No iba a ser una semana muy productiva con la fiesta de la Constitución y la Inmaculada por delante.

—Por desgracia, podemos tener dos perfiles de víctimas: o mujeres y hombres que están esperando un hijo, en el caso de que José Javier fuese el padre del bebé que esperaba Ana Belén y de que Rebeca estuviera embarazada, o si descartamos ambos extremos, la única conexión que tenemos entre las tres víctimas es que pasaron un verano en 1992 en un poblado celtíbero en Cantabria. Algo que tiene sentido por la temática común de la cultura celta en los tres lugares donde han aparecido los cuerpos: San Adrián, Fontibre y la Barbacana. No tenemos constancia de que continuasen en contacto. José Javier se lo negó al inspector

Ayala días antes de morir, aunque pudo mentir si trataba de ocultar algo, obviamente.

—¿Cómo creen que se llevaron a cabo los asesinatos?

—En el caso de Ana Belén, quemada, colgada y sumergida: la Triple Muerte celta —escribí en el portátil sin dudarlo—. Faltaría confirmar el detalle de la pistola Taser con José Javier. Con Rebeca me temo que es imposible afirmar o negar tal extremo, ya que en el año en el que murió el uso de ese tipo de armas no estaba extendido, aunque no se puede descartar que se quemase el cadáver después y que, tras una mala experiencia, el asesino o asesinos hayan variado el *modus operandi* en cuanto a quemar un cadáver: hace falta un lugar apartado, disimular la hoguera durante horas... En resumen: es engorroso, requiere tiempo y es tremendamente desagradable. Tal vez le espantó la experiencia y por eso no la ha repetido en veinte años. Quizás en esta ocasión quería mantener el rito de la Triple Muerte y por eso ha comenzado a usar la pistola Taser.

—¿Y por qué un período de enfriamiento de veinte años? —me preguntó Peña.

—Si estamos ante un ritual de castigo, el asesino o los asesinos no saben cuándo volverán a matar: simplemente esperan a que las víctimas que han elegido estén esperando un hijo —tuve que escribir.

Alba se quedó blanca. Me miró con terror en los ojos, de ese terror de verdad, no el de las pesadillas.

—Díganme —se apresuró a decir después de carraspear—, a estas alturas de la película y con dos o tres cadáveres sobre la mesa, ¿de qué creen que estamos hablando, de uno o de varios?

—Saúl Tovar está convencido de que los asesinos de su hija fueron varios —contestó Esti, y me miró de reojo durante un microsegundo.

Ambos callamos lo que ambos sabíamos: que Saúl, por algún motivo, parecía acusarnos a los cuatro amigos del poblado cántabro del 92.

«Pues no, Saúl —pensé con rabia—. ¿Qué me dirás ahora, cuando te diga que uno de nosotros ya no está?, ¿eh?»

—Yo pienso que se necesita mucha fuerza para alzar un cadáver, tal y como vimos con Ana Belén o con José Javier. O es un hombre muy fuerte o los izaron entre varios —escribí.

—Inspector Ayala, ¿cree que estamos ante un serial? —me interrogó Alba.

—Todavía no tengo claro que sea un asesino en serie. Eso depende de si el autor o autores del asesinato de Rebeca Tovar fueron los mismos. También he estado valorando que fuese un *spree killer*, un asesino itinerante. Alguien que comete los asesinatos en lugares diferentes en el período que va entre unas horas y unos días. Es diferente a los asesinos en serie, porque estos tienen un período de enfriamiento y vuelven a su vida normal entre los asesinatos, no olvidéis que si son psicópatas suelen estar perfectamente integrados en la sociedad. Un *spree killer* no vuelve a su comportamiento habitual. Me preocupa que entre el asesinato de Ana Belén Liaño y el de José Javier solo haya diecisiete días. Solo espero que no nos estemos metiendo en una espiral de violencia como la que hemos vivido en Vitoria hace apenas unos meses. No sé si la ciudad soportaría vivir bajo esa psicosis colectiva de nuevo.

Miré el reloj de reojo: el esquivo MatuSalem me esperaba en la cripta a las 13:13. Por suerte, Alba dio por finalizada la tensa reunión y yo salí escopeteado hacia la cripta de la Catedral Nueva.

El *hacker* más esquivo de la ciudad me esperaba.

24

LA CRIPTA DE LA CATEDRAL NUEVA

5 de diciembre de 2016, lunes

Crucé a través de los bancos de madera brillantes de barniz en el subsuelo de la catedral. Estaba rodeado de columnas de piedra gruesas como secuoyas y de vidrieras que me miraban con sus iris de colores imposibles.

—Sin móvil, entiendo. Si no, me abro —me susurró MatuSalem con su voz de preadolescente cuando me senté mirando un altar vacío.

—Ajá —me limité a contestar con un murmullo.

No había nadie en aquella oquedad de arcos y relieves de granito. Pero aun así, no alcé la voz.

—Toma, para que nos comuniquemos analógicamente —dijo, y me tendió un cuaderno y un lápiz HB del número 2.

—Tú dirás para qué me has traído a tu caverna más profunda —escribí sin mirarlo.

—Te he traído para advertirte.

—¿De qué? —pronuncié de viva voz.

—De que has metido la pata hasta el trigémino poniendo a disposición de Golden Girl el contenido de tu móvil.

—¿Y eso, por qué?

—Porque, amigo, Golden está haciendo preguntas muy raras en la Deep Web. Y nada de lo que ocurre en la Deep Web puede ser tomado a la ligera. Y Golden no era de pasearse por el inframundo, tío. Pero fue encontrar algo, no sé qué, en tu móvil y comenzar a meter horas buscando dios sabe qué.

La Deep Web o Internet Profunda era ese noventa y ocho por

ciento de webs y foros que no salen en los buscadores. Todos ilegales, el supermercado del delito más grande de la historia de la humanidad: sicarios, drogas, armas, tráfico de personas. El lado oscuro del comportamiento humano. Depravados y depredadores, básicamente. Adentrarse en ella, aunque solo fuera para curiosear, pasaba factura incluso a los más expertos en informática: los ordenadores o móviles quedaban, pese a que el dueño advenedizo no lo advirtiera, a merced de los *crackers*, o *hackers* de *black hat*. Cualquier dispositivo que se hubiera atrevido a semejante suicidio pasaba a formar parte de redes inmensas de *botnets* u ordenadores *zombies:* las fotos, los contactos, las tarjetas de crédito, las contraseñas. El peaje por bajar al *Infierno* de Dante virtual salía más que caro. Había que ser muy naif para pensar que se podía salir indemne de la excursión.

—¿Y tú eso cómo lo sabes, Matu? No me jodas que me sigues monitorizando, porque me cabrearía mucho, la verdad.

MatuSalem leyó lo escrito en su cuaderno y se caló la capucha un poco más para que no le viera los ojos. Se había dejado crecer el pelo y lo había teñido de un azul angelical. Ese crío parecía salido de un dibujo manga: facciones perfectas, ojos grandes de cervatillo, mejillas sin rastro de vello facial. La difunta Annabel Lee lo habría fichado como musa para sus cómics.

—Te lo dije una vez frente al mural del Triunfo de Vitoria, Kraken: *Fidelitas*. Es lo mío.

Me tomó unos segundos atar cabos.

—Acabáramos: te lo ha pedido Tasio.

—Digamos que antes de marcharse a tierras americanas me encomendó una misión sagrada. Te tiene aprecio, tío. Y eso en Tasio tiene mérito, ahora que desconfía de media humanidad después de que lo pusierais en la trena sin ser culpable.

—Su gemelo lo puso en la trena, muchacho. Su gemelo —le recordé—. Y volviendo al tema que nos ocupa: me espiáis, maldita sea.

—Cuidamos de ti. Soy tu ciberniñera. De nada.

—No os lo he pedido. Mi intimidad no es tu juego ni el de Tasio. Quiero que me la devuelvas, Matu, o te juro que voy a por ti.

—No te equivoques de objetivo porque llevo una temporadita muy limpio y buscándome la vida como *white hat,* pero la reinserción laboral es dura cuando no tienes ni veinte años y ya constan tus antecedentes delictivos en todas las bases de datos. En todo caso, insisto: es a Golden a quien tienes que controlar.

—Me fío de Golden —pronuncié en voz alta. Salió algo así como «e ío e goolden», pero cada vez me importaba menos lo que pensase la gente de mi voz destemplada.

—¿Y tú qué sabes de ella? —me retó, creo.

—Lo suficiente.

Que me había ayudado a detener a un fugado acusado de violencia de género al que alquilaba su habitación. Que yo a cambio silencié un fraude para que cobrase la pensión de viudedad de su compañero con el que no se había casado después de cuarenta años de convivencia… Ese tipo de detalles biográficos.

—Tal vez no tanto como debieras. A mí todo este asunto me da mal rollo. Hasta ha fingido ser una adolescente en un grupo privado de suicidas.

—¿Foros de suicidas? ¿Eso no era una leyenda urbana?

MatuSalem se me quedó mirando como si él fuera el adulto y yo el imberbe.

—Tú vives en un mundo muy blanco.

«Muy blanco —pensé con amargura—. Que hoy tengo que enterrar a un amigo, Matu. No me jodas, que no soy virgen. A mí Satán ya me ha follado sin vaselina.»

—Solo un consejillo, a ver si como adulto no te lo pasas por el forro y me haces caso: no la abordes directamente, se va a retraer como un caracol. Deja que yo la monitorice y te voy contando. Golden tiene mucho histórico, más del que te crees. Cuando internet se estaba desarrollando, en 1998, ella ya estaba tanteando los límites entre el Bien y el Mal virtual en Cisco. Golden fue parte del equipo primigenio que puso los esquejes desde las oficinas de Ámsterdam de lo que sería la red de redes en Europa. Y yo apenas era un crío que acababa de nacer. Si era una cría hasta mi madre, la verdad. Por el hecho de que ahora sea tu asesora no creas que siempre ha sido de *white hat*, se ha ido al negro en muchas ocasiones. Mira, ahora baja a la Deep Web como Pedro por su casa, y hace falta mucho estómago para trastear ahí abajo. Seamos claros: si te metes, o quieres delinquir o quieres delinquir. No hay otra.

»A veces tienes delante toda la historia, pero un árbol te impide leer el rótulo entero y solo ves un fragmento —dijo, y no le comprendí—. A veces no vemos la palabra entera, pero una parte es suficiente para tener significado propio. Toma como ejemplo la empresa Cisco. Los fundadores tenían frente a su despacho en la Universidad de Stanford un cartel con las palabras «San Francisco», pero un árbol tapaba parte del letrero y solo veían «Cisco». Lo tomaron como nombre para su idea de negocio y ahora cotiza en bolsa.

—Pongamos que te creo —le escribí en el cuaderno—. Pongamos que no estoy metido en una lucha generacional entre los egos de los dos *hackers* más legendarios de la zona norte. ¿Algún consejo técnico que pueda implementar?

—Cómprate otro móvil con un número nuevo para todo lo que no quieras que sea monitorizado. Consigue una SIM nueva que no esté vinculada a tu DNI, seguro que alguno de tus colegas de Delitos de la Información puede ayudarte con eso. La investigación, tu vida privada, tu seguridad... Continúa dando migas de pan a Golden para que no se cosque de que te has dado cuenta de su intrusión. Me lo pidas o no, yo voy a seguirle la pista por los infiernos. Es un hecho, no te obedezco a ti. No me lo prohíbas, no te haría caso.

A mí aquella insolencia infantil comenzaba ya a cabrearme un poco.

—Dame una sola prueba, Matu. Dame una sola prueba para que te crea.

—¿Quieres pruebas? Pregúntale a tu chica dorada qué coño hace encargando pistolas Taser a las puertas del infierno.

Aquel dato fue suficiente para callarme la boca.

Eso sí que era una prueba de que Golden Girl estaba preguntando de más.

MatuSalem miró su reloj de pulsera y se levantó del banco de la iglesia.

—A las dos chapan esto, yo me abro. Y ahora es cuando tú quemas las hojas o te las comes. Sé que no soy nadie para darte consejos vitales, que me falta recorrido y todo eso, Kraken, pero deberías empezar a hablar de una puñetera vez y olvidarte de que tu vida y tus conversaciones pasen por una pantalla. Por muchas precauciones que tomes, no es seguro. Sabes lo que decimos los *hackers:* cuanto más sabes, más paranoico te vuelves. El peligro es real, no te pongas a tiro tan fácil, que ya te han jodido la vida una vez.

Y el chaval arrancó las hojas que yo había escrito, me dejó con ellas en el banco y se llevó el cuaderno y el lápiz tan silenciosamente como había llegado.

¿Y el funeral?

A ver: el funeral. Y el entierro de Jota. Vamos a dejarlo, de verdad. Los ritos fueron los de siempre, no aportaría nada. La cuadrilla, sin nada de que hablar, en estado de *shock*.

Volvíamos a ser tres encapuchados bajo la lluvia, una tríada del infierno que no supo protegerlo de los demonios.

Jota fue el más débil de nosotros cuatro.

Siempre.

Cayó el primero.

El resto: Lutxo, Asier y yo éramos duros como piedras, como hielo, como el roble.

Nos manteníamos en pie pese al granizo.

Vino un cuervo negro, un pajarraco horrible, y se posó en mi hombro. No, era un pensamiento:

«Yo termino esto como que soy nieto del abuelo, yo hago un pacto con algún dios que me escuche y termino esto, pero nadie más va a morir aquí».

Faltó poco para que todas las estatuas del cementerio se partieran el culo a mi paso.

—

25

EL VERANO DEL KRAKEN

8 de julio de 1992, miércoles

Sus rutinas matutinas no habían variado demasiado desde el día que volvieron de Sandaili. A eso de las seis Annabel encendía la linterna de minero, salía del saco y dibujaba sobre la cama. Unai, insomne, se acababa acercando y mantenían sus conversaciones entre murmullos cada vez más confidentes.

Algo sí que había cambiado, o acaso se había sumado a los ritos de Annabel.

Antes siquiera de que llegase la claridad del alba, y después de dar por terminada su sesión de dibujo bajo la luz de la linterna, se calzaba las botas de monte y salía a dar un paseo por el bosque cercano de secuoyas.

No iba sola. Lutxo la estaba acompañando los últimos días y a eso de las siete ambos partían, en silencio y susurrantes, y abandonaban la casona para adentrarse en una Cantabria oscura que todavía dormía.

Lutxo era uno de los últimos proyectos de Annabel. La chica se lo había quedado mirando fijamente una noche mientras él terminaba la bandeja de torreznos.

—¿Qué? —preguntó él al sentirse observado, con la boca llena de panceta de cerdo.

—Eres lo que comes —dijo ella en tono confidente—. Comes grasa: eres grasa. Y la gente ve grasa. Ven mañana conmigo, vamos a dar una vuelta por el monte. En un par de meses te arreglo.

Con los años, Lutxo mantuvo su costumbre de salir de madrugada al monte. También se aficionó a la escalada en roca, desde que vio a dos escaladores en la pared de Sandaili y Annabel le habló de las escuelas de escalada y rocódromos que ya se habían puesto de moda en otros lugares de Europa y que ella ya había visitado. Le habló de las presas, del magnesio y de los gatos, hicieron *boulder* en rocas cercanas que se prestaban a ello, incluso se acostumbraron, como dos arañas, a circunvalar a metro y medio de altura las cuatro paredes exteriores del palacio Conde de San Diego para ir fortaleciendo las falanges.

Pero la recién nacida alianza entre Annabel y Lutxo trajo nuevos roces consigo. Lutxo se mostraba mucho más cáustico que de costumbre con Unai, tal vez porque no soportaba la confianza matutina que Annabel y su amigo de la infancia exhibían cada madrugada. Esas charlas a media voz, esas risas y esas confidencias.

Una mañana encontró la excusa perfecta en el titular del periódico:

El verano del kraken

Son ya tres los ejemplares de calamar gigante que han aparecido muertos en las costas asturianas cercanas a la localidad de Luarca. El último, un macho de *Architeutis dux,* que a sus diecisiete meses había alcanzado casi los 14 metros de longitud.

—Unai, ¿este calamar no se parece mucho a ti? —le había picado Lutxo a la hora del desayuno.

La mesa estaba completa, Saúl, Rebeca, Annabel y los cuatro vitorianos. Al principio, ninguno comprendió la broma.

—¿De qué hablas?

—Sí, hombre. Mira los tentáculos. Dos veces la longitud de su manto. Como tú. ¿Cuánto te miden los brazos?

—Más que tus neuronas, a la vista está.

—No te enfades, Kraken.

—No soy ningún kraken —replicó Unai molesto—. Lutxo, no me busques, que me encuentras.

—El Kraken se nos ha enfadado... —pinchó Lutxo. Y repitió la broma a la mañana siguiente, y también a la siguiente.

Aquel día entre semana Unai acababa de salir de la ducha y no encontraba su toalla. Algún gracioso —¿Lutxo, Asier… ?— se la había llevado, ni rastro de ella. Tuvo que acercarse, desnudo y mojado, al lavabo y enrollarse alrededor de la cintura la diminuta toalla colocada para secarse las manos.

Bajó echando pestes escaleras abajo, deseando no encontrarse con nadie por el camino. El día prometía ser caluroso, no eran ni las nueve y media y ya se sentía el bochorno. El dormitorio de los chicos estaba vacío, todos habían bajado a desayunar.

Iba a desprenderse de la toalla y comenzar a vestirse cuando escuchó la voz tranquila y acuática de Annabel Lee a sus espaldas.

—¿Y Lutxo? —preguntó Unai.

—Desayunando. ¿Estás molesto con él por lo del mote?

—No —mintió.

—Pues a mí me encanta lo de Kraken. Tienes más suerte con los apodos que yo.

—Eso lo dudo.

—En serio. Tienes que saber algo de mí: elegí mi nombre, Annabel Lee, porque no me gustaba el que me habían puesto en la banda de moteros de mi madre —le dijo aquel día Annabel a la espalda de Unai.

Él se giró y se sentó sobre una colcha con los vaqueros y la camiseta elegida en una mano.

—¿Y qué mote te pusieron, pues? —quiso saber.

—Cizaña. Traigo malos rollos entre las chicas, incluso entre las mujeres mayores, no puedo evitar que sus maridos me sigan con la mirada, las madres de mis amigas no me quieren en los cumpleaños, y entre los chicos… siembro vientos, recojo tempestades. No puedo evitarlo. No quiero evitarlo. Estás advertido. Incluso los novios de mi madre me han perseguido, y mi madre ha sufrido mucho por mi causa. A veces me ha justificado, otras veces, y esas dolieron, me culpó a mí por engatusarlos. Yo, que soy indiferente a todos los tíos del mundo menos a ti. Yo, que solo te soy fiel a ti en pensamiento. Yo, que te espero desde los cuatro años.

Y Unai allí, con esa toalla de secarse las manos cubriendo lo imprescindible y que le quedaba muy corta, la verdad.

Prefirió no contestar, tomó su ropa y se fue de aquel horno como un demonio renegado.

Horas después, Jota, Annabel y Rebeca terminaban por fin, un poco cansados y con las manos destrozadas, el techado de la dichosa cabaña de la Edad del Hierro. Rebeca aquel día estaba tensa, silenciosa. Jota se percató enseguida. Hay personas empáticas, otras abstraídas. Como Annabel, que ni siquiera reparaba en la presencia de la niña la mayor parte de los días.

Rebeca aprovechó que Jota fue a llenar la cantimplora de agua para quedarse con Annabel en el interior de la cabaña y tratar de hablar con ella.

La niña sabía que Jota y Annabel habían visto algo en Sandaili. Cuando bajaron de la cueva a buscar un poco de intimidad se habían topado con Saúl y con ella, que ya volvían. Rebeca pensó que sería suficiente. Con el corazón a galope comenzó a contarle, en voz bajita, con mucha vergüenza.

Annabel la frenó enseguida:

—No quiero escuchar ni una palabra más. Hay que ver qué imaginación le echas.

—Entonces, ¿no me crees? —preguntó Rebeca con un hilo de voz. Ni siquiera se atrevía a mirarla a la cara. Era tan… fría. Le recordaba a su tía.

—Desde luego que no. Y si así fuera…, ¿Saúl Tovar? Por Dios, niña. Si así fuera, tienes toda la suerte del mundo.

Jota había escuchado el final de la conversación, detenido en el umbral de la cabaña.

—¿Qué está pasando aquí? —preguntó al ver el mal rollo entre las dos chicas.

—Que te lo cuente ella, yo ya he terminado en esta choza —contestó Annabel, le cogió la cantimplora y abandonó la cabaña, dejando a una niña temblando y al borde del colapso.

Y otra vez el corazón latiendo rápido rápido rápido. Le pasaba a veces, se le desbocaba y no bajaba de pulsaciones.

—¿Qué pasa, Rebeca? A mí me lo puedes contar.

—Nada, Jota. No pasa nada —dijo ella con voz bajita, no se

fuera a enterar su padre, aunque sabía que había vuelto a la casona a por refrescos y una nevera portátil.

Jota se acercó, se sentó junto a ella en el banco de madera que otros becarios habían construido el año anterior y le dio la mano.

—Rebeca, en serio. Sea lo que sea, me lo puedes contar. —Y su voz, como de hermano mayor, confiable, cariñosa.

Rebeca miró su mano y le gustó al momento. Era pequeña, todavía de niño. Pura inocencia.

Así que Rebeca se lanzó de nuevo, no escatimó detalles, contó hasta lo de su tía. Todo. Todo.

Veinte minutos después, Unai se encontró a Jota vomitando en una linde del camino.

—Traes mala cara, ¿es el bochorno?

«Espero que no estés borracho ya a estas horas», deseó Unai, preocupado por su mejor amigo.

Jota apoyó un brazo en su hombro. Necesitaba su apoyo, Unai tenía mucho sentido común y aquella situación no la tenía en absoluto.

—Nada, la hija de Saúl, la pobre, que no está muy bien. Tiene unos líos mentales de la hostia. Saúl ya me advirtió de que ha estado medicada y que la tuvo que ingresar por depresión.

—Pero ¿qué te ha dicho?

—Pues chorradas, la verdad. Todo chorradas. Rebeca me ha contado algo muy enfermizo. Si es que tiene trece años, no sé cómo se le meten a alguien de esa edad esas cosas en la cabeza. Yo alucino, en serio. Saúl ya me dijo que le avisase si le notaba algo raro. Está muy preocupado por ella. Oye, tú no lo cuentes a la cuadrilla, que a mí la niña me cae muy bien y me da pena. Pobrecilla, perdió a su madre el año pasado.

—Ostras, qué marrón. Con doce años —pensó Unai en voz alta.

Si había alguien en aquel campamento sensible al drama de la niña ese era Unai, en su condición de huérfano de madre y padre. Y Jota, al que le quedaba poco para entrar en el club.

—Saúl me contó que, además de la depresión por lo de su madre, le diagnosticaron algo más, no me acuerdo, yo no controlo de eso, la verdad. Pero algo chungo chungo. Y que le dieron pastillas y todo, y la tuvieron en el hospital de Santander unos meses, drogada del todo. Saúl está hecho polvo, por eso se la ha traído, para que la niña se airee y se olvide. Dice que por nada del mundo quiere ingresarla de nuevo.

—¿Qué vas a hacer, Jota? Yo no voy a decir nada a nadie, pierde cuidado.

—Pues ¿qué voy a hacer, Unai? ¿Qué voy a hacer? Pues lo que debo, hablar con su padre, aunque no sea plato de buen gusto, y contarle lo que su hija me ha dicho. Es lo mínimo que puedo hacer por ayudarlos, ¿no?

26

LOS JARDINES DEL COLLADO

7 de diciembre de 2016, miércoles

Diciembre nos trajo unas mañanas gélidas de amaneceres poco luminosos. Yo continuaba saliendo a correr pese a la niebla de la madrugada. Seguía al pie de la letra las indicaciones de mi logopeda: fortalecer el lado derecho del cuerpo, practicar en voz alta en casa hasta obsesionarme.

Obsesionarme no era un problema.

Obsesionarme se me daba bien.

Avanzaba a velocidad de crucero en la recuperación de mi habla: en apenas dos semanas ya pronunciaba frases de tres palabras, había perdido el pudor a lanzarme a hablar frente a conocidos y extraños. Que le diesen mucho al qué dirán, estaba en juego recuperar mi vida y eso puntuaba mucho más alto en mi escala de valores que las opiniones ajenas y las miradas de lástima.

Tenía la intención de seguir los vehementes consejos de MatuSalem y comprar otro terminal de móvil y que Milán me ayudase a gestionar el asunto gris de conseguir un número que no estuviese vinculado a mi DNI.

Me encontraba en el meridiano de una atípica semana de macropuente laboral, así que me calcé las mallas y la capucha y troté plaza abajo rumbo al parque de la Florida.

Alba y yo habíamos vuelto a nuestras antiguas rutas de *running*, las calles a oscuras de nuestra ciudad nos daban el anonimato y la intimidad que no encontrábamos en la comisaría.

Una vez más, la encontré corriendo por el Batán, concentrada en mantener el ritmo, la cintura más difuminada, el paso menos veloz, las zancadas de pronadora más cautelosas. Detecté algo en su manera de correr que me preocupó, tal vez fue el subconsciente quien lo anotó y lo dejó en alguna circunvolución perdida del cerebro para que no molestara cuando me paré frente a ella.

Iba preparado analógicamente, como habría dicho MatuSalem, con un pequeño cuaderno y un boli. La frené con una mano y nos pusimos a correr en dirección a la avenida San Prudencio.

—¿Vienes a... —me lancé un poco valiente.

—Dime.

—... las campas...?

—¿De Armentia? —terminó ella.

—Quiero... qui... quiero contarte algo.

«Es importante», le transmití con la mirada.

—Tú dirás, Unai. ¿Quieres que paremos?

—Sí, mejor —respondí, y saqué el cuaderno del bolsillo del jersey y ella lo miró sin comprender.

—Mejor nos sentamos en un banco —escribí.

A nuestra izquierda teníamos chalés cuyas luces comenzaban a dar señales de que sus habitantes despertaban a esas horas. La niebla en el paseo era tan intensa y baja que busqué un banco bajo una farola para tener una mínima visibilidad. Habíamos llegado al arco de piedra que acogía la imagen de San Prudencio, nuestro patrón. El anciano obispo nos miraba con preocupación.

Hacía frío y la humedad se pegaba a las mallas, no iba a ser un día apacible.

—Me temo que mi móvil ha sido *hackeado*. Hace dos semanas el abuelo me lanzó el móvil al agua y se lo entregué a una de mis asesoras informáticas externas a la Unidad para que recuperase toda la información de mis contactos, fotos... Su *nick* es Golden Girl. Yo la tenía o la tengo por alguien de mi entera confianza. Pero otro de mis colaboradores, MatuSalem, el *hacker* que ayudó a Tasio Ortiz de Zárate, me monitoriza a petición del propio Tasio y me ha advertido que, desde que le di mi tarjeta, ha estado bajando a la Deep Web preguntando por pistolas Taser y otro tipo de cuestiones relacionadas con la investigación de Los Ritos del Agua.

Alba leyó el párrafo que escribí y me pidió que continuase. Pasé la página y escribí de nuevo:

—Deberíamos investigar a Golden Girl, pero es una *hacker* muy experimentada, tendremos que establecer una estrategia, aunque antes voy a comprar un terminal con un nuevo número, solo lo tendréis Estíbaliz, Milán, Peña y tú. En el ámbito personal únicamente voy a incluir a mi hermano y al abuelo, como medida de protección. Tendremos que determinar qué seguimos compartiendo en mi móvil y qué queda reservado para el nuevo móvil de cara a que Golden Girl no sospeche de que nos hemos dado cuenta de su seguimiento. Pero ya no puedo fiarme de escribir ninguna información reservada en la pantalla del móvil ni efectuar ninguna llamada que tenga que ver con la investigación. Tenemos a dos *hackers* espiándolo todo.

—Dos preguntas: ¿qué crees que tiene que ver ella con Los Ritos del Agua?

—Ni idea —dije en voz alta—. ¿La... otra pregunta?

—¿Por qué demonios, inspector Ayala, no entregó su tarjeta de memoria a nuestros técnicos en informática o a Milán?

Aproveché para mirarla de cerca, había engordado varios kilos y su rostro alargado se veía más relleno. También sus manos finas estaban hinchadas. Pero estaba cansada, un poco ojerosa y quise pedirle que se viniera conmigo a dormir un poco, como aquella madrugada de verano.

—Porque en la tarjeta de memoria conservaba los whatsapp que intercambiamos en agosto. Lo siento, Alba. No los borré. A veces necesitaba releerlos porque me daban fuerza. Y no quería descubrirte frente a los compañeros. Se habrían enterado. No podía hacértelo.

Alba calló, ruborizándose cuando lo leyó. Me tomó la mano, un roce delicioso, y me lo agradeció con la mirada. Después volvió la subcomisaria.

—¿La ves sospechosa? —preguntó señalando lo que yo había escrito en el cuaderno.

—¿A Golden? Desde luego que no —solté de viva voz.

«Ni de coña, vamos», pensé.

—En una mujer mayor con la cadera recién operada, no puede, ni en sueños, ser la autora de los asesinatos —escribí en mi cuaderno.

Alba se quedó un rato en silencio valorando lo que yo le había contado, se abrió el chaleco de plumas y con un gesto automático, como si yo no estuviera, se acarició la barriga. Intenté ocultar la ternura que me produjo aquel gesto, creo que no lo disimulé bien, porque a ella se le coló una pequeña sonrisa por la comisura de los labios.

—Se te va a empezar a notar, ¿vas a decirlo en el trabajo? —escribí.

—Sí, ya va siendo hora de que hable con el comisario Medina antes de que empiecen los rumores. Nunca pensé que tendría que dar explicaciones de un asunto personal en el trabajo, y menos en un trabajo como este.

—Nunca te lo he preguntado, ¿por qué te metiste en esto? —quise saber.

— ¿De verdad quieres que hablemos de mi vida ahora?

—Apenas sé nada de ti. Y me gustaría saber algo. Mucho. Todo —escribí.

Alba se acercó demasiado a la libreta, fue un gesto que me extrañó.

—¿Estás bien?

—Sí…, no… No sé, lo veo un poco borroso. Creo que es la niebla.

—¿Volvemos? —sugerí preocupado.

—No, está bien —concedió, y me alegré de mantenerla sentada y hablando, porque la vi muy cansada—. Por qué me metí en esto, preguntabas… Ocurrió en COU, cuando tenía diecisiete años. Ya te conté que yo era una chica tímida y obesa, bastante acomplejada por mis circunstancias y por el escándalo que supuso en Madrid el descalabro financiero del representante de mi madre. Nos habíamos establecido en Laguardia tratando de hacer vida normal. Hubo un chico en la clase de al lado, se llamaba Álvaro. Yo estaba loca por él, aunque no era la única.

No es que yo fuera celoso ni que tuviera ningún derecho a serlo con su pasado, pero un cosquilleo me subió por la garganta. Un «ojalá hubiera sido yo, Alba».

—Había otra chica. Ella era muy alfa, dominaba un grupillo de seguidoras. Marta también iba detrás de él, y por extraño que pudiera parecer, Álvaro me hacía caso. Creo que jugaba con las dos para darnos celos, aunque no lo tengo claro. Un día él dio un paso más y me invitó a quedar. Una cita en toda regla. La primera de mi vida. Quedamos para aquella noche en el parque que está debajo del hotel de mi madre, en los jardines del Collado, junto al quiosco con la estatua de Samaniego, el fabulista. Yo llevaba tacones, falda, me pinté los labios con el maquillaje de mi madre. No sé cómo Marta se enteró, siempre he pensado que tal vez él se lo comentó para ponerla celosa y hacer que se decidiera a acostarse con él. El caso es que no fue Álvaro quien apareció, sino un grupo de chicas, la cuadrilla de Marta, con ella a la cabeza.

Alba sonrió con tristeza, como tomando aire para lo que tenía que contarme. Yo le apreté la mano, quería infundirle ánimos, decirle «No pasa nada, tranquila».

—Me siguieron por el parque, empezaron a insultarme, comencé a andar rápido, y ellas me persiguieron. Yo era una chica sedentaria con 112 kilos de peso para mi metro setenta y cuatro, y empecé a correr al ver sus intenciones, pero eran cinco. Enseguida me ahogué, tenía taquicardia, mi corazón no podía con mi cuerpo. Cayeron sobre mí, Marta me dio patadas en el estómago, yo vomité. Fui una inconsciente, iba ensimismada por un parque solitario en plena noche, por muy bien que lo conociese. Estaba tan ilusionada con mi cita con Álvaro que era poco consciente de mi entorno, no las vi hasta que estuvieron detrás de mí. Había pasado la vida sobreprotegida por la presencia mansa de mi padre, un hombre que me acompañaba a todos los sitios, pero aquel día se rompió el cascarón.

»Ese verano hice sola el Camino de Santiago. Mentí a mis padres, les dije que iba con un grupo, tardé veinte días en recorrer los casi ochocientos kilómetros del camino, a cuarenta kilómetros al día. Llegué a la plaza del Obradoiro con veintidós kilos menos, nunca he vuelto a recuperarlos ni he dejado de practicar deporte ni un solo día. Hice unos cursos de defensa personal en Logroño y allí me di cuenta de que me quería sentir útil y también de que quería encontrar al representante de mi madre y verlo entre rejas y que le devolviera su dinero para evitar un nuevo embargo en el hotel. Estudié la carrera y oposité para ser *ertzaina*. Llevo años investigando los pasos que dio cuando se fugó, pero la pista se pierde en Chile. Creo que está muerto, pero no sé dónde está el dinero. Mi madre no sabe que lo investigo.

Alba se tomó su tiempo, pero no tenía buena cara. No sé si era por los malos recuerdos, pero me estaba preocupando, porque se cogía la barriga con fuerza cada vez que respiraba.

—Respecto a Marta, fue una de mis primeras detenciones cuando ingresé en el cuerpo, años después. Hubo una llamada de un vecino de Laguardia, acudimos al domicilio y me los encontré a ambos. Marta estaba casada con Álvaro, envejecida y con la cara marcada de hematomas. Tuve que detener a Álvaro yo misma, al mismo chico al que yo habría dicho «sí» sin dudarlo. Solo aquella paliza que Marta me dio me persuadió de alejarme aquel verano de aquella cita. Marta tenía una hija, también la maltrataba. Yo me encargué de que pasaran a un piso tutelado de mujeres víctimas de violencia de género. Ahora Álvaro tiene una orden de alejamiento. Marta me llama de vez en cuando para tomar un café. Fingimos que somos amigas, yo escucho sus intentos de rehacer su vida, pero lo tiene difícil. Después de COU no fue a la universidad, se quedó en casa porque Álvaro le dijo que con su sueldo sería suficiente. Se casó pronto, no trabajó nunca. Él la aisló. Está perdida.

—Aun así…, ¿por qué lo haces? Un día fue tu agresora —escribí, con mal cuerpo.

—Porque Marta necesita anclas, amigas, algo parecido a una vida social para que Álvaro no la seduzca de nuevo y vuelva con él. No olvido cada una de las patadas que me dio en las costillas, pero no quiero que Álvaro gane. No sé si lo hago por ella, tal vez sea por su hija, pero sobre todo lo hago porque no puedo soportar pensar que yo podría haber sido ella, y no quiero que él gane.

—Eliges… fatal a los hombres —comenté en voz alta. ¿Debía echar piedras sobre mi tejado?

—¿Eso te incluye?

—Sí, eso me incluye —escribí en la libreta—, estoy demasiado tocado por los acontecimientos de los últimos tres años como para ser normal y tengo adicción a los problemas que me trae ser perfilador. Investigar a seriales no trae nada bueno, solo obsesión, y yo ya soy obsesivo por naturaleza. No tengo el mejor perfil para ser perfilador, no desconecto, pierdo la objetividad demasiado pronto. Vivir conmigo es vivir en un permanente drama hasta que lo cazamos y esperamos a que aparezca el siguiente serial, ¿te gusta esa vida? ¿Así es como quieres vivirla? ¿No prefieres a alguien más tranquilo?

—Ya me casé con alguien más tranquilo, el rey de la calma, de la convivencia sin roces…

—¿De eso estás huyendo, de ser engañada otra vez?

Tal vez no debí decir aquello, y lo cierto es que ahora me arrepiento por lo que provocó en ella. Mi pregunta la alteró y la encendió. Me miró con rabia, se levantó molesta, sin dejar de sujetarse la barriga.

—Lo que sientes por mí —me dijo por fin—, lo que te provoco, es auténtico, es visceral, es involuntario. Todo tu cuerpo se pone en tensión cuando aparezco, todo tu lenguaje no verbal clama a gritos que estás pendiente de mi presencia. Al menos lo tuyo es real, no una triquiñuela para desvirgar a una compañera reticente como en el caso de Álvaro, ni soy un hilo directo a la investigación como lo fui para Nancho. Tú no me necesitas, no necesitas a nadie más que a tu abuelo y a tu hermano, y estás aquí, pese a las complicaciones.

—¿Solo quieres estar conmigo por lo que yo siento? —escribí con letra alterada—. Porque necesito no ser una necesidad para ti, yo también necesito que esto no sea una estrategia, un refugio, una tirita para ti.

—Una tirita, por Dios… —susurró para sí—. Me haces una hija y te autodenominas «tirita»…

Pero no pudo terminar la frase. Alba hizo un gesto de dolor que me dejó clavado en el banco y se desplomó en el suelo antes de que pudiera sujetarla.

Y sobre el césped helado, Alba comenzó a convulsionar.

27

EL HOSPITAL DE TXAGORRITXU

7 de diciembre de 2016, miércoles

Ni siquiera pude llamar en condiciones al 112 y pedir una ambulancia. Lo hice, pero solo pude balbucear «San... Prudencio». Colgué frustrado y angustiado, mientras sujetaba la mano sin fuerza de una Alba inconsciente. Envié un whatsapp desesperado a Estíbaliz y rogué que a esas horas tuviera el móvil encendido:

—Envía una ambulancia a la avenida de San Prudencio. Mujer de 40 años embarazada tiene convulsiones, disminuido el nivel de conciencia.

Bastó un emoticono de un dedo alzado para saber que la ayuda estaba en camino.

Fue un día largo, angustiosamente largo. Alba ingresó en el hospital de Txagorritxu, las pruebas se sucedieron con una lentitud exasperante. Yo no sabía si había perdido el bebé o si su corazón seguía latiendo. A mi alrededor solo había silencios y miradas condescendientes.

Llamé a su madre al hotel de Laguardia, y con toda la paciencia del mundo y muchas palabras inconexas conseguí explicarle lo que había ocurrido. Llegó en apenas una hora, ambos estuvimos a su lado.

Estaba enfermo de preocupación por Alba, pero un nuevo escenario me mantenía noqueado: Alba esperaba una niña. La sentí mía desde el primer momento en que pronunció esa palabra, en el camino de Armentia. Iba a tener una hija. No me importaba que Nancho fuese el padre biológico. Nancho no estaba allí para criarla. Estaba yo.

Estaba yo.

El diagnóstico llegó muy tarde, casi al anochecer: eclampsia. Una complicación muy infrecuente de la preeclampsia. Alba lo sabía, tenía la tensión alta y se lo habían detectado. No me lo había dicho, no lo había compartido conmigo. No me lo había ganado, en suma.

Ambas, madre e hija, estaban fuera de peligro una vez administrados los fármacos antihipertensivos. Sí, podíamos visitarlas. No, no podíamos cansar a la madre. Sí, Nieves se quedaría a dormir aquella noche. No, no hacía falta que yo me quedase. Que volviera a casa, dijo Alba con voz de colibrí, que descansase. Como si fuese a pegar ojo el día que a uno le dicen que va a tener una hija.

Esti se acercó a visitarla en cuanto terminó la jornada en el despacho de Lakua. Traía una caja de trufas de Goya, no sé si para Alba o para mí. No pude evitar meterme algunas en el bolsillo, para pasar mi noche en vela. Rieron, se dieron la mano, se susurraron confidencias. Alba no estaba en aquellos momentos en modo jefa, era una mujer risueña y aliviada con un embarazo de riesgo que empezaba a dar problemas. Todo calor humano era poco para apoyarla. Le habría dado un beso en la frente a Estíbaliz allí mismo y mi abrazo de Kraken más efusivo.

Me corté, no procedía.

Volvía ya a casa cuando por los pasillos encerados del hospital me topé con el comisario Medina.

—Acabo de enterarme —me dijo en tono bajo y voz circunspecta—. ¿Puedo visitarla ahora?

Le tuve que decir que no con la cabeza y señalé el reloj para argumentar mi negativa. Era ya de noche, el horario de visitas había acabado hacía tiempo y Alba dormía cuando cerré la puerta de su habitación.

—De acuerdo, volveré mañana entonces. Quería haberle hecho una visita personal, pero también me traen aquí asuntos de índole profesional. Usted estuvo al frente de la investigación del caso de su marido.

Asentí con la cabeza, un poco tenso. No sabía adónde quería ir a parar.

—Comprenderá que la comisaría es un hervidero de murmuraciones y debo saber qué respuesta dar o cómo quiere la subcomisaria que maneje la situación. Lo que quiero decir es si a usted le consta que…, verá, si está embarazada de diecinueve semanas, desde agosto, entonces su hijo…

—Hija —escribí en el móvil y se lo mostré.

En esos momentos no recordé las advertencias de MatuSalem: que mi vida no pasase por la pantalla del móvil, etcétera. No estaba para esas monsergas, para ser cauto, para protegerme, para pensar con claridad y ser un estratega. En esos momentos era un padre primerizo preocupadísimo por una mujer que me traía loco y por su/mi hija.

—Pues su hija —se corrigió—. Decía que si su hija es de nuestro asesino en serie…

—Yo soy el padre —le interrumpí. Lo dije en voz alta, como un latigazo, lo pronuncié claro y fuerte, con rabia y autoridad—. Yo soy el padre —me reafirmé.

E improvisé una mentira piadosa para protegerlas a ambas. Escribí en el móvil, ante su mirada estupefacta:

—La subcomisaria se hallaba en proceso de separación de su marido, pese a que no habían comenzado los trámites legales. Ella y yo manteníamos una relación y la hija es mía. Lo hemos mantenido en secreto por las especiales circunstancias que nos han rodeado. La subcomisaria pensaba ponerlo en su conocimiento en breve. Sé que lo puede comprender, para ninguno de nosotros está siendo fácil. Le ruego que no trascienda la noticia hasta que la subcomisaria no esté en condiciones de hablar con usted, pero desde luego puede y debe cortar de raíz toda alusión a que nuestra hija es hija de Nancho.

No quería que Alba sufriera el estigma de tener una hija de un asesino en serie. Por ella, también por la niña, no era justo venir al mundo con semejante losa.

Estaba por aclarar si Alba iba a permitir que me quedase en su vida y en la de su hija, estaba por aclarar mi papel en aquella tragicomedia, porque posiblemente yo no había estado a la altura desde el primer momento. Pero tenía que protegerlas a ambas de vivir bajo la oscura sombra del recuerdo que Nancho había dejado en Vitoria y aquella fue la única manera que se me ocurrió de mantener a raya los rumores.

Qué ironía ahora que sé que en aquellos momentos estaba firmando mi sentencia de muerte.

28

LOS JARDINES DEL HOSPITAL

8 de diciembre de 2016, jueves

Era festivo, pero a primera hora, a esa en que en los hospitales empiezan a importunar a los pacientes con las primeras recogidas de orina y las analíticas de sangre, me presenté en el hospital de Txagorritxu. La madre de Alba dormía en un sofá de polipiel verde, esa mujer era elegante hasta dormida. Podía haber sido portada en aquella misma postura, abandonada al sueño, y aun así mantenía su porte.

La desperté discretamente, procurando que Alba no se enterase. Nieves comprendió mis intenciones tras mi mirada suplicante y me dejó a solas con ella, sentado en una incómoda silla que acerqué a su cama.

No tuve prisa en despertarla, estaba demasiado abstraído observando la tímida barriga que se intuía bajo las sábanas. Solo quería pasar mi mano y decirle: «Tranquila, que tu padre vela», pero no me atreví.

Tal vez aquella niña fuerte ya tenía la capacidad de leerme el cerebro y despertó a su madre, porque en ese mismo instante, Alba abrió los ojos.

Lentamente, como si volviera de un largo exilio.

—Buenos días, Alba. ¿Cómo te encuentras hoy? —La frase estaba ensayada, lo reconozco.

—Siete palabras. Has dicho siete palabras. —Sonrió, pese a la cara de cansancio y las bolsas bajo los párpados.

—Dame otro mes y te… te suelto un discurso.

Ella se rio, yo no quería que se riera. Aún no. Ahora venía lo duro. Y quería llevar esa conversación a pelo, sin libreta. Me había pasado la noche preparando las frases. Cortas, explicativas, de esas que definen una vida y te acuerdas de viejo.

—El comisario lo sabe —la informé.

—¿Qué sabe?

—Vino anoche.

—¿Qué sabe? —insistió.

—Estabais separados, tú y yo estábamos juntos.

Le dio un par de vueltas a la idea, no era muy buena frase, lo sé, pero hasta ahí llegaban mis habilidades orales.

—¿Por qué?, ¿por qué le has dicho eso?

—Dije que la hija es mía, sin ninguna duda.

Alba se miró la barriga, como si mantuviera una conversación con la niña y yo estuviera excluido de aquel diálogo telepático.

—Lo has hecho por ella —dijo por fin.

—Hay dudas en comisaría, Alba. Nadie debe pensar que…

—Que pueda ser hija de Nancho.

—Es una carga muy pesada, no la merece.

—La estás protegiendo, no sabes si es tu hija y la estás protegiendo.

—Déjame hacerlo. Tú y yo…, tú decides si hay tú y yo. Pero déjame hacer esto.

—Así que vamos a decir al mundo que yo estaba ya separada de Nancho, que tú y yo estábamos juntos en agosto y que la hija es tuya sin ningún género de dudas.

—Una sola versión. Siempre. Sin fisuras. —Como un mantra. Teníamos que mantener nuestro invento sólido y en pie toda una vida. Dos vidas. Las de ambos.

—¿Y si la niña se parece a Nancho?

—Era un buen tío cuando no mataba —se me escapó.

Ella me miró como si me fuese a clavar la aguja que la ataba al gotero, luego se rio, se rio con ganas.

—Pues tienes razón, no era mal tío después de todo —convino.

Me reí con ella pese a que en mi fuero interno le pedí perdón a Martina por aquel sacrilegio. Pero teníamos que reírnos de aquello, sacarle punta a nuestra situación, ser más fuertes que las circunstancias que iban a venir.

Aunque aquel efímero momento de conexión no fue suficiente. Rocé la mano de Alba para apretársela y darle fuerzas, pero ella la retiró.

—Unai, respecto a ti y a mí... Hoy no puedo darte una respuesta, ¿de acuerdo? Hoy estoy a otra cosa, y también tengo que estar fuerte para cuando pida el alta y me reincorpore. Quiero afrontar sola lo que me encuentre en comisaría, después tomaré una decisión contigo, ¿de acuerdo?

«Qué remedio», pensé.

—Claro —dije—. ¿Puedo volver esta tarde? —pregunté antes de irme.

—Puedes ver a tu hija siempre que quieras, Unai. Ven cuantas veces quieras.

Y aquella frase fue suficiente para iluminar un universo.

Salí al pasillo y encontré a Nieves esperándome apoyada en una pared.

—Vamos, Unai. Te acompaño a la salida.

—Claro —contesté.

A veces algún paciente, de esos que paseaban con la vía enganchada a una barra de metal con ruedas, nos miraba de reojo. No sabría decir si reconocían al Kraken o a la actriz retirada.

Nieves fingía no darse por enterada, yo la imité.

Y nos fuimos los dos paseando y sorteando enfermeros y zuecos blancos hasta la entrada.

Salimos al exterior y atravesamos el aparcamiento. Los coches pasaban con sus dueños protegidos del frío matutino en sus cubículos, concentrados en la perspectiva laboral del día.

Los observé sin envidia, yo también iba a ser en breve uno de ellos.

—La admiro —me soltó Nieves a bocajarro caminando.

—¿Qué?

—Que admiro a Alba.

«Y yo, no te digo...», estuve a punto de decirle, pero no procedía.

—Siempre he admirado su madurez, su fortaleza. ¿Sabes lo que es tener una hija que nunca se ha quejado?

Yo sonreí, eso le pegaba mucho a Alba. Lo de no quejarse.

—De todo lo que he hecho en mi vida, ella es mi mejor representación, mi mejor obra. No va a romperse. Este embarazo, por muy duro que sea, no va a romperla. Ya pasó por una pérdida. Eso fue mucho peor, abrazar a un hijo muerto. Ha tomado una decisión. Pareces un buen hombre, no voy a darte la charla de que no hagas daño a mi hija. Eso queda entre vosotros. De que no la hieras se encarga ella.

—Lo sé.

—Lo que te pido es que no hagas daño a mi nieta. Si estás, si Alba te permite estar, sé un padre. Siempre. Si ella, o tú, o ambos, decidís que tú no vas a ejercer de padre, no estés, no te metas, no irrumpas en la vida de mi nieta para trastocarlo todo. Todavía no sé nada de ella, no sé si será fuerte como Alba, o débil como su abuelo, codiciosa como su bisabuelo, acaso una psicópata si fuera la hija de Nancho. Todavía no lo sé, pero sé que con un padre de ida y vuelta esa niña va a sufrir como sufriríamos todos. Con esto te quiero decir que Alba y tú deberíais tener muy claro el papel que vas a jugar en la vida de mi nieta desde antes del día en que nazca. No regalan el carné de padre, Unai. Lo harás mal, te equivocarás, como todos los padres y madres del mundo. Pero decide tu papel ya. A partir de ahora, ya no sois solo una pareja, ya no sois dos adultos. Ahora se trata de una familia y es la vida de una menor la que está en juego.

—Ojalá tu hija me lo permita, Ni... Nieves. Quiero que mi hija tenga un padre.

Nieves se dio por satisfecha con mi respuesta, o tal vez con la determinación de mi mirada.

No me puse máscaras, estaba desarmado frente a ella y no me importaba que me viese como era.

Mis nervios, mis menguadas habilidades conversacionales.

Ese era yo, y pese a todo, me sentía capaz de ser un buen padre.

Nos despedimos con dos besos y Nieves subió las escaleras rumbo al interior del hospital.

—Esta tarde vuelvo a verlas. Dime si... si quieres algo —le dije antes de marchar.

Ella hizo un gesto como de «no necesito nada, tranquilo», y se giró.

—Unai…, solo una cosa, para que conste —me dijo antes de alejarse.

—¿Qué?

—En lo personal…, me encantaría que fueses el padre de mi nieta.

—Gra…. gra…. gracias, Nieves —me emocioné.

Ahora ya sabía de dónde había salido la calidad humana de Alba.

29

EL ARA DE LAS MATRES

9 de diciembre de 2016, viernes

Eran las siete de la tarde cuando comenzó a jarrear. Me salvé por los pelos, en dos zancadas me planté en el portal de mi logopeda y subí con los hombros y el cabello empapados. Poca cosa, pronto se secaron, pese a que el despacho de Beatriz Korres todavía no contaba con calefacción ni estaba demasiado acondicionado para un invierno que se adivinaba duro y rebosante de nevadas y madrugadas escarchadas.

Repetimos las frases de ocho palabras, y mi logopeda me insistió en que practicase a todas horas con las aplicaciones para ganar agilidad. Creo que avanzaba a más velocidad de lo que ella esperaba. No había secretos, solo un tipo obsesionado en volver a la normalidad que metía una media de cuatro a cinco horas de rehabilitación en solitario.

Mi piso se convirtió en mi *ring* de boxeo particular. La pereza, los altibajos de la investigación y el cansancio mental eran mis contendientes habituales. Cada día los conocía mejor, cada día tenía el músculo más trabajado, cada día ganaba un pequeño golpe, una batalla discreta. Aquí las palabras claves eran: «cada día».

Nos dieron las ocho en su despacho, había oscurecido y las gotas caían en diagonal y con furia contra el ventanal semicircular. Hubo un momento de tromba, de cielo cayendo en bloque sobre Vitoria, por suerte no duró demasiado y acabó amainando.

—Ya es la hora, Unai. Basta por hoy. Como sigas así, me voy a quedar sin paciente en breve —sonrió tranquila.

Se colocó su abrigo de piel añil, tomó un paraguas a juego con los zapatos azules y bajamos a la calle.

No me esperaba lo que vi frente al portal, me provocó tanta ternura que volví a creer en la condición humana.

Mi pobre hermano Germán nos esperaba en la calle San Antonio, calado, protegiendo lo que quedaba de un ramo de flores que antes de la lluvia debió de ser glorioso, elegante y carísimo.

Detecté un paraguas que me sonaba asomado a una papelera cercana. Las varillas estaban rotas, la tromba de agua no había tenido piedad con las intentonas románticas de mi hermano ni con los rituales de su tímido cortejo.

—¿Qué haces? —pregunté en voz alta.

Era una de las preguntas muleta que había trabajado con Beatriz, era práctica y se me daba bien.

Germán carraspeó y se recompuso, para él era importante, lo vi en sus ojos suplicantes.

—Había comprado un detalle a tu logopeda para agradecerle lo que ha hecho por mi hermano. Beatriz, mañana te traigo un ramo en condiciones, yo...

—Deberías haber llamado y subido, Germán —le interrumpió ella adelantándose y tomando el ramo empapado entre sus brazos—. Esto..., este detalle...

—No quería entorpecer la sesión. Es lo más importante, es... lo más importante.

Beatriz lo miró con infinita devoción, yo creo que emocionada. Mi hermano tenía calada hasta la cartera, y sus dedos cortos y gruesos trataban de disimular temblores, estaban arrugados y mojados como los de un viejito.

Observé a mi logopeda con el rabillo del ojo. Estaba callada, creo que algo enternecida, incluso un poco turbada. No sé, pero diría que fue ese el momento en el que se enamoró de él. Algo le había roto el muro de mujer profesional y ella había dejado que cediesen las compuertas.

Había dejado que Germán pasase al interior.

A partir de ahí, Beatriz fue todo dulzura con él.

—Estás helado, Germán. Vamos a alguna cafetería, os invito a algo caliente, un caldo, un café... Yo no lo necesito, no tengo frío, pero os acompaño.

Y arrancamos a andar hacia la calle Dato, con el precioso detalle de que Beatriz no soltaba el ramo de flores mojado pese a que le estaba estropeando el abrigo de piel y el bolso de marca.

—¿De verdad no tienes frío? —se preocupó Germán.

Beatriz se rio, quitándole importancia.

—A mí siempre me han sobrado kilos, fui una niña y una adolescente muy gordita. Supongo que el sobrepeso da ciertas ventajas, porque no soy friolera —comentó feliz y risueña.

Los observé en silencio. Qué bonito. El amor naciendo tímidamente.

Las dudas y los reparos de mi hermano, la máscara de profesionalidad de mi logopeda.

Todo aquello quedó en la papelera, junto con el paraguas derrotado por la lluvia.

Pero allí había feromonas como para despertarle la libido a un lobo gris, esos animales tan fieles que se pasan toda su vida fértil con la misma pareja.

Esa era la impresión que me daba cuando los miraba, juntos, a Germán y a Beatriz. Germán no callaba, era un volcán de actividad verborreica, Beatriz era buena escuchando y lo miraba como el regalo del cielo que era mi hermano.

Los acompañé hasta la entrada del Usokari, pero me despedí con una excusa solvente que ninguno de los dos rebatió pese a que olía a mentira bienintencionada, se despidieron de mí con promesas de «Otro día nos tomamos algo los tres», y los dejé en su pequeño paraíso. Se lo merecían, se lo habían currado. Por buenas personas.

Recorrí una calle Dato vacía, mojada y despejada de almas humanas. Solo el Caminante me saludó desde sus tres metros de bronce. El agua había bajado la temperatura y la gente prefería resguardarse en casa, hacer los deberes con sus hijos, trastear frente al televisor, preparar cenas…, la vida, más o menos.

Cruzaba ya frente al monumento de la Batalla de Vitoria, rumbo a mi portal, cuando recordé que tenía una llamada pendiente que hacer a Héctor del Castillo. Pero saqué del bolsillo el nuevo terminal con el número que Milán me había facilitado. Para distinguirlo del móvil antiguo le había adjudicado el tono de llamada con un *Love me again* de John Newman. Lo sé, el subconsciente a veces tomaba decisiones por mí.

Busqué en la agenda y marqué el número de Héctor. No quería que Golden rastrease aquella llamada.

—Héctor, soy Unai López de Ayala. Móvil nuevo.

—Inspector, cuánto me alegra ser testigo de tus avances vocales —contestó su voz afable y tranquila.

—Lo sé —sonreí—. ¿Puedo consultarte una duda?

—Sí, desde luego que sí.

Le hablé brevemente, con gramática de niño, del estanque de la Barbacana. Sabía que él asumiría el hallazgo de un nuevo cadáver, pero no era necesario darle tantos detalles.

—Solo una pregunta: ¿tenemos otro altar allí? —quise saber.

—Así es, dedicado a las tres Matres, de hecho. Fue encontrado en la pared de una huerta extramuros de Laguardia. Lo que quiero decir con esto es que volvemos a tener un lugar relacionado con el culto al agua como elemento fertilizador, y con rituales y ofrendas a las Matres. No me has explicado las circunstancias de tu último hallazgo, pero puedo adelantarte que, desde luego, es el lugar ideal para realizar un rito como el de la Triple Muerte celta. ¿Tiene sentido en tu investigación, inspector Ayala?

Suspiré, no me gustaba que tuviese sentido. No quería más ritos de agua, prefería un móvil personal, un único asesinato, no una posible cadena de asesinatos recién comenzada en el horizonte y sin expectativas de ser concluida.

—Sí, la… la tiene —dije al fin abriendo el portal de casa con la mano libre—. Muchas gracias, Héctor.

—Lo que quieras, inspector Ayala. Este asunto me tiene tan preocupado como a ti. Confío en poder ayudar, pero espero que en el futuro no sea necesario, la verdad. Cuídate, inspector. —Y el historiador colgó.

Subí a mi piso y me puse a practicar la nueva tanda de ejercicios de mi logopeda. Las cartas de Nardil con frases cada vez más largas: «La niña baja las escaleras, los chicos juegan con la niña, la chica dibuja una luna blanca y grande…».

Fue entonces cuando me llamó Estíbaliz a mi nuevo teléfono.

—Tengo varios avances en la investigación, Unai. Y avances

que vienen de Cantabria. Agárrate que hay curvas —me soltó mi compañera hablando a cien revoluciones por minuto.

—Tú… dirás —respondí.

Me quité el jersey, un poco húmedo, y me coloqué una sudadera cómoda para andar por casa. Me acerqué al balcón y pegué mi frente al cristal, sin dejar de observar los miradores blancos que tenía delante de mí.

—Milán ha localizado a la hermana de Saúl Tovar, trabaja en el hospital Valdecilla, tiene un cargo directivo, por lo visto es intocable. Me gustaría que le hiciésemos una visita sin avisar, igual que hicimos con Saúl. No sé qué relación tienen actualmente. Sus padres murieron cuando ambos eran jóvenes. Sarah Tovar es cuatro años mayor que él y pasó a ser su tutora hasta que Saúl cumplió la mayoría de edad, vivieron juntos hasta que él se casó. Ella es soltera, sin hijos. No se le conocen parejas, parece más bien una monja. Está metida en una docena de asociaciones religiosas y de ayuda al tercer mundo. Un alma pía, por lo que dicen.

—¿Por qué… por qué Saúl?

Estíbaliz me entendía, quería saber por qué seguía empeñada en investigar a Saúl, cuando los sospechosos estaban más cerca, en Vitoria: Asier y Golden Girl tenían más motivos para ser investigados.

Ambos tenían muchas explicaciones que darnos y ambos iban a ser muy esquivos. Adelantábamos más investigándolos a ellos.

—¿Por qué Saúl? Pues aquí viene la segunda parte: Milán ha encontrado un dato que se nos había pasado. Estoy alucinada con ella, tenemos una *crack* en el equipo.

—Esti…

«Arranca, Estíbaliz, arranca», quise decirle, impaciente.

—No sé si recuerdas el caso de los jóvenes suicidas. Ya llevamos tres suicidios en extrañas circunstancias en lo que va de año en distintos montes de la cornisa cantábrica. Pues bien, en septiembre apareció una chica de veintitrés años, santanderina, en el monte Dobra, en Cantabria.

—¿Cómo… cómo se mató?

—Ahí está el misterio en estas muertes. Son adolescentes o

jóvenes, algunos de ellos tímidos y con problemas de socialización, recluidos en casa, pero sin antecedentes violentos o por
drogas. Un día se van de casa con lo puesto, suben a un monte
cercano a su domicilio, se quitan la ropa, pasan la noche y a la
mañana siguiente aparecen muertos por hipotermia. Da la impresión de que se dejan morir de frío. Es un acto de agresión hacia uno mismo muy poco común. Se diría que prefieren pasar
mucho frío durante horas a terminar rápido con un arma blanca,
unas pastillas o un salto al vacío. Desde el punto de vista de la victimología, te hablaría de personas con aprensión a la sangre,
tranquilas, casi cobardes, pese al valor que se necesita para aguantar tantas horas en un monte oscuro a la intemperie.

—¿Quién es la chica?

Me quedaba claro lo del suicidio, no tenía aún claro la relación de la víctima con Saúl.

—La víctima es Gimena Tovar, Unai. La joven consta como
hija de Saúl Tovar. Rebeca Tovar no es la única hija que ha perdido tu profesor.

«¿Cómo?», pensé, pero fui incapaz de plasmar en voz alta mi
estupor.

¿Saúl tuvo otra hija? Yo solo conocí a Rebeca, Saúl no nos hizo mención de aquella muerte cuando lo visitamos en su despacho.

Que un padre pierda a dos hijas en tan duras circunstancias…

No sabía, la verdad.

No sabía si sentir lástima por su dolor, o empezar a sospechar
que alrededor de Saúl ocurrían demasiados dramas que fulmina-
ban todas las estadísticas de las desgracias personales que a uno
le tocan de promedio en una vida.

En todo caso, se imponía de nuevo una visita a la tierra de los
cántabros.

30

LA CRUZ DEL GORBEA

10 de diciembre de 2016, sábado

Una joven partió de madrugada hacia la cruz del Gorbea. No le molestaba caminar a oscuras, se sabía bastante bien el camino. Iba a ser rápido, solo una visita a su hermano. Lo llevaba siempre encima, escondido, un *eguzkilore* de plata que se mantenía caliente en contacto con su pecho, pero aquel sábado tenía que hablar con él. No tenía con quien desahogarse. Alba no servía. No para aquella conversación. Estaba enferma de preocupación desde que le dio el susto de las convulsiones, y por primera vez, algo celosa. Y mira que lo de los celos lo tenía controlado desde hacía siglos. De eso estaba orgullosa. Consiguió controlarse con Paula, y Alba era mejor para Kraken que Paula. Más madura, más mujer, más centrada. Lo iba a proteger mejor de sí mismo y de sus obsesiones.

«¿Por qué tienes que esperar una hija precisamente ahora, alma de cántaro? ¿Todavía no te has dado cuenta de qué va el rito? ¿No eres consciente de que están muriendo los que no están preparados para ser padres?», le recriminó.

Igual que la cínica de Annabel, cómo iba a criar un hijo una madre tan fría como ella. Y Jota…, Esti ya sabía de lo que era capaz un alcohólico cuidando hijos. Y mejor no hablar de Rebeca, su hermano ya le contó lo que Lutxo insinuó…

Unai se lo había reconocido en modo confesión. Que si la niña era suya, que si no había ninguna duda…

¿Colaría? ¿Tragaría una ciudad entera con aquella forzada explicación?

Estíbaliz le había dicho un «me alegro por ambos». Qué remedio. Y se alegraba. Claro que sí. Quería una familia para Unai. Ya pasó por eso cuando Paula y él, desesperados porque el palito no se coloreaba de azul, pidieron cita con el médico experto en fertilidad. Eso Estíbaliz ya lo tenía asumido.

Pero no ahora, por Dios, no ahora.

Un buen rato después de dejar el coche aparcado en Murua, Estíbaliz llegó, exhausta e iracunda, a los pies de la cruz del Gorbea. Allí fue la última vez que vio a su hermano, que tocó sus cenizas, que las vio volar y fundirse con el monte.

—Yo sé que no te caía bien Unai, y me vas a decir que me está bien empleado por masoquista y pagafantas, pero es que son unos inconscientes, de verdad…

Estíbaliz escuchó la cáustica respuesta de Eneko.

—Oye, que no he venido hasta aquí para que me eches la bronca.

Eneko respondió, no tenía buen día el espíritu del hermano muerto.

—Si sigues soltándome borderías, te quedas aquí, helado y más solo que la una.

Eneko cambió de conversación, aunque tampoco estuvo muy afortunado.

—Papá está mal. Como siempre, peor. Más nervioso, más violento, más pastillas. No me preguntes, que ya sabes.

Y Estíbaliz se sacó el bocadillo de lomo que se había preparado la noche anterior y se sentó con la espalda apoyada en una pata de la cruz y comenzó a comerlo a mordiscos.

—Eneko, me estoy planteando ayudar a otros críos y crías como nosotros. Para que no les pase…, tú ya me entiendes. Para que no pasen lo que nosotros. Alba lo quiere poner en marcha, yo creo que cada uno nace para algo en la vida, algo que le toca la fibra y lo tiene que hacer sí o sí. Tú me sacaste del infierno vía pirulas. Yo quiero ser eso mismo, alguien que saque del infierno, pero en modo blanco, dando fuerzas, no sé si me entiendes. Ya sé que para ti son chorradas. Oye, no me mires con esa cara de escéptico, que ya no te cuento más.

Pero no había manera. Sería el día, sería el viento, serían los iones negativos, pero aquel día Estíbaliz no conseguía conectar como antes con su hermano.

Frustrada, le dio un beso a la cruz del Gorbea y emprendió la bajada.

Veinticinco kilómetros al sur, en la Llanada Alavesa, Vitoria todavía no había despertado.

31

EL JUEGO DEL AHORCADO

15 de diciembre de 2016, jueves

El rumor empezó en Twitter aquella misma madrugada. Alguien se fue de la lengua y empezó a hablar de ahorcados y del túnel de San Adrián. Otro alguien lo enlazó con lo sucedido en el estanque de la Barbacana.

Para cuando rastreamos el primer tuit y nos planteamos denunciarlo por pasarse por el forro el secreto de sumario, miles de cuentas se habían hecho eco y no podíamos pedir que se cerrasen todas. Iba a ser un trabajo inabarcable.

Pienso que fue un efecto mariposa en toda regla. ¿Fue Nerea, fue Lutxo, un amigo o familiar de los montañeros de Araia, un vecino de Laguardia que vivía enfrente de la entrada de la Barbacana y nos espió tras su visillo?

Tal vez Nerea se lo contó a su hermana. Un «No se lo cuentes a nadie» en cadena que su hermana se saltó a la torera y trascendió a su marido. Este, a fin de ganar puntos en el trabajo, lo contó en el pasillo frente a la máquina de café de la Mercedes a unos pocos colegas de confianza. El «No se lo cuentes a nadie» se repitió, reseteó y clonó innumerables veces por los dormitorios, bares y aceras de Vitoria hasta que un exaltado de gatillo fácil disparó en las redes sociales.

Tal vez fue Lutxo, que abrió, impotente, una cuenta en la red del pájaro azul bajo una identidad que en apariencia poco tenía que ver con él. Tal vez lo hizo al sentirse amordazado ante la firme negativa del director de *El Diario Alavés* a publicar nada. La cuestión que me enfermaba por las noches era: ¿Le interesaba a

Lutxo que la noticia trascendiese? ¿Cuál era su grado de implicación? ¿Hasta dónde sabía? ¿Cuánto me había contado de las muertes de Annabel y Jota?

Después de leer todos los *hashtags* y analizarlos, teníamos claro que ni siquiera sabían que las víctimas habían sido colgadas por los pies, ya que hablaban erróneamente de dos ahorcados, pero sí que se filtró que una de las víctimas estaba embarazada.

El otro dato que había trascendido en internet eran los escenarios de los crímenes: San Adrián y la Barbacana; así que la mente colectiva, haciendo gala de su ingenio, bautizó los crímenes como El Juego del Ahorcado.

Para un alma simple y poco dada a complicarse la vida había una serie lógica tras aquellos asesinatos.

La A de San Adrián.

La B de la Barbacana.

¿Cuál sería el lugar elegido para colgar al siguiente?, ¿cuál sería ese lugar histórico comenzado por una C?

Solo nosotros sabíamos que en Cantabria teníamos dos lugares más que añadir al abecedario.

La D del monte Dobra y la F de Fontibre.

Pero no pudimos evitar que la ciudad amaneciese perpleja, deseando que todo fuese un mal sueño, ni que el titular cayese como una bomba atómica:

«El asesino es un demente que juega con nosotros al Juego del Ahorcado.»

32

EL HOSPITAL DE VALDECILLA

16 de diciembre de 2016, viernes

Se abrió la veda, de nuevo la gente comenzó a mirarme mal por la calle.

El viernes se me ocurrió tomar el tranvía para acercarme a Lakua. No volví a cogerlo aquel invierno. Varias embarazadas se abrazaron a sus barrigas a mi paso, en un gesto inconsciente de protección. Sus parejas me miraron con mal disimulada hostilidad. Una señora me negó el asiento y ocupó plaza y media para que yo no me sentara. Supuse que esperaba ser abuela en breve.

Yo volvía a ser el rostro visible de una Unidad a la que se le pedían resultados inmediatos, y nosotros, sin apenas indicios físicos por parte de la Científica, y sin tener claro el móvil ni el perfil del asesino ni de las víctimas, apenas podíamos anticipar su próximo paso.

Me vino bien la inesperada llamada de Héctor, aunque la realizó al viejo móvil, al que estaba *hackeado* por Golden y por Matu-Salem, así que, cuando le escuché decirme que había recordado un dato que me podía ser útil para la investigación, le corté con un rápido:

—Hoy iba a Santander, aprovecho la visita... —Me concentré, once palabras—. Y me lo cuentas.

Después le envié un mensaje desde el móvil nuevo concretando la hora de nuestro encuentro. Héctor a su vez me envió las coordenadas de su domicilio en Santander. También él buscaba algo de discreción y no era bueno que el MAC recibiera tantas visitas de la Policía.

Dos horas más tarde, Estíbaliz y yo recorríamos los pasillos del imponente hospital Marqués de Valdecilla de Santander en busca de Sarah Tovar, la hermana de Saúl.

Después de preguntar en recepción, una mujer chata y de aspecto distraído nos envió, para nuestra sorpresa, a la capilla del hospital.

—Es más fácil que la encuentren ahí que en consulta —comentó tras encogerse de hombros.

Después de perdernos y encontrarnos un par de veces a lo largo de los laberínticos pasillos del inmenso hospital, por fin llegamos a buen puerto y entramos en una capilla vacía de suelos claros y pulidos. Solo una mujer con bata blanca rezaba de rodillas en el primer banco.

Llevaba el pelo largo recogido en un moño bajo, parecía mayor. No pensé que fuera la hermana de Saúl.

Pese a todo, nos acercamos al banco y nos colocamos discretamente a su lado. Fue Estíbaliz quien, después de leer las letras bordadas sobre el bolsillo izquierdo, le tendió la mano y se presentó con un susurro.

—Inspectora Gauna, de la comisaría de Vitoria. Él es el inspector Ayala, un viejo conocido de su hermano Saúl. ¿Podría atendernos un momento, doctora Tovar?

La mujer se sobresaltó, como si realmente tuviera hilo directo con Dios y lo estuviese utilizando en ese mismo momento, y nos miró como a demonios que veníamos a interrumpir su diálogo sagrado.

Sarah Tovar se levantó, altísima y delgada como un cirio de Pascua, y nos tendió una larga mano de dedos arácnidos. Después nos invitó a sentarnos junto a ella en el banco; daba la impresión de que, además de la casa de Dios, aquella capilla era también su casa.

—Podemos hablar aquí, creo que tendremos más intimidad que en todo el hospital. Ya me advirtió mi hermano de que estaban haciendo preguntas acerca de mi sobrina. ¿Qué desean de mí exactamente que no les haya contado ya a los inspectores que llevaron el caso en su día?

Sarah nos miró con manifiesta hostilidad. El moño le sumaba dureza a unas facciones que hace años tuvieron que ser tan gloriosas como las de su hermano: morena de pelo negro, casi azul, ojos tirando a verde gato, mandíbula cuadrada, ahora algo descolgada.

Vestía como una viuda muy escrupulosa: no le faltaba ni el regio collarcito de perlas. Contrastaba de forma muy llamativa con la jovialidad con la que siempre vistió y actuó Saúl. Pero, pese a todo, no se podía negar que compartían genes y apellidos. Había un aire de familia en ambos que no me pasó desapercibido.

Yo había aleccionado a Estíbaliz acerca de las preguntas que quería que hiciese por mí, y mi compañera, previendo que la doctora no iba a tener demasiada paciencia con nosotros, comenzó con un tanteo previo.

—Entonces ya sabe que estamos revisando el caso de la desaparición de su sobrina, Rebeca Tovar.

—Asesinato —le cortó—. Fue asesinato. ¿No vieron las fotos de Rebeca colgada de un árbol en Fontibre?

—Sí, las tenemos en el expediente, pero jamás se encontró el cuerpo.

—Eso es cierto, jamás lo han encontrado. Fallo suyo. Pero es evidente que esa niña estaba muerta cuando le tomaron las fotos.

Estíbaliz suspiró, me quedaba claro que ambas mujeres se habían caído muy mal, y mi compañera estaba tratando de que la hostilidad entre ambas no nos hiciera terminar aquella conversación antes de tiempo.

—En todo caso, nos gustaría preguntarle por el historial médico de Rebeca. Su hermano nos comentó que usted la estaba controlando como endocrina debido a su escasa talla, y que las analíticas de sangre de los meses previos a su desaparición descartaron la posibilidad de un embarazo.

—Así es, desde luego que tal aberración era imposible.

—Sarah, nos consta que Rebeca estuvo internada en la planta de Psiquiatría de este hospital. ¿Podría decirnos cuál fue el diagnóstico?

La doctora Tovar nos miró como si se hubiera comido un limón, cruzó los brazos protegiéndose el pecho, negó con la cabeza.

—No puedo darles esa información y ambos lo saben. Se trata de un dato de carácter médico que implica a una menor. Les puedo hablar de mi especialidad porque en su momento fue su propio padre quien accedió a que yo pusiese a disposición de la Policía los resultados de la analítica para demostrar que no podía estar embarazada. Pero esto es diferente. Necesitan que un juez les firme la orden pertinente, y si así fuera, deben pedírselos al doctor Osorio, el jefe de Psiquiatría infantil que estuvo al cargo de Rebeca. Suerte con eso.

Esti y yo cruzamos una rápida mirada: vía muerta. Había que seguir por otro carril.

—También hemos venido a preguntarle por el suicidio de su otra sobrina, Gimena.

Una mueca de dolor estuvo a punto de romperle el gesto duro con el que nos castigaba. De ese dolor que no se finge. De ese.

—Lo de Gimena fue morir bajo pecado mortal: nunca le perdonaré que se suicidara. Era una buena niña, muy estudiosa, de los mejores expedientes en Historia, ¿saben? Moral intachable, jamás nos mancilló la reputación familiar con un novio.

—Pero explíqueme una cosa —insistió Estíbaliz con mucho cuidado, tratando de no perder aquel inesperado momento de confesión—: Saúl perdió a Rebeca en 1993, cuando hacía dos años que había enviudado y no se le conocía pareja. ¿De quién fue hija Gimena?

—¿No lo saben? Gimena fue adoptada. La esposa de mi hermano y él querían darle un hermano a Rebeca, pensaron que le vendría bien, y en su generosidad, optaron por la adopción para acoger en su familia a algún niño o niña que no hubiera tenido la suerte de nacer en un hogar lleno de amor como el suyo. Los procesos de adopción en este país son largos, y más hace un par de décadas. Mi hermano y mi cuñada ya habían pasado por todas las entrevistas, visitas domiciliarias, y estaban en la lista de selección porque los encontraron idóneos.

»Mi hermano no se planteó renunciar al proceso abierto de adopción cuando enviudó, bastante tuvo con asumir su desgracia y encargarse de una niña desequilibrada, por lo que la demanda de adopción prosiguió su cauce habitual. Pese a que para entonces se trataba de una familia monoparental, mi hermano continuaba cumpliendo con todos los requisitos de idoneidad:

situación socioeconómica, habitabilidad de la vivienda, disponibilidad de tiempo mínimo para su educación…

»Gimena llegó como una bendición poco después de la muerte de Rebeca. La moral intachable de mi hermano Saúl hizo que el juez no se plantease sacarlo de la lista de familias adoptivas pese a haber quedado viudo. Gimena era un precioso bebé cuando llegó a la vida devastada de mi hermano. Él le dio todo el amor y la educación que Gimena merecía, y ella…, la dulce Gimena. No sé cómo nos ha hecho esto, cómo se adentró en el monte, pasó la noche al fresco y se quedó tumbada hasta morir de hipotermia. Aún no puedo entenderlo, con todo el amor que recibió mi querida sobrina. Rebeca era otra cosa: rebelde, caprichosa, manipuladora… Vivía en su mundo inventado, tenía el alma negra de mentiras y fabulaciones.

—¿Y a qué achaca su suicidio? ¿Cuál es su valoración personal, doctora? —quise saber.

—Gimena se acababa de graduar en Historia. Estaba tan feliz, con tanto futuro… Tenían que haberla visto en la fiesta de graduación. Aunque es cierto que se la veía triste los últimos meses. Saúl ya no podía estar tanto con ella, es entendible, durante la carrera estaban juntos a todas horas, en la universidad, en casa. Tal vez ella dependía demasiado de él, no lo sé, pero mi hermano era el mejor padre del mundo, era normal que Gimena lo adorase.

—¿Tiene… tiene alguna foto de Gimena? —me aventuré a preguntar.

—Sí, la traigo aquí, frente al altar, todos los días. Los altares son importantes, ¿saben? Nos colocan frente a Dios. Y yo rezo por su alma. Miren, ¿no era una niña ajena al mal de este mundo?

Y nos enseñó una imagen de una chica que desde luego no aparentaba tener veintitrés años. Parecía una niña, sin formas, andrógina, con un pelo corto de chica buena y la mirada limpia y tímida.

—Sí —reconoció Estíbaliz—. Sí que parecía una buena chica. ¿Y podría decirme…?

Mi compañera no pudo terminar la pregunta, creo que Sarah se había cansado de nosotros y aquel tiempo compartido le sobraba. Miró el clásico reloj que adornaba su fina muñeca y nos lo mostró a modo de excusa.

—Debo volver a mi trabajo, sé que lo comprenden —dijo al levantarse del banco brillante en un tono que no dejaba lugar a segundas intentonas.

—Claro que sí —se rindió Estíbaliz—. La acompañamos, a ver si nos puede indicar la salida, que nos ha costado mucho llegar aquí.

Sarah nos dedicó una sonrisa satisfecha, le detecté cierta complacencia en sentir que dominaba la situación. No es que fuera un rasgo definitorio para tildar a alguien de psicópata, pero el perfilador que tenía en el cerebro se apuntó el dato.

Nos guio hasta un ascensor y los tres nos adentramos en su interior de acero pulido. Sarah Tovar iba a pulsar el botón que nos conduciría a la planta baja cuando un hombre mayor, casi un anciano pese a su bata blanca, asomó su cabeza con intención de entrar.

—Oh, disculpen. Veo que no cabemos todos. Esperaré al siguiente —dijo con su voz de tabaquismo.

Fue un microsegundo, pero Sarah y aquel hombre se dijeron tantas cosas con la mirada que no pude evitar forzar la situación.

—Pase, pase —lo animé—. Cabemos todos.

Y no le di opción porque salí del ascensor y casi lo obligué —eso sí, con mis mejores modales y cara de santo— a entrar a empujones en el habitáculo.

El médico, como todos los hombres de su edad educados para no hacer desplantes en público, no tuvo más remedio que entrar con nosotros y mirar al techo, incómodo, mientras los cuatro nos dejábamos trasladar hacia la primera planta en aquellas tripas de metal.

Me preparé una frase de quince palabras, mi récord hasta el momento, y la lancé en modo kamikaze, a ver si me salía bien la jugada.

—Hoy volvemos a la co… comisaría de Vitoria, doctora. Sabe dónde encontrarnos para hablar de Rebeca.

Valió la pena. El rictus de horror de aquel médico cuyo apellido bordado en la pulcra bata blanca coincidía con el del psiquiatra que internó a Rebeca Tovar fue todo un poema.

Sarah me miró con un odio venido del averno.

El ascensor se abrió y nos escupió a los cuatro. Estíbaliz y yo nos despedimos amablemente de la doctora Tovar, el viejo médico marchó en dirección opuesta a la nuestra sin que diese la impresión de que tenía muy claro su destino.

—Tengo ganas de hacerte la ola, Kraken. Ahí adentro te has salido, has sido… tú en tus mejores tiempos. Qué frase más larga —me obsequió Estíbaliz ya montados en el coche patrulla.

Habíamos llevado aposta un coche de la Unidad que nos identificaba. En nuestra primera visita a Cantabria habíamos advertido la curiosidad con la que todos nos miraban, y no íbamos a perder la oportunidad de hacernos visibles y que algunas lenguas curiosas se soltaran. Necesitábamos testigos, necesitábamos a gente del entorno hablando del pasado.

—Impresiones, inspectora Gauna —contesté hinchado como un pavo. Me había venido arriba, el interior del coche rebosaba endorfinas.

—Amén de lo interesante de la reacción del doctor Osorio, que tendremos que investigar con más atención, es muy evidente que Sarah Tovar quería a Gimena y odiaba a Rebeca. Me pregunto por qué, si ambas eran sus sobrinas.

—Una era de sangre, la otra adoptada —puntualicé.

—Precisamente. El tema de la adopción no me cuadra. Lo que ha contado Sarah Tovar acerca de la adopción de Gimena no tiene ni pies ni cabeza. Fue irregular desde todas las perspectivas. Hace veinte años nadie daba un bebé recién nacido a un padre viudo, por mucho que continuase en la lista de seleccionados.

—A no ser que… —Miré a Estíbaliz. Sabía que ambos habíamos llegado a la misma conclusión.

—A no ser que Saúl, su hermana o el propio psiquiatra, el doctor Osorio, tuvieran mano en el proceso.

Y en ese momento en que Estíbaliz iba a hacer una llamada al equipo, Milán, como si nos hubiera leído el pensamiento, apareció parpadeante en la pantalla del móvil de mi compañera.

—Milán, qué oportuna. ¿Estás con Peña? —la tanteó Esti.

—Sí, estamos en el despacho, tenemos novedades.

—Pon el altavoz del móvil.

—Hecho.

—Estoy con el inspector Ayala en Santander —les informó mi compañera—. Peña, necesito que investigues el proceso de adopción de Gimena Tovar en el año 1993 en Santander.

—¿Qué estamos buscando?

—Cualquier irregularidad que te llame la atención, y también estate atento a si aparecen los nombres de la doctora Sarah Tovar o un tal doctor Osorio, psiquiatra del hospital Marqués de Valdecilla.

—Apuntado. Me pongo a ello —respondió Peña.

—¿Qué teníais que decirnos?

—Que en internet todo se está saliendo de madre, jefa —dijo Milán—. El editor de Malatrama ha colgado esta mañana un anuncio oficial en las cuentas de la editorial confirmando la muerte de Annabel Lee.

—¿Y por qué demonios ha hecho eso precisamente ahora?

—Los seguidores de Annabel Lee llevaban semanas extrañados de que no actualizase contenidos en sus redes sociales, y cuando Twitter esta mañana ha empezado a hablar de una embarazada alavesa encontrada muerta el 17 de noviembre, muchos han comenzado a preguntarle al editor si era Annabel Lee. Él lo ha admitido en un tuit, creo que más por torpeza que por otro motivo. A partir de ahí, todo son memes, pésames y… —Milán dudó si seguir hablando.

—¿Qué pasa, Milán? —la animé un poco impaciente.

—Inspector Ayala, no sé cómo decirle esto.

—Es fácil, simplemente dilo.

—Annabel Lee tenía muchos fans que… matarían por ella. Literalmente, o al menos así lo están expresando. No aceptan que su musa haya muerto y que el asesino esté suelto y…

—Milán, o dices lo que está pasando de una vez por todas o voy a Vitoria ahora mismo a sacártelo de malas maneras —le cortó Estíbaliz.

—Que han puesto precio a la cabeza de Kraken.

33

SAN JUAN DE GAZTELUGATXE

11 de julio de 1992, sábado

El sábado, ecuador del campamento, partieron rumbo a San Juan de Gaztelugatxe, la mítica ermita en plena costa vizcaína enclavada en un pequeño islote de entorno idílico. Aquel fin de semana se les habían sumado algunos estudiantes de años anteriores y Saúl decidió celebrarlo llevando hidromiel. Les había intentado enseñar a cocinar recetas celtas, que básicamente consistían en gachas y carnes asadas, sin demasiado éxito.

Lo del hidromiel, la bebida de 2500 años con la que se emborrachaban los celtas, tuvo mejor acogida. Se llenaron litros de agua y de miel clara en un caldero de cobre que Saúl consiguió nadie supo de dónde, le agregaron canela, clavo, pimienta, jengibre y hojas secas de sauco en una bolsa cerrada que después retirarían, y Rebeca removió con paciencia, ensimismada, callada y ausente ya de todo lo que concernía a la gente que la rodeaba.

El hidromiel necesitaba un mínimo de tres meses para fermentarse en condiciones, Saúl lo había previsto y sacó las botellas sin estrenar del año anterior. Así, la producción de aquel verano quedó esperando a los becarios del próximo. Unai y Asier, los más musculados, se encargaron del transporte.

Asier había cambiado radicalmente su actitud hacia Saúl. Ahora no se despegaba de él, se sentaba a su lado por las noches, cuando Saúl contaba historias frente al fuego que encendían si la noche refrescaba.

Comenzó a adorarlo, no hizo falta que retomasen aquella conversación y que Asier reconociese de viva voz lo de su padre.

Se lo dijeron con las miradas, Saúl le infundió fuerzas y le prometió discreción sin necesidad de abrir la boca siquiera. Se hicieron inseparables. También Lutxo, una tríada de alfas más activa que Jota y Unai, la parte calma de la cuadrilla.

Fue ya de noche cuando todos celebraron la buena marcha del campamento sentados frente a la puerta de la ermita, algo achispados por el hidromiel. Tocaron la campana tres veces, como mandaba la tradición, y se sentaron relajados observando el mar agreste que los rodeaba. Todos menos Saúl, que tenía que conducir de vuelta a Cantabria y le quedaban dos horas de microbús por delante.

Él, responsable, antes muerto que arriesgar la vida de aquellos jóvenes en la carretera, no probó el hidromiel, y eso que aquella bebida le encantaba.

Jota se levantó, haciendo más eses de las debidas, buscando a Annabel.

Hacía un buen rato que no la veía.

—Espero que no esté tan loca como para haberse ido a dar una vuelta a estas horas de la noche por aquí. Con estos acantilados... —le susurró a Unai.

Unai también estaba un poco preocupado. Convinieron los amigos en salir a buscarla. Jota abrió la mochila de calaveras de Annabel y sacó la linterna de minero y se la encasquetó en la cabeza. También palpó en el interior de la mochila los envoltorios de varios preservativos. Tal vez ilusionado ante la perspectiva, marchó con su amigo a buscarla.

Bajaron los doscientos y pico escalones intentando llevar la cuenta, riéndose, en pleno momento de exaltación de la amistad.

El pequeño Jota por delante, alumbrando la noche costera con el círculo de luz que temblaba con sus pasos inseguros por el alcohol. Unai, más precavido, marchaba detrás, mirando a ambos lados buscando a la chica desaparecida.

La encontraron poco más abajo, en el escalón número doscientos cinco.

Se estaban follando como se hablaban, sin respeto, con mucha rabia en los gestos, ni rastro de ternura en las caricias. Fue un coito muy violento en embestidas.

—Jota, mejor no mires —se adelantó Unai temiéndose lo peor.

Asier estaba sentado y Annabel Lee sobre él, de espaldas. Esta vez ambos se habían desnudado del todo. La cálida noche y aquella bruma marina tan sensual, la verdad, lo pedían.

Y Jota con su linterna en la cabeza, incapaz de apagarla. Esta vez Unai, acaso porque ya lo había vivido y la segunda vez nunca es tan dolorosa como la primera, reaccionó más rápido, obturó con su mano la luz de la linterna y tiró del brazo de Jota, no fuera que tuvieran un drama.

No era buena combinación aquella tontería del hidromiel con la sinuosa escalera, ¿en qué estaría pensando Saúl, la verdad?

Tampoco Jota y el alcohol eran un cóctel inofensivo, ya tuvo que sacarlo del Okendo aquel viernes de marcha salvaje, cuando le dieron el diagnóstico negro de su padre y le dio por pensar que todo el mundo le pisaba el pie aposta en cuanto entraban en un bar.

Así que Unai dejó a los amantes/enemigos en aquella postura sedente y arrastró a Jota escaleras arriba maldiciendo los poderes afrodisíacos del hidromiel.

34

LA CUESTA DE LAS VIUDAS

16 de diciembre de 2016, viernes

En Santander la mañana no terminaba de levantar. Un sol blanco oculto entre nubes intentaba calentar una ciudad circunspecta. Bastante similar a nuestro estado de ánimo, debo añadir.

Que una legión de frikis de cómics góticos quisiera clavar mi cabeza en una estaca no era mi idea de pasar unas Navidades tranquilas precisamente. Más miradas aviesas, más insultos digitales, más murmullos hostiles a mi paso.

De acuerdo.

Ya había pasado por eso.

¿Qué me diría el abuelo?: «Déjate de hostias y sigue adelante». «Pues eso, abuelo. Pues eso.»

El mundo real me esperaba, de modo que tentamos a la suerte y decidimos acercarnos por segunda vez a la Universidad de Cantabria en busca de Saúl.

Estíbaliz guardaba su rabia apretando los labios hasta dejarlos blancos. Yo sabía que se preocupaba por mi integridad física, pero esos detalles que a veces tenía me los ponían de corbata.

Arrancamos rumbo a la avenida de los Castros y aparcamos de nuevo en el aparcamiento de estudiantes, atestado de coches de segunda mano, y nos dejamos ver por los pasillos mientras los alumnos nos miraban de reojo cuando nos cruzábamos con ellos.

Nos dirigimos directamente al despacho de Saúl, llamé a la puerta con los nudillos, pero estaba cerrada con llave y nadie contestó en el interior. Le pedí a Estíbaliz que lo llamara desde su móvil.

Esti esperó con impaciencia el tono de llamada, pero el móvil de Saúl Tovar estaba apagado o fuera de cobertura, según nos iluminó la operadora.

—Su hermana le ha avisado de que estamos en Santander, nos está evitando —murmuró Estíbaliz dando vueltas en círculo por el pasillo como una gata encerrada.

—Es muy posible.

Entonces Esti se fijó en un estudiante con los ojos de dos colores que nos observaba con disimulo desde una esquina del pasillo. Era el mismo chaval que se había referido a Saúl como Barba Cana y uxoricida.

Estíbaliz no perdió el tiempo y lo llamó:

—¡Oye, tú! Nos gustaría hablar contigo.

Pero el chico se asustó ante el grito de Esti y salió corriendo pasillo adelante.

Ambos lo perseguimos, Estíbaliz era muy gacela, más rápida que yo en los *sprints* pese a mis entrenos matutinos. Enseguida lo tuvo al alcance, pero el chico del tupé se metió en un baño de caballeros y Estíbaliz dudó durante un segundo. Justo el mismo que yo tardé en llegar.

—Anda, métete tú —me rogó frustrada.

Entré en los aseos masculinos y solté un exabrupto. El chico se había colado por la ventana, ¿quién construye una ventana tan grande en el baño de hombres? Yo las recordaba minúsculas, siempre altas, no aptas para fugas.

—Había una ventana —le dije a modo de explicación cuando salí.

Una manada de estudiantes había hecho corro a nuestro alrededor y no disimulaban su curiosidad. Debía de tratarse de un campus muy tranquilo, porque nos habíamos convertido en el circo del día.

—Tú —dijo Estíbaliz, y se dirigió al que tenía más pinta de *outsider*—, ¿sabes quién es?

—Osorio. Buen chavaluco, ese no está en drogas, fijo —contestó el aludido—. Os habéis equivocado de presa.

—Gracias. Ya podéis dispersaros, la juerga ha terminado —ordenó ella alzando un poco la voz.

La pequeña multitud se diluyó satisfecha con la anécdota y nos dejaron solos en el pasillo.

Esta vez Estíbaliz habló por mí y puso en su boca lo que ambos estábamos pensando:

—No sé si será mucha casualidad, pero el esquivo Osorio que acusaba a Saúl de uxoricida comparte apellido con el esquivo psiquiatra que encerró a Rebeca. Además, desde que dijo aquello de «Barba Azul es ahora Barba Cana», ¿no te parece demasiada casualidad que el siguiente asesinato ocurriera en un lugar llamado Barbacana?

Saqué mi pequeña libreta del bolsillo del pantalón y escribí:

—No empieces a ver serendipias a cada paso, Esti. Aunque tal vez no haya sido en balde la visita a la universidad. Vamos, hemos quedado con Héctor del Castillo.

A Esti se le iluminó un poco la sonrisa.

—Qué bonito día —comentó risueña mientras nos metíamos en el coche de nuevo—: la investigación avanza, una visita a personas interesantes...

—La pelirroja se nos ha enamorado.

Poco después subíamos por una calle entre árboles que los vecinos llamaban *la cuesta de las Viudas,* pero no pude recordar el motivo.

En todo caso, paseábamos por el Santander más aristocrático, y las coordenadas que me envió Héctor del Castillo nos llevaron a los pies de una vieja casona con vistas a la playa de los Peligros.

La hiedra lamía la fachada y a Estíbaliz se le escapó un *guau.*

Pulsamos el telefonillo de la entrada, un pequeño botón de latón bruñido, y accedimos a un precioso jardín que invitaba a pasar las horas leyendo entre los galanes de noche.

Héctor nos esperaba en un salón con más volúmenes que la biblioteca de Alejandría y un par de butacas vacías nos esperaban junto a la suya alrededor del fuego.

—Se agradece el calor —le dije a modo de saludo.

—Y cuánto me alegran tus progresos, inspector Ayala —contestó Héctor dándome un cálido apretón de manos.

—Tú dirás, Héctor —dijo Estíbaliz después de los dos besos de rigor.

238

—Sentaos, por favor —contestó al tiempo que nos ofrecía un cuenco de avellanas—. Os he llamado porque he recordado un episodio que me gustaría compartir con vosotros y que tal vez pueda ayudaros en la investigación.

—Todo lo que puedas aportarnos será bienvenido —lo animó Estíbaliz.

—Veréis, es que no dejo de darle vueltas al rito de la Triple Muerte celta y lo poco habitual que es encontrarlo en el presente. Lo creía extinguido, de verdad, lo creía extinguido. Uno se alegra de que épocas más violentas pasen a mejor vida y el progreso vaya dejando en el olvido prácticas tan salvajes. Pero… he recordado una anécdota que compartió conmigo hace unos años un colega arqueólogo holandés.

—Holandés —repitió Esti sin comprender.

—Sí, trabajaba en el antiguo Museo Histórico de Ámsterdam, sito en el que fue el Orfanato Municipal, no sé si lo habéis visitado. Actualmente se llama Museo de Ámsterdam. Es pequeño, mi colega estaba a cargo del área de Edad Antigua. Coordinaba exposiciones temporales y traía piezas de otros museos mayores, ya que no tenían mucho fondo propio, la verdad.

—Te seguimos —lo animé después de hacer acopio de algunas avellanas y de calentarme las manos cerca de las llamas.

—Os hablé del Caldero de Gundestrup, es el más famoso de los calderos celtas. Pertenece en realidad al Museo Nacional de Dinamarca, pero mi colega, el doctor Groen, consiguió firmar un convenio de colaboración y montó una exposición con varias piezas cedidas de la cultura celta: ese caldero, cascos de la Edad de Bronce, el carro solar de Trundholm… Pues bien, unos días antes de la inauguración de la exposición, en mitad de todo el tumulto de preparativos, el caldero desapareció.

—¿Desapareció?

—Alguien lo robó. En el museo, de eso está seguro. Y al igual que nos ocurrió en el MAC con el Caldero de Cabárceno, era un museo pequeño, sin medidas de seguridad ni cámaras.

—¿Qué hicieron?

—El Museo de Ámsterdam tenía en su depósito una réplica, no muy trabajada, pero una réplica al fin y al cabo. El director contactó con el de Dinamarca y le puso en antecedentes. En Copenhague no querían un escándalo. Aunque no debería compartir este dato precisamente con vosotros, prefiero seros totalmente sincero. A veces los museos no denunciamos los robos enseguida. En ocasiones, las piezas se encuentran, abandonadas.

—No puedo entenderlo —comentó Estíbaliz.

—Tiene su explicación. Veréis, si lo habían robado con la intención de venderlo en el mercado negro, publicarlo en prensa suele tener un efecto llamada inmediato para posibles compradores y hace que la pieza salga con más facilidad, por lo que el director del Museo de Dinamarca le pidió unos días para tomar una decisión y avisar a la Policía.

—Ah, pues muy bien, tu colega danés —se le escapó a Estíbaliz.

Héctor fingió que no había escuchado nada.

—Los preparativos de la exposición siguieron adelante y días más tarde…, el Caldero de Gundestrup, el original, apareció en la cuneta de una calle cercana al museo. El mismo Groen lo recogió, alertado por una vecina.

—Entonces doy por hecho que no interpusieron denuncia alguna, que no se tomaron huellas, ni se abrió investigación ni hubo sospechosos.

—Así es. Pero lo que quería compartir con vosotros, lo que realmente me inquieta, es lo que Groen me contó que ocurrió en Ámsterdam durante aquellos días. Veréis, en su barrio, los vecinos se quejaron de que sus mascotas habían desaparecido. Gatos, perros, animales no muy grandes. Algunos aparecieron… —suspiró—. En fin, la imagen es un poco dura.

—Créeme, hemos visto de todo en la Unidad —dijo Esti.

—Imagino. Disculpad mis rodeos. Aparecieron quemados, colgados en árboles y atados de las patas traseras, con la cabeza mojada… Mi colega pensó enseguida en el rito de la Triple Muerte celta, él mismo había analizado una de las momias de las turberas, la Mujer de Huldremose. Conocía el ritual, sabía que el caldero era uno de los elementos sagrados usados en la ceremonia.

—Comprendo —dije en voz alta, pero mi cerebro estaba muy lejos de allí, en tierras holandesas.

—Groen siempre se ha sentido mal porque pensó que alguien había robado el Caldero de Gundestrup para llevar a cabo los ritos del agua y oficiar la ceremonia.

—¿Sabes si hubo denuncia por parte de los vecinos a los que mataron sus mascotas, Héctor? —preguntó Esti.

—No lo sé, solo fue una anécdota contada por un colega arqueólogo en un momento de confesión profesional. Lo cierto es que no quise profundizar, ni se me ocurrió preguntar. Pero lo que me gustaría que os quedase claro es lo tremendamente inusual que resulta que hoy en día alguien ejecute la Triple Muerte celta.

—¿Estás diciendo que piensas que se trata de la misma persona? —quise saber.

—No lo sé, son muchos años y muchos kilómetros los que separan ese incidente del presente. Pero… cómo no pensarlo. Cómo no pensar que existe alguna conexión.

—Héctor, necesito un dato. Es muy importante —logré pronunciar. Estaba preocupado, estaba muy preocupado por lo que acababa de escuchar.

—Tú dirás, inspector.

—¿Qué año?

—Ocurrió en 1998. ¿Te dice algo?

Me decía algo.

Me decía algo que no quería escuchar.

Me decía que Golden había vivido allí, en Ámsterdam, sede de la compañía Cisco en Europa, en aquellos mismos años en que alguien había comenzado a hacer sus pinitos con la Triple Muerte celta.

35

EL ALTO DE VILLAVERDE

20 de diciembre de 2016, martes

Habíamos programado una reunión de todo el equipo en Villaverde. Me sentía hastiado de tuits, de pantallas, de *hackers* y de móviles. Me sentía monitorizado en cada uno de mis pasos, comencé a pasear por Vitoria mirando con aprensión las cámaras de seguridad callejeras.

Necesitaba huir del gran hermano en el que se había convertido de nuevo el caso de Los Ritos del Agua.

Alba, Esti, Milán y Peña estuvieron de acuerdo y los cité a las seis de la tarde en casa del abuelo.

Villaverde era un pueblo solitario en invierno, sus diecisiete habitantes apenas se cruzaban por las calles entre semana, cuando era mejor resguardarse dentro de las cuatro paredes robustas de piedra.

Aquel martes de diciembre hacía un frío que pelaba, pero el abuelo había templado la casa desde la mañana encendiendo el fuego de la cocinica baja y cuando subimos al alto, el calor se había colado por las viejas escaleras y nos pudimos sentar alrededor de la enorme mesa de *ping-pong* que nos esperaba, desplegada de nuevo.

Había dado instrucciones de aparcar los coches en distintos puntos de la entrada del pueblo para que no hubiese aglomeración de vehículos y nuestra reunión pasase desapercibida entre los pocos vecinos que pudieran vernos caminar por las calles empinadas de mi pueblo.

Todo lo que se repartió aquel día fue redactado e impreso desde ordenadores sin conexión.

El abuelo subió unas almendras garrapiñadas recién hechas que olían de maravilla, estrechó con firmeza centenaria la mano de Milán, Peña y Alba, y le dio un par de palmaditas a la espalda de Esti, como diciendo: «Entre tú y yo hay confianza y no nos hacen falta formalidades de esas».

Nos ofreció, solícito, zurracapote casero, y yo lo mandé abajo con una mirada de «Por favor, abuelo, que no es el momento». Él se retiró silencioso y nos cerró la puerta del alto.

Me saqué un cuaderno y un bolígrafo, y todos hicieron lo propio, excepto Milán, que esparció unos cuantos post-it amarillos, rosas y verdes ante la mirada desesperada de Peña.

Yo me acerqué a las cajas que guardaban mis recuerdos, las que estaban bajo las pieles de raposos colgadas desde la posguerra. Abrí la de 1992 y seleccioné algunas de las fotos bajo la atenta mirada de todos. Las expuse sobre la mesa y cuatro cabezas se acercaron a examinarlas con atención.

Allí estábamos Lutxo, Asier, Jota, Annabel Lee... En otras aparecía Saúl, siempre tutelando cariñosamente a Rebeca, incluso tenía una gran foto de grupo en la que aparecíamos todos, también los estudiantes de otros años que habían venido de refuerzo los fines de semana.

—Es para que tengáis un documento gráfico de aquella época —dije de un tirón.

—Muy bien, equipo —comenzó Estíbaliz después de ponerse de pie—. Nos hemos reunido para poner en común todos los avances de la investigación y pautar las líneas que vamos a seguir a partir de ahora. Sabéis que, por las especiales características del caso, tenemos un nuevo número de teléfono del inspector Ayala donde podemos compartir la información reservada con él, y seguiremos usando su número de móvil habitual para temas que no sean de vital importancia, ya que sabemos que su móvil está siendo vigilado por dos *hackers*. De eso hablaremos ahora. Peña, comenzamos con la autopsia de José Javier Hueto.

Peña se levantó a su vez y nos repartió un informe cuyas fotos no quise ni mirar. Había visto crecer ese cuerpo inerte desde que era un retaco como yo. Lo había visto hacerse un chaval, lo había visto echarse a perder por la falta de ejercicio y por los malos hábitos. No quería ver sus petequias, ni su rostro azulado, ni su abdomen hinchado.

Pero fingí, qué remedio, que leía con atención lo que la doctora Guevara nos había dejado escrito.

—Se confirma que el finado recibió una descarga provocada por una pistola Taser. Tenemos los orificios de los arpones en el cuello. También que falleció por inmersión: alguien le introdujo la cabeza hasta los hombros en un medio líquido. Se ha encontrado agua en los pulmones, luego estaba vivo cuando eso ocurrió. Se está analizando el agua, para intentar determinar si era potabilizada o sin tratar, pero es complicado que podamos determinar el lugar donde murió . El caso es que José Javier fue trasladado posteriormente y colgado de los pies en el estanque de la Barbacana —resumió Estíbaliz.

Todos asentimos conformes.

—Tenemos de nuevo un crimen perpetrado según la ceremonia de la Triple Muerte celta —añadió—, y por tanto, el mismo *modus operandi* que el asesinato de Ana Belén Liaño, salvo que en este caso no hay caldero robado. Posiblemente porque este tipo de piezas arqueológicas es muy escaso en la península ibérica. Creemos que se pretendía utilizar el Caldero de Cabárceno para todos los asesinatos posteriores al de Ana Belén Liaño, pero el temprano hallazgo del cadáver frustró esa posibilidad. Sabéis que los asesinos actúan por una lógica de coste-beneficio. El caldero era importante para la ejecución del ritual celta, pero en este caso no compensa el riesgo de volver a robarlo, ahora que está custodiado en nuestras dependencias. El ritual ha evolucionado y se ha adaptado a los elementos, del mismo modo que en Fontibre, si la autoría es la misma, se sumergió la cabeza de Rebeca Tovar en el río, sin necesidad de caldero.

—¿Cuántos asesinatos tendríamos ya, inspectora? —preguntó Alba.

—Tenemos el de Rebeca Tovar en 1993, el de Ana Belén Liaño el 17 de noviembre de 2016 y el de José Javier Hueto el 4 de diciembre del mismo año. El inspector Ayala y yo hemos encontrado otro posible eslabón en la serie, en 1998 en Ámsterdam, salvo que en este caso se trata de animales, perros y gatos domésticos, pero sacrificados también mediante el ritual de la Triple

Muerte celta y con robo de otra pieza arqueológica icónica dentro del imaginario celta: el Caldero de Gundestrup.

Estíbaliz terminó su intervención con otros detalles e hizo acopio de las almendras garrapiñadas del abuelo. Era tan golosa como yo, me apunté mentalmente que tenía que darle unos botes de peras al vino y de manzanas asadas de la huerta que el abuelo y yo habíamos cocinado el fin de semana y nos habían quedado de muerte.

—Pues yo creo que tenemos que centrarnos ya en los sospechosos y seguir investigándolos. ¿Qué líneas estamos trabajando, inspectora?

—Asier Ruiz de Azua, la *hacker* conocida como Golden Girl y Saúl Tovar.

—Comencemos —la apremió Alba—, ¿qué tenemos en contra de Asier?

—Conocido de las tres víctimas —apuntó Estíbaliz—, mantenía una relación todavía no aclarada con Ana Belén Liaño, y consta como cotitular en su cuenta millonaria. Fue atacado días antes de la muerte de José Javier en su propia farmacia, y nos miente al identificar al agresor como un drogadicto al que no vio, ya que hay pruebas físicas de que él también le golpeó. Cabe dentro de lo posible que se pelease con su amigo José Javier, ya que se han encontrado en el rostro de la víctima varios hematomas previos a su muerte.

—¿Móvil?

—Dinero para salvar su negocio en el caso de Ana Belén Liaño y tal vez, si fuese el padre de su hijo, intentar que su mujer no se enterase. Puede que su amigo José Javier supiera demasiado, discutiesen y le diese cuartelillo en la Barbacana. Respecto al crimen de Rebeca en 1993, tal vez él la embarazó, coincidieron en un campamento de verano en julio del año anterior. Puede que continuasen en contacto y la asesinó para no tener un hijo con una chica de catorce años. Él tendría diecisiete por aquel entonces, todo el futuro al garete por un embarazo, amén de la denuncia si el padre decidía presentarla por ser menor de dieciséis años, y por tanto, aunque ella hubiera dicho que sí, el consentimiento se consideraría nulo.

Reconozco que me sentí un poco desplazado.

Esti nunca había sido tan clara con respecto a la posible culpabilidad de Asier. No había dicho nada que yo no supiera ni que hubiera dejado de pensar, pero escucharlo resumido y con su lógica...

Asier, alguien de mi cuadrilla, matando a Rebeca, a Ana Belén y a Jota...

Tenía motivos, tenía la falta de empatía necesaria, tenía cierto conocimiento del mundo celta... ¿Era suficiente para perpetrar aquella matanza en cadena?

—¿Qué estrategia van a seguir? —preguntó Alba.

—Vamos a hacer pesquisas en el entorno, corroborar sus coartadas de los días 17 de noviembre y 4 de diciembre, tal vez hacerle un interrogatorio y apretarle para ver qué nos cuenta...

—Dejadme a mí —interrumpí—. No perdemos nada.

Todos se giraron con cara de «pobrecillo», y yo odio esa mirada.

—Dejadme a mí —repetí—. Yo hablo con él. Después es todo vuestro.

—De acuerdo —aceptó Estíbaliz—. Habla con él esta semana; si no vemos avances ni le sacas ningún dato, puede que lo citemos a declarar como sospechoso. Veamos hasta dónde llegas, Unai.

Asentí en silencio. Asier era un muro de hielo, pero tal vez Araceli, su mujer, con quien siempre me había llevado bien, pudiese darme alguna pista que Asier nos negaba.

—Voy a decir en voz alta lo que tal vez no queramos escuchar, pero pienso que lo más importante de este caso es determinar si las tres víctimas estaban esperando un hijo —expuso Estíbaliz—. Es lo más importante, porque si tanto Rebeca, como Ana Belén y como José Javier iban a ser padres... todos los que estuvieron en el poblado cántabro de 1992 y ahora esperen un hijo están en el punto de mira. Esa es mi hipótesis.

—¿Tan claro lo ve? —le contestó Alba.

—Sin paños calientes, subcomisaria: si el perfil de víctima es de alguien que espera un hijo y que ha estado en ese campamento en 1992, el inspector Ayala está en peligro de muerte. Y no hablo ahora de las amenazas que está recibiendo en la red, que pueden ser cuatro exaltados sin intención real de matarlo. Hablo del asesino que ya ha comenzado con esto y que se mueve en el entorno del inspector Ayala. Creo que no he dicho nada que todo el equipo no supiera antes de entrar en esta reunión —soltó Estíbaliz.

Su párrafo lapidario cayó como una losa sobre la mesa de *ping-pong.*

Era terriblemente incómodo que los asuntos privados de Alba y los míos fuesen debatidos delante de otros tres compañeros, pero había en Estíbaliz tal desesperación por protegerme que, una vez más, me emocionó.

Milán contuvo la respiración y Peña enrojeció hasta las orejas. Alba aguantó el envite con su habitual elegancia.

—Pues entonces den lo mejor de sí mismos para determinar de una vez por todas el móvil de estos asesinatos porque mi hija no merece no conocer a su padre.

Todos se giraron hacia mí, pero me importaba ya un bledo.

Era la primera vez que Alba se refería a mí como padre indubitable de su hija.

Ambos sabíamos que lo estábamos haciendo por protegerla, que nuestro frente común era lo único que podía salvarla, a lo largo de toda su vida, de llevar la etiqueta de hija de asesino en serie.

Le transmití mi firmeza con la mirada: «Esto es por ella, aquí no hay dudas. Esta es nuestra versión oficial. Por ella».

—También estarían en peligro Asier y Lutxo si estuviesen esperando un hijo —intervino Peña, siempre pragmático—. Deberíamos descartar este punto, ¿no creéis?

—Desde luego —dijo Milán, y apuntó un par de nombres en su post-it rosa.

—Hablemos de otros sospechosos —propuse para que no quedásemos encallados en aquel incómodo punto.

—Golden Girl. Ha colaborado extraoficialmente con el inspector Ayala en casos anteriores —recitó Estíbaliz—. El inspector recibió un aviso de MatuSalem, otro conocido experto en seguridad informática con antecedentes penales, de que Golden se había puesto a investigar en la Deep Web asuntos concernientes a la presente investigación de Los Ritos del Agua: pistolas Taser y foros de adolescentes suicidas. Lo llamativo del caso es que ha investigado el tema de los jóvenes suicidas antes de que Milán descubriera que Saúl Tovar, el director del campamento de 1992, perdió a su hija adoptiva Gimena Tovar el pasado septiembre en circunstancias muy similares: subió al Dobra, un monte con un poso arqueológico importante, es decir, que guarda relación con todos los escenarios de los crímenes que manejamos, y se dejó morir de hipotermia.

—Un momento —le interrumpí no muy convencido—: Golden está investigando lo que no… no debe, pero ¿desde cuándo es sospechosa de asesinato?

—¿Tú no sospechas de ella, Unai? —preguntó Estíbaliz—. ¿Ni siquiera se te ha pasado por la cabeza?

—Es una mujer jubilada de 68 años con la cadera rota —respondí por escrito, un poco agotado de frases largas—. ¿Alguien la ve colgando gente en lo alto de un monte?

—Tienes que contarlo todo, Kraken —dijo Estíbaliz después de leerlo—. Cuenta lo de Ámsterdam.

—Cuéntalo tú, no te… tenemos todo el día —contesté malhumorado.

—La abuela trabajaba en la cooperativa RIPE en Ámsterdam, a expensas de la compañía Cisco. Ella fue juez y parte de los primeros pasos de internet, lo sabe todo de seguridad informática, formaba parte del primer grupo de administradores de redes IP en Europa. Esto ocurría en 1998, año en que se produjo el robo del Caldero de Gundestrup en el museo de la capital holandesa y se realizaron rituales de la Triple Muerte celta con animales domésticos.

—Comprendo tu inquietud —comentó Alba—. ¿Cómo arriesgarnos a investigarla desde la Unidad si, hagamos lo que hagamos, nos lleva ventaja en temas de seguridad informática y nos va a detectar?

—Personalmente —intervino Milán después de un severo carraspeo que me encantó—, creo que la estrategia de continuar como si nada y tener dos canales de comunicación, uno privado y otro con información menos reservada, es la más acertada.

Yo tenía otra estrategia, mucho más analógica, para saber de una vez por todas por qué Golden había metido las narices en aquel asunto. Pero como sabía que no iba a ser aprobada por mi jefa ni mis compañeros, callé y apuré la penúltima almendra garrapiñada del abuelo.

—¿Nadie va a preguntar por MatuSalem? ¿Y por Tasio? —nos tanteó Peña.

—Ya empezamos —dije—, eso quedó superado. Fue inocente. Bastante pagó.

—Tasio no era un santo.

—Era inocente de asesinato, está en Los Ángeles. Dejadle rehacer su vida —insistí.

—Subinspector Peña —intervino Alba—, ¿piensa que podría ser una trampa por parte del joven *hacker* o de Tasio Ortiz de Zárate?

—Pienso que MatuSalem ya estuvo en prisión, no puede decirse que respete la ley. Y Tasio…, bien, vamos a dejarlo. Es cierto que ya pagó por lo que no hizo, pese a que es difícil dejar de verlo como culpable para los que crecimos pensando que era un asesino en serie. Pero es cierto que están *hackeando* el móvil de un inspector de Investigación Criminal; por mucho que aleguen que están cuidando de él, están incurriendo en un delito.

—Pues tenemos que jugar con estas cartas —contestó Alba—. Pero volviendo a la investigación de Los Ritos del Agua, ni en el caso de MatuSalem ni en el de Tasio hay un solo indicio o sospecha de que tengan algo que ver con víctimas o con los escenarios de los crímenes.

—Eso no es cierto, los escenarios tienen un marcado significado histórico. Tasio es o era arqueólogo.

—Ya estamos —salté, y escribí—: Y eso pesó demasiado para condenarlo una vez, ¿no hemos aprendido nada?

Peña suspiró al leerme, como dejándolo pasar.

—De acuerdo, ni yo mismo me lo creo. Estaba haciendo de abogado del diablo. En las puestas en común de la comisaría de Donosti solíamos hacerlo. Disculpad si me he excedido. Por mi parte, vía muerta. Creo que tenemos que centrarnos en otros sospechosos que tienen mucho más que contarnos. Saúl Tovar, por ejemplo.

Estíbaliz tomó de nuevo la palabra.

—Ahí quería llegar yo. Aquí sí que tenemos tela que cortar.

Saúl perdió a Rebeca en 1993 y hace apenas unos meses a su hija adoptiva Gimena. Tenemos sospechas de que la adopción fue irregular, ya que le asignaron a su hija con un expediente abierto por él y por su mujer, que falleció en 1991, y Saúl no actualizó ese dato. Subcomisaria, hemos pedido de nuevo colaboración a la comisaría de Santander para revisar algunos aspectos de ambos casos, el de Rebeca y el de Gimena. Hablé con el inspector Lanero, que no había relacionado el antiguo caso de Rebeca Tovar con el suicidio de Gimena, pese a que comparten padre. En la comisaría de Santander no queda nadie que trabajase en su día en el caso de Fontibre, y la muerte de Gimena pasó desapercibida para ellos porque ha sido tratada como un caso más de suicidio. Asimismo tenemos que investigar la causa de la muerte de su esposa, que desconocemos.

—Bien, nos pondremos manos a la obra —accedió Alba—. ¿Ven a Saúl Tovar como sospechoso?

—Es pronto para decirlo —dijo Esti—, no vamos a juzgar a nadie por tener demasiadas muertes a su alrededor, y de momento no tenemos nada más. Pero debemos seguir investigando en esa línea.

—¿Qué hacemos con Twitter? —intervino Milán con un post-it verde en la mano—. ¿Vamos a dar credibilidad a la teoría del Juego del Ahorcado?

—Chorradas —contestó Estíbaliz con un bufido—. La gente se aburre y solo escribe chorradas. Vamos a ser adultos, os lo ruego.

—Opino lo mismo —la apoyó Alba—, nosotros somos los profesionales y esto no es un juego de especulación. Volviendo a nuestro trabajo, os puedo decir que la Unidad está monitorizando todos los mensajes, hemos pedido al juez Olano que decrete un mes más de secreto de sumario y desde Comunicación tenemos a todos los medios respetando el silencio que les hemos impuesto. Es todo lo que podemos retener. Prensa, radio y televisión se mantienen al margen. Como el número de víctimas aún es incierto, no ha llamado la atención de la prensa internacional. Al menos, no se han puesto en contacto con nosotros ninguna agencia ni medio extranjero. Eso es bueno…, de momento.

Todos asentimos.

—Por otro lado, no hemos logrado identificar el origen de los rumores que circulan en las redes sociales, y una vez más, no hemos podido evitar la psicosis y la presión sobre alguno de nuestros miembros, concretamente sobre el inspector Ayala, que es el más mediático debido al circo del pasado caso de los dobles crímenes. Todos los seguidores de Annabel Lee que han amenazado de muerte al inspector han sido identificados y denunciados. Esto ha calmado bastante el ambiente. Inspector, si piensa que la presión de la calle le va a influir en su vida cotidiana y prefiere quedarse al margen de esta investigación, es el momento de decirlo —me dijo la subcomisaria mientras me mantenía la mirada.

—Ni de coña —dije en voz alta.

Y con aquella negativa concluyó la reunión.

Habíamos sobrepasado las ocho de la tarde, ya no quedaba más luz por las calles de Villaverde que la que arrojaban las farolas, y teníamos casi una hora de vuelta a Vitoria.

Bajábamos por las escaleras del alto cuando el abuelo nos interceptó a los cinco componentes del equipo y nos fue repartiendo botes caseros de pimientos asados, guindillas en vinagre y endrinas para hacer pacharán.

—Abuelo, que vas a acabar con toda la despensa —le advertí algo sonrojado, pero sabía bien que no me haría ni caso.

Aproveché la coyuntura para obsequiar a Esti con varios tarros de peras al vino tinto y ella los miró como si fuesen el mejor costo de Chaouen.

Estábamos saliendo ya a la calle cuando escuché la conversación que el abuelo estaba manteniendo con Alba después de que Peña y Milán desaparecieran cuesta abajo.

La sujetaba de las manos, como temiendo que se fuera a desvanecer de un soplido. No la conocía aún, y pese a ello le susurró algunas cosas que…

—Sé que es su jefa y que me lo cuida bien, pero yo tengo que insistirle: no me lo mande otra vez a ninguna misión a que me lo tiroteen, ¿lo hará por mí?

—Lo intentaré, abuelo. De verdad, lo intentaré.

Y se me puso la piel de gallina al escuchar a Alba pronunciando la palabra *abuelo*. Sabía que para ella esa palabra había sido un tabú negro. Ojala él y yo pudiésemos cambiarlo y darle el abuelo que Alba merecía.

Él carraspeó, miró de reojo la creciente barriga de Alba y le tendió otro frasco más.

—Es un tarrico de miel, de aquí, de la sierra. Tómeselo, que le va a dar fuerzas y las va a necesitar. Para lo que quiera, ya sabe dónde encontrarme.

36

LA PISTA DE HIELO

20 de diciembre de 2016, martes

Por la carretera a Vitoria, a la altura de San Vicentejo, ya de noche, comenzó a nevar. Una capa finísima y peligrosa de copos ligeros blanqueó el asfalto y los cinco coches redujimos la velocidad, formando una caravana que no se dispersó hasta la entrada por Aretxabaleta.

Aproveché el primer semáforo en rojo, junto a la vieja fábrica de Urssa, para mandar un mensaje a Alba con el nuevo móvil.

—¿Vuelves a casa?

—Esa era la intención —contestó al momento.

—Vitoria está vacía a estas horas, es la última nevada del otoño, mañana empieza el invierno. Ven a pasear conmigo —le propuse.

Me hizo sufrir, la verdad.

No contestó hasta el siguiente semáforo en rojo, doblando hacia el Batán.

—De acuerdo.

«De acuerdo» me supo a gloria bendita.

—Aparcamos en el parking de la Catedral Nueva. Nos vemos en el estanque del cocodrilo con manos humanas —escribí.

No contestó, yo asumí que acudiría.

Dentro de mi Outlander, a voz en grito, yo cantaba *Chasing cars*. Había seguido las indicaciones de la logopeda, mi tal-vez-futura-cuñada, y vociferar las letras de canciones que conocía de memoria me ayudaba a diario a tener más fluidez y a encajar frases hechas.

Si me tumbo aquí, si simplemente me tumbo aquí en el suelo,
¿te tumbarás conmigo y te olvidarás del mundo?

Encontré a Alba junto al cocodrilo de bronce, rodeada de una fina capa de nieve. Era una nevada silenciosa y liviana, que coronaba ya las copas de los pinos y los arbustos del jardín trasero de la Catedral Nueva.

—Demos una vuelta, no hay ni cristo por las calles —le propuse después de un ensayo previo en las escaleras del aparcamiento.

Alba se sujetó a mi brazo y caminamos en silencio hacia el parque de la Florida.

—Entonces oficialmente somos padres.

—Oficialmente somos padres —me confirmó con una sonrisa—. Vamos, te compro un cucurucho de castañas. He visto cómo las miras.

Alba se acercó a un puesto de esos con forma de vagón negro y me obsequió con un puñado prieto de inmensas y gloriosas y humeantes castañas que entraron de maravilla.

Llegamos, casi sin darnos cuenta, a los pies de la plaza de la Virgen Blanca. Y la nieve la había convertido en más virgen y más blanca que nunca. No había pisadas que la embarraran, y el manto blanco subía centímetros a medida que la copiosa y silenciosa nevada descargaba sobre nuestra apacible ciudad.

La efímera pista de hielo que todas las Navidades se montaba en la plaza esperaba, silente, a algún patinador que se deslizase bajo el monumento de la Batalla de Vitoria.

Así que, con la canción en la cabeza, arrastré a Alba a la parte alta de la plaza, frente a mi portal, detrás del monumento con el ángel y su espada ya vencidos por el peso de la nieve.

—Si me tumbo aquí, si simplemente me tumbo aquí, ¿te tumbarás conmigo y te olvidarás del mundo? —le pedí, parafraseando al cantante de Snow Patrol.

Ella recogió el guante, y ambos nos dejamos caer al suelo blanco como ángeles despreocupados.

Nos dimos la mano y nos quedamos mirando el cielo, blanco y negro a la vez. No nos hacían falta ni las Perseidas.

Y movimos brazos y piernas hasta dejar la silueta de dos santos, como había aprendido con cuatro años en la guardería de la Senda un invierno, en otra vida, y nos reímos al comprobar que la huella que habían dejado nuestros cuerpos en el corazón de la ciudad se parecía más a un dios con muchos brazos y piernas que a un ángel.

—Creo que acabamos de hacer un kraken —susurró ella entre divertida y cómplice.

—Vamos a casa a secarnos, no quiero que la niña y tú os enfriéis —le comenté preocupado. Tal vez se me había ido un poco la olla y nos habíamos dejado llevar.

Nos metimos en el portal donde una tórrida madrugada de verano había comenzado todo, tal vez incluso una vida, y subimos las escaleras entre risas y complicidades que presagiaban lo que iba a llegar en el tercer piso.

Y me adelanté para abrir la puerta de casa y Alba se quedó en el rellano, con su aliento en mi nuca.

«Abrázame desde detrás, quiero tenerte cubriéndome las espaldas, porque cuando me gire no pienso perderte de vista en lo que me queda de vida», quise decirle, pero era largo y las neuronas no andaban en mi cerebro en esos momentos.

Me giré, cargué con ella mientras sus piernas rodeaban mi cintura y entramos en casa y ya no parecía invierno, porque hasta las paredes ardían con aquel incendio.

—Pensaba que ya no me deseabas —murmuró Alba en mi oído.

—Hostia que no.

—Pues no dejes nada por hacer.

—No pensaba.

Se quitó el abrigo blanco y toda esa ropa que sobraba y quedó desnuda frente al ventanal, solo protegida del exterior por una cortina, y era una diosa con sus curvas exacerbadas y la sombra gloriosa que proyectaban sus pechos rellenos por el embarazo. Yo fui al dormitorio, arranqué la manta de mi cama y la tendí en el suelo del salón, aparté la mesa e hice un hueco para las cabriolas que vendrían.

Y Alba lo hacía despacito, como a cámara lenta, y cuando entré en ella lo sentí tanto que fue como una segunda primera vez. La carne hinchada, el calor, la presión. Qué bien se estaba dentro de ella.

Alba se crecía en el sexo, era más poderosa aún que en los despachos, y en esos momentos éramos el puñetero corazón de la ciudad blanca, latiendo su sexo y el mío con un solo órgano, acompasado, con rabia y en silencio. Vale, sí, nos teníamos ganas. Muchas ganas.

Y con mis manos en su ombligo me di cuenta de que a una piel de distancia estaba mi hija, presente y consciente de cómo se amaban sus padres.

«Y la niña que llevamos dentro va a estar protegida por las dos rocas que tú y yo somos. No sé si te das cuenta, pero juntos somos invencibles, déjame compartir tu morada de diosa blanca», pensé.

Pero era demasiado pedir.

Porque cuando terminamos de hacerlo, del derecho, del revés y de costado, Alba se vistió y volvió la subcomisaria.

—Solo una noche. Tengo mi casa, Unai.

—Solo una noche. Tienes tu casa —asentí, qué remedio—. Pero dime que seremos una familia. Con dos casas, dos cunas..., lo que quieras, pero una familia.

—Una familia —accedió antes de desaparecer escaleras abajo, maldita.

Y yo, cobarde, me quedé con ganas de decirle que quería tener más cachorros con ella, que me estaba aprendiendo unas nanas para no ser un padre mudo y calmar a mi hija cuando llegase el primer diente y que nadie, nadie me había hecho temblar como aquella noche de diciembre.

37

LA NOCHE DE LAS VELAS

23 de diciembre de 2016, viernes

Diciembre avanzaba más deprisa de lo que podía asumir, se nos echaban encima fechas festivas y por experiencia sabía que la investigación se iba a ralentizar varias semanas. A no ser que apareciera otro cadáver que nos marcara la agenda de negro.

Ciertas rutinas comenzaron a plagar el calendario. Todas eran bienvenidas. Peña, que vivía en un piso alquilado en la Corre, se acostumbró a llamarme al portal algunas mañanas e íbamos juntos a la comisaría de Portal de Foronda.

Fuera del trabajo era cachondo, divertido, y el músico inquieto que llevaba dentro le afloraba en un cerebro creativo que después usaba con disciplina en las investigaciones. Creo que era un tipo que resultaba muy atractivo a las mujeres, a juzgar por las miradas que le dedicaban a nuestro paso.

Germán se acostumbró a recogerme todos los días del despacho de mi logopeda; a veces me quedaba a tomar un *pintxo* con Beatriz y con él, a veces me excusaba y los dejaba solos.

Mi hermano se atrevió por fin a llevarla a Villaverde.

A Beatriz pareció extasiarle nuestro pueblo y nuestra sierra. Su pulida presencia resultaba tan incongruente como un anillo de diamantes en un saco de esparto. Sus tacones, sus faldas lápiz, el pelo de canela perfecto bajo la laca… Pero la energía que le insuflaba a Germán aquella relación lo convirtió de nuevo en el locuaz y ocurrente hermano que yo había echado de menos tras la muerte de Martina.

Alba, por su parte, se pasaba por mi portal sin horarios ni avisos, nos dejábamos ver por el centro y acabábamos jadeando bajo las sábanas.

En resumen, la vida a veces podía ser un buen lugar en el que quedarse.

Durante esos días aproveché para cerrar flecos y llamé a Araceli, la mujer de Asier, desde mi número antiguo. Tenía que seguir dándole material nuevo a Golden, no fuera a pensar que yo sabía que ella sabía.

Aquella tarde Araceli estaba ocupada, era una de las encargadas de colocar por toda la almendra medieval las quince mil pequeñas velas que iluminaban el Casco Viejo y convertían la Noche de las Velas en un sublime viaje al pasado.

Me invitó a ayudarla y subí al palacio de Escoriaza-Esquivel para interceptarla y charlar con ella lejos del radio de su marido.

Araceli era una de las últimas incorporaciones de la cuadrilla, había conocido a Asier apenas un par de años antes y se habían casado enseguida. Ambos tenían un carácter fuerte, ella trabajaba en una empresa de innovación tecnológica de nombre impronunciable y no se veían demasiado debido a las clases que impartía en algunas universidades del norte.

Yo me llevaba muy bien con ella, congeniamos desde el principio, era franca, y también era preciosa. Morena, pelo largo…

Pero fue aquel día, cuando la vi llegar bajo el rastrillo de la entrada de la muralla medieval, cuando me di cuenta: se había cortado el flequillo. Recto, sobre las cejas. El busto generoso. Prendas siempre negras. Pija pero gótica.

El estilo inconfundible de Annabel Lee.

Eran esos detalles que registras con la recámara del cerebro y nunca los sacas a la superficie del pensamiento hasta que son evidentes, y en ocasiones, demasiado tarde.

—¿Te gusta? —preguntó coqueta.

—Pues sí —dije, y se lo despeiné un poco.

Disimulé como pude mi turbación: Araceli era exactamente el mismo tipo de mujer que Ana Belén Liaño.

Físicamente, y acaso también en carácter.

«Amor y odio, ¿cómo no lo había pillado antes?¿Es eso lo que te va, Asier?»

—Me gustaría hablar contigo, Ara —le dije, y ella me pasó un mechero y abrió la mochila que llevaba con cientos de velas.

Toda la parte vieja estaba siendo incendiada en aquellos momentos por cientos de voluntarios y amigos de comerciantes que colocaban y encendían velas y antorchas.

Nos acercamos al patio del palacio renacentista, que compartía parte de muralla con el cantón de las Carnicerías.

Reprimí un escalofrío porque aquella antigua entrada a la villa de Gasteiz me recordaba a los dos críos de quince años que Nancho asesinó en su día y que él abandonó bajo el arco, rodeados de sus tres *eguzkilores*.

Solía evitar, como muchos vitorianos, aquellos puntos negros de mi ciudad.

Pero le seguí el juego a la mujer de mi amigo y, obediente, la ayudé a alinear las velas a lo largo de todo el perímetro del patio del palacio que una vez construyó el médico del uxoricida Enrique VIII, el más famoso asesino de esposas de la historia.

En medio de aquella luz tan cálida y tan contrastada parecíamos habitar en un claroscuro de Caravaggio.

Después de media hora concentrados en la tarea y agotados todos los temas intrascendentes, Araceli se armó de valor para hacerme la pregunta que ronroneaba entre nosotros desde hacía un buen rato.

—¿Es por tu trabajo?

—Me temo que sí.

Araceli se agachó una vez más para alinear otra tanda de velas, me hizo un gesto discreto y me separó de un grupo de comerciantes.

—No me asustes, Unai —me dijo en cuanto nos quedamos relativamente solos—, que ya hemos tenido bastante con lo de Jota. ¿Qué pasa?

—Es acerca de Asier. Voy a ir al grano, ¿vale?

—Vale.

La frase no era muy larga, pero tenía el día cansado, de modo que me saqué la libreta del bolsillo trasero del vaquero y escribí:

—¿Qué sabes del atraco frustrado en la farmacia?

Araceli torció el gesto, pero me pareció que esperaba la pregunta, porque respondió demasiado pronto, como de carrerilla.

—Que fue un yonqui, que le golpeó, que Asier no lo vio. ¿Qué pasa, que lo habéis detenido?

—No nos creemos su versión —dije.

«Y tú tampoco», quise decirle.

—Ara, no me hace gracia preguntar, pero…

—Pero ¿qué? ¿Qué pasa, Unai?

—¿Os peleasteis ese día?

Observé su reacción, esta vez la sorpresa era real.

—¿Crees que yo le arreé?

—Tal vez te defendiste.

—Mira, Asier puede ser muy capullo cuando se pone, pero no me ha levantado la mano en la vida. Estaría bueno. Ni él ni nadie. Simplemente no se lo consentiría. Denuncia y maleta. Punto. ¿Te queda claro?

—Pues sí, la verdad es que de ti me queda claro —escribí de nuevo.

Vía muerta, no había sido una hipotética pelea conyugal. No quedaban muchas opciones, pero quería ver hasta dónde contaba, hasta dónde callaba, hasta dónde sabía.

Me puse frente a Araceli, le quité la vela de las manos. La encendí y le iluminé el rostro con ella. Así es difícil mentir.

Ves cada microtensión en los párpados que inventan: los ojos van hacia arriba, a su derecha.

Ves cada gesto que se pretende disimular con una calma demasiado tensa en la mandíbula, el rictus de unos labios apretados que no quieren dejar escapar la verdad.

—¿Quién pudo ser entonces? —le pregunté.

—Ni idea, Kraken.

«Kraken, muy bien, pones distancia. Ya no soy Unai.»

—Ara…, sé cuándo mientes. Y ahora me estás mintiendo.

Cruzó los brazos alrededor del pecho, cerrándose en banda. Se los descrucé.

Ella claudicó.

—Con Jota, fue con Jota. Se pelearon. Jota iba mamado, llegaron a las manos. Y no quiere contarme el motivo de la pelea. Se excusa con que son cuentas pendientes. Que tienen mucho histórico, dice. Que son cosas de la cuadrilla y que yo no lo entendería. Pero me hizo jurar que no se lo diría a nadie después de que apareciera muerto en la Barbacana. No quiere que penséis que él lo mató, porque no lo hizo. Yo estuve con él ese sábado. Nos retiramos a las cuatro de Cuesta, pregúntale a Nerea. Volvimos a casa, dormimos el domingo hasta las diez. Dormimos los dos, Unai. No pudo salir de casa, matarlo, llevarlo a Laguardia y volver a Vitoria.

—Sí que pudo. Son seis horas.

«Sí que pudo.»

—No sé, Asier ronca. Juraría que lo escuché toda la noche roncar.

—¿Cómo, si estabas dormida?

—No lo sé, Unai. No lo sé. No creo que lo hiciera. Punto.

—¿Y el 17 de noviembre?

—¿Cuándo?

—El 17 de noviembre, jueves. De madrugada. ¿Dormiste en casa, con Asier, o estabas fuera de Vitoria dando clases? —escribí.

Araceli no entendió el motivo de mi pregunta, puso cara de extrañeza cuando lo leyó y después consultó la agenda de su móvil.

—Esa semana estuve en Vitoria y no me tocó viajar. ¿Por qué, Unai?

—Tan solo intenta recordar y responde, ¿ese viernes de madrugada Asier estuvo contigo en la cama, o tuvo guardia en la farmacia, o tal vez hizo algo inusual? —escribí de nuevo.

Araceli consultó de nuevo la agenda, imagino que buscando las guardias apuntadas de su marido. Yo las había comprobado ya cuando Esti y yo fuimos a socorrerlo a su farmacia, pero quería observar las reacciones de Araceli para catalogarlas.

—No, no tuvo guardia, y no recuerdo ese día exacto, hace más de un mes, pero si no lo recuerdo es porque no pasó nada extraño. Asier no se ha ido nunca de madrugada entre semana a ningún sitio. Lo que me joroba es que no me vas a contar a qué vienen tantas preguntas.

—Murió una mujer, Ana Belén Liaño, ¿la conocías?

Observé su rostro, no dejó traslucir ninguna reacción. Ni siquiera la sorpresa. Curioso.

—No, ni idea, ¿debería sonarme de algo?

«No, si tu marido y tú no habláis de vuestros respectivos pasados.»

—No —escribí—, simplemente estamos investigando una posible conexión entre su muerte y la de Jota, eso es todo.

—Solo prométeme que, si Asier esconde algo, me avisarás antes —me rogó, aunque en sus ojos no había súplica.

La mirada de Araceli no era la de una mujer a la que le pegase mucho eso de suplicar, era más bien una mirada pragmática, de tía a la que no se le puede hacer mucho daño.

«No parece que estéis muy unidos, desde luego», pensé.

—Lo que pueda, ¿vale? —prometí, le di un beso en la mejilla y me largué de allí.

Paseé con cierta prisa por las calles adoquinadas y la llama de las velas temblaron a mi paso. Habría sido una tarde magnífica para recorrer con calma la almendra, pero yo tenía una cita con Alba en mi casa y por nada del mundo iba a llegar un segundo tarde.

Fue Estíbaliz la que me dio la sorpresa del día un par de horas más tarde. Alba y yo retozábamos en mi cama, perezosos, después de mirar con las luces apagadas el espectáculo de velas alrededor de la plaza de la Virgen Blanca.

Esti llamó al móvil nuevo, de forma tan insistente que acabé cogiéndolo.

—¿Es muy urgente? —pregunté, y la habría estrangulado por ser tan poco oportuna.

—Es muy interesante.

—Venga —la apremié sin dejar de mirar los cuádriceps de Alba. Soy un tipo simple, lo sé.

—¿Recuerdas aquello que dijo el estudiante fugitivo en Santander de que Barba Azul era ahora Barba Cana?

—Lo recuerdo.

—¿Recuerdas que lo llamó uxoricida, asesino de esposas, como el personaje de Barba Azul?

—Esti, dispara, anda.

—La mujer de Saúl, Unai. La mujer de Saúl Tovar murió de un accidente doméstico de lo más inusual. Se llamaba Asunción

Pereda, y Milán ha encontrado su esquela en la hemeroteca de *El Periódico Cántabro*. He hablado con Paulaner y va a buscar en los registros de la comisaría de Santander, pero dadas las fechas, puede que hasta el lunes no me pueda dar nada. No sé tú, pero un hombre que ha perdido a su esposa y a sus dos hijas en plena flor de la vida de tres maneras tan extrañas me parece un hombre que tiene mucho que contarnos.

38

LA CUESTA DEL RESBALADERO

24 de diciembre de 2016, sábado

Como cada año, los de la cuadrilla quedamos a media tarde de Nochebuena en el Casco Viejo para tomar vinos calientes.

Los bares del centro se habían empeñado años atrás en mantener una tradición que era acogida con entusiasmo por los vitorianos: eran fechas frías y el vino caliente a base de canela, limón, orejones, higos y otras delicias entraba en los estómagos con una alegría que desbordaba las calles del Casco Viejo y recordaban a unas fiestas de la Blanca ya lejanas en el tiempo.

Pero en realidad aquel año no fue como cada año. Había una presión siniestra en el ambiente. Las miradas, los codazos cuando entrábamos en el Rojo o en el Segundo... Mi cabeza destacaba sobre la altura promedio de otras cabezas que me observaban sin disimulo.

Algunas enviaban ánimos, otras me miraban como si quisieran ahorcarme del tirador de la cerveza.

El ambiente en la cuadrilla tampoco estaba para echar cohetes. Seguíamos aún de duelo por Jota, que por esas fechas siempre volvía a casa a cenar un poco pasado de copas, y muchos años lo tuvimos que acompañar entre varios para que no equivocara garaje o portal. Pero no aquel año. Ya no hacía falta. Qué duro era todo, joder.

Germán brillaba más parlanchín que nunca, siempre lo estaba cuando se pillaba. Su historia con mi logopeda progresaba adecuadamente y yo me alegraba por ambos. Aquella tarde le daba cuerda a Nerea para que contase cotilleos de prensa o del vecindario. Ara estaba un poco ausente, Xabier se había ido a esquiar y Lutxo, Asier y yo manteníamos el tipo y preferíamos saludar a otras cuadrillas para no hablar demasiado entre nosotros.

Fue al llegar al Extitxu cuando Asier me interceptó en los baños de tíos.

—Me gustaría hablar contigo. ¿Nos perdemos un poco?

—Claro —contesté.

«A ti te estaba yo esperando, amigo.»

Y bajamos en silencio y un poco malhumorados y distantes por la que un día se llamó la cuesta del Resbaladero, con razón, porque si helaba uno se partía la crisma con la escarcha de la madrugada y más si volvías ciego a casa.

Cuando llegamos a la plaza de los Fueros, le indiqué con la cabeza que subiera por las escaleras de granito que formaban una especie de anfiteatro y nos daban intimidad, altura y cierta perspectiva sobre la plaza. A nuestros pies, un frontón vacío y un laberinto de piedra donde muchos críos se habían abierto la cabeza jugando.

Asier y yo nos sentamos en la parte más alta, un poco chulazos pese al relente de la tarde-noche.

—¿Qué has andado preguntándole a Araceli? —me soltó con tanta rabia que parecía que mascaba piedras.

—Mi trabajo, Asier. Lo sabes.

—Pues me has jodido bien, la tengo calentita desde ayer. ¿Tú qué le has dicho, pues?

—Te voy a ser sincero: como sé que mientes en algo, amigo, he corroborado tus coartadas en los días de los asesinatos de Annabel y de Jota —le escribí en la libreta.

—Pues no debiste ir a ella. Tú no la conoces como yo. Araceli tiene dos caras, en público es encantadora y parece muy segura de sí misma, pero es una celosa patológica y mencionaste a Ana Belén Liaño. No sabe nada de la historia, no tiene ni idea de quién es, pero está hecha una furia porque sabe que escondo algo… Me has dejado en calzoncillos, tío.

—Si no me hubieras mentido desde el principio, no habría acudido a ella —me limité a responder.

—Yo ya te he dicho, a ti y a tu compañera, todo lo que os

tengo que decir. Y si no me venís con una orden judicial, no pienso d...

—Para, que entramos en un bucle —le frené.

—Pues eso, no voy a decir más.

—Pegaste a Jota, Jota te pegó, tu mujer me lo confirmó. Puedo buscarte las cosquillas, Asier. Tengo suficiente para empezar a apretarte por vía judicial. Tú decides, tío, pero esto es muy serio. No sé si quieres que te dibuje un plano o te queda suficientemente claro —le mostré lo escrito y dejé que lo asumiera.

—*Mecagoen* Araceli —soltó para su camisa después de leerlo.

—Mejor me lo explicas, Asier. Todo. Empieza por Annabel Lee.

Asier se lo pensó, tomó su decisión racional y luego comenzó a hablar. Quiero decir con esto que no hubo un momento de catarsis emocional ni nada parecido, con él nunca la había.

—Fue en primavera, Jota se la encontró de nuevo y empezaron a quedar. Que si la fotografía, que si deberías retomarlo, que si monta una expo, que si tu vida creativa... ¿No recuerdas que le dio de nuevo por sacar fotos a todo?

Sí, lo recordaba, se puso muy pesado con la fotografía digital. Yo pensé, esperanzado, que estaba cansado de la vida que llevaba y buscaba una nueva salida laboral. ¿Cómo iba yo a asociarlo con Annabel Lee si hacía veinticuatro años que no hablábamos de ella?

—No se me ocurrió pensar que ella estaba detrás.

—Me los encontré una vez por los bares de Judizmendi, se diría que estaban liados..., bueno, todo lo que puedes estar liado con Annabel Lee, ya me entiendes, tú también pasaste por eso. Tomamos un café los tres. Ella me pasó el móvil cuando Jota se fue al baño. Yo..., en fin, yo la llamé.

«Muy bien, Asier. Ahí estuviste fino.»

—No me cuentes más. Es tu vida. Solo dime, ¿quién es el padre?

—Jota pudo ser, yo no —contestó taxativo—. Annabel y yo no nos acostábamos.

—No me tomes el pelo.

—Que no, en serio, que...

Me harté.

Lo cogí de las solapas de la chamarra, me volqué sobre él y su espalda quedó en un precario equilibrio sobre la calle Fueros, varios metros más abajo.

El nuevo *statu quo* era claro y meridiano: si lo soltaba, caía.

—No... me... tomes... el... pelo... —le susurré despacio, muy despacio.

Que me mintieran sistemáticamente los amigos de la infancia estaba haciendo mella en mi paciencia.

Lo atraje de nuevo hacia mí, parecía haber comprendido.

—De acuerdo, sí que nos lo montábamos. Pero no puedo ser el padre de su hijo porque yo tomaba precauciones. Que estoy casado, Unai, vamos.

—Pero puedes serlo.

—Que no, que es imposible, que no pudo pasar.

—¿Y piensas que Jota sí que pudo serlo?

—Puede ser, ese no controlaba, siempre iba mamado, y en estas hostias llevábamos varios meses, pero nos arrolló a todos el caso de los dobles crímenes en verano y nos vino bien a Jota y a mí para que todo el mundo estuviese en otra cosa, y ni Lutxo ni tú os dierais cuenta de lo de Annabel. No sabíamos cómo os lo ibais a tomar, o si iba a reabrir viejas heridas.

—¿Por qué no me dijiste que habíais vuelto a verla si lo iba a averiguar?

—Ya me conoces, joder. No tengo imaginación para improvisar. Tío, es que me quedé en blanco cuando nos citaste a los tres en el jardín de la muralla... El jueves Annabel no me había llamado, pero no me esperaba que estuviera muerta.

«Entonces, para el asesino, tanto tú como Jota podéis ser el padre», deduje en silencio.

—¿Sabes si pudo subir al monte con alguien aquel día?

—Annabel mantenía la costumbre de subir al monte de madrugada, siempre salía de noche desde Vitoria, pero no tengo ni idea de si iba sola o con más gente, la verdad.

—¿Sabes si tenía alguna nueva amistad?

Lo pensó un momento.

—Pues sí —dijo por fin—, hablaba a veces de una nueva amiga, pero nunca coincidimos. Se llamaba..., uf, ni me acuerdo.

Solo recuerdo que Annabel decía que la apoyó desde el embarazo.

—¿Y eso?

—Coincidió con que Annabel lo hizo público hace meses en las redes sociales. Creo que era seguidora de sus cómics, contactó con Annabel para que se los firmara todos, congeniaron y siguieron quedando. Me extrañó, Annabel era más de quedar con tíos que con tías. Tal vez tenía amigos nuevos, pero de esos, obviamente, ni me hablaba ni yo me metía a preguntar. Cualquiera pudo subir con ella al monte.

—No vi ninguna amiga en el funeral.

Asier se encogió de hombros.

—No lo sé, sabes que no fui.

—El resto sí que fuimos.

—¿Y cómo se lo explicaba a Araceli?, ¿eh? —saltó con rabia—. Yo no quería enfrentarme a las preguntas de mi mujer, o que ella se enterase en el entierro por vosotros o por algún cotilla de que la muerta estaba embarazada y atase cabos.

—¿Y lo del dinero? Tienes que explicármelo, Asier.

—Es que me dio tanta rabia cuando ganó la lotería…, yo por entonces ya pensaba pasar de ella. Estaba embarazada, yo creo que eso la cambió, que buscaba estabilidad para su hijo y que Jota no le servía. Me insistía para que dejase a Araceli y me fuera con ella, decía que el niño sería probablemente mío, aunque habíamos tomado precauciones. Ella decía que podía haber pasado, en su imaginación tal vez. Sabes cómo era, se repetía una mentira hasta que se la creía y pensaba que podía repetirla al mundo y que todos cederíamos. Yo quería dejarla, estaba cansado de aquella historia, de ella y de que Jota controlase cada día menos. Creo que él no estaba seguro de lo nuestro, pero algo sospechaba, estaba muy tenso y muy seco conmigo. No era su estilo, pero era cobarde, creo que no tenía valor para preguntármelo.

—Entonces ibas a dejarla, y ella ganó la lotería… —le centré.

—¿Tú no te acuerdas del órdago que me lanzó hace veinticuatro años, en el campamento?

—¿Qué órdago?

—La apuesta que hicimos, cuando ella me retó: «El día que me muera seré más rica que tú».

—No me jodas, Asier. ¿Te acuerdas de aquella chiquillada?

—Aquella chiquillada me ha iluminado el camino y me ha hecho lo que soy. Por eso me hice farmacéutico, no porque me encante preparar fórmulas magistrales. Me dio una meta, me dejó claro que no quería ser como mi padre, un perdedor, que yo no quería pasar estrecheces, que quería ganar pelas. Te juro que he tenido esa frase en mente todos los días desde el 4 de julio de 1992 que esa puñetera lo pronunció.

«Esa puñetera...», anoté mentalmente.

—Y mira, no. No ganó la apuesta. El día que murió no era más rica que yo. Éramos iguales, los dos teníamos millón y medio de euros en el banco.

—Así que ganó la lotería y te quedaste.

—Le dije que dejaría a Araceli, que me iría con ella, que seríamos una familia, pero le pedí una prueba de que ella también iba a dar el paso de comprometerse.

—La cuenta del banco con los dos titulares.

—Sí, en eso no hubo tantos remilgos como esperaba. A ella no le importaba el dinero, tenía las necesidades materiales de un mendigo y con lo que ganaba con los cómics le sobraba. No era una materialista, vivía en su mundo mental todo el día, no tenía tiempo para irse de tiendas y comprar, era demasiado mundano para ella. No le importó compartir conmigo esos tres millones.

Miré frustrado al frente.

Después consulté el reloj de mi muñeca.

El abuelo nos esperaba a Germán y a mí para cenar en Villaverde. Alba y su madre cenaban juntas en Laguardia y habían invitado a Estíbaliz, que no tenía familia y de otro modo habría cenado sola o con nosotros. Eran ya las siete y media de la tarde, tenía que ir acabando, pero cuanto más preguntaba, más quería que Asier siguiera hablando. Lo conocía de sobra, no era común que se sincerase, no iba a tener muchas más oportunidades como aquella.

—Y que sacaras los doscientos mil euros tan rápido, ¿eso no la mosqueó? —le apreté.

—Pues no te lo vas a creer, pero ni lo hablamos ni surgió el tema. Tal vez no miraba a diario el saldo de aquella cuenta, o bien porque yo saqué ese dinero un lunes y ese jueves ella ya estaba muerta.

—¿Y tú te das cuenta de lo culpable que te puede hacer parecer eso delante de un juez?

—¿Y tú te das cuenta de que te estoy diciendo la verdad pese a que me pueda perjudicar y que precisamente por eso es la puta verdad, Unai? —replicó enfadado.

—¿Qué vas a hacer con el dinero?

Lo pensó, aunque era de suponer que un cerebro frío como el suyo ya tenía todos los planes hechos.

—En cuanto termines con tu investigación y caces al culpable y nadie piense que soy yo, me separo de Araceli. Y saco los millones. Por suerte, nos casamos con separación de bienes, no va a poder reclamarme nada. Con ese dinero pienso pagar mis deudas y me voy a dar un tiempo para replantearme la vida.

—No sabía que necesitaras hacerlo, se te ve tan…

«Autocomplaciente», completé para mí solo.

—No sé si quiero ser farmacéutico, solo era una manera de ganar dinero, y cada vez está más difícil. No quiero gastarme mi fortuna personal poniendo parches a un barco que se hunde. Tal vez cierre los dos negocios e invierta, o me dedique a gestionar mi patrimonio hasta mi jubilación. No lo sé. Todo lo que quería en esta vida era tener dinero y no acabar como mi padre, y Annabel me lo ha dado. Curioso, ¿no crees?

Era suficiente, más que suficiente para mis oídos. Di por terminado el interrogatorio con el estómago un poco revuelto, no sé si por el anís estrellado del vino o por lo que Asier me acababa de contar.

—Ya hemos terminado. Puedes irte, Asier.

—Sí, me voy. Será mejor —dijo, y se levantó y comenzó a bajar los escalones de Fueros—. ¿Sabes lo que te digo, Kraken? Que me has agriado el vino caliente y que me has jodido la maldita Nochebuena. Me voy a casa, que Araceli y mis padres me esperan. Feliz Navidad.

Y yo me quedé sentado un rato más viendo cómo descendía

de mala hostia y sorteaba a la gente que volvía con prisas a sus casas para preparar la cena más familiar del año.

No tenía claro si ponerle protección porque iba a ser la siguiente víctima o pedirle al juez que cursara una orden de detención porque mi amigo tenía motivos y frialdad de sobra para haber matado a Rebeca, a Annabel y a Jota con sus propias manos.

39

EL PICO DOBRA

15 de julio de 1992, miércoles

Las tiranteces entre los cuatro miembros de la cuadrilla se iban notando en detalles ínfimos.

—Oye, ¿me prestas cuchillas de afeitar?

—Pues se me han acabado.

Mentira.

Pequeños roces, pequeñas ruindades entre ellos.

Las confesiones, los chistes, toda la antigua complicidad se fue apagando conforme pasaban los días y los cuatro amigos, entregados, miraban a la ninfa que habitaba en su dormitorio como alguien que realmente vivía en otro mundo más interesante que el que hasta entonces conocían.

Unai observaba a su amigo Jota con preocupación, le aguaba un poco el vino cuando no se daba cuenta, lo alejaba fuera de la zona de tensión donde habitaba Annabel y sus hasta entonces mejores amigos de la indisoluble cuadrilla.

Tal vez era Lutxo el que hacía más sangre. Kraken arriba, Kraken abajo..., sobre todo si estaba Annabel delante.

Saúl observaba cada mañana la escena que se repetía y a mitad de semana decidió intervenir. Aprovechó para llevarlos a Puente Viesgo una tarde, con la excusa de que la zona estaba rodeada de castros cántabros. Iniciaron la ascensión hacia el pico Dobra mientras les contaba que el nombre de aquel monte era en realidad un teónimo, un lugar con nombre de dios, y que provenía del céltico *Dubrón*, «lugar donde abunda el agua». Y que cerca de allí se encontró un ara al dios indígena Erudino.

También controlaba a Jota, que charlaba muy cerquita de Beca, y no le hacía demasiada gracia aquello. ¿Se estaban rozando la mano? No podía ver bien desde su posición y apretó un poco el paso.

Aprovechó de todos modos que marchaba senda arriba en aquella sofocante tarde de julio con Unai a su lado para abordar al chico.

—No llevas muy bien las bromas de tu amigo —lo tanteó.

—No me gustan los motes —dijo Unai—, nunca son inocentes.

—No parece que seas de esos que se dejan machacar en el colegio, la verdad.

—No se trata de mí, es… mi hermano. Verás, tengo un hermano pequeño, Germán. Tiene once años y acondroplasia.

—Enanismo.

—Como quieras.

—Te ha tocado defenderle.

—El problema no es que yo le tenga que defender o no. Un día yo no estaré en el recreo, un día él tendrá que defenderse solo, ¿lo entiendes?

—Lo entiendo.

—No soporto los motes —repitió—, siempre hay mucha mala hostia detrás.

—Lo tuyo no es un mote, es un tótem.

—¿Un qué?

—Los antiguos también usaban sobrenombres, elegían el animal cuyas fortalezas querían asumir y las hacían propias. Haz tú lo mismo, llévalo con orgullo.

—Es un calamar, no me veo como un calamar.

—Es un animal que se ha considerado mitológico desde el Medievo. Ya en los portulanos y en los bestiarios aparecía dibujado, al igual que las serpientes marinas o el leviatán. Aparece en textos nórdicos, en los *eddas* que recitaban los escaldas o poetas de la cultura vikinga. Y ahora, mil años después, resulta que existen. Que aparecen varados en nuestras costas, aquí, en el Cantábrico. A mí me parece que es un animal extraordinario, un superviviente discreto, una fuerza de la naturaleza colosal que no necesita exhibirse. No me parece una carga pesada de llevar, la verdad.

«Qué sabrás tú de mis cargas», pensó Unai.

Y era cierto. Ni Saúl sabía de las cargas de Unai ni Unai sabía de las cargas de Saúl.

Ambos continuaron el ascenso en silencio, cada uno pendiente de la pareja que tenía unos metros por delante. Saúl de Rebeca, Unai de su amigo Asier, por el que estaba preocupado después de la escena de Gaztelugatxe.

No muy dado a las charlas y a las confesiones, se obligó a encontrar el momento adecuado, y cuando por fin coronaron el pico Dobra y todos se sentaron a descansar, Unai abordó con calma y sin testigos al bueno de Jota.

—Epa, ¿estás bien? —le preguntó sentándose a su lado.

—Estoy genial.

—¿Y lo de Annabel y Asier?

—Por mi parte, fue un polvo, y ya no tuvimos nada más. En cuanto a Asier..., que les aproveche. No durarán mucho.

—Eso yo también lo tengo claro. Aquello no era hacerse el amor, aquello era hacerse algo relacionado con el odio, pero hacerse el amor..., pues no, desde luego que no. Aunque no es Asier el que me preocupa, es más duro que una piedra. Me preocupas tú..., ¿en serio que estás bien? A mí me lo puedes contar.

—Y te lo cuento, Unai. Annabel Lee ha pasado tan rápido de mí que no me ha dado tiempo de pillarme, la verdad. Una decepción sí que ha sido, tampoco te lo voy a negar. Pero ayer hablé con mi madre, y mi padre está peor. Y yo aquí, divirtiéndome. Le he dicho que voy a Vitoria, y ella, que ni loco, que ya lo tiene controlado todo, que descanse para lo que nos viene encima, que son muchos turnos por la noche en Txagorritxu. Tiene razón. Me viene bien estar aquí, estoy cogiendo fuerzas para... No se lo digas a nadie, Unai, pero no voy a matricularme en Arquitectura.

—¿Cómo?

—Pues que no, que me planto. Que quiero ser fotógrafo y estudiar Bellas Artes.

Unai hizo pinza con los dedos en ambos lacrimales.

—Oye, ¿tú estás seguro?

—Nunca me había sentido mejor que cuando esta mañana he ido a Santillana y me han devuelto los carretes revelados. Tienes que ver las fotos. En la vida creí yo que podía sacar esas fotos. Tienen una fuerza que..., no sé, soy yo en ellas, no sé cómo explicártelo. El mundo hostil, el sentirme encerrado..., todo está ahí para el que lo quiera ver. Voy a ser fotógrafo, Unai. A la mierda los planos alzados y la rehabilitación de estructuras.

—A la mierda, pues —concluyó Unai sonriente y preocupado a partes iguales.

Horas más tarde Unai vagaba en solitario por la habitación de los tíos. De la planta baja le llegaba el murmullo de la gente preparando la mesa y colocando platos y cubiertos.

Sintió el roce de sus pasos subiendo las escaleras.

Sabía que era ella, nadie se movía como ella por aquella casona de siglos.

—Curioso lo de Asier —comentó Unai cuando Annabel Lee entró, y fingió que, distraído, doblaba unos vaqueros.

Ella lo miró como a un niño pequeño, tal vez lo era para aquella anciana disfrazada de adolescente.

—No lo he hecho por neutralizar su hostilidad, si es lo que crees. No me molesta su hostilidad; de hecho, me mantiene entrenada.

Unai apretó los labios. No sabía cómo lo hacía Annabel Lee, pero siempre lo desconcertaba. Y lo peor para él, lo que mantenía sus entrañas en estado de ebullición, era que se estaba volviendo adicto a aquel desconcierto.

—¿Entonces? —insistió, pidió una aclaración, un «explícamelo despacito para que lo entienda».

—Por demostrarle que no es invulnerable.

—¿A qué?

—A que aparezca alguien como yo y dinamite lo vuestro. Ninguno lo sois.

—No hables como si me conocieras desde siempre —replicó él molesto.

—Es que te conozco desde siempre. Y ahora, querido Unai…, ahora que ya hemos despejado el camino y tus amigos están fuera del juego, ¿me harás caso de una vez? ¿Podemos retomar nuestra historia allá donde la dejamos?

—Querida Annabel Lee…, así no es cómo funcionan las cosas.

Y el muchacho se fue escaleras abajo, con el corazón bombeando muchos más litros de sangre de los que debiera.

40

BARBA AZUL

26 de diciembre de 2016, lunes

El lunes, pasadas las fiestas, Esti y yo quedamos para hablar. Teníamos mucho que poner en común. La pasé a recoger al piso que se había alquilado desde que rompió con su ex, en el número 1 de Portal de Castilla. Estíbaliz no había tenido mejor idea que irse a vivir a un portal famoso por albergar la casa más estrecha de toda Vitoria. Era como si no quisiera compañía y con esa decisión quisiera decirle al mundo que estaba muy bien sola en un piso a su medida.

Caminamos en silencio hacia la Florida y nos adentramos en el parque, que por esas fechas exhibía los muñecos del belén a tamaño natural.

Familias enteras con sus niños de vacaciones paseaban ociosas entre las figuras de lavanderas, alfareros y ovejas. Sacaban fotos al legionario romano y buscaban a Herodes para hacerse un *selfie* con él.

Nos ocultamos de los paseantes en un pequeño repecho escondido detrás del edificio del Parlamento, donde un banco de piedra que imitaba el tronco de un árbol nos sirvió de cobijo.

Esti venía con una camiseta en la que se podía leer: «Ocúpate de ser completa y todas las cosas vendrán a ti. Lao Tse».

—¿Y eso? —le pregunté.

—Regalo de Navidad de Alba.

—¿Ahora es tu mentora?

—La vio, le gustó, pensó en mí y me la regaló en la cena de Nochebuena, eso es todo —dijo, y se encogió de hombros.

—Vaya, va a ser cierto que la amistad mueve el mundo. Cuánto me alegro —escribí—. ¿Qué tal la cena?

—Entrañable, tranquila, cálida, acogedora... Familiar. Su madre me acogió como si fuera su hija pequeña. Es una mujer muy calmada, como si hubiera elegido ser así después de estar de vuelta de todo, como si ella decidiese ver así el mundo, con calma... Nada que ver con cómo era mi madre.

—¿Nerviosa como tú?

—Débil.

Y se obligó a un cambio de tercio.

—¿Tanteaste a Asier? —quiso saber.

—Así es.

La puse al día de todo lo que había sacado en claro de Araceli y de Asier, de que tenía coartada para los asesinatos, si es que Araceli no ocultaba nada y no mentía por él, y le conté también la relación de Annabel Lee con mis dos amigos.

Las explicaciones largas me dejaban exhausto, pese a que me las solía llevar preparadas de casa.

—Si Asier ha reconocido que ambos estuvieron con ella, por mucho que niegue su paternidad, los dos podían ser los padres. Vamos a pedirle al juez Olano que nos permita realizar una prueba de ADN con el material orgánico que la doctora Guevara extrajo del feto de Ana Belén Liaño y la compare con el ADN de José Javier Hueto —comentó mi compañera, concentrada en mi penoso discurso.

—¿Lo ves necesario? —escribí—. Uno de los posibles padres está muerto, y al otro no lo podemos vincular con ninguno de los escenarios de los crímenes, no tenemos ni un solo indicio físico de que estuviera en esos lugares, y sí que tenemos la posible declaración de su mujer respaldando su coartada.

—Nos ayudaría mucho saber que el padre es Jota. Al menos, tu amigo Asier dejaría de estar bajo una posible amenaza.

—Eso depende de hasta dónde sepa el asesino de esa paternidad —le hice ver—. De todos modos, adelante. Habla con Alba, que pida esa orden. Hay que avanzar.

Le hablé también de la amiga de los últimos tiempos de Annabel Lee, la que surgió de las redes sociales cuando ella anunció su embarazo.

Esti tomó nota y quedó en encargarle a Milán la búsqueda de posibles candidatas. Ella llevaba monitorizando las cuentas de Annabel desde el inicio de la investigación, iba a encontrar cualquier indicio más rápido que ninguno de nosotros.

—Háblame de la muerte de la mujer de Saúl. ¿Paulaner te ha pasado ya la información del accidente? —le pregunté.

—Sí, a primera hora. Una muerte extraña y muy triste: Asunción Pereda Argüeso salió de madrugada, a oscuras, a dar un paseo por las inmediaciones de su chalé en la costa de Cantabria. En el informe consta que Saúl estaba en casa, dormido, y que la hija de la pareja, Rebeca, que contaba con doce años, se había ido ese fin de semana a dormir a casa de su tía materna, la hermana de Asunción Pereda, con quien parece estaba muy unida.

—¿Por qué dices que fue «extraña»?

—Por lo visto, la mujer de Saúl cayó a un pozo que estaba a ras de suelo en una de las campas traseras del chalé. La Policía concluyó que no lo vio debido a la oscuridad. Se tropezó con él, se dio un mal golpe en la cabeza con las paredes al caer y quedó parcialmente sumergida en el agua del pozo, que era muy estrecho, apenas de un metro veinte de diámetro y seis de profundidad. Para cuando Saúl se despertó, se percató de su ausencia y llamó a la Policía y a los vecinos para buscarla, su mujer ya había muerto.

Esti hizo un silencio un poco teatral, como esperando mi reacción o que yo dijese algo inteligente.

—Mmm…, ¿no te has dado cuenta? —preguntó con cara de misterio.

—¿De qué?

—Una mujer en un pozo, muerta por inmersión, ¿no ves la conexión entre todas las víctimas?

—Hasta la fecha, es muerte accidental, no víctima de homicidio —le recordé.

—Unai, no me fastidies. ¿No es demasiado drama familiar que mueran su mujer, una hija y ahora se suicide su hija adoptiva?

—Llámalo drama familiar, Esti. Mira tu propia familia, mira la mía. Llámalo drama o que la vida es muy cabrona a veces, pero Saúl no tiene perfil para haber hecho esas burradas, y menos a su hija y a Ana Belén —eso lo tuve que escribir, tenía la cabeza dando vueltas aquel día.

—¿Por qué lo dices?

—Porque conviví con él. Era demasiado empático, se preocupaba realmente por nosotros. Se desvivía por Rebeca. Eso no se finge.

Estíbaliz se levantó, era ese tipo de personas que no aguantaba mucho tiempo sentada o quieta. Empezó a caminar, puente arriba puente abajo, no sabía si creerme. Le costaba creerme. Creo que prefería no creerme.

—Pues pobre hombre entonces, vaya vida... —cedió finalmente—. O alguien ha querido jodérsela desde siempre y él calla por algún motivo.

—No sé, la estirada de su hermana, o algún rival en la universidad, algún asunto amoroso con alguna colega casada..., lo que sea.

—Eso sí que me escama —terció, y se volvió a sentar a mi lado, concentrada en sus pensamientos—. Es un tipo tremendamente atractivo y carismático, exuda sexo por los cuatro costados. Has visto cómo lo miran las estudiantes, y él lo sabe. No se volvió a casar cuando enviudó, hace ya más de veinticinco años. No le pega ese perfil de viudo eterno, ni de monje.

—Habrá tenido sus historias, como todos las tenemos. Será un tío discreto, eso no lo convierte en sospechoso de nada.

—No, pero que un alumno murmure que es un uxoricida y ese mote de Barba Azul... He estado indagando. ¿Conoces la verdadera historia del auténtico Barba Azul? Es para ponerte los pelos de punta.

—Pues no, la verdad, ¿es pertinente?

—Como mínimo, son curiosos los paralelismos. Barba Azul es el personaje de una narración de Perrault, se publicó en el siglo XVII y hablaba de un hombre rico y famoso entre las mujeres debido a su espesa barba azul. Lograba casarse con ellas gracias a su dinero, pese a la oscura fama que lo precedía debido a que había enviudado demasiadas veces. Su última esposa transgredió la prohibición de entrar en una habitación vedada, en la que encontró los cuerpos colgados de las anteriores esposas, y fue salvada *in extremis* por sus hermanos varones después de que les pidiera ayuda. Es una fábula más que castiga la curiosidad femenina, como el relato bíblico de Adán y Eva, la mujer de Lot, Pandora...

—Hasta ahora te sigo —la animé.

—Lo peor es que el cuento de Perrault es una adaptación de la historia real de Gilles de Rais, un barón francés que nació hacia 1405 en Bretaña. Era un fiera en el campo de batalla, apadrinó a Juana de Arco, pero he indagado un poco más en su perfil y a la luz de la criminología del siglo XXI tenía personalidad psicopática y se sospecha que una forma muy grave de esquizofrenia.

Una abuela pasó con su nieta de la mano muy cerca de nosotros y Estíbaliz calló hasta que desaparecieron rumbo a la gruta del Niño Jesús.

—Ahora se piensa que participó en la Guerra de los Cien Años para aplacar el instinto por matar y causar sufrimiento ajeno —continuó—. En Francia se convirtió en un héroe, pero cuando quemaron a Juana de Arco algo se rompió en él, comenzó un período oscuro, empezó a hacer sacrificios rituales, y en las aldeas alrededor del castillo de Tiffauges se sucedieron durante años raptos de hijos de campesinos que quedaban sin resolver. A cientos. Hasta que la Iglesia no intervino y el obispo de Nantes lo condenó a muerte, los crímenes y las desapariciones no cesaron. Murió ahorcado y quemado en la hoguera, por cierto, casi una Triple Muerte.

—No te obsesiones con eso —le advertí.

—Te voy a relatar las torturas a las que sometía a esos niños y niñas, todas ellas confesadas por él. Han llegado hasta nuestros días gracias a las actas detalladas del juicio. Apaga el interruptor de la empatía, que esta noche no vas a dormir.

Lo apagué, o eso creí.

—De acuerdo, cuéntamelo todo.

Estíbaliz me relató lo que quise escuchar y lo que no.

Una narración pormenorizada de lo que un hombre puede llegar a hacer a una criatura solo por el hecho de tener la fuerza a su favor.

Yo prefiero omitir detalles. Para qué.

La historia del auténtico Barba Azul me dejó mal cuerpo.

Que alguien hubiera torturado, violado, desmembrado y asesinado a mil niños durante ocho años con total impunidad, por mucho que hubiera ocurrido en la Francia del siglo xv, me ofendía debido a la excesiva permisividad que suponía por parte de las autoridades del momento.

Demasiado mirar a otro lado, demasiado no actuar.

¿Estaba yo haciendo lo mismo?

¿No estaba frenando al responsable de tanta muerte?

Y me enfrenté a uno de mis peros más arraigados: la confianza en la buena gente.

Había eludido el conflicto de Golden Girl desde el principio. Pese a la advertencia de MatuSalem, había dejado pasar los días esquivando un cara a cara que no sabía de pantallas, sino de personas mirándose a los ojos y dando una explicación.

Había llegado la hora de volver al cantón de las Pulmonías.

41

EL CANTÓN DE LAS PULMONÍAS

26 de diciembre de 2016, lunes

Quise sorprenderla, y anticipando que me tenía geolocalizado en el móvil *hackeado*, lo dejé una vez más en casa y me acerqué a su madriguera con mi nuevo dispositivo oculto en el bolsillo interior de mi abrigo. Como si Golden fuera peligrosa…

Tal vez estábamos todos demasiado paranoicos y encontrábamos sospechosas hasta las estatuas de la calle Dato.

Caminé por el Casco Viejo, concentrado y ensimismado en cómo iba a abordar la situación con ella, y finalmente me adentré en los jardines del portal situado en el cantón de las Pulmonías, que por estar en un patio interior mantenían el frío más que una nevera, y la nieve de la pasada nevada permanecía blanca sobre algunos setos.

Era un paisaje calmo, idílico, como de oasis urbano que me vino muy bien para templar los nervios y borrar las tétricas imágenes que Estíbaliz me había metido en la cabeza con el puñetero Barba Azul.

Si alguien hubiese dicho que detrás de tan apacible apariencia estaba el cuartel general de una de las piratas informáticas más legendarias de Europa, poca gente lo habría creído.

Llamé a su puerta con los nudillos. La escuché trajinar por el pasillo, arrastrando la pierna operada.

—¿Sí?

—Soy Unai, necesito tu ayuda, creo que la tarjeta me está dando problemas otra vez —le grité, con el discurso preparado, a través de la puerta.

Hubo unos segundos de pensárselo un poco y finalmente decidió que me abría.

—A ver esa tarjeta…, es que ya no las fabrican como antes —refunfuñó desde el umbral, sin descorrer la cadena de hierro.

Me tendió la mano, esperando la inexistente tarjeta SIM.

Improvisé, tomé su mano de pergamino y la besé con un gracioso besamanos, al estilo Germán.

Coló.

Se enterneció.

Me dejó entrar en su búnker.

Sabía que estaba sacando sus propias conclusiones, que buscaba explicación al hecho de no haber detectado que me acercaba a su domicilio, pero la excusa de la tarjeta me daba cierta cobertura.

—¿No vas a invitarme a unas galletas saladillas? —le ronroneé con mi sonrisa más gatuna.

Quería que me permitiese pasar del pasillo, que me dejase sentarme en su salón. Quería tenerla frente a mí, sin evasivas, que me explicase lo inexplicable.

—Veo que has mejorado muchísimo con el habla, Kraken. No sabes cuánto me alegro. Pero también sabes que no me gusta que los vecinos te vean rondando mi casa. En Vitoria todo el mundo te conoce. Esto no nos hace ningún favor. Vamos, siéntate.

Y me hizo seguirla pasillo adelante, con sus andares torcidos por la reciente operación, su melenita blanca bamboleándose a su paso.

No vivía en el típico piso que uno hubiese esperado de una jubilada. La decoración era funcional y moderna, nada de figuritas de porcelana y tapetes de ganchillo.

Millones de CD y DVD abarrotaban las estanterías modulares de una casa que no decía demasiado de la personalidad de la dueña, como si hubiera sido amueblada para alquilarla.

No quise hacerle un tanteo previo, entre otros motivos porque Golden era de esas personas que sabían mantenerte hablando y te sacaba más información de la que tú querías sacarle a ella.

Me senté en un sofá que se hundió bajo mi peso y esperé a que ella tomara asiento en una silla de comedor cercana.

—¿Tan mal te va en la vida que buscas respuestas en foros de jóvenes suicidas? —le pregunté a bocajarro y sin silenciador.

La detonación de mi pregunta se percibió en todo el piso. Lo dejó silencioso, como si el telón de un escenario hubiese caído y los espectadores se hubiesen dado cuenta de que todo era ficción.

Golden torció el gesto un microsegundo, pero lo enderezó. Disimulaba bien, el póker se le tenía que dar de maravilla.

—Eso no tiene que ver contigo —se limitó a contestar.

—Pero buscas «algo» a raíz de «algo» que sí tiene que ver conmigo. Y mejor no hablamos de las Taser, Golden.

Me miró con cara de infinita ternura, como cuando un granjero sabe que vienen a recoger un ternero para ser sacrificado.

—Esto es más peligroso para ti de lo que imaginas, querido Kraken. Mejor responde a mi pregunta, sin estrategias. A la larga entenderás que trato de salvarte la vida. Dime, ¿ha sido ese niño, MatuSalem, quien te lo ha advertido?

—Vamos a dejar a MatuSalem al margen. No me has contestado.

Golden se tomó su tiempo. Después claudicó.

—De acuerdo. De acuerdo. No he sido honesta contigo, te debo una explicación —murmuró en tono sombrío.

—¿Ves?, ya empezamos a ponernos de acuerdo. Será la Navidad.

—Será la Navidad. Pues ponte cómodo, Unai, que tengo mucho que contarte. Voy a por esas galletas y un poco de vino para regarlas.

Asentí, aunque no pensaba beber vino en casa de una *hacker*, y ella marchó con sus andares asimétricos a la cocina.

De lo que vino después no recuerdo apenas nada.

No recuerdo que me golpeara, no recuerdo tampoco con qué objeto contundente lo hizo.

Puedo entender racionalmente, ahora que ha pasado el tiempo, que Golden no quiso que yo muriera.

Que dejó abierta la puerta del piso antes de huir para que la vecina cotilla del tercero se asomase y viese mi cuerpo tirado en el suelo del salón y llamase a Emergencias.

Puedo escuchar, o tal vez era mi cerebro fabulando, lo que dijo después de golpearme, mirándome desde arriba, sin un solo gesto de arrepentimiento:

—Puto crío —murmuró—. Hala, otra vez a huir. Qué vida esta. Puto crío, el Matu.

Pero no se lo perdono, no se lo perdono.

No se le golpea en la cabeza a un hombre al que ya le han disparado en la cabeza.

42

EL HOSPITAL DE SANTIAGO

9 de enero de 2017, lunes

El juez Olano dictó un auto donde se decretó la busca y captura contra Gloria Echegaray, también conocida como Golden Girl, por hallarse en paradero desconocido.

Estuve ingresado trece días en el hospital de Santiago, el equipo médico que me atendió apenas me dejó moverme hasta que el TAC reveló sin lugar a dudas que el traumatismo craneoencefálico era leve, no había siquiera una hemorragia interna por absorber, y la sangre que entró en mi boca y me dejó un sabor a óxido cuando desperté era debido a la rotura de un vaso cercano al hueso temporal, muy escandaloso, pero provocado por un golpe superficial.

Los primeros días me dolía la cabeza; después me dolían las piernas de no moverlas; los últimos días, a los enfermeros les dolía la paciencia porque no había quien me aguantase inactivo. Solo quería terminar con la investigación ahora que habíamos dado un paso de gigante, aunque me hubiera costado un horrible hematoma en la sien derecha.

En cuanto estuve mínimamente restablecido, apareció Estíbaliz con los resultados de la prueba del ADN: se confirmaba que Jota era el padre del bebé que Annabel Lee estaba esperando.

Me costó varios días asimilar la noticia. Tal vez porque no quería asumir que había una relación tan directa entre su muerte y su futura paternidad.

El ingreso trajo ventajas, en todo caso, como la impenitente presencia de Alba a primera hora, durante la comida y por la noche. Todos los días. Su barriga iba creciendo al mismo paso que nuestra relación de pareja se afianzaba.

A veces me traía una tablet y veíamos películas viejas que a ambos nos gustaban. *Sospechosos habituales*, *Wicker Park*…, joyas raras de cine B que nos fueron uniendo y me permitieron, por fin, conocer algo de ella, de la opaca y misteriosa Alba.

El 9 de enero me dieron el alta.

Para entonces, mi pequeña familia se había duplicado, y el abuelo y Nieves Díaz de Salvatierra, la madre de Alba, intercambiaban recetas de calamares en su tinta, y Germán, mi logopeda y Alba se iban por la Dato a mis espaldas, sabedores de que la envidia y la añoranza de un buen *pintxo* de tortilla de patatas me convertirían en un ser insoportable.

Aproveché las horas muertas sin visitas para mejorar el habla, prepararme pequeños discursos, batir mi récord de veinticinco palabras, que llegó a las treinta y ocho el día que salí. Me retaba constantemente, lo hice por mí y por que mi hija no conociera a un padre lesionado.

Había cierta euforia en el ambiente: teníamos una sospechosa, por fin.

Alguien tangible, aunque se hubiera esfumado y no quedase ni rastro de ella.

Golden parecía acostumbrada a huir con lo puesto, porque en el registro que se hizo de su casa del cantón de las Pulmonías no quedó ni el recuerdo de ningún equipo informático que rastrear. Los compañeros de delitos informáticos se llevaron todos los CD y los estuvieron revisando, pero solo eran copias de su trabajo para Cisco, sospecho que de la parte oficial que no bordeaba la ley.

Ocurrió la mañana que me soltaban.

Nuestra *crack* particular, Milán, me trajo noticias al hospital justo en el momento en que yo me cambiaba y me preparaba por fin para salir a la calle y alejarme de las monótonas rutinas de la vida hospitalaria.

—Inspector Ayala, no podía esperar. Tengo la verdadera identidad de Golden —dijo tomando aliento, como si hubiera subido las tres plantas por las escaleras y necesitase un respiro.

Tal vez lo había hecho.

Me pilló a punto de quitarme el ridículo camisón que apenas me tapaba los muslos y tenía esas aberturas traseras por donde entraba tanto aire.

—Tranquila, Milán. —Me incliné hacia ella y le puse la mano en el hombro.

Milán repelió mi contacto alejando el brazo. Como si una corriente eléctrica la hubiera recorrido.

Retrocedí con un poco de pena. No había que ser perfilador para darse cuenta de que Milán era una de esas personas poco acostumbradas al contacto físico, me pregunté qué infancia había tenido alguien tan ajeno al mundo de los afectos.

Milán se sacó varios post-it de su grueso abrigo con las mejillas en llamas, procurando no mirarme ni a los ojos ni al camisón.

—Verá —explicó nerviosa—, usted nos dio la información de que Golden Girl es una mujer nacida en Vitoria en 1948, de nombre Gloria Echegaray, que vivió en el cantón del Seminario, en Fray Zacarías Martínez número 9, durante casi cuarenta años con don Benigno Larrea Ruiz de Eguino. Pero lo primero que hizo saltar mis alarmas es que este hombre no existe, no consta en ninguna de las bases de datos ni en el INE. Pero sí que tiene número de la Seguridad Social. Vamos, que es inventado y alguien falsificó solo el documento necesario.

—Eso no puede ser. —Me tuve que sentar en la cama, perplejo.

Yo mismo había hecho la vista gorda cuando Golden falsificó un permiso de matrimonio que nunca existió para poder quedarse con el piso que había compartido con su pareja durante décadas, y que el Ayuntamiento de Vitoria le negaba porque convivieron sin papeles.

Me había callado porque Golden alquilaba por aquel entonces algunas habitaciones de aquel piso y se le había metido un huido en busca y captura por violencia doméstica. Acudí a ella, colaboró, y pude detener a aquel malnacido que pegaba a sus niños y a su mujer.

No tuve la sangre fría de denunciarla, pero me aproveché de sus conocimientos informáticos para pedirle favores extraoficiales, y llevábamos varios años debiéndonos y cobrándonos favores mutuamente.

Una relación un poco insana, lo reconozco.

Pero no me esperaba que su pareja durante cuarenta años no existiese, que me hubiese mentido desde el principio y hubiera jugado conmigo la carta de la compasión por la pobre jubilada desamparada para agenciarse un piso en el casco histórico de la ciudad. No me hizo nada de gracia que me hubiera chuleado desde el principio.

—Continúa —le rogué—. Has dicho que la identidad de Golden Girl también es falsa.

—Sí, me ha ordenado buscar a Gloria Echegaray, que consta como empleada en la compañía Cisco, pero antes de 1993 no hay nada de ella. Lo que me ha llevado a buscar la huella dactilar del DNI, que ha resultado falso, y encontrar una coincidencia con la de Lourdes Pereda Argüeso, cuyo DNI está caducado y no consta como fallecida, pero deja de aparecer en los papeles en 1993, fecha que coincide con la aparición de la nueva vida de Gloria Echegaray: carné de conducir, Seguridad Social…

—¿Cómo has dicho que se llama en realidad?

—A eso iba, no sé si se ha percatado del dato: Lourdes Pereda Argüeso, nacida en Santillana del Mar, Cantabria, en 1949, hace 67 años. Se apellida igual que la fallecida esposa de Saúl Tovar, la que hemos estado investigando estos días.

—Puede ser solo una coincidencia en los apellidos.

—Y en el pueblo en que nacieron. Lo he buscado, la esposa de Saúl Tovar, Asunción Pereda Argüeso, nació doce años después, en 1961, el mismo año que su marido. Creo que son hermanas, inspector. No me ha dado tiempo de comprobar la identidad de sus padres, pero, si coinciden, no tendremos ninguna duda al respecto.

Me dio un pequeño vahído, aunque disimulé mi desconcierto y mi rabia frente a Milán. Pero me tuve que quedar sentado sobre la cama con el camisón abierto y el culo al aire.

—Entonces Golden Girl es en realidad la tía de Rebeca —acerté a decir.

Ahora entendía por qué se puso a investigar cuando encontró en mi móvil la extraña muerte de Annabel Lee: vio el mismo *modus operandi* del asesino o asesinos de su sobrina.

O al menos, eso quise pensar entonces.

43

EL JARDÍN DE LA SECUOYA

9 de enero de 2017, lunes

Sé que debería haber ido directamente a casa a descansar, pero las novedades que me trajo Milán me desviaron de la ruta que debería haber seguido y pasé por delante de mi portal en la plaza de la Virgen Blanca sin detenerme, rumbo a la Catedral Nueva.

En las escaleras de la entrada principal, frente a unos chorros de agua que manaban directamente del asfalto, acostumbraban a practicar sus saltos y cabriolas varios jóvenes *skaters* con sus tablas tuneadas.

Me gustaba observarlos de reojo cuando pasaba por delante del templo, rumbo a algún *pintxo* del Sagartoki, también porque Alba vivía en el portal 22 de la calle del Prado y a veces me dejaba acompañarla. Había advertido alguna vez la presencia de un joven de capucha blanca y pelo azul. La tabla del patriarca bíblico también destacaba lo suyo.

Aquella mañana helada, de niebla densa, fui directamente en su busca.

Me acerqué a él por detrás y esperé a que terminase su acrobacia. Sus colegas le advirtieron de mi presencia con un gesto y sé que estuvo en un tris de huir montado en su brillante *skate*, pero lo sujeté de aquel brazo de pajarillo y MatuSalem me devolvió una mirada furibunda.

—¿Estás empeñado en cargarte todas mis identidades *offline*?

—Necesito tu ayuda —me limité a susurrar.

—Vamos a algún lugar menos público —aceptó a regañadientes—. Tú no sabes lo que es eso de la discreción, ¿verdad?

—Curioso que lo diga quien sabe hasta lo que desayuno cada mañana.

—Oye, al menos estás hablando —señaló, cubriéndose el rostro con la capucha.

—Vamos al jardín de la secuoya, anda, que esto es serio —repliqué.

El chico apretó la mandíbula, sus ojos de arcángel miraron fijamente una gárgola de la Catedral Nueva.

—Vale, pero solo por esta vez.

—Hecho —prometí, y lo escolté bordeando la catedral hasta el recinto que ocultaba el árbol gigante junto a las antiguas Ursulinas.

Allí no había cámaras y nunca tenía visitantes, de modo que lo invité a entrar y él me siguió con cierto recelo.

—Tú dirás —dijo una vez dentro, frente al tronco de la secuoya.

—Golden ha huido —le informé.

—Eso es correcto aunque impreciso.

—Explícate.

—Los únicos hechos constatables son que Golden ha desaparecido de la red y que ha abandonado todo rastro que dejaba, incluida la Deep Web.

—¿Desde cuándo? —quise saber.

—Desde el día 26 de diciembre. Se ha vuelto invisible.

—¿Puedes usar tus superpoderes y localizarla?

—Y ahora es cuando me explicas qué ha pasado en el mundo real. ¿Ese hematoma tan feo que luces tiene algo que ver?

—Me atacó, me golpeó en la cabeza y está en busca y captura. La identidad que yo manejaba era una tapadera, no ha vuelto a usarla.

—Joder con la anciana.

—¿Puedes localizármela? —insistí.

Él suspiró, como dándome por imposible.

—A ver si te lo explico despacito y tú le pones atención y lo comprendes, que con los adultos no siempre es fácil: si ella deja el mundo *online,* yo no tengo nada que encontrar.

—¿Me estás diciendo que el mejor *hacker* que se conoce no puede encontrar a una vieja gloria como ella?

—Conmigo no cuelan esos juegos de egos, sabes que mi único resorte es devolverle el favor a Tasio. Voy a seguir protegiéndote ahí abajo, pero también te advierto: como irrumpas en mi mundo físico de esa manera y mi entorno se cosque de que ando en tratos con un madero, se acabó.

—De acuerdo, si ves una pegatina de una cruz blanca en mi balcón, nos vemos al día siguiente a la una y trece en la cripta de la Catedral Nueva. ¿Suficiente?

—Suficiente —dijo, aunque por un segundo puso cara de «Oye, eso mola», pero se cortó de pronunciarlo en voz alta.

—Así quedamos entonces. *Agur,* Matu.

—*Agur,* Kraken.

Y volví a casa con una frustración encima que me pesaba en los hombros y me subía hasta el cráneo magullado.

Más allá de sus palabras, había percibido la impotencia de MatuSalem. Sabía que el chaval lo había hecho todo por seguir el rastro de Golden y que no lo había encontrado. Había perdido esa chulería infantil de los que lo han intentado y se han topado con un muro de hielo. Tenía claro que no íbamos a encontrar a Golden a no ser que ella quisiera ser encontrada.

Qué poco imaginaba que la apacible jubilada ya estaba moviendo sus preciosos hilos para enredarme una vez más en sus planes.

Fue al entrar en mi portal y abrir el buzón para liberarlo de la propaganda acumulada cuando encontré una carta sin remite y dirigida a Kraken. No llevaba sello, alguien se había metido en mi portal y la había introducido en mi buzón, un buzón que no llevaba mi nombre por motivos de seguridad.

La cogí con toda la reserva del mundo, era anodinamente blanca, no tenía apenas peso, imaginé solo una hoja en su interior. Me alejé un poco de ella por prudencia y la abrí:

Kraken, sé que hoy sales del hospital. A las doce en punto en el yacimiento de Atxa, no habrá más oportunidades. No avises a nadie o no aparezco. Nada de móviles ni dispositivos de seguimiento.

Y, hazme el favor, no dispares a todo lo que se mueva,

Golden Girl

44

LAS TRES OLAS

18 de julio de 1992, sábado

El campamento llegaba a su fin, los veintiún días casi habían transcurrido y Saúl decidió que el último fin de semana visitarían la playa de Deba, en la costa guipuzcoana.

—Deba —les explicó la noche anterior, todos alrededor del fuego del caserón— es un teónimo celtibérico que se repite a lo largo de toda la costa cantábrica. En Asturias, en Galicia, en el País Vasco. Existen ríos con su nombre, montes, pueblos, playas..., es el nombre de la diosa Deba. Proviene del término indoeuropeo *deywo*. En el antiguo idioma de los celtas significa, simplemente, «diosa».

—Qué precioso nombre —comentó Unai a Annabel.

—Sí, me gustaría hacer algo especial allí —contestó ella en voz baja, pero no dio más explicación, como si la mirada que le recorrió a Unai la espina dorsal no le trajese ya suficientes promesas.

Pero Unai detectó cierto nerviosismo en el ambiente, cierta tensión que no llegó a desenmascarar nunca, a pesar de que sabía que Jota había decidido contarle a Saúl lo que su hija Rebeca le había confiado, todas aquellas fabulaciones.

Saúl estaba raro.

Ausente, ensimismado, enfadado porque lo había traicionado otra vez, esa niña no tenía remedio. Por mucho que él la quisiera, por mucho que... Rebeca no acababa de entender el concepto de familia, de cuidarse entre ellos, de que todo quedaba entre ellos y todo perduraba en ellos. Sentía rabia, después de cómo la educó. Se sentía cansado de pasar de nuevo por lo mismo. La amenaza de infamia, de sospecha, de escarnio público. No podía permitirlo. No podía permitírselo.

Tranquilizó a Jota:

—Es una recaída, ya nos lo advirtieron. Procura no hablar con ella ni alentarla en sus fantasías. Voy a intentar no tener que ausentarme del campamento para ingresarla de nuevo.

Y por nada del mundo quería el bueno de Jota que a la niña la ingresaran de nuevo, ni que el campamento se suspendiera antes de tiempo, huérfano de director. En parte porque intentaba estirar todo lo posible su tiempo antes de enfrentarse a la realidad que lo esperaba en Vitoria.

Por su parte, Rebeca, adiestrada por pura supervivencia a detectar los mínimos cambios en el estado de ánimo de Saúl, también comprendió enseguida que algo había alterado la relación entre su padre y ella. Se acabaron las sonrisas, los gestos de complicidad, ya solo era Barba Azul y su mirada terrible.

—Papá, ¿te pasa algo?

—Mañana por la noche, Beca. Mañana, hija.

Llegaron por la tarde a Deba, algunos de los voluntarios de años anteriores también se habían acercado, por lo que formaron un nutrido grupo de jóvenes que se esparcieron por los bares del pueblo. Terminaron en la playa, todos sentados relajados formando un círculo de hermandad, de despedida de lo vivido. Era el último fin de semana del campamento. Todos sabían que aquel paréntesis de sus vidas expiraba, que cada cual volvería a sus rutinas, en Santander, en Vitoria, que algunos de ellos no volverían a verse.

Unai se había sentado en los asientos delanteros del microbús durante el viaje de ida. Necesitaba estar solo y pensar un momento sobre lo que creía que iba a llegar aquella noche. Pero enseguida percibió que algo no iba bien entre Saúl y su hija. Durante las dos horas de viaje desde Cabezón de la Sal a Deba no se dirigieron la palabra. Saúl frío; Rebeca, como una libélula, no dejaba de mover una pierna en un tic que a Unai casi lo volvió loco.

Cuando por fin se bajaron del autobús, Saúl descargó el caldero de bronce y las botellas rellenas de hidromiel.

Unai aprovechó para acercarse a la niña.

—Oye, ¿estás bien?

—Sí, claro, Unai. —Rebeca consiguió fingir una sonrisa.

No tenía por qué ser desagradable con nadie.

Unai siempre se había portado bien con ella. Se quedaba a barrer la cocina por las noches, la ayudaba con las bolsas de basura.

«A lo mejor está triste por volver a Santander y allí se acuerda de su madre», pensó el muchacho.

—Luego charlamos un ratito si quieres, ¿vale? —se ofreció él.

—Vale —aceptó Rebeca.

Al menos alguien le daba conversación. Porque lo que era Lutxo, Asier y Ana Belén…

Mejor no pensar en eso.

Eran las últimas horas, no volvería a verlos. Nunca.

Que se pudriesen. Que se pudriesen todos.

Saúl tenía una leyenda para la ocasión, una historia de tradición oral recogida en 1865 por una anciana del pueblo de Deba.

—La maldición de las tres olas, ¿la habéis escuchado antes?

Todos negaron con la cabeza, ninguno era nativo de la zona, y la leyenda era antigua, muy antigua.

—Cuenta la mujer que por aquellos años, a mediados del siglo XIX, vivía en Deba un pescador con su esposa y su hija. También acogía a su sobrino y a un joven marinero llamado Blinich. Dicen que el pescador pasó por una mala racha de capturas y durante muchos días llegó a casa, preocupado, con las redes vacías. Pero una noche de faena en que se quedaron los tres pescadores dormidos en la barca, Blinich soñó con dos mujeres que se le aparecieron. Hablan de brujas, lamias, ninfas del agua… Quién sabe, son variantes de la historia madre. El caso es que las mujeres le advirtieron a Blinich de un naufragio inevitable y de que aquella misma noche su barca se tendría que enfrentar a tres inmensas olas. La primera, de leche. La segunda ola, de lágrimas. La tercera, de sangre. La mujer mayor le confió que la única manera de vencerlas era arponeando la ola de sangre, pero ella moriría. Blinich, al despertar, se lo contó, nervioso y exaltado, a su patrón, pero este no dio crédito a su relato y salieron a faenar.

—… y llegaron las tres olas —interrumpió Jota, el más sugestionable de todos, el que les daba vueltas a todas las historias en el saco de dormir.

—Así fue. En cuanto salieron del puerto, les llegó una gran ola blanca, era la de leche. Después se tuvieron que enfrentar como pudieron a la ola de lágrimas. Para cuando llegó la imponente ola roja de sangre, el pescador tenía claro que debía acabar con la maldición y arponearla. Así lo hizo, y el mar quedó en calma y las redes se llenaron de peces.

—Final feliz, entonces —se adelantó Lutxo, atento siempre a las explicaciones del que esperaba fuese su profesor en la carrera.

—Para nada. Cuando el hombre llegó a casa con sus cestos llenos de pescado, encontró a su mujer agonizando, que lo maldijo por causarle la muerte al arponearla. La hija también se enfadó con su padre, por ser el responsable de la muerte de su querida madre, y desapareció misteriosamente. Nunca se la volvió a ver en Deba. Cuando el pescador le preguntó a Blinich por las dos mujeres que habían aparecido en su sueño, el marinero le confirmó que fueron su mujer y su hija. El marinero se quedó solo en su hogar, enfermo de melancolía. Un final, como veis, muy triste.

Saúl hizo una pausa teatral para lograr el efecto que quería en los jóvenes, después señaló a la playa.

—Mirad al mar, hoy es la noche perfecta para esperar las tres olas.

—¿Por qué hoy? —preguntó Unai.

«Sí, eso, ¿por qué hoy?», pensó Rebeca, encogida junto a su padre, con las piernas cruzadas sobre la arena.

—Es noche de luna llena. Hoy veremos una luna inmensa desde esta perspectiva. Existe una palabra preciosa, *ardora*, para describir la fosforescencia de la superficie del mar formada por un banco de peces plateados, como las sardinas. En Galicia, también se refiere al reflejo de la luna sobre el mar. Será como un gran pasillo blanco que reflejará la luz lunar.

«Así que una noche de ardora», pensó Annabel Lee. Era un buen tema para el cómic que se traía entre manos y se decidió. Le sonrió a Unai, quedaron para después con la mirada.

Saúl continuó con su última clase magistral. Le gustaba la audiencia, esa parte adictiva de ser escuchado y retener la atención de muchos.

—La leyenda, a mi entender, tiene elementos rituales, ritos de agua, como os cuento siempre. Está presente de nuevo el elemento femenino: el de la mujer que muere y el de la hija que desaparece. Después la leche, las lágrimas, la sangre, como elementos líquidos asociados al devenir de la vida humana. Leche materna o esperma paterno, lágrimas por los dramas inevitables de la vida, sangre como símbolo de muerte y regeneración... Si me preguntáis por mi punto de vista como antropólogo, y dado el fósil verbal que supone el topónimo de *Deba* o *Deva*, una de las diosas más importantes del panteón celta, de la tríada de las diosas celtas: Nabia, Reva y Deva, creo que la leyenda tiene elementos muy arcaicos de fecundidad y purificación.

Todos asintieron, se pasaban el hidromiel que Saúl había llevado pensando en cualquier cosa menos en la fecundidad y en la purificación.

—Lo que me gustaría aportar a vuestras vidas, os matriculéis o no en los estudios de Historia, es la certeza de que casi todas las celebraciones del año, todas las fiestas, todas las tradiciones de vuestras ciudades o pueblos suelen ser evoluciones de otras más antiguas. Desde el Samhain celta, que fue llevado por los inmigrantes irlandeses a los Estados Unidos como Halloween, y que en Galicia era la noche de Samaín, y para los romanos la fiesta de la cosecha, a la noche de San Juan, que era la celebración del solsticio de verano, o la Nochebuena, el solsticio de invierno. Los momentos clave del año en la cultura de nuestros bisabuelos, los solsticios y equinoccios, coinciden con grandes fiestas de la Iglesia católica. Quiero que cada vez que visitéis un templo os preguntéis por las ruinas que oculta debajo, por el lugar de poder que eligieron vuestros antepasados. Con eso me conformo.

Anochecía, unas nubes deshilachadas se perdían con calma frente a ellos.

Saúl se estiró, miró el reloj. Dio por concluido el campamento, un año más.

—Os dejo un par de horas libres, nos vemos a las once de la noche en el autobús. Podéis ir al pueblo, tomar unas copas en los bares. Divertíos, os lo habéis ganado.

Los jóvenes se levantaron, Annabel aprovechó el revuelo para sujetar la muñeca de Unai e impedir que se incorporase.

—No te vayas con ellos al pueblo —le susurró acuática—. Quédate conmigo en la playa.

Unai asintió en silencio. Quería que llegara el momento, había pensado en él desde que montó en el tren, veinte días atrás.

—Voy a darles alguna excusa, tú espérame en esa roca —murmuró en su oído.

Ella sonrió a modo de respuesta.

Unai corrió para alcanzar a sus tres amigos.

Jota, haciendo eses porque el hidromiel de Saúl le gustaba mucho, muchísimo, y sabía que no iba a probarlo de nuevo en toda su vida.

Lutxo y Asier, a sus cosas, tal vez excitados ante la expectativa de conocer alguna chica del pueblo y coronar la noche.

—¡Tíos! —gritó Unai varios metros más atrás—. Me voy a quedar en el autobús. El hidromiel me ha sentado mal y me duele mucho el estómago.

—Pues echa las pelas —sugirió Jota en modo experto.

—Que no, que no —insistió Unai—. Que me quedo durmiendo un poco la mona, que luego hay que volver y no quiero darle a nadie el viaje.

—Como quieras —contestaron a la vez Asier y Lutxo. «A más tocamos», pensaron ambos, conformes ante la perspectiva.

Y los tres amigos marcharon hacia el centro de Deba.

Unai se dio la vuelta y volvió a la playa. Concentrado, buscó a lo lejos a su ninfa, pese a que casi había anochecido.

Allí estaba, junto a la roca prometida. Se apresuró a su encuentro, casi no reparó en la niña.

—Hola, Unai. ¿Te has quedado para hablar conmigo? —preguntó ella aliviada—. Mil gracias, de verdad. Mil gracias. Si quieres nos sentamos en la orilla.

Unai frenó en seco su carrera, sin dejar de mirar la figura lejana de Annabel Lee.

—Rebeca…, eh…, mañana. Mañana hablamos todo lo que tú quieras y nos despedimos en condiciones, y si quieres nos escribimos este verano y te voy a visitar, a ti y a tu padre, cuando vaya por Santander. Pero ahora mismo tengo que irme, ¿vale?

—Ya… Claro.

Y Rebeca se dio la vuelta, atrapada en aquella playa en la que Saúl recogía el caldero de bronce y le había pedido que volviera con él.

Rebeca asumió por fin la negra realidad de su vida: «Nadie puede protegerme. Nadie quiere protegerme. Va a ocurrir y estoy sola».

Y mientras vio a Unai marchar hacia su propio rito de paso, Rebeca intentó darle sentido a las palabras que Saúl le susurró cuando todos los del corro se levantaron:

—La diosa nos espera.

Era un doble sentido que ella captó, aterrada.

Su imaginación se desbocó.

Pasaban los minutos, anochecía en la playa de Deba, y Rebeca sabía que con la llegada de la luna transitaba hacia lo inevitable.

45

EL YACIMIENTO DE ATXA

9 de enero de 2017, lunes

¿Y dónde demonios estaba el yacimiento de Atxa? Miré el reloj, eran las once y veinte. No había tiempo para poner en marcha un dispositivo, tampoco para avisar a Esti y elaborar una estrategia. Tenía que ir a pelo, yo solo, o íbamos a perder a Golden.

Subí de dos zancadas las escaleras de mi piso, dejé los móviles, el *hackeado* y el nuevo, rebusqué en el alto del armario hasta que encontré el chaleco antibalas y me puse un plumas encima que me tapase bien el cuello.

Si Golden pensaba dispararme con una Taser, como hizo con Jota o con Annabel, al menos iba a ponérselo difícil. Me calcé unos guantes por el mismo motivo. Y me puse un gorro en la cabeza, habría preferido ir con casco, estaba harto de recibir golpes en el cráneo.

Cogí la pipa, no era amigo de ir armado, pero... Pues eso, para qué explicar, que me pongo malo.

Salté a la calle y crucé en veinte segundos de la plaza de la Virgen Blanca a la plaza Nueva, entré en la Oficina de Turismo y pregunté a una de las chicas que me sonreía desde el mostrador.

—¿Sabes dónde está el yacimiento de Atxa? Es urgente —le solté a quemarropa.

—Ahora te lo busco —respondió rápida. Que era como decir: «Tengo tan poca idea como tú».

Mientras se ponía a ello, repasé mentalmente todas las zonas arqueológicas que conocía de Vitoria y provincia. No me sonaba nada.

La chica, con gafas oscuras de pasta y pelo corto, se movió ágil en la pantalla y me hizo un gesto para que me acercase.

—Aquí, está en el Anillo Verde, en la zona norte, entre Yurre y Gobeo. No es muy conocido, y desde luego, no recibe muchas visitas turísticas, ¿te imprimo un mapa de cómo llegar?

—Mejor lo veo —preferí—. ¿Puedes buscar fotos para que me haga una idea de cómo es?

«Para que me haga una idea de lo que me voy a encontrar.»

Tragué saliva cuando me lo mostró: del yacimiento apenas quedaban unas piedras en el suelo que marcaban las paredes y las habitaciones de lo que un día fue poblado prerromano y después un campamento militar romano de cierta importancia.

Lo que me inquietó sobremanera fue su cercanía al río Zadorra y la presencia de tantos árboles en la orilla, chopos y quejigos.

Me recordó demasiado al escenario del crimen de Rebeca en Fontibre.

Pese al escalofrío que me recorrió el espinazo bajo el pesado chaleco antibalas, agradecí la información y salí corriendo en busca de mi coche. Miré el reloj: quedaban veinte minutos. Ya no llegaba.

Aparqué como pude frente a los chalés de la avenida del Zadorra, crucé la carretera y me adentré en el parque. La hierba y los árboles estaban pelados, el frío del gélido invierno se había cebado con heladas matutinas y muchos no habían resistido. Eran casi las doce y el sol albino no tenía intención alguna de calentar. La niebla no levantaba en aquel lugar tan frío.

Vi un cartel con un plano de la zona y me adentré por un sendero estrecho por el que aquel día no pasaba nadie. Subí una pequeña loma y allí encontré otro letrero hecho con troncos en el que señalaba el dichoso yacimiento de Atxa.

Salí de aquel pequeño laberinto y allí abajo, frente a mí, unas malas hierbas crecidas ocultaban lo que debería haber sido un yacimiento.

Ocupaba apenas tres metros de largo y tal vez cuatro de ancho. Ignoré los pequeños postes que pretendían circunvalarlo y me metí en el yacimiento, buscando algo que ni yo mismo tenía muy claro qué debía ser.

Fue entonces cuando escuché el ruido de un motor.

Me giré, nervioso.

Un ciclomotor de pequeña cilindrada subía hacia mí por el estrecho sendero.

Me llevé la mano a la pistola en un gesto que ni yo mismo registré. Sudaba como un pollo pese a la niebla.

De la cuesta surgió un hombre robusto y rubio en una ridícula motocicleta de empresa de mensajería. Llevaba un cajón rojo sobre la rueda trasera. Me escrutó con cara de pocos amigos y se detuvo frente a mí.

—¿Eres Unai López de Ayala? —me chilló con voz de grajo.

—¿Quién lo pregunta?

—Lo pregunta Joserra, empleado de la empresa Poliki, de mercancías urgentes. Si eres Unai, tengo un paquete para ti. Era a las doce en punto, y no veas lo que me ha costado encontrar el yacimiento este.

Lo miré con desconfianza. Mucha desconfianza.

—Pues no he oído nunca su nombre. El de la empresa, digo.

Era como un mal chiste. *Poliki* en euskera significa «despacio». ¿Quién le pone ese nombre a una empresa de mensajería urgente?

—Es que somos nuevos. Oye, me firmas en este papel y yo me largo.

—Enséñame antes el paquete, pero abre la caja despacio —le ordené, y desenfundé la pistola.

No me fiaba de que el tío aquel sacase una Taser y me friera el cerebro.

—¡Hostia! Oye, que solo vengo a entregar un paquete —exclamó el gigante al ver la pipa. Y levantó obediente las manos y se las puso sobre la cabeza sin que yo se lo ordenara.

—Soy inspector —dije enseñando mi placa—. Haz lo que… te digo. Muy despacio.

El hombretón de pelo claro se acercó a la caja y la abrió. Sacó un sobre hinchado e hizo ademán de tendérmelo.

Miré el reloj, eran las doce y cinco. Podía ser una carta bomba. Perfectamente. Conocía el procedimiento a seguir.

Debería haberle pedido al mensajero que dejase el sobre con cuidado en el suelo, salir corriendo de allí, llamar a los compañeros de explosivos para que viniesen con sus robots y se encargaran del paquete.

No lo hice, me alejé unos quince metros, sin dejar de apuntar al mensajero. Todavía me escamaba algo en él.

—Abre el paquete y descríbeme el contenido, si es que no lo conoces.

Mientras me fui alejando, al borde del terraplén que terminaba, metros abajo, en el cauce del río, me percaté de la mancha húmeda que le crecía por la pernera del pantalón rojo del uniforme. El gigante se estaba orinando encima.

No me hizo caso y abrió el sobre deprisa y corriendo, como un niño en la mañana de Reyes.

—¡Es una tablet! —me gritó—. Y tiene un post-it rosa pegado. Pone…, pone: «No es una bomba». Nos ha jodido, podía haberlo puesto fuera del sobre.

«Pues sí», convine con él sin decírselo.

Y me acerqué hasta el mensajero y agarré la tablet.

—Puto trabajo precario. Si ya le decía yo a la parienta… —murmuró para el cuello de su camisa uniformada—. Tienes que firmarme este papel.

Le hice un garabato y le tendí a su vez mi pequeña libreta.

—Escribe tu nombre y DNI aquí —dije algo más relajado—. Y no digas nada a nadie, ni en el trabajo ni en casa. Secreto de sumario.

—Como que me iban a creer… —murmuró disgustado.

Se montó, no sé cómo, sobre la diminuta moto y escapó de allí como si yo tuviera la rabia.

Una vez que me quedé solo en el yacimiento, encendí la tablet y vi que en la pantalla me esperaba un chat privado abierto.

—Hola, querido Kraken. Siento el golpe en la cabeza.

Acepté la invitación a charlar y comencé a escribir.

—Mucha fuerza tienes tú para tus sesenta y muchos años.

—Tómatelo como un aviso por minusvalorarme.

—Oído. No volverá a pasar —le prometí. Me prometí.

—Y siento esta vía de encuentro, pero no voy a dejar que me detengáis, no tengo nada que ganar.

—¿Qué quieres? —le corté.

—Ayudar, pese a todo. Ayudar.

—¿Ayudar en qué, Golden?

—Tenéis que detener a Rebeca. La conozco bien. No va a parar.

¿Rebeca?

¿Por qué Golden hablaba de Rebeca como si estuviera viva si la pobre niña fue asesinada en 1993?

46

ÁMSTERDAM

9 de enero de 2017, lunes

—Pues empecemos por el principio y dámelo todo bien mascado, porque me acabas de romper unos cuantos esquemas. Primero: eras la tía de Rebeca. Hasta ahí hemos llegado solitos.

—Y ya es un logro —escribió—. Tenéis gente buena en el equipo, no creí que lo descubrieras nunca.

«Punto para Milán», pensé. Pero callé, a la Golden que estaba descubriendo los últimos días no quería regalarle ni un saque.

—Ahora te toca a ti darme algo —la apreté—. ¿Qué tienes que contarme de Rebeca y de su desaparición?

—Conociste a mi cuñado Saúl. Todo empieza y termina con él.

—Ahora me vas a decir que para ti también era Barba Azul.

—Espera a leer lo que tengo que contarte y juzga por ti mismo, Kraken.

—Adelante, comienza —me rendí.

—Mi hermana Asun murió en circunstancias muy poco creíbles. Siempre he estado convencida de que fue Saúl quien la empujó al pozo, aunque no tengo ninguna esperanza de que, tantos años después, podáis probarlo y encerrarle. Pero al menos puedo frenar toda esta sangría y lo que él ha provocado.

—Tú dirás qué ha provocado Saúl.

—Es una larga historia…

—Cuanto antes empieces…

—De acuerdo: Saúl y Sarah, su hermana mayor, siempre tuvieron algo extraño entre ellos. Pertenecían a una familia de las de toda la vida en Santillana del Mar, se murmuraban cosas… La madre, enfermiza y encamada los últimos años de su vida, como las antiguas. El padre, muy rígido y religioso, de los de antes. Costumbres espartanas, nombres bíblicos, misa los domingos a las doce. Murieron pronto, en todo caso. Los hermanos, en esas circunstancias, estaban muy unidos, nadie se explicó por qué Saúl empezó a rondar a mi hermana pequeña. Era muy niña por entonces, no se había desarrollado demasiado. Pero a mi hermana le fascinó Saúl, como a todas las mozucas del pueblo. Se casaron muy jóvenes y tuvieron a Rebeca con dieciocho años.

—Hasta ahí te sigo, escribí.

—Saúl aisló a mi hermana, era tan encantador como controlador. La alejó de mí y de mi familia, la excusa era Rebeca, siempre Rebeca. Yo las visitaba a menudo en su chalé, casi siempre a escondidas de Saúl. Él nunca me vio con buenos ojos, malmetió entre nosotras. A veces pensé en tirar la toalla y dejarlos en paz, pero no me fiaba. No me fiaba del mundo dorado de Saúl ni de la vida perfecta e idílica que nos dibujaba.

—¿Por qué no, Golden?

—Ahora te explico. Después de la muerte de mi hermana, continué en contacto con Rebeca, casi siempre a espaldas de Saúl. Yo era su madrina y siempre estuvimos muy unidas, la visitara o no. La niña sufrió mucho, pero se volcó en el padre. Y el padre la aisló también, se creó una relación muy insana entre Saúl, Rebeca y Sarah, ejerciendo esta de segunda madre muy severa. Ella era una niña con mucha imaginación, su padre le llenaba la cabeza de imágenes de sus historias antiguas, de sus ritos, de lugares mágicos. Rebeca se refugió en un mundo imaginario que no existía, se volcó en los libros que su padre le hacía leer, para ganárselo. Sin mi hermana, su relación se convirtió en enfermiza.

Hasta ahí estaba de acuerdo con Golden. Lo había visto en el campamento: su dependencia mutua, ese estar pendiente a todas horas el uno del otro.

—A veces pasaban meses sin que viese a Rebeca. Después del poblado cántabro al que asististe tú y las otras víctimas, la visité. Estaba cambiada, ausente, casi adulta. Muy triste. Me preocupé por ella. No quiso contarme nada, pero me dejó muy asustada. Un día, en abril de 1993, fui a visitarla a su chalé. Su padre estaba en la universidad, la encontré llenando de ropa una pequeña mochila. Estaba mal, físicamente mal. Tenía la tripa hinchada, no podía ocultarlo bajo el jersey. Miré debajo y me quedé sin palabras, Kraken.

—¿Estaba embarazada?

—No, pero lo había estado. Acababa de dar a luz días antes, en su propia casa, asistida por Saúl y por Sarah. El bebé murió, un pequeño varón que nació inmaduro, por lo que le dijeron su padre y su tía. Normal, Rebeca tenía por entonces catorce años y era muy pequeña.

—¿Quién era el padre?

—Era Saúl.

—¿Saúl?

—Sí, Kraken. A Saúl le gustaban muy jóvenes, poco formadas. En el pueblo corrían rumores insanos desde siempre.

—Define «rumores insanos».

—Que si él y su hermana Sarah habían sido vistos de la mano, besándose, tocándose, en los pajares…, desde pequeños. Eran historias morbosas de pueblos. Historias de incestos. Pero su hermana mayor creció y las historias cesaron, ya no se les veía tan unidos y a Saúl parecía resultarle indiferente en cuanto ella se convirtió en una mujer adulta.

—La insté a que continuase, pero no estaba seguro de cuánta porquería podía asimilar mi cabeza en una mañana.

—Por eso se casó tan joven con mi hermana. Y por eso se deshizo de ella cuando maduró y con treinta años tenía ya formas de mujer. Le dejó de interesar. Eso me lo contaba mi hermana, que pasaban meses sin que Saúl mostrase el menor interés en la cama por ella. Cuando Rebeca tuvo doce años, mi hermana sobró en esa casa.

—¿Rebeca te contó que su padre le hizo eso?

—Sí, Unai. Beca adoraba a su padre, lo tenía en un altar. Imagina el *shock* de asimilar en tu cerebro de trece años ambas realidades. Quieres a tu padre, lo idolatras, y él abusa de ti.

—¿Y tú qué hiciste cuando ella te lo contó?

—Llevármela de allí. Apoyar su decisión de fugarse.

—Te inventaste una desaparición.

—Me inventé un asesinato. Quería involucrar a Saúl, que pagase por lo que había hecho. Convencí a Rebeca de que huyese conmigo, de que le daría una nueva identidad y un pasaporte, de que nos iríamos del país y de que nunca más volvería a saber de su padre, pero para eso teníamos que convencer al propio Saúl de que Beca estaba muerta.

—¿Y tú enviaste esas fotos al periódico y te inventaste toda la parafernalia celta en Fontibre?

—Yo saqué las fotos y las envié al periódico. Pensé que sería suficiente para que investigasen a Saúl. Pero nunca lo culparon, ni siquiera sospecharon de él. Es un encantador de serpientes, un manipulador nato. Pero fue Rebeca quien ideó el plan de aparecer colgada y con la cabeza sumergida en Fontibre, simulando un rito celta. Ella sabía de esas cosas, su padre llevaba toda la vida metiéndole a fuego todas esas historias en la cabeza. Yo pensé que aquel *modus operandi* lo incriminaría más, pero no fue así.

—Sabes que lo que hiciste fue simulación de un delito, y que está penado.

—Por eso te escribo aprovechando los datos de una tarjeta SIM robada que no os va a llevar a ningún lado cuando encontréis su origen.

«Contaba con eso», reconocí sin escribirlo.

—¿Te la llevaste a Ámsterdam?

—Veo que has llegado más lejos de lo que pensaba. Mis respetos, Kraken.

Ignoré el halago, no me lo había ganado.

—¿Qué ocurrió allí? ¿Cómo es que nadie se dio cuenta de que aparecías con una niña de catorce años?

—No te voy a hablar de mis contactos en el mercado negro de aquella época. Nos compramos una nueva identidad y consté como madre adoptiva de Rebeca. Yo empecé a trabajar para Cisco con mi nueva identidad, tuvimos unos años muy buenos, felices, tranquilos, alejadas del pasado.

—¿Y Saúl no intentó contactar contigo cuando su hija desapareció, ni la Policía te entrevistó?

—No, ya te lo dije, la relación entre Saúl y yo era nula y yo hacía mi vida hasta entonces, sin paradero estable. Entiendo que la Policía jamás encontró motivos para sondearme, simplemente era una pariente sin contacto con el padre.

—Continúa entonces.

—Rebeca fue muy buena estudiante, algo solitaria. Se protegía, huía de los chicos. Siempre lo vi normal, dadas sus circunstancias. Estaba centrada. Por mi trabajo, a veces pasábamos temporadas en otras ciudades europeas, París, Milán, Ginebra… La quise como a la hija que nunca tuve, hice de madre lo mejor que supe…, y lo hice mal.

—¿Por qué lo dices?

—No estuve con ella cuando empezó a torcerse.

—¿Dónde está Rebeca ahora?

—Eso es lo que he tratado de buscar desde que reconocí su *modus operandi* el día que te presentaste con tu móvil inutilizado y vi la Triple Muerte celta. He rastreado todas las compras de pistolas Taser. Ningún hilo me lleva a ella, pero sé que está detrás, es su firma. Tienes que entender que a mi lado lo aprendió todo acerca de seguridad informática.

—Dígase el noble arte del *hackeo*.

—Llámalo como quieras, pero tómatelo en serio. Beca te está rondando.

—¿Estoy en peligro?

—Estáis en peligro todos los que ella considera que no deberíais traer un hijo al mundo. Siento haberme metido en tu vida íntima, pero he sido testigo de muchas de tus conversaciones con Alba Díaz de Salvatierra, al menos de lo que tú le contestabas por escrito. Si el hijo de tu jefa es tuyo, sí. Si no es tuyo, no. Dilo públicamente, di públicamente que no eres el padre y te salvarás. Mejor eso, y vives, a que tu hijo no tenga padre, ¿no crees? O dos presuntos padres a quienes dejar flores en el cementerio.

«Pues eso ya lo decido más adelante, si te parece», callé.

—¿Y Asier? ¿Está en peligro? —le pregunté, más que nada para cambiar de tercio.

—Si Asier no está muerto a estas alturas de la película, ya no corre peligro. Creo que Rebeca consiguió que Annabel le confesase el nombre del verdadero padre, Jota, y por eso lo mató también a él. Y Lutxo estará a salvo mientras no embarace a nadie.

«Bonito método anticonceptivo llamado Rebeca», pensé.

—Si te estoy escribiendo es para advertirte, Unai. Tengo que contarte cómo era Rebeca.

—Tú dirás.

—Sacó esa parte manipuladora y encantadora de su padre. No daba puntada sin hilo, no hacía nada ni se preparaba para nada sin un motivo detrás. También descubrí enseguida que estaba muy mimada. Saúl la malcrió y le concedía todos los caprichos, algo que yo no pude ni quise permitirme, y más en una sociedad tan austera como la holandesa. Por su parte, Rebeca seguía estudiando Historia por su cuenta, visitando museos… Un día vio un anuncio de una exposición temporal que se iba a presentar en el Museo de Historia de Ámsterdam. Vino fascinada porque en el díptico leyó que se iba a exponer el Caldero de Gundestrup.

—Conozco la pieza.

—Días después me contó que se había preparado el papel de voluntaria para el museo, que hizo un seguimiento de varios días al personal contratado para aquella exposición. Forzó una baja atropellando con su bici a una de las becarias, le rompió un tobillo, se ofreció a Recursos Humanos del museo el mismo día que la becaria accidentada entregó su parte de baja. Rebeca presentó un CV falsificado, entró a trabajar durante un par de semanas y robó el caldero, la pieza estrella. Todo para hacer el puñetero ritual con las mascotas de nuestros vecinos. Me lo contó como una travesura, pensando que yo estaría orgullosa de lo audaz que había sido. Luego devolvió el caldero, lo dejó cerca del museo.

—¿Cómo le permitiste aquello, Golden? No creo que seas una de esas personas que alienta ese tipo de actos.

—Me enfadé con ella, mucho. Ni te imaginas lo que me enfadó aquello, pero Beca no lo entendió. Para ella las vidas de esos gatos y esos perros no tenían ningún valor, estaba pletórica con su hazaña. La eché de casa.

—¿Perdona?

—Era mayor de edad, y le había dado estudios y recursos suficientes para ganarse la vida, amén de una identidad nueva. Durante los años en que yo la crie respetó la única condición que le puse al venir conmigo: que no buscase a su padre, que no lo investigase, que no se pusiera en contacto con él nunca más. Saúl era peligroso, su hermana tenía mucha mano en estamentos oficiales y yo me jugaba la cárcel por secuestro de una menor. Pero Rebeca tenía una espina clavada por lo que sucedió en el poblado de Cabezón de la Sal. Culpaba a los cuatro vitorianos y a la novia de los cuatro por lo que permitieron que le ocurriera. Cuando me trajiste la tarjeta SIM até cabos y me di cuenta de que tú eras uno de ellos.

—Entonces no sabes nada de ella desde…

—Desde 1998. Nunca me lo he perdonado, tenía que haberla llevado a un psicólogo, intentar que cambiase, pero la eché de casa. Siendo realistas, Unai, ¿qué crees que hizo ella, cambiar? No, estaba sola y tenía una persona más a la que odiar, además de a los cinco del campamento. Estaba segura de que vendría a por mí en cuanto me enteré por tu móvil de que había empezado a matar. Estaba ajustando cuentas con el pasado.

—Pero en toda carrera criminal hay un detonante, un hecho traumático, un punto de no retorno que hace que se decida y comience a matar —le escribí—. ¿Qué crees que la impulsó a ello después de tantos años?

Golden se lo pensó unos segundos, al otro lado de la línea del chat, dondequiera que estuviese escondida.

—Tengo una teoría: los jóvenes suicidas.

—¿Te refieres a Gimena Tovar?

—Sí, la hija que adoptó Saúl después de que Rebeca desapareciera. Creo que Rebeca vio la noticia y pensó que esa chica se suicidó también por lo que Saúl le hizo, los mismos abusos que a ella. Creo que ese ha sido el detonante, creo que en ese momento Rebeca se puso en marcha y empezó a contactar con todos vosotros, si es que no lo había hecho antes ya.

Pensé en la primera vez que estuve esperando descendencia, en 2014. Me pregunté si la teoría de Golden era correcta, o si Rebeca también nos monitorizaba por aquella época y si habría atentado contra mi vida en el caso de que el embarazo de Paula hubiera seguido adelante. Aparté el pensamiento, tenía que centrarme en el presente y en lo que sí estaba en mi mano evitar.

—¿Por eso has fingido identidades falsas en salas suicidas?

—No he encontrado el rastro de Gimena Tovar aún, pero creo que lo encontraré. Quiero saber sus motivaciones, esos jóvenes suelen ser bastante transparentes cuando están ocultos bajo un nick. En los foros donde me he movido he encontrado de todo: críos dispuestos a suicidarse después de sufrir *bullying* en el instituto, chicas con anorexia, otros con desengaños amorosos..., y también abusos, bastantes casos de abusos no detectados por el entorno.

—Pero volviendo a Rebeca, ¿por qué iba a querer vengarse de nosotros y no de Saúl? —quise saber.

—¿Tú no te has formado en atención a víctimas de violencia sexual, Kraken? No hay ni una que no se sienta culpable: «No debí irme con él», «No debí invitarlo a casa», «No debí ponerme esa falda», «No debí darle un beso a mi padre», «No debí...». Me pasé años escuchando cómo lo justificaba cada vez que yo cargaba contra él. Lo defendía, lo odiaba, pero es su padre, tiene complejo de Electra, ella lo sabe y por eso se siente culpable. Ha dirigido su odio hacia vosotros, a Saúl jamás le hará daño, lo quiere demasiado. De una manera muy enfermiza sigue enamorada de él, lo sigue viendo el padre más guapo del mundo, el más listo, el mejor. Sigue presa de su hechizo.

Y tenía razón, si Rebeca era la culpable, me encajaba en el perfil y en el *modus operandi* de Annabel Lee y de Jota.

—Pues dame algo para que pueda actuar ya, Golden. Porque no me estás dando ningún dato que presentar a mis superiores. Dime, ¿quién es Rebeca ahora?

—Todavía no lo sé, pero estate seguro de que los cuatro del campamento la habéis conocido ya u os está rondando.

—¿Por dónde empiezo, entonces?

—Por cualquier detalle que la exponga. Los nombres, por ejemplo. Beca nunca dejaba nada al azar. Ese rasgo maquiavélico lo heredó de su padre. No lo olvides, es manipuladora, camaleónica... Habrá muchas Rebecas diferentes hasta el momento en que ates cabos.

—Sigues sin darme nada, solo una historia que no puedes probar amparándote en que estás fuera de la ley. No van a creerme, Golden. En comisaría no van a creerme y el juez no me lo va a poner fácil.

—Pues esto es todo, Kraken. Me estoy jugando el pellejo y no soy una hermanita de la caridad, precisamente. A partir de ahora estás solo. Yo he llegado hasta aquí y no cuentes más conmigo.

Quiero vivir lo que me queda de vida tranquila, si es que Rebeca no viene a por mí. Adiós, Kraken. Esto es una despedida.

—¡Espera! —la frené—. Si necesito algo de ti, pondré en la cristalera de mi balcón una cruz negra, ¿de acuerdo?

Pero un segundo después la pantalla quedó a oscuras y yo me quedé con la duda de si volvería a saber alguna vez más en mi vida de la esquiva Golden Girl.

Desanduve el sendero por el parque, me monté en el coche y volví a casa con el cerebro hirviendo: de manera que tenía un pulso con Rebeca.

Si yo era el padre de la hija de Alba, me mataba. Si era Nancho, me salvaba.

Pulsos a mí. Con mi hija de por medio.

En cuanto cerré la puerta de casa a mi espalda y recuperé el móvil nuevo, llamé a Tasio a Los Ángeles.

—¿Cómo va la serie? —quise saber.

—Haciéndome a la vida de *showrunner* y al ritmo loco de la *writer's room*. ¿Tú sabes qué hora es en California?

Ignoré su comentario, aunque calculé que serían las cinco de la madrugada.

—Dime, ¿has escrito ya el guion de *El silencio de la ciudad blanca?*

—Estoy en ello, pero no lo he terminado. ¿A qué viene esa pregunta, Kraken? —en su voz sonó un matiz distinto. Había conseguido despertarlo.

—Tengo que contarte algo que desconoces porque quiero que lo incluyas.

—Si enriquece la trama, te escucho. Soy todo oídos.

47

DEBA

18 de julio de 1992, sábado

Todo sucedió una tranquila noche de mar de ardora en una playa con nombre de diosa celta.

Para Rebeca, ocurrió como en la leyenda: una ola de leche, otra de lágrimas —las de ella— y la tercera embestida, de sangre.

—¿Es esto lo que querías? ¿Es esto con lo que sueñas? —le susurró al oído Saúl con una rabia que parecía lava.

Rebeca calló, tampoco es que pudiera hablar.

—No puedes seguir haciendo esto, hija. No puedes seguir contando lo que cuentas, vas a destrozar a la familia, vas a destrozarme a mí. Y no quiero…, no quiero volver a ingresarte. Tienes que curarte, pero vamos a intentar que te repongas fuera. Dime que vas a intentarlo.

Rebeca asintió con la suficiente convicción como para dejar a Saúl conforme.

Él se incorporó, miró la hora.

No había nadie más en aquel rincón oscuro de la playa.

—Métete en el mar y lávate, anda —le ordenó a su hija—. Con tres olas bastarán.

Rebeca lo odió por aquello.

No solo por el daño, no solo por la confianza traicionada.

Fue por el cinismo de Barba Azul al permitirse bromear con los ritos, por mancillar también lo que les había unido hasta entonces. Rebeca se juró que no sería historiadora. Nunca más. Odiaría por siempre la historia, los celtas, las leyendas, el pasado… El pasado. Acababa de ocurrir y Rebeca ya sabía que iba a odiar toda la vida su propio pasado.

La primera vez de Unai fue otra historia.

Annabel lo esperaba en la playa, lejos, donde solo era una sombra oscura y ni el reflejo de la ardora era tan potente como para distinguir sus rasgos.

Unai no quería jugar al papel de virgen inexperto, no quería que fuese ella quien lo cabalgase. Le había robado algunas pequeñas conchas a la orilla, le recorrió las partes del cuerpo que el vestido no tapaba con ellas, a Annabel le sorprendió la iniciativa y ronroneó un poco, encantada con el roce. Unai aprovechó su desconcierto para aprisionarle las muñecas con una de sus manos. No quería que ella controlase la situación, como con Jota o con Asier, quería que con él fuera diferente, quería arrancarle esa máscara de indiferencia, comprobar si debajo de aquella piel de luna había un corazón que latía o una carcasa sin emociones.

Y cuando ella, impaciente, trató de desnudarlo, él se lo impidió.

—Sin manos, Annabel.

Hubo un atisbo de sorpresa en las pupilas dilatadas de la muchacha.

—De acuerdo —accedió ella—. No va a ser tan perfecto, pero…

—Olvídate de la perfección.

Y Annabel comenzó a subirle la camiseta de Nirvana con los dientes. Se rieron un poco mientras ella lo intentaba, sin mucho éxito. Pero con el roce de la boca, los dientes, la saliva, Annabel Lee recorrió la cintura de Unai, que era cosquilloso y aquello le puso a cien. Después vinieron los pantalones, un poco más complicado porque la bragueta estaba a reventar.

Le tocó después el turno a Unai, que le bajó los tirantes del vestido con los dientes y se entretuvo un buen rato en aquel cuello y esos hombros y los pechos y el ombligo, y se rebozaron bastante, dando vueltas en la arena, pero cuando la penetró por fin vio solo una chica de quince años que se estaba divirtiendo tanto como él. Y eso era lo que quería, eso era lo que quería.

Unai se quedó un poco amodorrado cuando terminaron, se habría quedado dormitando en la playa, pero ella ya estaba a otra cosa, mirando el reloj.

—Tenemos hora y media hasta que vuelvan todos del pueblo. Vamos al autobús. Saúl me ha dado las llaves. Quiero repetir esto, Unai, pero allí estaremos más cómodos y sin arena.

Y Unai qué iba a decir. Se vistieron después de sacudirse la arena, con confianza, entre risas, y dos sombras marcharon hasta el aparcamiento donde los esperaba el microbús cerrado.

Annabel Lee abrió la puerta trasera y subieron las escaleras empinadas del vehículo. La penumbra del interior les pareció tan apetecible que no les hizo falta más que mirarse a los ojos y arrancarse de nuevo la ropa, en mitad del pasillo, para acoplarse otra vez. Unai ni siquiera se dio cuenta de que Annabel Lee le había mentido con la hora y de que había dejado la puerta abierta.

Pudo intuirlo, en un arranque de lucidez, cuando Jota, Lutxo y Asier subieron a oscuras, algo bebidos, y los encontraron en plena acometida.

48

LA ARNÍA

10 de enero de 2017, martes

—Debiste avisarme, fue una locura —repitió Estíbaliz al volante, rumbo de nuevo a Santander.

Estaba enfadada, sí. Y molesta, también.

—Alba ya me ha puesto firme, ¿puedes cambiar de tema?

—No, no puedo. Estás yendo por libre, ayer te la jugaste. ¿Y si hubiera sido una trampa? ¿Tú eres consciente de que podías haber acabado boca abajo, colgado de un pino?

—Chopo.

—¿Perdona?

—Colgado de un chopo. Los árboles que vi a la orilla del Zadorra eran chopos, además de algún quejigo.

—No te tomes esto a la ligera, Kraken, que me falta poco para sacarte de la investigación.

—Golden puso las condiciones, no tendríamos..., no tendríamos lo que nos dio si yo no hubiera aceptado.

—¿Y qué nos dio, Unai? ¿Qué nos dio? No tenemos ni una sola prueba que llevar al juez, solo una línea de investigación más que hoy tenemos que comprobar y que puede que nos retrase en un caso que ya se está demorando en resultados. Ahora comprendo mejor a Alba cuando nos aprieta. No tengo nada. No tenemos nada —se autocorrigió—. Solo calderos que aparecen y desaparecen, y colgados sin indicios físicos en los escenarios de los crímenes que respalden nuestras teorías peregrinas. Hasta ahora, el único avance ha sido confirmar que Ana Belén y Jota esperaban un hijo.

Opté por callar durante el resto del trayecto. Estíbaliz llevaba bajo una presión insana varias semanas y sabía que tenía los nervios a flor de piel. Me había caído una importante bronca doméstica cuando puse en antecedentes a Alba de lo acontecido en el yacimiento de Atxa.

Era como si ninguna de las dos valorase en su justa medida el avance que suponía la revelación de Golden, como si mi seguridad les importase más. Yo estaba frustrado, muy frustrado. Solo quería verle la cara a Saúl cuando le dijéramos que Rebeca estaba viva.

Volvimos a la Universidad de Cantabria y preguntamos de nuevo por Saúl Tovar. Nos señalaron un aula y, a falta de diez minutos para terminarla, nos colamos por la puerta trasera y escuchamos el final de su clase.

Iba acerca de sacrificios en las tribus cántabras. Un buen tema, desde luego que sí. Observé a su entregada audiencia. Casi todas eran chicas. Pero tuve que reconocerles el buen gusto. Saúl brillaba cuando exponía sus temas. Parecía incluso más joven. Dominaba el auditorio como un actor domina el escenario. Tenía eso que llaman *presencia*.

Pero hubo un momento, a punto de concluir su clase magistral, en el que miró al fondo del hemiciclo y nos reconoció, apoyados en la pared. Su mirada se endureció, no sé si alguien más lo captó.

—Esto es todo por hoy. Mañana más —se limitó a decir sin terminar de explicar qué demonios hacían los cántabros con las cabras que sacrificaban.

Hubo un par de miradas de desconcierto entre las alumnas, después todas recogieron y se fueron marchando en silencio, no sin antes acercarse a él con dudas, felicitaciones, promesas de tutorías…

Saúl se demoró recogiendo su material y apagando el proyector. Nosotros esperamos a quedarnos solos para acercarnos a él.

—Volvéis a hacerlo. Os lo he dicho. No os quiero aquí. Os voy a demandar por acoso —susurró con rabia, sin mirarnos, mientras guardaba el mando del proyector en el cajón y lo cerraba con llave.

—Saúl, tenemos que darte una noticia relacionada con Rebeca. Es importante —se adelantó Esti mirando fijamente a esos ojos de brujo.

Por la gravedad de su semblante, Saúl comprendió que algo serio había ocurrido. Se quedó quieto como si esperase un golpe caído del cielo.

—¿Novedades de Rebeca, por fin? —su voz sonó entre tensa y aliviada.

—Así es —le contesté.

Saúl suspiró, tomó aire de nuevo, se quedó con la mirada fija en el suelo y puso los brazos en jarras, como si necesitase sujeción.

—Será mejor entonces que vayamos a un sitio más privado y más discreto. Venid a mi casa, seguidme con vuestro coche y allí hablamos con calma.

Esti y yo cruzamos una micromirada. Sonaba de nuevo a trampa, claro. Y yo conocía el lugar, por desgracia. Estaba grabado a fuego en mis recuerdos más negros.

—De acuerdo, yo te acompaño en tu coche, la inspectora Gauna nos sigue —les impuse a ambos.

Por mi tono de voz no les dejé opción a réplica. Esti me miró de mala hostia cuando abandonamos el aula, yo aproveché para enseñarle con discreción y lejos de la mirada de Saúl la pipa que llevaba bajo mi chamarra.

Solo por si acaso.

Llegamos al chalé de Saúl Tovar, en plena Costa Quebrada, en apenas veinte minutos. Saúl vivía en una urbanización dispersa que daba a la ensenada de la playa de la Arnía.

Nada había cambiado en casi veinticinco años.

Tenía una casa que a todas luces le quedaba grande, muy masculina, sin rastro alguno de la hija que hasta hacía apenas unos meses había vivido con él.

El inmenso salón, más bien una biblioteca, rebosaba libros, algunos de ellos formaban columnas en el suelo. Tuve la sensación de estar visitando su cerebro. Saúl estaba incómodo mientras nosotros chequeábamos con disimulo su residencia.

Sobre la encimera de la chimenea reinaba la reproducción

de una estela cántabra con el lábaro y una pequeña colección de puñales y puntas de lanza, tal vez fueran armas cántabras originales de más de dos milenios, tal vez modestas copias de lo hallado tras toda una vida de yacimientos, no me consideraba tan experto como para asegurar nada.

—Mejor hablamos en la terraza, la brisa marina siempre ayuda a relajar el ambiente —nos propuso nervioso.

Esti y yo aceptamos y pasamos al exterior de la parte trasera del chalé, desde donde se tenía acceso directo a la pequeña playa de la Arnía. Al este se veían los urros de Liencres y la isla del Castro. Mi compañera estaba extasiada con el paisaje abrupto de acantilados agrestes, yo conocía bien la furia de aquel mar, todavía no había hecho las paces con mi pasado y la creciente tensión que sentía por volver a aquel lugar maldito me oprimía la cicatriz que dejó la bala en mi cabeza.

Sería la humedad, en todo caso. Sensaciones molestas, eso era todo.

Nos sentamos en unos butacones de madera que a Esti le quedaban un poco grandes, se veía diminuta entre los inmensos cojines, y esperamos una invitación a algún refrigerio que no llegó.

—Contadme de una vez, ¿habéis encontrado el cuerpo de Beca? —nos dijo frotándose las manos con ansiedad en un gesto que creo que no controló bien.

—No, Saúl. El cuerpo de Rebeca no ha aparecido y tal vez no aparezca, dado el giro que ha dado la investigación de su desaparición en los últimos días. Verás, tenemos un testimonio muy cercano a ella que afirma que está viva.

Las manos enormes de Saúl, siempre tan expresivas, se quedaron quietas, frenaron en seco.

—¿Cómo… ? ¿Cómo que está viva?

Saúl se echó hacia atrás, después sonrió. Era la sonrisa más auténtica y aliviada que he visto en siglos.

—Pero… ¿y las fotos? La vimos muerta, ¿no recordáis? Era mi hija, seguro, no era otra niña. Era mi hija… y estaba muerta.

—El testimonio que hemos recogido nos ha contado que Rebeca se fugó de casa y que fingió su muerte para no ser encontrada. De ella partieron esas fotos simulando estar muerta.

—Entonces es cierto…, está viva. Me la habéis traído, y yo que tanto tiempo desconfié de vuestra eficacia. No sabéis las veces que he soñado con estas palabras, con esta conversación… —lo pronunció con voz ronca, emocionado.

Se llevó las manos al rostro, secándose unas lágrimas con cierto pudor. Era la pura imagen del alivio, de la felicidad, de un padre presenciando un milagro.

Se levantó, un poco torpe, y se acercó a mí con intención de abrazarme. Yo me levanté deprisa y recibí aquel abrazo.

Era fuerte, sin contención, un abrazo de agradecimiento de verdad. No nos daban muchos así en nuestro trabajo. Yo no sabía muy bien cómo manejar la situación, pese a que dominaba el protocolo de dar buenas y malas noticias, pero nada servía para aquel momento en concreto.

—Y… ¿dónde está? ¿Puedo verla? ¿Puedo hablar con ella? Tengo tantas cosas que contarle…

—Saúl, tal vez no nos hemos explicado bien —le interrumpió Estíbaliz con voz de funeral—. Será mejor que te vuelvas a sentar.

—Pero ¿está viva o no? —nos interrogó nervioso, sin comprender—. No juguéis con esto, por favor. Ya he sufrido bastante.

—Como te estábamos explicando, hemos recabado un testimonio que nos cuenta una versión que todavía debemos corroborar. No tenemos ninguna prueba de que lo que dice sea cierto, pero hemos creído necesario informarte a ti el primero. Dado que conoces bien a la testigo, ya que es familia, nos gustaría que nos hablases de ella para saber si podemos tomarnos en serio lo que nos ha contado.

—¿Familia, una mujer? No será mi hermana, ¿verdad? Sarah no… Sarah no puede haberos dicho semejante…

—No es Sarah, Saúl —le frenó Esti.

Aunque mal frenado. A mí me habría gustado saber cómo iba a terminar la frase.

—¿Quién entonces? No ando muy sobrado de familia.

—Tu cuñada, Lourdes Pereda.

—¿Esa? ¿Y a esa estafadora le dais crédito? —gritó, y las mejillas se le pusieron rojas y tensas.

322

Esperaba una reacción así. Tampoco Golden parecía tenerle mucho aprecio a Saúl, dada la gravedad de sus acusaciones.

—Tu cuñada afirma que visitó a Rebeca en esta misma casa en abril de 1993, el mismo día de su desaparición. Que la encontró haciendo la mochila porque la niña había decidido marcharse de casa, que descubrió que acababa de pasar por un parto y que cuando perdió el bebé decidió irse. Siempre según su propio testimonio, tu hija y tu cuñada urdieron el engaño de las fotos para que todos la dieseis por muerta y no la buscaseis. No querían que la Policía barajase la posibilidad de que Rebeca estuviera viva y se hubiera fugado.

—¿Y qué hizo con Rebeca? ¿Adónde se la llevó? No se puede ocultar a una niña de catorce años sin que nadie se dé cuenta.

—Nos ha explicado que acudió al mercado negro y le compró un pasaporte y una identidad falsos. Vivieron muchos años en Ámsterdam, donde tu cuñada trabajaba para la compañía Cisco. Afirma que falsificó los papeles para que constase como hija adoptiva.

—Ámsterdam…, yo la lloraba en Fontibre y me decís que Rebeca se crio y creció en Ámsterdam.

—¿Lo ves… posible? —lo tanteé, aunque me atasqué un poco. Yo también estaba tenso y emocionado.

—Es que me cuesta mucho pensar que Rebeca renunciara a mí.

No supe cómo tomarme una frase tan rotunda.

—Explícate —lo apretó Esti.

—No quiero hablar de eso ahora. Tenéis que saber que vuestra fuente, mi cuñada, era la vergüenza de la familia. Mi mujer y ella apenas se trataban. Lourdes fue siempre una manipuladora y una estafadora. No sé si habrá pasado ya por la cárcel, llevaba décadas sin saber de ella, pero era *vox populi* que estaba metida en tramas de falsificación de dinero, y no tenía un domicilio fijo, siempre huyendo de la ley. Mi mujer lo pasó muy mal por Lourdes, y casi acabó con la salud de mis suegros. No sé, de verdad que no sé qué credibilidad darle a lo que os ha contado.

—Es curioso, tu cuñada en cambio afirma que fuiste tú quien aisló a su hermana al casaros tan jóvenes.

—Había mucho amor entre Asun y yo. No lo mancilles —dijo sin pensarlo.

—No somos quiénes para juzgarlo. Solo queremos transmitirte sus palabras y que nos las rebatas con los argumentos que creas conveniente —razonó Estíbaliz con paciencia—. Incluso llega a afirmar que sospecha que su muerte no fue accidental.

—Acabáramos. ¿Y a quién vais a creer, a una delincuente confesa que os ha admitido que secuestró a una menor, le cambió la identidad y la ocultó durante años, o a vuestros propios compañeros de la comisaría de Santander, que estuvieron en el pozo donde cayó Asun y no vieron indicio alguno de criminalidad?

—Te creemos a ti, Saúl —intervine. Necesitábamos que se confiase porque lo más duro de la conversación estaba todavía por venir—. No le hemos dado credibilidad a sus sospechas.

Mis palabras parecieron relajarle.

—Pero tenemos que tratar contigo un tema muy delicado. Y voy al hilo de lo que acabas de decir de que te cuesta pensar que... Rebeca renunció a ti. —Tomé aire para continuar—. Tu cuñada afirma que Rebeca le contó que abusaste de ella.

Saúl se atusó el pelo, se quedó mirando el Cantábrico y tardó en contestar.

—Ya estamos. Parece que esa historia me va a perseguir siempre —murmuró como si no hablase con nosotros.

—Explícate.

—Rebeca ya contó esa historia antes, nadie la creyó. Por eso la ingresamos meses antes del campamento en el que tú participaste, Unai.

—Y en el campamento se lo contó a Jota, él nunca fue concreto, pero eso fue lo que Rebeca le contó, ¿verdad?

—Llegados a este punto, tenéis que abrir los ojos y ver estos documentos —dijo, y se levantó de su butacón.

Saúl entró al chalé y subió las escaleras.

Esti salió zumbando detrás de él. Sabía que ella iba también armada, pero me inquieté cuando siguió a Saúl con un «espera, te acompaño».

Yo también entré en el salón, intranquilo, con la mano en la pistola.

Sin sacarla de la funda, pero alerta a cualquier ruido o llamada de auxilio por parte de mi compañera.

Después hubo un silencio que se me hizo, no eterno, pero sí muy largo.

«Déjate de hostias y sube de una vez», me habría dicho el abuelo, y decidí obedecerle y me acerqué a la escalera.

No me hizo falta subir, ellos ya bajaban.

Saúl llevaba una carpeta de documentos bajo el brazo. Estíbaliz me advirtió con la mirada que dejase la pipa en su sitio.

Comprendí al momento que lo que Estíbaliz había visto o leído iba a cambiar de nuevo el curso de la investigación.

49

EL URRO DEL MANZANO

19 de julio de 1992, domingo

La madrugada despertó amenazando tormenta. El calor insano de los días pasados se cobraba su precio y el aire estaba cargado de electricidad. Una chispa habría hecho que todo saltase por los aires.

Así se sentía, en parte, Unai. A las siete de la mañana salió del saco por última vez y comprobó con cierto disgusto que Annabel y Lutxo habían salido como siempre a dar su paseo matutino por el bosque de secuoyas antes del alba. Pero se dijo a sí mismo que no tenía importancia, que la noche anterior Annabel se había decidido, que lo suyo había sido diferente a lo de Jota y Asier.

Especial, único.

Eso, al menos, le había susurrado Annabel Lee.

Bajó ensimismado las escaleras y entró en el comedor vacío. Como un autómata, recordando caricias y muslos y embestidas y mordiscos —uf, los mordiscos—, se dirigió a la despensa y tomó la última barra de chocolate artesano que les quedaba y que habían comprado con el fondo común.

Unai no era un gorrón, el abuelo le había enseñado a respetar los bienes ajenos y a ser educado en toda circunstancia, pero aquel día no se dio ni cuenta de que se sentó a solas en su silla del comedor y terminó con la barra entera de chocolate de Santillana a mordiscos. Miraba abstraído un punto indeterminado en la pared que un día fue blanca, frente a él, mientras su cabeza repetía como un disco rayado lo sucedido las últimas horas.

Estaba un poco en estado de *shock.*

La vida podía ser muy bonita cuando no se ponía cabrona.

Rebeca también pasó la noche en *shock,* escondida y agazapada en su saco de dormir. Atenta a todos los ruidos por si Barba Azul volvía.

Escuchó el motor de varios coches que aparcaron en el exterior de la casona, conocía los ritos del campamento. El último día se sumaban todos los estudiantes de la universidad que habían trabajado allí otros veranos y lo daban por finalizado un año más.

No quiso bajar a desayunar con el grupo, nadie la reclamó, incluso su padre la dejó en paz aquella mañana.

Escuchó el trajín, las risas y la algarabía del último desayuno con paciencia, tratando de hacerse muy pequeñita para que nadie reparase en su presencia, o más bien en su ausencia.

Después, por fin, los motores del exterior volvieron a escucharse y se perdieron. Saúl había adelantado el día anterior su intención de pasar la última mañana en los acantilados cerca de su chalé, entre las playas de Portío y de la Arnía, apenas a media hora de Cabezón de la Sal.

Pues muy bien, que se perdiesen, pensó Rebeca.

Que se fuesen todos.

Solo quería que aquel maldito campamento terminase de una vez, pero estaba también aterrada ante la perspectiva de volver a su casa a solas con Barba Azul.

Escuchó unos pasos pesados subir las escaleras, su espalda se arqueó de manera inconsciente.

—¿Queda alguien en esta habitación? —escuchó gritar.

Era la voz de una chica, no supo de quién.

—Yo… —respondió con voz débil. No es que tuviera fuerzas para mucho más.

La chica entró, Rebeca la reconoció, era Marian, una estudiante de tercero de Historia que ya había pasado otros años por el campamento. Era un poco hombruna, grande y torpe. Los chicos, como a ella, no le hacían ni caso. Al cerebro de catalogadora que Rebeca había heredado de su padre siempre le pareció que a la chica le faltaba un hervor, demasiado atolondrada e impulsiva.

—¿Quién es «yo»? —preguntó Marian extrañada, entrando en el dormitorio.

—Soy Rebeca, la hija del profesor Saúl —se identificó ella, sin salir de su saquito rosa de Hello Kitty.

—¡Rebeca, tienes que venir! Nos vamos todos a la playa a dar un paseúco. Vamos, te llevo en mi coche. No sé cómo tu padre se ha olvidado de ti y te ha dejado aquí sola. Yo me he quedado recogiendo todo y me ha dado las llaves de la casona. Vamos, levanta —dijo la gigantona tirando del brazo de la niña.

—No, no, que yo no voy —se enrocó Rebeca, hecha un capullo de mariposa dentro del saco de dormir.

Ambas se miraron. Marian, con una cantosa camiseta roja de las Olimpiadas de Barcelona. Rebeca, que ni muerta iba a salir de aquel útero de plumón de pato.

—Oye, a ti te pasa algo.

—Que no… —dijo la niña, pero su voz era muy debilucha y sonó a todo lo contrario.

La buena de Marian se sentó sobre el colchón, junto al saco de Rebeca. Se le daban bien las niñas pequeñas, casi le estaba tocando criar a su hermana. Tenía mano con ellas, pensó orgullosa.

Y con palabras zalameras y un poquito de aceite fue ganándosela para que le contase…

Veinte minutos después salió del edificio, roja como la muleta de un torero. Le ocurría a veces, cuando se alteraba por algo era como un bisonte de los de la cueva de Altamira: se encabronaba y no había quien la detuviera.

Pero lo que la pobre Rebeca le había contado…, no, si ya había escuchado rumores en la uni, lo de Barba Azul, lo de su mujer, lo de su hermana. Que Marian podía parecer que no se enteraba en clase, pero en los pasillos estaba de lo más atenta.

Le pidió a la niña que se quedase en el dormitorio, cerró el caserón con llave y arrancó su destartalado Ford Fiesta rumbo a la Costa Quebrada.

Unai se relajaba sentado junto al mar. Frente a él tenía un trío de urros, cuyas formas caprichosas recordaban arcos y columnas. El urro Mayor, el Menor y el urro del Manzano, inclinado por el viento como un bonsái.

Sus amigos fingían que parloteaban y daban un paseo, varios metros más allá.

No tuvo que declinar ninguna invitación a unirse a ellos, nadie le dijo «oye, ven».

Los imaginó molestos por la pillada de la noche anterior. Y lo entendía…, lo entendía. A él también le pasó cuando lo de Jota y lo de Asier…, es que era un poco cortante mirarlos a la cara después de que lo hubieran sorprendido en plena faena.

Lo dejó correr, confió en que se les pasaría. Sí que pensaba hablar con Jota, su amistad era importante y quería estar seguro de que todo estaba bien entre ambos. Y respecto a Annabel…

Annabel sí que rechazó la invitación de la cuadrilla de bajar a la playa de Portío y dar un paseo con ellos. Se respiraba un bochorno asfixiante, y venían unas nubes muy grises y muy cargadas. El cielo iba a romper en tormenta de verano en breve, no hacía falta ser el abuelo de Unai para darse cuenta.

Por el rabillo del ojo Unai vio a una de las estudiantes mayores, la que era tan alta y compacta como él. Se dirigía con paso decidido al final del acantilado, en dirección adonde Saúl se había alejado de todos, cerca de la playa de la Arnía. Tal vez estaba ya cansado de tanto adolescente y necesitaba un respiro.

Pero Unai se olvidó pronto de ambos porque Annabel Lee se sentó entre sus piernas y apoyó la cabeza en su pecho. Fue como si hubiera traído la tormenta, porque en algún cielo lejano tronó y el eco se escuchó precediendo la voz de la muchacha.

—Te he traído un dibujo —le susurró con su voz de mar.

Y le tendió un papel arrancado de su cuaderno de espirales en el que se veía una tumba frente al mar y dos perfiles de amantes sentados sobre un acantilado que podían ser ellos.

Unai lo recibió como si fueran las tablas de los Diez mandamientos. Con sorpresa y con cierto sentido de la responsabilidad, como una encomienda divina.

—Lo guardaré… —acertó a decir.

—Prométeme que lo tendrás siempre siempre. Al menos,

hasta el día de mi muerte —murmuró ella solemne, junto al ló-
bulo de su oreja.

En esas condiciones cualquiera se negaba, claro, pensó Unai.

Y empezaron a caer las gotas, gruesas, calientes, muy calientes, pesadas.

—Te lo prometo —respondió, entre otras cosas porque sabía
que era la única respuesta que Annabel Lee admitiría.

La chica miró con fastidio las nubes y la lluvia espesa que
traían, como si les regañase por desdibujar una escena que ella
había planeado con dedicación. Tomó el dibujo de Kraken y lo
resguardó de la lluvia entre las tapas duras de su cuaderno.

—¿Nos vamos? —sugirió Unai—. A mí no me molesta la lluvia, nunca me ha molestado, y menos la de verano. Pero nos vamos si quieres.

—Qué va, parece una escena de *Cumbres Borrascosas,* nos quedamos —resolvió ella.

—Me pregunto qué pasará mañana, lunes, cuando estemos
en Vitoria. ¿Volveremos a vernos tú y yo? —se atrevió a decir.

«¿Nos olvidarás a todos y volverás con los moteros de tu madre?», calló.

—Por supuesto que seguiremos juntos —contestó ella levemente ofendida—. Te lo dije: éramos tú y yo desde la guardería.
Esto ha sido el principio, en Vitoria seguiremos siendo novios.

Unai la abrazó aliviado. No se contuvo. Estaban un poco ca-
lados, el flequillo moreno de Annabel chorreando gotas por el
rostro.

—Tenía miedo…, tenía miedo de que yo hubiera sido uno
más en el campamento.

—Eso te pasa por no creerme —murmuró ella al mar, dejándose hacer pero un poco ausente.

Unai también se relajó mirando el horizonte.

Solo entonces la vio. Un punto rojo en el mar.

Se levantó de un salto. A Annabel no le hizo mucha gracia
aquella interrupción del clímax.

—¿Has visto eso?

—Define «eso» —respondió ella seca, todavía sentada y calada.

—¡Era un saco rojo, o una boya muy grande! Era algo, seguro, lo he visto… —gritó preocupado escudriñando la espuma blanca que dejaban unas olas bastante bravas.

—Pues yo no veo nada —contestó ella, pero Unai se dio cuenta de que ni siquiera había mirado.

El chico salió corriendo en la dirección por donde se había perdido la estudiante de Historia.

—¡Saúl! ¡Saúl! ¿Has visto eso? ¿Ha pasado algo? —gritó mientras corría por el acantilado.

El suelo estaba un poco traicionero, las primeras gotas lo habían mojado y la hierba resbalaba bastante.

Lo que había sido un tímido sirimiri se convirtió pronto en una lluvia bastante violenta, el mar se estaba agitando y Unai frenó un poco su carrera para escrutar de nuevo la costa.

Entonces lo vio de nuevo y se le heló la sangre cuando comprendió: el cuerpo de la estudiante, con su camiseta roja, se balanceaba entre las olas, junto a uno de los urros. A veces flotaba, otras veces se hundía.

Saúl llegó corriendo, con el rostro descompuesto, en respuesta a los gritos de Unai.

—¡Marian se ha caído! —le informó el director a varios metros—. Resbaló por una sacudida de viento, allí arriba, y ha caído al agua. Se ha golpeado varias veces con las rocas antes de caer al mar, no sé si está viva o muerta. Vamos a mi chalé, voy a llamar desde allí a Urgencias, tienen que enviar un equipo de rescate.

—¡No llegan, Saúl! El equipo de rescate no va a llegar a tiempo. ¡Vamos! —decidió Unai.

Saúl lo siguió no muy convencido.

Unai bajó corriendo en dirección adonde estaban sus amigos.

Asier, Lutxo y Jota lo miraron con cierta indiferencia cuando lo vieron llegar corriendo, seguido de Saúl y un poco más tarde de Annabel, más pendiente de su cuaderno que de otra cosa.

—¡Marian se ha caído al agua! ¡Tenemos que hacer una cadena entre todos! ¡Vamos, está a pocos metros de la orilla! —les gritó.

A los tres amigos les cambió la cara y lo siguieron por las rocas, hasta quedar frente al urro contra el que el cuerpo de Marian se golpeaba una y otra vez, un poco muñeco de la tempestad.

Pero se movió, un brazo se alzó, como si estuviera intentando bracear, tal vez buscando refugio en el gigante de piedra. Eso le dio esperanzas a Unai, que se quitó las pesadas botas de monte y se lanzó el primero.

El impacto contra el agua fue mayor del que esperaba. El mar estaba casi sólido aquel día, una ola violenta hundió su cabeza más tiempo del conveniente.

Logró salir y ganarle una bocanada al aire. Recuperó las fuerzas, se fijó un objetivo, una camiseta roja a quince metros en línea recta, y braceó con sus brazos poderosos. Fue la primera vez en su vida que se alegró de haberse ganado el apodo de Kraken.

«Si al menos me sirven para salvar una vida, que se ría, que se ría Lutxo, que me la sopla», pensó con su cerebro poco oxigenado.

Y se acordó de Lutxo: «¿dónde está?».

Debería haber llegado ya a pocos metros de él, formando la cadena hasta tierra firme.

Giró la cabeza en dirección a la orilla mientras se peleaba con la siguiente ola.

Empezaba a sentirse débil, la fuerza de las olas lo habían puesto en su sitio en pocas brazadas. Se estaba acercando a Marian, pero no estaba seguro siquiera de si él mismo iba a necesitar ayuda para volver a la orilla.

Unai dio una última brazada y tuvo una efímera visión: sus tres amigos, Saúl y Annabel, de pie, mirando la escena desde la orilla, sin intención ninguna de formar una cadena ni de lanzarse al mar.

Se concentró en la camiseta roja de las Olimpiadas de Barcelona y ganó distancia hasta acercarse al cuerpo de la estudiante, que golpeaba contra la base del urro, con la ropa atrapada entre los picos afilados de los peñascos.

Contempló a Marian, estaba inconsciente y tenía un corte abierto en la cabeza. Desesperado, fue la primera vez que pensó que iba a morir, bajo la atenta y pasiva mirada de sus amigos, su recién estrenada novia y su aplicado profesor.

50

LA COSTA QUEBRADA

10 de enero de 2017, martes

—Será mejor que volvamos a sentarnos —dijo Estíbaliz—. Saúl, tienes mucho que explicarnos.

—Lo sé, inspectora. Lo sé —murmuró con el rostro serio.

Interrogué en silencio a Estíbaliz con un «qué demonios está pasando aquí», y ella me devolvió un «ahora lo verás» con la mirada.

—Pues vosotros diréis —tercié yo.

—Toma, mejor lo lees —dijo Saúl, y me tendió la carpeta con lo que parecía ser documentación clínica a tenor del logotipo del hospital que encabezaba todas sus hojas.

—Hazme un resumen —comenté mientras comenzaba a hojear un grueso taco de informes y pruebas médicas, algunos de ellos pasados a máquina; otros, muchos, escritos a mano con letra ilegible de cirujano.

—Rebeca tenía, tiene, tenía…. —apretó los labios con impotencia—. Su diagnóstico era muy complejo. A Rebeca le diagnosticaron un trastorno psicótico paranoide agravado por el duelo no superado de la muerte de su madre… y un complejo de Electra no resuelto.

—En cristiano, Saúl —le rogué.

—Todas las niñas pasan por un período de sus vidas en las que se enamoran de la figura paterna. Se le llama complejo de Electra, como el mito griego de la hija de Agamenón, el rey de Micenas. Eso ocurre a la edad de cuatro años, fabulan con que ellas son la pareja de su padre, y la madre sobra. Es un estadio normal de su desarrollo; de hecho, es necesario para su maduración, ya que rompen con el vínculo de dependencia que tienen hasta entonces con sus madres, a las que convierten durante un tiempo en competencia, en enemigas. Lo mismo ocurre con los niños. En su caso, el complejo se llama de Edipo, por el mito que recogió Sófocles en *Edipo rey*. Lo que trato de deciros es que es universal porque se repite en todos nosotros. Mi hija pasó por su período de Electra y de rivalidad con su madre cuando era pequeña, como cualquier niña, pero después de perder a Asun, su complejo de Electra volvió y la imaginación desbordante que tenía le dio alas. Y no solo eso, la muerte de su madre sirvió de detonante para que su frágil psique se desequilibrara. Sus fantasías se exacerbaron y perdió contacto con la realidad. Una psicosis de manual.

Estíbaliz y yo cruzamos durante un segundo la mirada, no esperábamos aquello.

—Había una distorsión muy grande entre lo que ocurría, la relación normal y sana que Rebeca y yo teníamos como padre viudo e hija, y la que sucedía en su cabeza —prosiguió—. Mi hija no pasó por las fases del duelo habituales de una niña que pierde a su madre en un accidente a los doce años. Pareció asumirlo, sin llantos ni luto, y siguió adelante como si no hubiese pasado nada. Feliz, risueña, dicharachera… Era enfermizo. Yo estaba destrozado y ella insistía en ir al cine de la mano, en dejarnos ver por el paseo Pereda con un helado de Regma… Se volvió una caprichosa un poco tiránica, yo fui un padre blando y complaciente, lo reconozco. Pedí ayuda a mi hermana, era más firme que yo poniéndole límites. Rebeca no asumió bien que Sarah viniese una temporada a vivir con nosotros, y después llegó la infamia…

—¿Qué infamia?

—Le contó a mi hermana que yo la tocaba, detalles que prefiero no compartir porque todavía me turban. Mi hermana sabía que no podía ser cierto y consultó con un colega del hospital Valdecilla. Él nos hizo ver el grave estado mental de Rebeca y después de evaluarla nos aconsejó encarecidamente que la ingresáramos. Fue el peor momento de mi vida. Los antipsicóticos que le prescribieron, inhibidores de la dopamina y la serotonina, la convirtieron en una especie de zombi. Era un palo verla así, todo se me vino encima.

Lo miramos.

Le creímos.

Pobre hombre.

—Lo tenéis todo ahí: las pruebas, la medicación, las fechas del ingreso y del alta… Traté de llevarlo con discreción para no perjudicarla, pero tuvo que perder tres meses del curso escolar y no lo recuperó. No pudo asistir, ni estaba preparada para los exámenes de la tercera evaluación de octavo de EGB. Se vio obligada a repetir curso después del verano en que tú nos conociste.

—Pero el embarazo fue real —intervine—. Y en eso nos mentiste.

—Sí, lo reconozco. Fue real, y ella lo ocultó hasta el final. Si os mentí fue porque aquella circunstancia no iba a ninguna parte, una vez que la creímos muerta. Y también porque… no es fácil, no es fácil reconocer que tienes una hija adolescente que se ha quedado embarazada. ¿Para qué remover todo aquello?, ¿con qué sentido?

—¿Y el bebé?

—Nació muerto, demasiado inmaduro para un cuerpo de catorce años. Mi hermana y yo la encontramos de parto en su dormitorio. Fue muy rápido, era una criatura diminuta, un varón, y lo expulsó ella sola en cuanto dilató. Mi hermana incineró el feto en un horno crematorio gracias a los contactos que tenía en el hospital. No quedó constancia de él, aunque hoy me arrepiento. Debería haberlo denunciado aquel mismo día a la Policía, abrir una investigación para saber quién fue el padre, pero pensé que aquello perjudicaría más aún a Rebeca y la desequilibraría más. No quería volver a verla ingresada. Días después desapareció, siempre pensé que había quedado con el padre y que este acudió solo o con los de su cuadrilla, que la mataron para callarle la boca. Tal vez ella amenazó con decirlo. No lo sé.

—Con los de su cuadrilla, dices… —le hizo ver Estíbaliz—. ¿Tienes sospechas de quién fue el padre?

—Por supuesto que tengo sospechas. Rebeca se quedó embarazada en julio de 1992, durante los veintiún días que duró el campamento del poblado cántabro. Los únicos varones con los que se relacionó fueron los cuatro voluntarios y yo. Dime, inspector Ayala, ¿cuál de vosotros cuatro la embarazó?

—Puedo decirte que yo ni la toqué. Ni se me pasó por la cabeza.

—Puede que te crea, estabas demasiado pendiente de Ana Belén Liaño. Pero confié en vosotros, y uno de los cuatro sedujo a mi hija. Siempre he creído que uno de vosotros o varios la habíais matado, pero si no es cierto, si ella simuló el rito...

—¿El rito?

—Es la Triple Muerte celta, eso es evidente. Siempre le impresionó mucho a Rebeca, las momias del pantano... La llevé a Milán a ver una exposición temporal del Hombre de Lindow. Fue un viaje magnífico, inolvidable para ambos.

—Saúl, varias personas han muerto ahora siguiendo ese rito: quemadas, colgadas y sumergidas. ¿Ves a tu hija capaz de ser la responsable de esas muertes? Nadie la conocía mejor que tú. Piénsate bien la respuesta, por favor —le rogó Estíbaliz.

Saúl se tomó su tiempo, se fue a un aparador y cogió una foto de Rebeca en la que se abrazaban sonrientes y muy apretados con esa misma cala de fondo.

—Es que quiero creeros..., pensar que Rebeca está viva —dijo mirando fijamente la imagen de su hija—, pero no tenéis más que la palabra de una estafadora.

—¿Crees que Rebeca engañó también a tu cuñada? —pregunté.

—Si fuese cierta la versión de Lourdes, es evidente que Beca la utilizó para huir y volvió a usar la historia de los abusos. Mi hija sabía de nuestra mala relación, no hacía falta mucho para poner a mi cuñada en mi contra. Rebeca era capaz de convencer a cualquiera de sus invenciones. A todo el mundo. Era una niña dulce, muy inteligente, pizpireta. En su cabeza enferma existían, según me contaba el psiquiatra. Sus historias eran ciertas, habían ocurrido de verdad. Rebeca creía que ella y yo teníamos una historia de amor, que salíamos juntos al cine, como pareja. Se sentía humillada por ser una niña, tenía prisa por crecer y ser adulta. Mucha prisa.

—Debo preguntártelo, pero ahora, visto con perspectiva..., ¿nunca se ha puesto en contacto contigo? ¿Nunca ha habido nada que te haya hecho pensar que tu hija te haya enviado un mensaje, algo… ? —lo tanteó Estíbaliz.

Saúl nos miró con tristeza, como a niños ingenuos. Me pareció que nos hablaba un anciano.

—¿Conmigo? Disculpad si os doy un baño de realidad, pero a menos que me deis alguna prueba, que no la tenéis, mi hija desapareció con catorce años y no hay nada que me haga pensar que está viva, solo el testimonio de una delincuente y manipuladora profesional. No quiero vivir esto de nuevo… No quiero volver a tener esperanzas, no tenéis ni idea de lo doloroso que es.

—Solo queremos que hagas memoria y que… —insistió mi compañera, pero Saúl no la dejó terminar:

—¡Basta! Basta ya, irrumpís en mi trabajo, me dejáis esta bomba emocional y os largáis a seguir jugando a que estáis investigando. Lleváis más de veinte años así, he perdido otra hija hace pocos meses, ¿cuánto dolor creéis que puede soportar un padre? ¿Cuánto?

Yo no lo sabía, pero no tenía ganas de averiguarlo.

Saúl se puso en pie, la conversación había terminado.

—Deberíais iros. Y por favor, Unai, si alguna vez me tuviste aprecio, no vuelvas a hacerme lo de hoy. No vuelvas a decirme nada de la investigación de Rebeca a no ser que me traigáis sus restos.

—Te lo prometo. De verdad que siento lo de hoy —le dije, y puse la mano en su hombro.

Nos miramos, no me hacía gracia causar tanto dolor a nadie. Tocarle la fibra, jugar con lo más sagrado.

Estíbaliz y yo nos arrastramos cabizbajos hasta el coche.

Aquel día habíamos pasado por la típica situación que hacía que odiases tu profesión.

Saúl ni se despidió de nosotros, me dio la impresión de que a duras penas podía contener el llanto cuando nos cerró la puerta un poco demasiado rápido.

Montamos en el coche y nos quedamos allí, frente a la ensenada de la Arnía.

Yo conduje, apenas unos cientos de metros. Lo aparqué frente a la cala, dejamos atrás el chalé de Saúl, no quería que nos viera, pero nos venía bien tomar un poco el aire antes de volver a Vitoria.

—Vamos, anda, sentémonos por aquí —le propuse a mi compañera.

Ella agradeció el plan.

—Si lo que dice Saúl es cierto…, tenemos a una asesina psicótica… —le dije, una vez que nos sentamos sobre la hierba fría.

—Ajá.

—… que se inventó la violación de Saúl en el campamento —continué.

—Sigue.

—Uno de mis amigos la embarazó.

—Y…

—Huyó con Golden después de convencerla de que Saúl la había violado para alejarse de él y de la amenaza de volver a ser ingresada, y ahora ha empezado a matar —concluí.

—¿Por qué ahora? ¿Por qué ha empezado a matar después de tantos años?

—Partimos de que con catorce no podía —pensé en voz alta.

—Eso es cierto.

—Golden cree que el desencadenante fue la noticia en los periódicos del suicidio de Gimena. Quizás se vio reflejada en ella, tal vez se montó una película y la imaginó también víctima de abusos y embarazada.

—O tal vez imaginó que su padre pasó de ella, con veintitrés años, porque había crecido y ya no le atraía, como hizo con su madre. Lo que sea, pero la noticia la desequilibró —dijo Estíbaliz, ejerciendo de abogado del diablo—. Tú eres el perfilador, Kraken. ¿Te encaja? ¿Lo que hemos visto en los escenarios de los crímenes no es más propio de un psicópata, algo frío y premeditado? ¿No dices que los crímenes de los psicóticos son explosiones súbitas de violencia? Pensaba que eran enfermos mentales que obedecían a las voces de su cabeza —comentó con voz ronca, y sé que algo la turbaba, porque siempre carraspeaba cuando estaba incómoda.

Saqué mi cuaderno del bolsillo interior de la chamarra. No tenía ganas de esforzarme verbalmente aquel día y no estaba para impartir una *masterclass* en Perfilación.

—En primer lugar —escribí—, ser psicótico no significa ser violento. Es un error muy común que impide que estos enfermos estén plenamente aceptados en la sociedad y es un auténtico escollo para su recuperación. Solo un pequeño porcentaje de ellos delinquen y ese porcentaje es idéntico a los que delinquen sin tener ninguna enfermedad mental. Es cierto que ellos lo hacen cuando obedecen a esas voces o a esas fantasías. Hay una brecha entre la realidad y el delirio que se construyen en la cabeza. Hemos dado por supuesto que el escenario del crimen es complejo, elaborado…, pero tal vez no sea una representación de una fantasía, solo una misión. Me encajaría con el perfil de psicótico mesiánico. Se cree con derecho a castigar a los futuros padres, a decidir por ellos que no merecen criar a esos bebés no natos y entregárselos a las diosas, a las Matres de los altares. Rebeca ha ejecutado la Triple Muerte según la dejaron descrita los autores clásicos que convivieron con los celtas. Pero esa no es su fantasía, en realidad. Su fantasía es que su padre la deseaba, que tuvo relaciones carnales con ella y que el embarazo fue fruto de aquel incesto. Eso le contó a Golden, tal vez ella misma lo creía, tal vez se acostó con…

Lo pensé… ¿Principales candidatos?

—No me pega que se acostase con Lutxo —escribí después de recordar aquellos días tan lejanos— ni con Asier. Ellos tenían otros gustos, ni siquiera la miraban. Tal vez se acostó con Jota, era el más infantil de nosotros, y ellos dos sí que pasaron tiempo juntos. Tal vez tuvo algo con Jota —«Después de que Annabel Lee pasase de él», callé—. Tal vez por eso lo ha matado ahora.

—¿Y a Ana Belén Liaño?

—Tal vez porque ella era su rival por haberse acostado con Jota, o ahora por haberse quedado embarazada de él. Tal vez aquellos días la marcaron en su desarrollo. No sé por dónde puede discurrir el razonamiento de una mente tan intrincada que ha pasado por varios traumas: la muerte de su madre la desequilibró, eso está claro. Después comenzó su fantasía enfermiza con su padre, el único referente que le quedaba. Alimentó la idea de que el hijo era de ambos, que serían una familia de nuevo y ella sustituiría el papel de la madre ausente. Después, cuando perdió al bebé, todo se desmoronó de nuevo y trató de huir para no ser ingresada, o por miedo a las consecuencias de que se supiera que el padre era Jota.

—O tal vez lo hizo para proteger a Jota del escándalo —terció mi compañera.

—Puede ser. Jota era también un crío y ese año perdió a su padre, algo así lo habría hundido más aún, su familia lo apretaba mucho, eso Rebeca lo sabía.

—Si fuese así, es una buena noticia. Los crímenes no son obra de un psicópata, no estamos investigando un serial. Ha matado a Jota y a Ana Belén y ya no va a matar más. Eso supone que tú no estás en peligro.

—Ojala. Pero no podemos descartar nada. Son suposiciones —le recordé.

—Lo sé..., solo lanzaba deseos al aire —murmuró concentrada—. Dime, Unai. Después de todo lo que hemos presenciado hoy..., ¿crees que Rebeca puede ser la asesina?

—Sigo sin creer posible que una mujer pueda tener fuerza para colgar a nadie de un árbol cabeza abajo.

—Golden lo hizo hace veinte años con Rebeca —objetó Estíbaliz.

—Era una niña de catorce y Golden una adulta. No me sirve.

Estíbaliz me miró con ojos de reto. No entendí muy bien su gesto.

—¿Sabes? —dijo—. El otro día me dijiste que la amistad mueve el mundo. Eso me hizo pensar. En realidad no es la amistad, sino la palanca.

—¿La palanca?

—Sí, Arquímedes dijo: «Dadme un punto de apoyo y moveré el mundo».

—No te sigo, y mira que lo intento.

—Vamos a Villaverde, te lo explicaré cuando te tenga cabeza abajo.

51

LA HUERTA DEL ABUELO

10 de enero de 2017, martes

El abuelo le prestó a Estíbaliz una soga de varios metros y ella partió sola hacia la huerta, tras la orden de «Baja en quince minutos», dirigida a mí. Me quedé en la cocina con el abuelo, que estaba muy callado, más que de costumbre.

—¿Qué ocurre? —le pregunté.

—Anda, sube conmigo al alto, hijo. Tengo que contarte algo —contestó con su voz de roca.

Y lo seguí por el pasillo y por las viejas escaleras de madera que nos llevaron al piso de arriba.

Se quedó mirando las pieles de raposo que colgaban suspendidas de los ganchos de hierro de las vigas y las señaló como si aquello tuviera que decirme algo.

—Creo que ha subido alguien y ha estado fisgando por aquí —dijo al fin.

—¿Cómo que alguien?

—Pues si lo supiera te lo diría, hijo.

—Abuelo, explícate —le rogué un poco preocupado.

—Estas pieles están en el mismo sitio desde hace cincuenta años, y aquí solo subimos tú, tu hermano y yo desde que nos quedamos solos. Y no nos hemos tropezado con ellas ni las hemos movido de sitio. Pero alguien ha subido últimamente y dos de ellas están giradas.

Era cierto, no me había fijado antes, pero no estaban paralelas a la pared, sino en diagonal.

—El viento.

—Qué viento ni qué gaitas, si están más tiesas que yo qué sé y el viento no las ha movido nunca. Hijo, a mí no me gusta marearte, pero aquí ha subido alguien y no es de la familia. Ven —me ordenó, y nos acercamos a las cajas donde yo almacenaba recuerdos y vidas pasadas.

—Todas están cerradas, como tú las dejas, pero la del verano de 1992 está un poco abierta.

—Pues es verdad —reconocí al acercarme.

Y yo estaba seguro de que había cerrado bien aquella caja después de la reunión de mi equipo allí mismo. Siempre me aseguraba para que no se llenase de polvo el interior.

—Es del caso que llevas ahora, ¿verdad? —preguntó a mi espalda.

—Pues sí, abuelo. Esto no es casualidad —dije, y tomé la primera foto, pensativo.

La foto de grupo en la que estábamos la cuadrilla al completo, y Saúl y Rebeca, y Annabel, y algunos estudiantes de la universidad, entre ellos, Marian y su camiseta roja de las Olimpiadas.

El abuelo se acercó y la miró también, aunque no se sacó las gafas de cerca del bolsillo de la camisa y yo sabía que estaría viendo unas caras borrosas.

—Abuelo, ¿tú qué opinas de un hombre que se ha quedado viudo y que ha perdido a sus dos hijas?

El abuelo se tensó por un momento y carraspeó antes de hablar.

—Pensé que Paula y tú esperabais un mocico y una mocica.

Al principio no comprendí. No comprendí que Saúl y yo compartíamos un pasado negro y que el abuelo había confundido nuestras biografías.

—No hablaba de mí. Hablaba del caso en el que estoy trabajando —le tuve que aclarar, incómodo.

Le resumí la historia de Saúl Tovar y le pedí que se pusiera las gafas para mostrarle quién era quién en la foto.

—¿Me estás preguntando si creo que tu profesor es un asesino por haber perdido a tres mujeres de su familia?

—¿Cómo se ve desde fuera? —quise saber.

El abuelo se lo pensó un momento antes de contestar.

—Tal vez tenga algo que ver con sus muertes sin ser el asesino. Hay hombres con defectos o con pecados que provocan la desgracia de los que tienen alrededor, sin ser ellos los que disparan la escopeta, no sé si me explico.

—Pues no, abuelo.

—Verás, conocí a un hombre antes de marchar al frente, en el año 36. Hacía tratos con él cuando llevaba cereal a Laguardia. No era malo, pero era débil de carácter, un borracho que no sabía decir que no a una botella aunque fuera de vinagre. Llevó a la ruina a su familia, durante la posguerra pasaron más hambre que un galgo. La mujer enfermó de los pulmones, el hijo mayor marchó a Irún de camionero, pero salió torcido, se metió a pasar paquetes de contrabando en la frontera y murió en una reyerta muy lejos de su casa. El pequeño salió débil como su padre, le dio por tener siempre depresiones y lo encontraron en el Ebro, con una soga al cuello y una piedra atada en el extremo. El padre no los mató, ni intención que tenía, la verdad, pero toda la familia está enterrada en el cementerio antes de que les tocase estar ahí. ¿Entiendes lo que te quiero decir? Pues lo del tal Saúl parece el caso. Nunca hemos hablado de esto, pero volviste muy distinto de aquellas colonias en Cantabria.

—Distinto, ¿cómo?

—Se fue un mozo y volvió un hombre. Yo ya sabía que no serías ingeniero, que lo que le pasó a aquella chica... Tienes que dejarlo correr, hijo, que ya llevas mucha carga sobre tus hombros.

«Tal vez, abuelo, tal vez ahora es precisamente cuando no debo dejarlo correr. Tal vez ahora es cuando tengo que averiguar qué ocurrió exactamente aquel domingo de julio en el acantilado.»

—La chica, la del accidente... Una vez me dijiste que fue esta, ¿verdad? —dijo después de recolocarse las gafas y señalarla en la foto.

El abuelo era muy buen fisonomista, de esos que en la misa anual en la ermita de Okon del 15 de agosto, cuando todos los pueblos de la Montaña Alavesa se juntaban, deducía que este de Navarrete era primo del de las pastas de Urturi, y que ese *chiguito* de Villafría no podía ser hijo de la Antonia y de Mauleón porque no se les parecía nada.

Asentí al mirar la imagen.

—¿Y tú estás seguro de que esa chica murió?

—Pues claro, la llevaron al depósito, abuelo. De ahí no se sale andando.

—Es que..., es que esa cara, o muy parecida, la he visto yo últimamente y no sé decirte dónde. Pero la he visto.

Y yo le creí. No me encajaba nada, pero la vida me había enseñado a no cuestionar nunca las verdades rotundas del abuelo. Me guardé el dato en la reserva, por si me era útil en el futuro.

—¿Es que nadie me ha escuchado? —nos interrumpió una voz de gorrión a nuestras espaldas, apoyada en la pared.

—Disculpa, Estíbaliz. Ni te oímos subir.

—Pues llevo un rato llamándoos desde la calle. Claro que con estas paredes... Vamos, Unai, al paredón. Y que el abuelo nos acompañe, por si la cosa se tuerce y necesito alguien fuerte de verdad.

—Tú mandas, jefa.

Seguimos a Estíbaliz hasta la huerta del abuelo, y ella nos emplazó a que nos quedásemos bajo el enorme peral, un árbol que tenía muchas décadas de vida, tal vez algún que otro centenar de años. No sé, ya era inmenso cuando yo era pequeño y tenía ramas gruesas como para jugar allí a los ahorcados.

—Imagina que te disparo con una Taser y caes al suelo —me dijo Esti—. Tus músculos no reaccionan durante bastantes minutos. Tu sistema nervioso central está fundido, estás a mi merced. Túmbate en el suelo.

—¿Es necesario?

—Recuerda que ahora estás a mi entera disposición. Si no, la prueba no sirve.

Me tumbé entre dos surcos de puerros.

Esti me rodeó los tobillos con la soga y apretó fuerte, con mano experta. No me gustó sentirme inmovilizado, me recordaba lo que una vez me hizo Nancho y no quería acordarme de Nancho.

—Y ahora te doy media vuelta, tú no te puedes defender, y te ato las manos a la espalda.

Me comí un terrón de tierra cuando Estíbaliz me giró, un poco brusca. Alcé la vista más allá de las hojas de las coliflores y vi que mi abuelo se estaba partiendo de risa con la escena.

—Si lo sé, me meto policía —comentó sonriente.

—No hagas sangre, abuelo —le rogué fastidiado.

—Ahora viene mi demostración empírica de que, utilizando la rama del árbol como punto de apoyo de una palanca, cualquiera puede elevar un peso mayor que el suyo propio, pongamos un peso pluma haciendo levitar a un kraken —dijo Estíbaliz, y lanzó la soga sobre la rama más robusta del peral, la misma a la que me había subido cientos de veces de crío y que tenía resina pegajosa en los nudos.

Después se alejó del árbol y empezó a elevarme tirando de la cuerda sin demasiado esfuerzo.

—Si te mareas o te duele la cabeza, dímelo enseguida, no quiero remover nada ahí adentro —me gritó, concentrada en sujetar la soga.

Me dejó cabeza abajo y pude ver mi mundo invertido. La sierra morada a la altura de mi cabeza y el cielo con sus nubes a mis pies.

Era extraño eso de cambiar de perspectiva. Tal vez era una indirecta de la vida para que yo me aplicase el cuento.

—¡Demostrado! —gritó Estíbaliz triunfante.

—¡Pues sí, y ahora bájame! Con cariño, con mucho cariño —le rogué a gritos.

No contaba con el efecto secundario de la sangre bajando a mi cerebro por la acción de la gravedad, y noté las mejillas calientes y un peso que no me gustaba nada donde una vez se alojó una bala.

Esti no debió de escuchar lo del cariño, o las leyes de la física se impusieron y fue incapaz de bajar mi peso manteniendo una velocidad constante. La soga dio un tirón, ella la soltó y yo me estampé contra los puerros.

—Hijo, vaya manera de aterrizar. Me has destrozado la cena de hoy —dijo el abuelo, que se presentó corriendo en mi auxilio y no sabía si poner cara de chiste o de preocupación—. ¿Estás bien?

—Muy bien, abuelo. No ha sido nada.

Esti recogió la cuerda y la trajo con una expresión de triunfo en la mirada.

—Demostrado que puedo subir el peso de alguien que me

triplica en tamaño. La asesina puede ser una mujer sola. Olvida la teoría de los tres encapuchados. La Taser compensa el cuerpo a cuerpo, la palanca compensa la diferencia de tamaño y para cuando la asesina les hunde la cabeza en el caldero lleno de agua o lo que sea que le hizo a Jota, los tiene totalmente neutralizados y no necesita usar la fuerza. No sabían nada los celtas.

El abuelo, siempre discreto, tomó la cuerda enroscada que Estíbaliz le tendió y desapareció callandito por las escaleras talladas en la piedra de la huerta.

Él siempre decía que así se iría: callandito y silbandito. Yo sabía que era mentira, que él no se iría nunca, pero cualquiera se atrevía a llevarle la contraria.

—Creo que Rebeca se acercó a Annabel cuando supo que estaba embarazada. Creo que se hicieron amigas, subió al monte con ella, le sacó la información acerca de quién fue el padre y luego mató a Jota. Un sábado por la noche, borracho, es fácil que acompañara a una chica a su casa —dijo Estíbaliz.

«Entonces tengo que cambiar el perfil —pensé, convencido por la exposición irrefutable de mi compañera—. Tachar lo de varón o varones, empezar a asumir que tal vez fue Rebeca, o la mujer en la que se ha convertido, la causante de las muertes de Ana Belén y Jota.»

Pero ¿cómo quitarle la máscara a alguien que se ha preparado durante años para rondarte?

52

EL PALACIO CONDE DE SAN DIEGO

19 de julio de 1992, domingo

Un último embiste del oleaje lo catapultó varios metros hacia el urro del Manzano. Unai se agarró como pudo al cuerpo de la chica con un brazo. Con el otro se impulsó y alcanzó la roca. Atrajo el cuerpo inerte de Marian hacia él, y comprendió, aterrado, que la chica estaba muerta o inconsciente.

También comprendió, con la mente extrañamente despejada, que no saldría vivo de allí sin ayuda.

Que no había reservado fuerzas para volver a la orilla, y mucho menos arrastrando una carga tan pesada como el cuerpo de la muchacha...

... y no dejaba de llover.

Unai se abrazó a la estudiante, y aquel abrazo, de vida y de muerte, era muy diferente al que le había dado minutos atrás a Annabel Lee, que quedó deslavado, superfluo, prosaico.

Cuando tuvo la suficiente estabilidad como para permitirse levantar la cabeza, vio que el grupo de la orilla tenía solo tres miembros.

Unai intuyó, deseó, anheló, que Saúl y Annabel hubieran ido corriendo en busca de ayuda.

Y sí, la ayuda llegó, dicen que cuarenta minutos después.

Para entonces, los brazos de Unai estaban ya casi despellejados de sujetarse a las rocas cortantes del urro y de sostener el cuerpo frío de Marian.

Lo tuvieron en observación durante unas horas, a Marian la llevaron al depósito de cadáveres.

Unai insistió en que no avisaran al abuelo. Le vendaron los brazos, sus amigos lo visitaron en la habitación.

Ninguno de los cuatro se miró a los ojos. Estaban demasiado violentos.

Lutxo intentó un chiste de un kraken y una momia que no cuajó.

Después de un rato más que incómodo se fueron en silencio, un poco impotentes y torpes.

—Han dicho que ya puedes vestirte y nos vamos. Saúl viene con Annabel a buscarte. Te van a traer ropa seca —le dijo Jota en susurros, como si estuviera en misa.

Unai lo miró de reojo y supo que había acabado con las reservas de vino tinto que quedaban en el almacén de la casona, las destinadas a un *kalimotxo* planeado que nunca se preparó porque se quedaron sin pelas para la Coca-Cola.

«No te cortes, Jota. Hoy es el día, ¿por qué frenarte?», quiso decirle con rabia.

Pero tenía demasiados frentes abiertos en su cabeza como para empezar por el que había sido, hasta hacía escasas tres semanas, su mejor amigo desde la infancia.

Los de la cuadrilla marcharon, cariacontecidos y silenciosos, y Unai esperó, tendido sobre la estrecha cama, la siguiente visita.

—Los facultativos han dicho que Marian sufrió un traumatismo muy violento, murió por uno de los golpes en la cabeza al caer. No se ahogó en el mar —le informó Saúl Tovar, sentado a los pies de la cama—. Lo que intento decirte con esto es que no podías haber hecho nada por ella. Estaba ya muerta. Es muy común entre la gente que cae por los acantilados.

Unai escuchó las frases lapidarias como una sentencia, tampoco podía mirar aquel día a Saúl.

El profesor captó los matices de la irritación del muchacho.

—No todos tienen instinto de héroe como tú. Deberías ser policía, pero no puedes ir guardando rencor al resto, tienen derecho a ser cobardes —le dijo, cerrando su inmensa manaza alrededor del tobillo de Unai como si fuese una pulsera. Pretendía ser un gesto para infundirle confianza y cercanía, pero a Unai le sobró.

Le sobró mucho.

—¿Y tú? —se limitó a preguntar.

—Yo tengo una hija de trece años. Pensé en ella y en no dejarla sola en el mundo y en manos de una familia de acogida.

Unai enrojeció hasta las orejas.

—Disculpa, te he juzgado demasiado duro.

—Te la acepto —contestó él un poco seco, tal vez cansado de los acontecimientos de un día tan lúgubre—. Anda, vístete.

Y le dejó la muda y los pantalones vaqueros y una camiseta que no pegaba mucho. «Bueno —pensó Unai—, si lo que quiero es salir de aquí y quitarme estos esparadrapos...»

Se vistió frente al profesor, que lo miraba fijamente, sin muchos remilgos, y en ese momento entró Annabel, que tampoco se cortó porque ya había visto antes todo lo que había que ver.

—Os dejo solos, no me tardéis —dijo Saúl antes de marcharse, severo—, que tenéis que coger el tren de vuelta a Vitoria y vamos muy mal de tiempo.

Se quedaron solos, los recién estrenados amantes, ambos en silencio, sin saber muy bien qué decir.

—Por poco te cargas lo nuestro —soltó ella por fin.

—¿Perdona? —preguntó Unai sin comprender.

—Que por poco mueres tú en el mar ruidoso, el poema no era así. Soy yo la que muero primero. Y te lanzas a salvar a una muerta.

—No estaba muerta —le cortó él con un rugido.

—Estaba muerta, has arriesgado lo nuestro por nada.

«Ya es suficiente. Es suficiente por hoy.»

—¡Hablas como una lunática! —estalló—. No puedo creer que seas tan cínica. Hoy ha muerto una chica y no habéis hecho nada por salvarla.

—Pero tú sí, no podías quedarte quieto, tenías que hacerte el héroe.

—No, tenía que salvarla. Punto.

—Entonces es eso —murmuró ella en su mundo, siempre en su mundo—. Eso es lo que eres...

—Hoy no estoy para tus criptogramas, Ana Belén —dijo él levantándose del colchón y dirigiéndose hacia la puerta.

Quería dejar atrás aquella blanca habitación, aquel campamento, aquel olor a ruindad y cinismo que Annabel Lee llevaba siempre prendido a las botas.

—¿No te das cuenta? Tú has nacido para salvar vidas, y no te digo que te hagas socorrista.

La verdad es que eso es lo que Unai hizo durante lo que quedaba de verano, se presentó en el Ayuntamiento de Bernedo y consiguió ser socorrista en las gélidas piscinas del pueblo, en las que por estar en el lado norte de la sierra costaba que se calentase el agua y había veranos que solo eran aptas para valientes.

Años después, cuando Unai terminó la carrera, algo desmotivado por unas perspectivas laborales que no le emocionaban, irrumpió el doble crimen del dolmen.

Y se obsesionó. Al principio, por el perfil histórico de los asesinatos cuando las segundas víctimas aparecieron en el poblado celtíbero de La Hoya, cerca de Laguardia. Después por Tasio Ortiz de Zárate, su héroe particular, y para cuando se pudo dar cuenta, solo pensaba, hablaba y soñaba con la investigación policial.

Y recordó las palabras de Annabel Lee:

«Tú has nacido para salvar vidas, lo llevas dentro y para eso hay que tener vocación. Créeme, algunos novios de mi madre eran policías, y viven por y para ello. El resto es secundario.»

A Unai le preocupaba su perfil obsesivo.

Pensó que era mejor encauzarlo hacia una causa que lo dejase dormir por las noches y no perderse por otros laberintos oscuros como los de Jota, esa ansiada creatividad. O los de Asier: el dinero. O el complejo de inferioridad de Lutxo, que lo obligaba a ser extremadamente competitivo con todos y con todo, empezando por él mismo.

Ninguna de aquellas eran sus teclas, se declaraba indiferente a ellas: creatividad, dinero, ego.

Por eso, y también por un pasado familiar que todavía sangraba, lo tuvo claro: Investigación criminal.

Cuando volvieron al palacio Conde de San Diego, en Cabezón de la Sal, el ambiente era lúgubre y no había espacio ni humor para los abrazos de despedida.

Los cinco vitorianos, la cuadrilla de Unai y Annabel, cargaron sus mochilas en los bajos del microbús y Saúl los llevó en silencio y tenso hasta la estación de tren.

La verdad es que todos querían dejar atrás el palacio que tenían a sus espaldas. Olvidarse de las últimas horas, de las últimas semanas. Todos y cada uno de ellos se juraron no volver jamás a aquel lugar, como si el palacio estuviera maldito y hubiera tenido la culpa de los acontecimientos.

Unai tuvo un par de segundos para despedirse de Rebeca, que miró con ojos aterrados las vendas que adornaban los brazos del chaval.

—Siento mucho lo que te ha pasado, Unai —dijo con su voz de polluelo.

—No ha sido culpa tuya —respondió él, y se encogió de hombros. El gesto le dolió, pero disimuló delante de la niña.

—Ya, claro, lo sé... —se limitó a decir ella bajando la cabeza.

—Oye, tú y yo teníamos una conversación pendiente... —se acordó Unai.

—¡No! —le interrumpió ella, soltando un pequeño grito—. No, no te preocupes, que no es nada, de verdad. Que estoy bien, que todo bien. Que no hay nada que contar.

Unai no comprendió muy bien el ataque de verborrea de Rebeca, pero le sonrió porque eso era lo esperado y le dio dos besitos en las mejillas.

Ella se apartó, un poquito tímida y porque su padre estaba mirando atentamente desde la distancia, mientras fingía que hablaba distraído con Lutxo y con Asier.

Jota se acercó a Rebeca y a Unai en ese momento, había recogido su mochila Levi's de las tripas del autobús y también quería despedirse de la niña.

—Bueno, pues gracias por todo, por enseñarme a techar la

cabaña, por hacer adobe para los muros… y por todo, Beca —dijo él cómplice. Y se acercó a ella, que le daba un poco de pena, y le dio la mano para ayudarle a bajar la acera.

A Saúl no le gustó el detalle y la complicidad que destilaban. Normal, en todo caso.

A ningún padre, por muy joven y comprensivo que sea, le gusta ver cómo a su hija de trece años le da la mano un chaval de dieciséis.

53

EL PORTALÓN

10 de enero de 2017, martes

Estíbaliz se movía por la huerta del abuelo como una culebrilla inquieta, la tuve que frenar poniéndole las manos sobre sus hombros. Solo entonces se quedó quieta y me miró a los ojos.

—Hay algo más, ¿verdad? —atajé.

—Unai, hay algo también de lo que te quiero hablar, pero estoy muy paranoica con el tema de los móviles y tus *hackers* —dijo Estíbaliz.

—Tú dirás.

—No vamos a meternos en internet para que te lo muestre, no me fío ni de que yo misma esté siendo también monitorizada, por lo que vas a tener que fiarte de mi palabra.

—Lo hago. Siempre —respondí incrédulo.

—Bien, pues tal vez un lugar tan poco conectado como esta huerta sea el mejor sitio para que te lo cuente. Vamos a sentarnos.

Le señalé el pequeño muro de piedras que separaba la huerta del abuelo de la de Aquilino y nos sentamos, pese a que con el relente de enero las piedras estaban heladas y el musgo, seco como un estropajo.

—Se trata de la cuenta de Facebook de Annabel Lee. Le ordené a Milán que buscara a la misteriosa amiga que se le acercó hace unos meses, ella no me ha dado ningún nombre todavía, es la primera vez que Milán me falla en algo tecnológico, siempre me entrega los datos que le pido casi al momento, como si no tuviera otra cosa que hacer en la vida.

—Y eso es bueno, entiendo.

—Es muy bueno, es una fuera de serie. Por eso no entiendo cómo no encontró un nombre, Ginebra, que llama mucho la atención. Es una usuaria que comenzó a escribir comentarios en su muro a raíz de que Ana Belén anunciase su embarazo. Se puede seguir el rastro de sus conversaciones públicas, con un poco de paciencia, hasta el momento en que quedan para seguir hablando en privado. Lo curioso es que el perfil de Ginebra es falso. Apenas tiene actividad, no hay fotos de ninguna persona que respalde esa identidad, solo imágenes góticas, se diría que subidas para agradar los gustos de Ana Belén. Sí que aparece el dato de que es de Vitoria, pero poco más.

—¿Adónde quieres llegar?

—A que estaba al alcance de las habilidades de Milán encontrar esa cuenta falsa más que sospechosa. A que la he encontrado yo con apenas una búsqueda de varias horas. A que no dejo de preguntarme por qué Milán me ha fallado precisamente en este asunto de la amiga misteriosa que muy probablemente fue la que le dio el último paseo a San Adrián.

—Golden me dijo algo…, algo en referencia a los nombres —recordé un poco turbado.

—¿Los nombres?

—Sí, que empezase por los nombres, que para Rebeca todo tiene un significado. ¿Te has dado cuenta?

—¿De qué?

—Golden dijo que Rebeca y ella vivieron, además de en Ámsterdam, en Milán, Ginebra…

—Sus nombres…, *Milán, Ginebra…* Son nombres de lugares donde Rebeca vivió.

—No solo eso, Saúl… —Me atasqué, sería el frío—. Saúl dijo que visitó con Rebeca una exposición de las momias de las turberas en Milán, y que fue muy especial para ambos.

Estíbaliz lo pensó durante un momento, levantó la cabeza, las ramas peladas del peral del abuelo silbaban un poco con el viento sobre nosotros.

—Milán es una buenaza, todo esto son casualidades peregrinas, y tú y yo estamos paranoicos —recitó lentamente, con los ojos cerrados y la cabeza ofrecida al viejo árbol.

—Milán es una buenaza, todo esto son casualidades peregrinas, y tú y yo estamos paranoicos —repetí palabra por palabra.

En parte para convencerme, en parte para lanzar un deseo al viento.

Milán me recordaba a alguien, a alguien de mi pasado. Lo supe desde el primer momento en que me la presentaron, y seguía sin saber el origen de aquella molesta sensación.

—Volvamos a Vitoria entonces —dijo Esti—. Voy a hablar con Alba, ella tiene acceso al expediente de Milán, le contaré nuestras…, no son sospechas, ¿verdad, Unai? Es solo que queremos cubrirnos las espaldas.

—Sí, volvamos. Yo también quiero hacerle una visita a alguien.

En cuanto llegué a Vitoria lo llamé con el móvil antiguo. Asier era uno de los que quedaron fuera de la lista de personas de mi entera confianza.

—Asier, me gustaría hablar ahora contigo.

—Ahora imposible, amigo —me cortó—. Estoy comiendo en el Portalón con un visitador farmacéutico.

—Pues no te vayas cuando termines, que estoy de camino. Ya me acerco yo y charlamos. —Y le colgué para no darle opción de escaquearse de nuestra cita forzada.

Me dirigí al final de la Correría, en la parte norte de la almendra, frente a la plaza de la Burullería, a una antigua casa de postas que llevaba en activo seiscientos años. El lugar discreto que yo necesitaba para hablar de temas igualmente discretos.

Crucé el umbral bajo el zócalo de piedra y pregunté por mi amigo en el interior, una camarera vestida de *neska* me envió escaleras arriba a un comedor añejo de vigas de roble junto a la antigua capilla de la posta.

Asier estaba ya solo, había despachado al comercial y me esperaba con poca paciencia, a juzgar por su semblante. Me pareció que estaba un poco desmejorado. El año nuevo no le estaba sentando bien, ni el peso de sus recién estrenados millones, o tal vez su matrimonio se estaba yendo a pique por la tensión. No lo supe con certeza.

—¿Cómo va tu cabeza? —saludó—. Te perdiste la Nochevieja en el hospital.

—La pasé viendo *Sospechosos habituales*. —«Con Alba», omití—. No fue un mal plan.

—¡Oh, esa es muy buena! Sobre todo lo que dice del diablo.

No comprendí, sería porque estábamos en la hora de la siesta.

—¿Qué dice del diablo?

—La frase de Baudelaire que cita el personaje de Verbal: «El mayor truco del diablo fue convencer al mundo de que no existía».

Me lo quedé mirando en silencio, ¿él me hablaba de diablos y de trucos? De acuerdo.

—Tengo que hacerte unas preguntas —dije, aclarándome la garganta.

—Lo imaginaba, es difícil que últimamente tú y yo quedemos para tomarnos un inocente café. Venga, dispara, que en una hora tengo que ir a la farmacia —me soltó un poco malhumorado.

—Quiero que me cuentes todo lo que recuerdas de Rebeca, la hija de Saúl.

—Uf..., aquella cría. —Torció el gesto, no le llegaron recuerdos agradables.

—Aquella cría... ¿qué?

Asier comenzó a retorcer entre sus dedos una de esas servilletas diminutas de papel, y la dejó como si fuese una soga.

—No tuve mucho trato con ella. ¿Qué quieres saber?

—Por qué le cogiste tanta manía y la evitabas. Eras muy hostil con ella.

—¿Me vas a detener por eso? —dijo, y alzó la ceja con cierta chulería.

—Relájate, Asier.

—Vale, perdona. Es que este asunto me pone de los nervios. Qué bien estaba el pasado en el pasado, ¿verdad?

—Díselo a Jota.

Suspiró, le dolió.

—De acuerdo: Rebeca. Veamos. La niña tenía un punto raro, la primera noche me llevó a la cocina y se me puso a llorar. Me contó algo tan enfermizo que me dieron ganas de volverme a Vitoria. La verdad es que pensé: «¿Dónde coño me he metido?».

356

Que una niña de doce o trece años tuviera el cerebro tan asqueroso...

—¿Qué te contó, Asier?

—Que su padre la tocaba, así, de repente. «Hola, me llamo Rebeca y mi padre me toca donde no debe.» Y que su padre y su tía eran novios. Que ella se fio de su tía, que era médica, para denunciar que su padre la tocaba, y que la tía fue la que hizo el informe y la ingresaron en la planta de Psiquiatría de Valdecilla.

—Sí, eso lo sabía —le dije mientras acababa mi capuchino.

—La niña me contó, histérica perdida, que todo era mentira, que no se había inventado nada, y que se dio cuenta de que su padre y su tía habían sido novios cuando se quedaron solos en el mundo, sin sus abuelos. De la historia familiar no me acuerdo demasiado, no estaba yo para retener datos, solo quería irme de aquella cocina y que Saúl no me pillara la primera noche con su hija llorando a moco tendido.

—Intenta recordar, me será útil.

—Que si su abuela estuvo muchos años encamada por una promesa a no sé qué virgen, que si no conoció a su abuelo pero en Santillana decían que había sido muy raro, que murieron, y su hermana ya era casi médico y su padre, Saúl, se fue a vivir con ella. Era una historia de abusos y de incesto, me pareció más propio de una fantasía infantil. Además, Rebeca en parte defendía a Saúl. Le echaba mierda encima, pero a la frase siguiente se desdecía y juraba que lo quería mucho. Me pareció que estaba como un cencerro, la verdad. Sé que Saúl le advirtió a Jota que no la creyese, y Jota me contó que la niña le había ido con el cuento a él y a Annabel. A Saúl se le veía preocupado y afectado, ¿tú la habrías creído? ¿A ti también te intentó liar?

—Creo que intentó contármelo, pero nos quedó una conversación pendiente.

«Que la muerte de Marian segó de raíz», añadí en mi cabeza.

—Pues esa niña estaba loca y sonaba como una loca.

—Creo que así es. Saúl nos ha confirmado el diagnóstico de trastorno psicótico paranoide. —Tomé un poco de aire y traté de ordenar las palabras—. Tenía complejo de Electra, estaba enamorada de Saúl. Lo hacía para llamar su atención.

—Sí, eso se notaba en el campamento.

—Lo que supusiste era cierto —continué—: se inventó los abusos y la relación incestuosa de su padre y su tía.

—Joder, qué cerebrito más podrido.

Asentí, no me gustaban los términos que usaba Asier, pero básicamente estaba de acuerdo con él.

—¿Y qué importa eso ahora? ¿No me contaste que a la cría la mataron un año después?

—Pues está viva y puede que venga a por nosotros.

—¿Cómo que viva?

—Te voy a preguntar algo privado. Ya me negaste que eras el padre del hijo de Ana Belén, pero ¿estáis Ara y tú esperando un niño?

No quise regalarle el dato de que Jota era el padre del hijo que esperaba Annabel. En parte, porque era secreto de sumario; en parte, porque cuanto más supiera yo y menos supiera él, mejor podía manejar el juego de estrategia en que se habían convertido nuestras conversaciones.

—No que yo sepa. Ya te conté las intenciones que tengo con mi efímero matrimonio cuando a ti te dé por terminar la investigación y yo tenga libertad para tocar esos millones sin que os abalancéis sobre mí y acabe en la cárcel. Que ya lo habéis hecho antes, el Tasio aquel se pasó veinte años a la sombra por vuestra ineptitud.

Apreté los dientes, no era el momento de mandarlo a paseo…, todavía.

—Mejor responde a mi pregunta, Asier, que no quiero tenerla contigo. ¿Estás seguro… de que no vas a ser padre?

—Que no, Unai. A no ser que Ara se haya quedado embarazada y me lo esté ocultando.

—¿Alguien más?

—Ni de casualidad. Que esto es Vitoria, Unai… Y no me has respondido tú a mi pregunta, ¿cómo que Rebeca está viva?

—Tenemos un testimonio de la cuñada de Saúl, la tía de Rebeca. Según ella, Rebeca no murió. —Tomé un poco de aliento. Demasiadas frases seguidas—. Creemos que está viva y que ella ha matado a Annabel y a Jota. ¿Has conocido últimamente a alguna tía que pueda ser ella? Treinta y ocho años, buena formación, era morena, aunque puede tener cualquier físico.

—Mi mujer —respondió él, y su voz sonó como un látigo porque se puso tenso de repente.

—¿Araceli? ¿Cómo va a ser ella?

—Mi mujer —repitió en voz baja—. Araceli está aquí, sé discreto, ¿quieres? Ella no tiene que saber nada de esto.

Entonces lo entendí. Araceli estaba a pocos metros de nosotros, en el umbral del salón privado. ¿Cuánto tiempo llevaba allí y cuánto había escuchado?

Ambos nos levantamos cuando se acercó, como niños pillados con un sapo en las manos.

—¿Y tú qué haces aquí? —le soltó Asier antes de darle un beso tosco en los labios.

Araceli cruzó los brazos, yo cada vez le veía más parecido a Annabel Lee con aquel corte nuevo de pelo, ¿Asier lo veía también?

—¿No me puedo pasar a visitar a mi marido?

—¿No estabas hoy en… Donosti?

—Bilbao. Estaba en Bilbao. Y ya he terminado las clases, y me he dicho, «Voy a hacerle una visita sorpresa a mi marido», y he venido al restaurante al que vienes todos los martes para ver si coincidimos de una vez por todas. ¿He hecho mal? Hola, Unai —dijo, y me dio dos besos que olían a su colonia, de esas de flores—. No te había saludado, disculpa. Estaba dándole explicaciones a mi marido por venir a sorprenderle.

—Hola, Ara —me limité a decir, no quería intervenir más de la cuenta.

—¿Todo bien? —nos tanteó—. ¿Ha ocurrido algo? Veo unas caras muy largas.

—Todo bien —dije con mi mejor cara de póker—, echaba de menos un poco de normalidad en la cuadrilla, eso es todo.

—Ya. Yo también, estamos todos muy raros. No hay manera de que nos juntemos todos de nuevo. Aunque es normal, después de tanto entierro… Tenemos el índice de mortalidad más alto de todas las cuadrillas del norte. Primero Martina, luego Jota…

—¿Eso ha pretendido ser un chiste? —le cortó su marido.

—Vale, déjalo. No hay manera de levantarte el día.

—Yo ya me iba, pareja —me apresuré a decir.

Por suerte, en ese momento sonó el móvil nuevo y me retiré discretamente, después de despedirme con cara de circunstancias, y bajé hasta la calle antes de cogerle la llamada a Estíbaliz.

—Unai, he hablado con Alba acerca de Milán Martínez y, según su expediente, nació en Santander. Es extraño, ¿verdad? Nunca nos lo ha comentado y siempre ha evitado acompañarnos a las pesquisas que hemos hecho en Cantabria.

—Tampoco es suficiente como para sospechar de ella —dije—, ¿en qué estás pensando, Esti? Te conozco.

—En que alguien te ha *hackeado* el móvil antiguo y tú lo has cambiado por uno nuevo, pero…, y solo digo que tengas la mente abierta: ¿y si Rebeca sigue toda la investigación también desde tu móvil nuevo?

—Lo que me estás preguntando es… ¿y si Rebeca es Milán? Vamos a hablar ahora mismo con ella y vamos a aclararlo todo —dije intentando aportar un poco de sentido común.

Aunque no dejaba de darle vueltas a la frase que mi amigo Asier me había soltado: «El mejor truco del diablo fue convencer al mundo de que no existía».

Si Rebeca no estaba muerta, podía ser cualquiera. Incluso… ¿Milán?

—¿Por dónde andas, Unai? Yo estoy yendo hacia la torre de los Anda. A Alba le consta esa dirección como domicilio habitual de Milán Martínez.

—Pues yo estoy enfrente, saliendo del Portalón. Te espero.

Y poco después nos reuníamos de nuevo bajo el portal del imponente edificio medieval que bordeaba la plaza de la Burullería.

Estíbaliz sacó su móvil y marcó el número de Milán.

—El inspector Ayala y yo estábamos de sobremesa en el Portalón y nos hemos dicho: vamos a visitar a Milán, que me contó que se había alquilado un piso en la torre de los Anda.

—Yo nunca le he dicho dónde vivo, inspectora —escuché decir a Milán con su voz tosca.

—¿Ah, no? Pues sería Peña.

—Peña no creo —le cortó ella.

—El caso es que estamos aquí abajo y tenemos curiosidad, porque no habíamos conocido a nadie que viviera en la casa más antigua de Vitoria, ¿la podemos ver? Voy a llamar por el telefonillo, ¿nos abres, por favor?

Milán tardó varios segundos eternos en abrirnos el portal.

Cuando llegamos a su puerta, en el último piso, escuchamos ruidos de alguien ordenando la casa con prisas y sin mucho cuidado.

Estíbaliz, cautelosa, volvió a tocar el timbre del descansillo.

Milán nos abrió la puerta en albornoz, con el pelo mojado y sin nada debajo, solo en esos momentos comprendí la incómoda sensación de familiaridad que tenía siempre que la veía y también los resquemores del abuelo: Marian no era Rebeca, no podía serlo, porque Milán era igual que Marian Martínez, la estudiante de Historia que no pude salvar veinticuatro años atrás.

54
—

LA TORRE DE LOS ANDA

10 de enero de 2017, martes

Instintivamente di un paso atrás, ver a Milán con el pelo mojado me recordó demasiado la última imagen que guardaba de Marian, entre mis brazos, en las rocas del urro del Manzano.

—¿Marian? ¿Eres Marian?

Milán se quedó muda ante mi pregunta. Estíbaliz no comprendió nada.

—¿Quién es Marian? —preguntó al aire.

—No soy Marian —afirmó Milán con la mano todavía dudosa en el marco de la puerta. ¿Nos la iba a cerrar en las narices?

—Eres igual que Marian, ahora me doy cuenta —insistí—. Más mayor que ella, pero...

—Que no soy Marian.

—¿Podemos hablarlo con calma en tu salón, Milán? —intervino Estíbaliz, ya con un pie en el pasillo.

—Claro, no esperaba que me hicieran una visita, inspectores. Disculpen el desorden —murmuró, y se anudó con fuerza el cinturón del albornoz.

Recorrimos el pasillo de la casa centenaria, pero al pasar por delante de una de las habitaciones, tanto Estíbaliz como yo nos quedamos tiesos.

La pared de lo que era un prosaico despacho sin más aparatos que un portátil en mitad de la estancia desangelada estaba forrada de fotos y de post-it rosas, verdes y naranjas. Los rosas para las fotos de Saúl Tovar. A decenas. Fotos de Saúl en la infancia, de joven, en los tiempos del campamento, y también dando conferencias a lo largo de los veinte años en que yo le había perdido la pista. Pero ella no, por lo que nos contaba aquel extraño *wonderwall.*

Los verdes para Asier, Lutxo, Jota y para mí mismo. Nos había monitorizado cenas de cuadrillas subidas a redes sociales y todas mis apariciones en prensa durante el caso del doble crimen del dolmen. Fotos que creí privadas adornaban su despacho.

Los post-it naranjas señalaban el *timeline* de la vida y muerte de Annabel Lee. Todo un seguimiento de su carrera editorial desde que comenzó a publicar veinte años atrás. Presentaciones, firmas de ejemplares, fotos con lectores. Tenía mucho más material gráfico del que nosotros disponíamos.

Me acerqué a la pared y arranqué una foto gemela a la que yo guardaba en el alto de Villaverde. Estábamos todos, más jóvenes, más livianos los hombros, sin saber lo que nos iba a ocurrir en apenas unos días...

—Milán, esto nos lo tienes que explicar —dije, y me giré hacia ella con la foto—. ¿O mejor Marian?

—¿Alguien me explica quién es Marian? —tronó Estíbaliz.

—Era.

—¿Era quién? —insistió mi compañera.

—Era mi hermana mayor. Murió o la mataron en el campamento cántabro del 92.

Entonces lo comprendí: ese aire familiar, esos rasgos que ya había visto antes. Ojos muy juntos, la constitución de espartana hecha para el combate.

—¿Tu hermana? No sabía que Marian tuviera una hermana.

—Tenía familia, inspector Ayala. Puede que siguierais con vuestra vida sin haceros demasiadas preguntas. Pero nadie les dio explicaciones a mis padres, que estaban mayores y aquello los hundió y callaron para no molestar. Pero yo era muy niña por entonces y me quedé sin..., mi hermana me estaba criando. Necesito saber si fue un accidente, si la mataron, si se tiró ella... A nadie pareció importarle demasiado lo que allí ocurrió, simplemente un domingo por la tarde nos devolvieron un cadáver.

—Espera, espera..., ¿cómo que la mataron? Se cayó por el acantilado.

—¿Usted lo vio? —masculló con rabia, arrancándome la foto.

—No.

—¿Alguien lo vio?

—Saúl.

—Eso es. Saúl.

—¿Crees que Saúl no contó la verdad, que la empujó él al acantilado?

—Usted fue el chaval que se lanzó al agua, tuvo que estar cerca. ¿Qué ocurrió en realidad?

Recordé lo que no quería recordar. De aquel día solo recordaba la violencia del oleaje que me despellejó los brazos y lo que pesaba el cadáver de su hermana. Sensaciones muy físicas, eso fue todo lo que registró mi cerebro. Pero ¿cómo decírselo?

—Annabel y yo estábamos sentados en lo alto del acantilado, cerca de la playa de Portío. —Tuve que concentrarme con una frase tan larga—. Tu hermana… nos preguntó por Saúl hecha una furia y fue a hablar con él. Poco después la vimos en el mar, junto al urro del Manzano.

—¿Cómo pudo caer? No era idiota, ni tiene sentido que se suicidase delante de su profesor y con vosotros tan cerca.

—Saúl dijo que fue un golpe de viento.

—¿Soplaba viento aquel día, inspector?

—Estaba empezando a llover, pero es cierto que no hacía viento donde Annabel y yo estábamos. Después vino una tormenta de verano que picó las olas.

—¿Y usted cree que un golpe de viento pudo con mi hermana? —gritó sin poder contenerse.

Me quedé en blanco, nunca me había parado a pensar qué fuerza necesitó una racha para desequilibrar a una persona de ochenta kilos.

—¡Ya está bien! —nos interrumpió Estíbaliz, colocándose en medio de nosotros—. Los dos. Vamos al salón y hablamos con tranquilidad. Me lo vais a explicar todo bien mascado desde el principio para que yo pueda entenderlo.

Y pese a que ambos le sacábamos dos cabezas y apenas ocupaba espacio en aquella habitación, lo cierto era que Estíbaliz se había ganado sus galones.

La obedecimos y nos acabamos sentando todos en el pequeño saloncito del piso de Milán. Desde las ventanas se veía la plaza de la Burullería, el Portalón y el antiguo Museo de Arqueología, creo que era el rincón más medieval de toda la ciudad, era fácil abstraerse con aquellas vistas, pero ni Esti ni yo estábamos para distracciones.

—Supongo que tengo mucho que contarles —balbuceó con la cabeza hundida en el albornoz.

—Asumo que nos vas a decir que pediste entrar en nuestra Unidad cuando apareció el cadáver de Ana Belén Liaño.

—Así es. Tenía controlado al inspector Ayala. Por lo del Kraken en la prensa y porque el único nombre que le dieron a mis padres fue el del chico que se lanzó a rescatar el cadáver de mi hermana.

—Estaba viva —repetí inconsciente veinticuatro años después.

—¿Seguro?

—No… —tuve que admitir—. Siempre me han dicho que no lo estaba, pero yo me lancé al mar porque pensaba que estaba viva.

—Vamos a acabar con esto más pronto que tarde —nos interrumpió Estíbaliz de nuevo—. De verdad que después podéis poneros al día, pero comprende, Milán, que tengo que aclarar algunos asuntos contigo. He encontrado un perfil falso en la cuenta de Facebook de Annabel Lee. Alguien que se hace llamar Ginebra y que nos encajaría con el perfil de la amiga que se acercó a la víctima cuando anunció su embarazo. ¿Por qué no has reportado nada?

—Porque no es el único perfil falso que he encontrado: Brianda, Alana…, el inspector Ayala me dijo que estuviera atenta a los nombres. A mí se me ha ocurrido rastrear todos los nombres de origen celta de seguidores que contactaron con ella. Y hasta ahora he encontrado dos más que no llevan a ningún lado, pese a que una de ellas se hace llamar Linett, que significa «ninfa»; la otra se llama Begoña Kortajarena, como ve, el nombre no dice demasiado, aunque ambos perfiles son falsos, falsísimos. Pero no quiero marear a mis superiores hasta que no encuentre algo sólido, ¿estoy haciendo mal?

Estíbaliz se tomó unos segundos antes de contestar:

—No, creo que he sido yo quien se ha precipitado en sus conclusiones. En todo caso..., te lo tengo que preguntar, Milán. ¿Dónde estuviste el 17 de noviembre de madrugada?

—Aquí, en casa, durmiendo. Como casi todo el mundo.

—Pero no tienes ninguna manera de probarnos que dices la verdad.

—Pues no. Como casi todo el mundo —repitió con su lógica aplastante.

—Ya, ¿y la noche del 3 al 4 de diciembre? Era noche de sábado, ¿saliste por ahí? ¿Alguien te vio?

Milán torció el gesto, nerviosa. Se echó hacia atrás y se apoyó en el respaldo del sofá.

—Eso no se lo puedo decir —contestó, y cruzó los brazos sobre su pecho.

—¿Cómo que no me lo puedes decir? ¿Te vio alguien o no te vio nadie? —insistió Estíbaliz.

—Es que no se lo puedo decir.

—Milán, es sencillo. No tienes más que decir si alguien puede corroborar que no estabas de marcha por Cuesta, te encontraste con José Javier Hueto y le diste matarile en la Barbacana.

—Pues ya le digo que no puedo decir dónde estuve ni si alguien puede corroborarlo —repitió obcecada.

—No quiere decir nada por no comprometerme, inspectora —dijo Peña, que salió de la puerta del baño frente al salón, desnudo.

Pasada la sorpresa, Esti se quedó mirando con mucho agrado, varios segundos más de los que dictaba el decoro, el vello casi albino que Peña exhibía en su anatomía.

—Subinspector Peña, explíquese —tuve que intervenir yo, porque allí nadie arrancaba a hablar.

—Porque estuvo en este piso conmigo toda la noche del sábado, la madrugada y el domingo entero. Podemos demostrarlo, aunque las fotos son un poco fuertes. ¿Va a ser necesario?

55

LA MALQUERIDA

13 de enero de 2017, viernes

Fue uno de los peores días del año, y eso que enero acababa de empezar. Y no tuvo nada que ver con que fuese viernes 13. No fue por eso.

Amaneció un día frío, sin luz, uno de esos días gélidos en los que un aire de muerte se te metía por debajo de la ropa y no había prenda capaz de templar el cuerpo ni el espíritu. Mi ciudad blanca, más blanca que nunca con la escarcha de la madrugada.

Alba no quiso dormir aquella noche en casa, me dio una excusa que no recuerdo por el Whatsapp del móvil nuevo y lo apagó. El resto de mis mensajes ni le llegaron.

La había notado fría y ausente conmigo en los despachos durante los últimos días. Cero química, cero guiños, nada de complicidad.

Tal vez el embarazo comenzaba a pesarle, tal vez le preocupaba la permanente amenaza de tener otro susto con la eclampsia como el que ya vivimos. Aliviado con aquella explicación, le compré un cucurucho de castañas asadas y la emplacé a comer juntos en La Malquerida, muy cerca de casa. Fui un poco expeditivo y no le di opción a negarse. Cosas de estar desesperado.

La aguardé en el rincón del bar, un poco nervioso, con las castañas calentándome las manos heladas, preguntándome si me daría plantón.

Pero apareció. Alba apareció, tan hermosa como triste, con su sempiterno plumífero largo y blanco que la hacía parecer la dama del lago de algún cuento medieval.

Me saludó, distraída, y todos mis intentos de conversaciones intrascendentes se fueron asfixiando, una tras otra, hasta que quedamos atados a un espeso silencio.

—¿Tú sabes por qué este rincón se llama La Malquerida? —comentó distraída—. Por un ilustre antepasado tuyo, Pedro López de Ayala, el comunero.

—También tiene algo tuyo —le recordé—, fue conde de Salvatierra.

—Tengo entendido que fue un auténtico pieza, pleiteó hasta con su madre, María Sarmiento, allá por el siglo xv, por unas tierras, y su segunda mujer se separó de él, pese a que tenían descendencia, y tuvo que buscar refugio con su mayor rival, el diputado general de Álava. Y aquí, en el callejón que da a la puerta de San Miguel, es donde dicen que vivió la Malquerida —dijo con cierta amargura en la voz.

—Detecto mucha hostilidad, y no... tengo ni idea de qué ocurre —le dije, y extendí mi mano, calentada por las castañas, pero ella la retiró.

—Unai, vamos a tu casa. No quiero testigos de lo que voy a hablar contigo.

—A casa, pues. No sabía si querías subir —asentí conforme.

Pagamos la cuenta con cierta precipitación y subimos a la cálida madriguera del tercero.

Y cerré la puerta a mis espaldas, pero el calor de hogar aquel día se echó de menos. Alba estaba fría y no había manera de subir la temperatura.

Me quedé frente a ella en el salón, ella miraba con cierta tristeza a través del ventanal que daba a la plaza de la Virgen Blanca, como si se estuviera despidiendo de aquellas vistas.

—¿Qué ha ocurrido, Alba?

«Porque está claro que algo, y muy grave, ha ocurrido.»

—Tasio Ortiz de Zárate, el trillizo de mi marido muerto...

—Sé quién es Tasio —le corté. No hacía falta que me recordase el drama que escondía cada una de sus palabras.

—Tasio me llamó. Me ha enviado esto. Juzga por ti mismo —dijo, y me acercó la pantalla de su móvil.

Alba me mostró la imagen escaneada de una fotografía antigua. Dos bebés recién nacidos, idénticos, se acurrucaban muy juntitos.

—¿Qué es esto?

—Son Tasio e Ignacio.

—¿Y por qué Tasio te ha enviado esta imagen?

—Dímelo tú, Unai.

Sí, tenía que decírselo, debería haberlo hecho. Y lo sabía.

—Hablaste con Tasio, le contaste lo nuestro, le dijiste que estoy embarazada y que la hija que voy a tener es nuestra. ¡Le pediste que incluyera esa parte de mi vida en un guion de una serie que van a ver miles de personas, por Dios! —me gritó.

—La estaba protegiendo —fui capaz de decir.

—¿A mi hija? ¿Así la proteges? —dijo alzando la voz.

—Si Tasio no incluye nuestra historia de amor en su guion, todo el mundo asumirá que la niña es de Nancho. Crecerá con el sambenito de ser la hija de un asesino en serie.

Alba me miró entre incrédula e impotente. Nunca la había visto de ese modo, tan fuera de sí.

—¡Debiste consultarlo conmigo! —gritó de nuevo—. Eso es lo que hacen las parejas, Unai. Pero parece que a ti se te ha olvidado lo que es convivir con alguien. Lo que has hecho tiene consecuencias para mí y para la niña. Tasio no se ha quedado ahí.

—No te entiendo.

—Me ha pedido que haga una prueba de ADN cuando ella nazca, Ignacio y él quieren saber si es su sobrina. Dicen que ellos no tienen pensado tener descendencia, y que quieren legarle todo el patrimonio de los Ortiz de Zárate, pese a que se saben hijos bastardos del doctor Urbina, pero no tienen más familia viva y han preferido callar y quedarse con su fortuna familiar.

—¿Qué... qué les has dicho?

—Le expliqué a Tasio que no quiero hacer una prueba de paternidad a mi hija, que la voy a criar como si fuese hija tuya, que esa será la historia que le contaré. Pero Tasio insiste en que quiere estar presente en la vida de su sobrina. Y yo... no quiero que mi hija tenga la menor duda de que no es hija de Nancho, pero con Tasio e Ignacio empeñados en ejercer de tíos... ¿Cómo demonios voy a impedirlo?, ¿eh? ¿Pensaste en eso cuando decidiste llamarlo sin consultármelo? ¿Pensaste en que podía destrozarnos la vida, a mí y a mi hija?

—Solo pensé en que prefiero que el mundo piense que es mi hija, aunque eso me ponga en peligro ante la loca de Rebeca.

—La loca de Rebeca…, ni siquiera soy capaz de pensar en eso ahora, en lo estúpido que puedes llegar a ser de ponerte en la picota públicamente. A ti te va la marcha, tú quieres acabar colgado y con la cabeza en un caldero.

—Cuidado, Alba —le advertí.

—Cuidado, dices. Eres tú el que debería actuar con cuidado. Desde que te permití entrar en esta investigación, no solo no me habéis dado un solo sospechoso que presentar al juez, sino que nos pones a todos en peligro con tus meteduras de pata.

—¡Pues esto es lo que soy, Alba! Ya lo ves. Soy impulsivo, no pienso las… las cosas si se trata de ti. Así fue desde el principio. —Tomé aire, me intenté centrar. No funcionó—. Me arrepiento de las formas, pero no de lo que hice —continué, para qué parar—. No pienso dejar que medio mundo piense que es hija de un asesino en serie.

—¡Pues estoy harta!, no somos una pareja, nunca lo hemos llegado a ser, y mucho menos una familia. Sigues yendo por libre, no solo con la investigación. No sabes trabajar en equipo, lo digo ahora también como pareja. No pienso dejar que sigas tomando decisiones que me competen sin que me las consultes. Estáis decidiendo todos por mí y por mi hija. Os la estáis repartiendo como si fuese un cromo o un botín de guerra. Decidís que entráis en su vida, o que salís… ¿Realmente estáis pensando en ella o en vuestras carencias emocionales?

—¡No me metas en el mismo saco que a Tasio! —rugí fuera de control.

Y entonces tomó su abrigo blanco, se lo colocó sobre sus hombros y se plantó a un par de metros de mí.

—Esto es un adiós, Unai —dijo, y yo sabía que la decisión ya estaba tomada—. Me he cansado de intentarlo. Puedes ver a la niña, puedes criarla, lo haremos juntos, pero cada uno en su casa y con su vida, como padres separados.

«Genial —pensé—. Hemos sido pareja durante un par de microsegundos y voy a ser padre separado.»

Pero Alba desapareció, más Blanca que nunca, y me pareció que era de nuevo la desconocida a la que nunca llegué a conocer del todo una madrugada de *running* pocos metros más abajo, en la balconada de San Miguel.

Cogí el móvil antiguo hecho una furia, en el nuevo no tenía su teléfono ni quería que MatuSalem me lo monitorizase también.

—No hay manera de que me dejes dormir una santa noche… ¿Tú sabes qué hora es en Los Ángeles, Kraken? —dijo Tasio con voz de lija, a diez mil kilómetros de la Virgen Blanca.

—Ni lo sé ni me importa.

—¡Ah…! —Se tomó unos segundos y pareció comprender—. Alba, supongo.

«Sí, amigo. Alba.»

—Iré al grano —le dije—: no tienes derecho, no puedes imponer tu presencia en la vida de esa niña.

—Puedo ir a los tribunales y pedir una prueba de paternidad, lo sabes.

—¿Serías capaz?

—Quiero estar, Kraken. Quiero ser parte de su vida. Y darle lo que le negamos a su padre, a Nancho.

—No uses a mi hija para resolver tus deudas pendientes.

—Demuestra que es tu hija, entonces no tendré ningún derecho que reclamar sobre ella.

—Sabes que Alba no quiere hacerle la prueba. Ojalá la hiciese, créeme. Pero yo quiero criarla, y a estas alturas no me importa quién sea el padre biológico.

—Al contrario que yo. A mí me importa mucho quién sea el padre biológico, porque, si estuvierais seguros, no andaríamos metidos en esta discusión tan abstracta. Voy a serte claro: quiero que sea una Ortiz de Zárate y que lleve orgullosa nuestro apellido.

—Ni siquiera tú lo eres, y no sé qué tienen de malo nuestros apellidos.

—No me faltes, Kraken, que puedo hacerte mucho daño. Todavía no he terminado el guion —replicó, y era de nuevo aquel convicto duro que un día conocí entre rejas.

—No me amenaces —le advertí—. He dejado que tu *hacker*

se meta en mi vida y me espíe, no os he denunciado ni parado los pies…, ¿y ahora me haces la cama? ¿Qué entiendes tú por lealtad? MatuSalem debería darte lecciones.

—No cuando se trata de mi sangre.

Y dale.

—No te voy a recordar cómo trataste a Nancho, tu sangre, cuando él acudió a vosotros.

—Precisamente —contestó.

Habíamos entrado en un bucle, es lo que tiene estar tan alterado. Intenté respirar profundo, pero nunca me funcionaba cuando estaba tan roto como aquel viernes 13.

Tenía que intentar otra estrategia, hacerle razonar, no por mí y por los destrozos que podía causar en mi vida, sino por el inmenso poder que yo le había regalado para que destrozase la vida de Alba y la de la niña.

—Tasio —le frené—, tú has pasado por el rechazo en una ciudad como Vitoria…

—¿He pasado? Y sigo pasándolo, en presente continuo. Por qué diablos voy a estar si no en pleno invierno a veinticuatro grados en California.

—¿Y quieres que tu sobrina sufra lo mismo? ¿No es mejor que públicamente la consideren hija de un héroe?

—Muy listo, Kraken. Muy listo. Pero tus trucos de perfilador no sirven conmigo. Voy a seguir adelante, Ignacio y yo vamos a estar presentes en la vida de esa niña. Y tú no vas a poder evitarlo.

—¡Maldita sea! —le grité, y perdí del todo la paciencia—. ¡Quería una familia y tú me has dejado sin ella!

Y pronunciarlo en voz alta me cayó como un bloque de hielo. Porque fui consciente de que la ruptura de Alba era definitiva y que mi torpeza había dinamitado toda posibilidad de que algún día ella, su hija y yo fuéramos una familia.

56

SANTILLANA DEL MAR

14 de enero de 2017, sábado

No pude dormir, y cuando no puedo dormir le doy muchas vueltas a todo. Y no quería darle más de las necesarias al dolor de saber que había perdido a Alba. Yo me conocía y sabía mis límites. Así que cambié una obsesión por otra: Rebeca Tovar.

«¿Quién eres ahora, Rebeca?»

«Quién eres ahora…»

Volví al origen, adonde empezó todo: Santillana del Mar, el pueblo de la familia Tovar.

Encendí el móvil nuevo, el fiable. La llamé a primera hora del sábado. Sabía que era tan alondra como yo.

—Inspector Ayala, ¿alguna novedad? —preguntó con la voz entre cautelosa y sorprendida.

—No te llamo para apretarte las tuercas. Me fío de ti, Milán. Necesito que hagas un poco de tu magia.

—Lo que sea, jefe —dijo aliviada.

Le conté lo que necesitaba. Para ella era sencillo: encontrar todos los domicilios asociados a un alumno de la Universidad de Cantabria.

Ni siquiera quise partirle el sábado a Estíbaliz. Quería avanzar, y tal vez Alba tenía razón: me iba mejor en modo solitario. Necesitaba estar solo, muy solo. Solo me iba mucho mejor en la vida, al menos no destrozaba vidas ajenas que me importaban mucho.

Cogí mi coche y me presenté en Santillana del Mar dos horas y media después de la llamada de Milán.

Encontré al chaval de los ojos dispares en la dirección que me dio mi compañera: una tienduca dentro del zaguán de una casa solariega donde despachaban como único producto un vaso de leche y un sobao.

Esperé con paciencia de cazador furtivo a que atendiera la pequeña cola de turistas.

Cuando levantó la mirada con el vaso de leche en la mano, dio un respingo y trató de escabullirse hacia la trastienda, escaleras arriba.

—Ni lo intentes —le dije muy serio, cerrándole la mano alrededor de su enclenque brazo.

—No quiero que en el pueblo me vean contigo.

—Pues no haber corrido la maratón en la facultad, genio. ¿Pensabas que íbamos a desistir en interrogarte por una carrera?

—No, supongo que no… ¿Qué quieres, pues? —dijo, con el local vacío, sin dejar de mirar hacia el exterior.

—Eso que dijiste de Barba Azul. Me mantiene insomne, chaval.

—Y a mí sin padre, no te digo.

—Eso vas a tener que explicármelo.

—Supongo que se lo merece… —murmuró.

—¿Que se merece qué?

—Que alguien hable mal de mi padre en este pueblo y diga la verdad de lo que es de una santa vez.

—Te escucho. ¿Qué tiene que ver tu padre con Saúl Tovar?

—Que ambos han estado con la misma mujer.

—¿La mujer de Saúl?

—¿La mujer? Pobre, cómo puede decir eso después de cómo acabó. Lo de Barba Azul no me lo inventé yo. Cuando murió Asunción Pereda la gente perdió el miedo a hablar. Por aquí siempre se dijo que Saúl se la quitó del medio cuando ya le había hecho una hija, que era un tío muy raro en gustos y que las mujeres de verdad le eran indiferentes. Las tenía a patadas, al menos en el pueblo, y él les daba calabazas a todas. No, me refiero a la bruja de su hermana, Sarah Tovar. Esa estirada le destrozó la vida a mi madre. Mire, pase dentro, a la trastienda, si le parece, que no quiero que nos vean juntos y alguien lo reconozca, que usted es el Kraken de Vitoria, ¿verdad?

Solté un gruñido a modo de respuesta, qué cansino era todo aquello, la verdad.

En ese momento, una mujer muy anciana salió de la trastienda y se acercó al chico.

—¿Todo bien, hijo? Escuché voces.

—Todo bien, abuela. Es un profesor de la uni, nos hemos emocionado al vernos. ¿Se puede usted quedar un rato a atender, que tenemos que hablar?

En la tienda entraron un par de americanos con una guía de turismo bajo el brazo, la abuela tomó la bandeja de sobaos, presta a atenderlos.

Yo aproveché para colarme por debajo del mostrador, subí con él unas escaleras de madera y pasé a una especie de trastienda con aspecto retro donde el olor a leche de vaca lo inundaba todo. Me supo al aroma de los primeros días de infancia, de meriendas viendo en blanco y negro a los Payasos de la tele y la presencia benigna y protectora de mis padres.

El chico me invitó a sentarme en una vieja silla de aluminio y chapa y se sentó a mi lado, un poco tenso.

—Cuéntame entonces, ¿qué es lo que sabes?

—Verá, yo creo que mi padre fue detrás de Sarah Tovar toda la vida, era mayor que ella, pero se tenían que conocer del pueblo y luego ambos estudiaron Medicina y trabajaban desde los años noventa en Valdecilla. Yo puedo contarle lo que he escuchado a mi madre: que los de la familia Tovar siempre fueron raros, que si la madre de Sarah y Saúl pasó encamada los últimos años, que si el padre era muy religioso y muy estricto, y que los dos hermanos estaban muy unidos, pero que muy unidos. No sé si me explico.

—Prefiero que seas claro.

—Aquí, en el pueblo, siempre se dijo que Sarah y su hermano pequeño estaban juntos, todo el mundo los había pillado de la mano o besándose en alguna ocasión.

—Muchos pueblos tienen rumores morbosos —tercié.

—No lo entiende. Todo el mundo. Cotillas y discretos. Todas las familias, afines, vecinas, cercanas… No, no era un cotilleo de pueblo. Mi madre dice que mi padre se enfadaba mucho con el rumor. Con el tiempo me he enterado de que Sarah lo rechazó demasiadas veces, se acabó casando con mi madre, poca cosa para él. Mi madre enfermaba de celos al saber que trabajaban en el mismo hospital.

—Tu padre trató a la hija de Saúl.

—Y justo después mis padres se separaron.

—¿Y eso?

—Porque Sarah, que tenía ya mucha mano en el hospital, y mi padre empezaron un romance. Mi padre se fue con ella, una noche no vino a dormir a casa. Mi madre no pudo más y le puso las maletas en la puerta. Mi madre estaba embarazada de mí, fue un palo para ella tenerme sola. Mi padre siempre ha pasado la pensión, pero ha sido un padre ausente, nunca ha estado ahí, ni en mi comunión, ni en las Navidades…, simplemente se desentendió de mí. Como puede imaginar, no les tengo mucho cariño a los Tovar, y me toca mucho mucho las narices que tenga que ir a la universidad y ver al profesor Saúl todos los santos días.

Un padre ausente…

El chaval seguía desahogándose, pero yo lo miraba con cargo de conciencia, preguntándome si dentro de veinticuatro años sería mi hija quien le contase a un anónimo interlocutor la historia de su padre ausente.

57

LA FUENTE DE LOS PATOS

24 de julio 1992, viernes

Unai intentó avanzar, un poco agobiado, entre la multitud que saltaba y brincaba por la Kutxi.

Había pasado la semana en Villaverde, ayudando al abuelo con la cosechadora y tratando de recuperarse de lo ocurrido en Cantabria.

Su hermano Germán, que por entonces era un niño de once años, se espantó cuando lo vio regresar con los vendajes de los brazos. El abuelo, sin tanto aspaviento, le susurró: «Después me cuentas, no vayamos a asustar al *chiguito*». Y cuando Germán se acostó, el abuelo le puso una pomada casera hecha con hierbajos de la Ripa que era un pringue pero que cicatrizaba muy bien.

En pocos días pudo quitarse las vendas, y todo volvió a la normalidad más rápido de lo que Unai esperaba.

A la tímida primera llamada de tanteo que le hizo Jota le siguieron las de Lutxo y Asier. Todos eludieron hablar de lo sucedido el último día del campamento, fue una especie de pacto de silencio que cumplirían toda su vida. Tenían una fecha grande por delante: el viernes era la víspera de Santiago, el día del Blusa, y aquella noche prometieron quemar Vitoria y todo el Casco Viejo y todos sus malos rollos y recuerdos y...

Todo, lo querían quemar todo.

Hubo una página de su pequeña agenda que Unai pasó por alto todos los días de aquella semana. En la primera hoja, la de la A, Annabel Lee le había escrito con su letra gótica un número de teléfono y un «llámame» que Unai no sabía si obedecer o ignorar.

Se sentía molesto con ella, con su indiferencia hacia la muerte de Marian. Unai intuía que con Annabel nada iba a ser blanco.

Fue el abuelo, el viernes al mediodía, quien le avisó de la llamada:

—Una moza, que dice que te pongas —le informó escueto, mientras Unai descargaba el trigo en el almacén.

El chaval subió las escaleras de tres en tres y se abalanzó sobre el aparato.

—¿Sí? —carraspeó.

—No me has llamado.

—No, no te he llamado.

—Mañana sábado, a las doce de la noche. Búscame en el Rojo. —Y colgó.

Aquella misma noche de viernes había quedado a las ocho con la cuadrilla, como si nada hubiera ocurrido, y todos retomaron su amistad tal y como la recordaban hasta antes del campamento cántabro. Se comportaron con cierto alivio o tal vez con fingida indiferencia.

El sábado, ya vestidos de blusas, se pasaron el día en la calle, comieron un bocata de tortilla en el Deportivo Alavés y cenaron cuatro *pintxos* por la calle Dato.

Cuando la noche se cerró sobre ellos enfilaron hacia la Cuesta de San Vicente y siguieron trotando por la Kutxi y por Pinto.

Costaba mucho que los cuatro se mantuvieran en contacto. Unai se encontraba con los de Villaverde, Jota con los del coro, Asier con los de básquet…, aquella noche toda Vitoria estaba congregada en el Casco Viejo.

Llegaron las doce y Unai estaba todavía al final de la Kutxi. Se despidió de Jota, le dijo: «Quedamos en un par de horas en el Okendo, que he visto a alguien», y salió del penúltimo bar abarrotado con intención de remontar la calle en dirección contraria a la riada de blusas y *neskas* que iban calle abajo.

Perdió la boina por el camino, era una de Elosegui que el abuelo le había prestado porque ya no usaba, y por un día, total.

Pero se detuvo a buscarla y la encontró en el suelo, junto al portalón de la Casa del Cordón.

Se encasquetó la boina y entró por fin en el Rojo, que estaba hasta arriba.

Había llegado con un cuarto de hora de retraso a su cita con Annabel, la buscó en la barra, la buscó entre la gente que bailaba *La negra flor* de Radio Futura y coreaba eso de «Al final de la Rambla…» sobre los barriles metálicos de cerveza, la buscó junto a la cristalera de marcos rojos, pero allí no había ni rastro de su… ¿novia?

Bastante frustrado, Unai dio la cita por perdida y pensó en volver al Okendo a reunirse de nuevo con la cuadrilla.

«Mañana la llamas y le pides disculpas, y quedas con ella como dios manda», se dijo.

Pero entonces le pareció ver su melena larguísima entrando en los baños y la siguió.

Tardó un poco en alcanzar la puerta de los aseos porque el bar estaba hasta arriba. Fue al entrar cuando se dio cuenta de que estaban ocupados por más de una persona. Por más de una persona que él conocía.

Porque Annabel, vestida de *neska*, estaba sentada sobre la pila del lavabo con la falda subida y los pololos blancos bajados hasta los tobillos. Un blusa, de espaldas, arremetía a la muchacha con los pantalones a rayas arrebullados alrededor de las abarcas.

Unai reconoció enseguida la melena bajo la boina de su… ¿amigo? Lutxo.

Esta vez…, la tercera que Unai sorprendía a Annabel en aquellos tratos con sus amigos, ni siquiera se excusó como las dos primeras. Se limitó a mirar a Ana Belén Liaño a los ojos y soltarle sus últimas palabras:

—Tú y yo no vamos a volver a hablar nunca, y eso es un hecho —dijo, y antes de darse la vuelta pudo apreciar que Lutxo interrumpió su danza para girarse, tal vez sorprendido tal vez no, y lanzarle un saludo con la boina.

Después, el obeso muchacho continuó con sus quehaceres.

Se olvidó, se olvidó de todo. Aquellos días que siguieron a la festividad de Santiago, Unai huyó a Villaverde y se recluyó allí.

Tenía la excusa de su trabajo de socorrista en las piscinas de Bernedo, y el fin de semana del 1 de agosto lo pasó ayudando al abuelo a enfardar y enseñando a Germán a conducir el John Deere sobre sus rodillas; el pequeño estaba muy meloso y un poco preocupado por la ausencia durante varias semanas de su hermano mayor —su héroe—, no fuese a irse y no volver nunca como sus padres.

Unai no quería regresar a Vitoria en todo el verano, y se limitó a ir al último día de fiestas de la Blanca, el 9 de agosto, porque Asier y Jota insistieron, y él tampoco quería que la historia de Ana Belén los condicionase tanto como cuadrilla.

De todos modos, Unai rompió la página de la A en la agenda de papel, y hasta que años después la pasó a la agenda del móvil, Unai tuvo una pequeña libreta que empezaba por la B, y a los Antonios y a los Aguirres los recolocaba en otras letras.

Fue aquel 9 de agosto, después de despedirse del Celedón en la plaza de la Virgen Blanca, cuando esperaban a Lutxo al final de la Herrería, en la fuente de los Patos, para volver ya de retirada a sus casas.

Lutxo llegó por fin, un poco tarde y un poco alterado.

Unai no lo vio venir, o al menos, no vio venir el puñetazo que le encajó en la mejilla derecha.

—¿Está contigo? ¿Está contigo de nuevo? —le gritó Lutxo—. Me ha dicho que está con otro y que lo conozco, ¿era eso? ¿Eras tú?

Unai, aturdido por un golpe que le llegó sin que lo esperase, perdió el equilibrio y cayó al suelo.

—Tú estás loco, tío. ¿Tú te crees que voy a volver con ella? —pudo responder con la mano en la mejilla. Le dolía el hueso maxilar, le dolía mucho.

—No me has contestado.

—Sí que lo he hecho.

Unai tembló de rabia en el suelo, pero no se levantó. Lutxo estaba gordito pero era puro nervio, además iba emporrado hasta arriba y no controlaba demasiado. Dejó que le diese un par de patadas blandas en el abdomen. Dolieron algo más de lo que esperaba. Unai cerró los puños y se incorporó lentamente.

—Vete, Lutxo —le dijo—. Tienes que irte ahora.

Y ante la sorpresa de los tres amigos, Lutxo rompió a llorar.

—¡No lo entiendes, se llamaba Annabel Lee por mí! ¡Fuimos novios desde niños, en la guardería! —le gritó.

—Pero si tú fuiste a la de San Mateo… —contestó Unai sin comprender todavía—. Ella fue a la de la Senda, conmigo.

Entonces fue Jota, incrédulo, el que intervino.

—¿Anabel fue a tu guardería?

—Sí…, bueno, eso recuerdo yo —hipó Lutxo un poco fuera de juego.

—Yo no quería haceros daño, pero nuestro amor era más fuerte que… —comenzó Jota.

—Ahórrate el ridículo —le cortó Unai—. A mí me contó lo mismo.

—Joder —intervino Lutxo con los puños todavía apretados—, me vino con la misma historia de la guardería y de que éramos novios de niños y que yo era el primero y el único…

—*Mecagoentodo,* a mí me dijo lo mismo —admitió Jota abatido—, que fue conmigo a la guardería de Desamparadas… y que se había cambiado el nombre por mí y por un dibujo que me regaló el último día, cuando la vida y los adultos nos separaron al ver lo nuestro…

—Mierda —se limitó a decir Asier, corroborando la cuarta versión de la misma historia.

Aquello fue demasiado para Lutxo y sus expectativas. Todavía necesitaba un culpable.

De modo que volvió a golpear a Unai en la misma mejilla, la derecha, que esta vez se reventó del impacto y comenzó a sangrar.

—¡Eras tú, siempre has sido tú! —le gritó a Unai—. De los cuatro tú eras el especial para ella, ¿verdad? Lo demás era juego.

—Asier, llévatelo —le pidió Unai temblando de arriba abajo—. Tienes que llevártelo ahora.

Asier comprendió enseguida y arrastró de nuevo a su amigo hacia la Herrería.

—Vamos, te invito a la última —le prometió.

Y tal vez por lo inusual de la propuesta, Lutxo se dejó llevar y se alejaron del peligro que suponía Unai en aquellos momentos.

Jota se quedó allí de pie, también con ganas de tomar un último *katxi* de cerveza o de lo que fuera. Pero el estado lamentable de su amigo pudo más que la sed de olvido de aquella noche.

Se acercó a él, se pasó el brazo enorme de Unai por el hombro y lo acercó a la fuente.

—¿Por qué lo has hecho, Unai? ¿Por qué te has negado a devolvérsela? —le preguntó Jota.

Unai metió la cabeza en la fuente de los Patos para limpiar la sangre y bajar la hinchazón que ya deformaba su mejilla.

«Porque lo habría matado —calló el muchacho—. Y no sería la primera vez que alguien muere por mi culpa.»

58

LA CIZAÑA

15 de enero de 2017, domingo

Me costó muchos años entender los motivos por los que Annabel Lee quiso ser sorprendida en cada coito que practicó con cada uno de nosotros. La llamaban Cizaña, me dijo una vez.

Eso fue para los cuatro. La mala hierba que dejamos crecer entre nuestra risueña confianza. El fin de nuestra inocencia. El final de todo rastro de infancia.

Annabel no fue solo una persona, fue algo más…, era como uno de los personajes simbólicos de sus cómics: la vieja decrépita disfrazada de doncella que en realidad es la Guadaña, el anciano barbudo que esconde al Mentor, el cartero viajero que hace las veces del Heraldo, el joven recluta que obedece órdenes sin cuestionárselas y encarna al Soldado.

Y veinticuatro años después había vuelto, lamidas las heridas, curadas en falso, para recordarnos que nunca cicatrizaron. Que bastaba su mención, como en los viejos conjuros, para que su efecto devastador nos destrozase la vida de nuevo y volviese a fulminar la cuadrilla que creímos que había sobrevivido.

59

LA CAPILLA DEL HOSPITAL

16 de enero de 2017, lunes

Me quedé en Cantabria todo el fin de semana. No quería volver a la gélida Vitoria ni a mi gélido piso ni a mis gélidas circunstancias sentimentales. Me hizo bien el aire marino de la casa rural que alquilé en Somocuevas, en plena Costa Quebrada.

Mi dormitorio daba directamente al césped trasero del edificio y frente a mí, cuando despertaba, tenía los acantilados que durante años tanto odié. Pero me obligué a mirarlos, a pasar horas observando el embate de las olas hasta que me acostumbré a su ir y venir, y llegó un momento, por primera vez en décadas, que el nudo en forma de mala conciencia que me atenazaba el estómago dejó de oprimirme. Ya no estaba dentro del mar, a su merced. Ahora era un adulto que observaba desde la cama un amanecer glorioso de invierno.

Paseé por los acantilados, volví a la playa de Portío, frente al urro del Manzano donde murió Marian Martínez, intenté perdonarme por no tener superpoderes y no haberla salvado cuando solo era un chaval de dieciséis años arrastrado por una tormenta perfecta. Me reconcilié, por fin, con el Cantábrico.

Después del testimonio del hijo del doctor Osorio se estaba fraguando en mi cabeza una verdad alternativa al informe que Saúl Tovar nos mostró.

¿Y si Rebeca…?

El abuelo siempre decía que todas las buenas preguntas comenzaban con un «Y si». Yo usaba sistemáticamente su sensato método socrático y no me gustaba hacia dónde se encaminaban mis deducciones.

Por lo que implicaban. Por lo que suponían.

Pero aquel fin de semana de asueto no fue en balde, decidí aprovechar mi estancia en Cantabria y tracé una estrategia un poco tramposa para no volver a mi ciudad con las manos vacías.

El lunes a primera hora entré en el hospital de Valdecilla y localicé a la mujer de recepción que había conocido en mi anterior visita, le lancé mi mejor sonrisa de francotirador y me acerqué a ella en tono confidente:

—¿Puede llamar ahora mismo al doctor Osorio y citarlo en la capilla? Es urgente.

—Claro, ahora llamo a su consulta —contestó toda sonrisas.

Después subí a la planta de Endocrinología y me acerqué al mostrador. Un chico joven me atendió distraído.

—¿Puedes enviar a la doctora Tovar a la capilla? Es urgente.

Puse cara de familiar de finado, una de esas caras tristes a las que nadie puede negarle un favor.

—Ahora mismo la aviso.

—Gracias. De verdad se lo agradezco —respondí, y me perdí por el pasillo simulando una pena inexistente.

En cuanto perdí al enfermero de vista, tomé la salida de urgencia y volé escaleras abajo como si el hospital estuviese en llamas.

Minutos después, Sarah Tovar aparecía por la puerta de la solitaria capilla y daba un respingo al ver al psiquiatra.

Ambos guardaron unos segundos de silencio.

—Cuánto tiempo —murmuró una voz ronca de hombre.

—Cuánto tiempo —contestó una voz seca de mujer.

—¿No tienes nada más que decirme después de tantos años? En unos días me jubilo. Ya no tendrás que verme más y... —dijo él.

—Parece que Rebeca no murió —le interrumpió Sarah.

Siguieron unos segundos en los que nadie dijo nada.

—¿Qué estás afirmando? —rompió a decir él por fin.

—Que la Policía ha ido a hablar con mi hermano Saúl y ahora aseguran que a mi sobrina no la asesinaron, que hay una testigo que afirma que se escapó de casa y que las fotos fueron para simular su muerte y que no la buscásemos. ¿Tú sabes algo de eso?

—¡¿Que si sé algo de eso…?! —gritó el psiquiatra alterado—. ¿Que si sé algo de eso? ¿Tengo que recordarte que me acusaste de aquello tan horrible? No se te ocurra meterme de nuevo en vuestros asuntos podridos…, ya quedé fuera. Y si esa niña está viva y no murió, desde luego que me debes una disculpa.

—No pienso dártela. Y baja la voz, que estamos en la casa de Dios.

—¡Maldita seas, mujer orgullosa! Me usaste, fornicaste conmigo y pusiste en peligro mi carrera. Destrozaste mi matrimonio y todo por tu hermano, nunca me he perdonado lo que le hice a esa pobre chiquilla.

Sarah Tovar se tomó su tiempo en contestar:

—Cuánto me alegra que esto sea un adiós, doctor Osorio. Porque espero que usted y sus pecados se pudran en el infierno —dijo por fin Sarah con su voz monocorde, y abandonó en silencio la capilla.

El psiquiatra se sentó en un banco con la mirada perdida y yo aproveché para salir del confesionario donde estaba escondido.

—¿Qué le hizo, doctor? —le pregunté—. ¿Qué diablos le hizo usted a Rebeca Tovar?

60

EL HOTEL REAL

16 de enero de 2017, lunes

El psiquiatra se quedó mudo cuando me vio acercarme a él con el móvil en la mano.

—No se moleste en desmentirlo. Está todo grabado.

Se levantó de un salto, se recolocó la bata blanca y se me encaró en un arrebato de dignidad.

—Eso es ilegal, un juez no admitirá una prueba obtenida sin mi consentimiento.

—Pero sí que sería… suficiente para que un comité disciplinario médico lo juzgase.

Me tomé una pausa antes de continuar; por suerte, me quedó muy dramática.

—Y créame…, encontraría la manera de que les llegase esta grabación. Por no hablar de la prensa.

El doctor Osorio comprendió que yo hablaba en serio, y lo hacía, la verdad. En aquellos momentos estaba dispuesta a casi todo.

—En unos días ya no volveré a ejercer nunca más —suplicó por fin—, no puede hacerme eso.

Me senté a su lado en el banco. Una Virgen nos miraba con aspecto serio.

—Es simple —accedí—. No lo haré si me cuenta lo que ocurrió hace veinticuatro años.

—No me amenace en vano, solo es una bravuconada.

«De acuerdo», pensé.

Busqué en internet el número de la centralita del hospital.

—¿Hospital de Valdecilla? Quiero hablar con Dirección, llamo de la comisaría de Vitoria —dije ante la mirada horrorizada del doctor.

—¡No, por favor, cuelgue eso!

—No pienso hacerlo —le informé con el móvil en la oreja.

Me pusieron la melodía de *Las cuatro estaciones* y esperé pacientemente.

—¡Cuelgue, por Dios! —me rogó cada vez más alterado—. Hablaré con usted, pero haga el favor de colgar.

Le obedecí, había comprendido que mi amenaza iba en serio y suspiró, rendido.

—Supongo que algún día tendré que reparar el daño que le hice a esa niña.

—Podemos empezar por la verdad, si le parece.

—Pues sí, comencemos. Ya ha llegado la hora de sacar lo que llevo callando tantos años...

Durante unos minutos guardó silencio, frotándose las manos. Imaginé que estaba buscando la manera de ordenar el pasado en su cabeza.

—Verá, la niña no tenía ninguna evidencia de psicosis. Sí que tenía un amor exagerado por su padre, cierto complejo de Electra, pero estaba muy inmadura para su edad, era muy infantil y aquel comportamiento estaba dentro de las variaciones típicas de la infancia. No era, ni mucho menos, suficiente como para ingresarla. Por su parte, el duelo no resuelto por su madre era una invención de Sarah. La niña estaba triste a veces, pero diría que se encontraba tan unida a su padre que estaba compensando satisfactoriamente esa carencia materna. Pero la niña acudió a Sarah, bastante confusa, para confesarle lo que su padre le estaba haciendo. Sarah se lo contó a Saúl y ambos tuvieron claro que no podían permitirse un escándalo como aquel. Querían darle una lección para que no volviera a intentar contarle a nadie que su padre abusaba de ella. Por eso Sarah acudió a mí, era consciente de que yo bebía los vientos por ella desde que éramos mozos.

Yo lo escuchaba, pero me había quedado colgado en que Rebeca no tenía evidencia alguna de psicosis.

—Entonces..., ¿es cierto lo que Rebeca contó?

—Pienso que sí. Recogí su testimonio, la niña remitía tocamientos, nada más. Pero su relato era consistente. Si le doy mi opinión como facultativo, yo la creí. Coincide con el carácter narcisista de su padre y su edad de atracción.

—¿Edad de atracción?

—Los pedófilos tienen una edad de preferencia. En el caso de Saúl Tovar, pienso que ese rango es de prepúberes o niñas antes de la adolescencia. O mujeres poco desarrolladas que aparenten mucha menos edad, como su esposa, y tal vez…, tal vez sus primeras experiencias tuvieron lugar con una chica todavía no desarrollada, con esa edad. En Santillana corrían toda suerte de teorías acerca de lo que pudo ocurrir en esa familia. Hasta entonces siempre me negué a darles pábulo, pero, cuando escuché de primera mano el relato que remitía la niña, comprendí que había estado ciego toda mi vida, negando lo evidente.

—¿Qué hizo usted entonces? —le pregunté. Pero me estaba poniendo malo, muy malo.

—Sarah me pidió que falsificara un diagnóstico, le hice ver la gravedad de lo que me pedía, pero… me aproveché, a cambio le pedí que se acostase conmigo, aunque fuera solo una vez. No estoy orgulloso de ello, le ruego no me juzgue, que para eso me basto yo solo. Ella accedió, era muy religiosa, ya lo ve, pero se prostituyó por su hermano Saúl. Entonces supe que los rumores que corrían en Santillana eran ciertos. Esos dos estaban juntos, desde siempre.

—¿Y qué ocurrió?

—Algo tan frío como que ella cumplió y yo cumplí. Pasé una noche con ella y yo, inocente de mí, a mis cuarenta años, como un chiquillo enamoriscado, pensé que se quedaría conmigo y no volví a dormir a mi casa, nos fuimos al hotel Real, yo quería algo bonito, a lo grande. No fue así. Fue un puro trámite, ella nunca volvió a hablarme en privado, llevamos veinticuatro años evitándonos por los pasillos de este hospital. Tampoco he ido demasiado al pueblo durante estos años. Me sentía sucio y mal marido por lo que hice, incapaz de enfrentarme a las habladurías y al papel de villano que había jugado en esta mala película que ha resultado ser mi vida.

—Pero allí tiene un hijo…

—Un hijo que no me quiere ni ver.

—Un hijo con el que ni siquiera ha intentado llevarse bien —se me escapó—. Disculpe si me he excedido…, pero el chico tiene veinticinco años. Se están castigando ambos por lo que pasó una noche antes de su nacimiento.

—No sé si me queda ya valor para eso… ¿Qué va a ocurrir ahora, va a denunciarme?

—Tendré que redactar un atestado con su actuación, hablar con la comisaría de Santander y el juez determinará. Yo solo presento indicios y hechos que son pertinentes en la investigación —recité en tono profesional. Solía hacerlo cuando los casos me resultaban demasiado personales y corría el peligro de implicarme.

El doctor Osorio se quedó mirando fijamente a la Virgen, como si aquella diminuta talla tuviera todas las respuestas.

—Pues sí, que él juzgue. Y si tengo que pagar, pues pago de una vez. Cualquier cosa mejor que este nubarrón sobre la cabeza que ya me dura veinticuatro años.

Y pude ver que el hombre asumía su decisión sobre la marcha, con un inmenso alivio para su conciencia castigada. Pero yo solo podía pensar en Rebeca, en que repitió octavo, en que la intoxicaron con unos antipsicóticos que no necesitaba, en que tuvo que huir de su propio hogar después de parir un niño muerto…

—Sí que debería pagar —le dije sin poder contenerme de la rabia—. Lo que usted le hizo a esa niña…, fuesen verdad los abusos o no, no tiene perdón. Tal vez la desequilibró y ahora ya lo han pagado dos vidas. Que su conciencia cargue también con eso.

Y me fui de aquella maldita capilla que había guardado durante décadas los secretos de varias vidas destrozadas.

61

SOMOCUEVAS

16 de enero de 2017, lunes

Después de la revelación del doctor Osorio volví ensimismado a la casona de Somocuevas donde había pasado las dos noches anteriores. Como si fuese un ente mecánico, me senté sobre el césped del acantilado y me quedé mirando el mar bravo y la espuma que estallaba a los pies de los urros.

«Así que no mentías, Rebeca. Quisiste advertirnos a todos, y todos te fallamos.»

Que Rebeca no fuese psicótica y no se hubiese inventado los abusos de su padre me había hecho pensar en una nueva hipótesis de trabajo demasiado turbadora…, pero necesitaba confirmarla. Y no con testimonios que Saúl pudiese rebatir o negar, necesitaba confirmarlo empíricamente y quería aprovechar mi estancia en Cantabria para avanzar.

Cogí el móvil nuevo e hice una llamada a Estíbaliz, contándole las nuevas aportaciones a la investigación.

—¿Tú estás seguro? Hasta ahora Saúl era un santo padre para ti.

—Habla con Alba, por favor, Esti. Pídele lo que te he dicho, es muy urgente. Me llamas en cuanto tengas la respuesta.

Estíbaliz tardó en llamar, estaba a punto de volver al cálido nido del dormitorio que tenía a mi espalda cuando el móvil sonó.

—El juez Olano ha firmado la orden. A regañadientes, pero ha accedido, dada la ausencia de avances. ¿Tienes una impresora a mano?

—Sí, en recepción tendrán un ordenador, envíame ya el documento —la urgí.

Ni un día más, no quería que aquella infamia se demorara un solo día más.

Llamé a Paulaner y le puse al día. Él se encargó de hablar con el juez y trasladarle lo que el doctor Osorio me había confesado. Pero no perdimos el tiempo, pusimos en marcha el operativo y un par de horas después nos presentábamos en el chalé de Saúl Tovar con la orden de entrada y registro en la mano y el secretario judicial de Santander a nuestro lado.

Saúl nos recibió un poco desastrado, con su barba azul y canosa demasiado crecida y unas ojeras pesadas bajo los ojos.

—¿Qué demonios es esto, Unai? —me exigió, un poco adusto, cuando leyó la orden—. ¿Qué es lo que estás buscando exactamente?

—Es mejor que te quedes fuera, Saúl. Simplemente déjame hacer mi trabajo.

Se quedó frente a mí con una mezcla de terror y firmeza. Nos medimos durante unos segundos, después claudicó, se apartó y me dejó pasar.

El inspector Lanero se quedó en la entrada, vigilando que Saúl no hiciese ningún movimiento extraño. Yo subí a las habitaciones superiores, la planta noble de la casa, donde supuse que estaban ubicados los dormitorios. Me coloqué los guantes de látex que siempre llevaba en el coche.

Necesitaba algo de Gimena.

Encontré su dormitorio junto al de Saúl, pared con pared.

Estaba decorado con motivos bastante infantiles, peluches y esas cosas. La cama estaba hecha, la mesa de estudio recogida, varias fotos me sonreían desde la pared, una de ellas del día en que recogió el título, con una toga y un birrete. Su padre la abrazaba desde detrás, estaban sonrientes y exultantes.

Abrí los armarios, estaban prácticamente vacíos. Saúl se había desprendido de toda la ropa de su hija.

Busqué algo, un poco desesperado, que me sirviera.

«Vamos, esto no puede terminar así. Gimena, tienes que haber dejado alguna huella en este mundo», rogué cada vez más ansioso, por si me escuchaba desde algún cielo.

Y lo hizo.

Porque estaba a punto de darme media vuelta y abandonar

la habitación cuando me percaté de que había un objeto que había resistido la purga de Saúl: en el fondo de las estanterías altas del armario ropero todavía reposaba, envuelto en plástico transparente, el birrete de Gimena.

Lo cogí con la devoción con que se toma un exvoto y lo liberé con cuidado del plástico. Y dentro del birrete encontré un par de pelos atrapados entre las costuras, uno de ellos con bulbo capilar. Y ese pelo me dio la esperanza que necesitaba para seguir adelante con mi teoría.

Etiqueté el hallazgo para preservar la cadena de custodia y bajé las escaleras con el birrete metido en su bolsa de plástico.

Saúl se tuvo que apoyar en una de las columnas de la terraza cuando me vio pasar con mi trofeo, creo que perdió por un momento el equilibrio, aunque después se repuso y fingió la serenidad de siempre.

—¿Ya os vais? —preguntó, o tal vez rogó.

—Esto es para ti, Saúl. ¿Puedo contar con que te presentarás y dejarás que te tomen una muestra de ADN?

Saúl desdobló los folios y leyó, con sus grandes manos un poco temblorosas:

Dirijo a usted el presente a fin de que proceda a presentarse en el Hospital Universitario Marqués de Valdecilla para someterse a la toma de tres hisopos en seco de saliva de cavidad oral y posterior entrega a los miembros de la Policía Judicial de Santander por parte del facultativo asignado.

La nuez de Saúl subió y bajó varias veces antes de asentir en silencio.

—Marchaos, por favor —murmuró, creo que rendido.

Y todos abandonamos el chalé con el rostro circunspecto.

—¿Qué piensa, inspector Lanero?

—Que hay riesgo de fuga. Vamos a pedirle al juez que nos permita vigilar la casa, no me fío.

—Totalmente de acuerdo. Pongan en marcha un dispositivo de seguimiento. Yo vuelvo a Vitoria, veremos qué nos dicen los del laboratorio.

Ahora solo necesitaba convencer a Golden.

62

EL RÍO ZADORRA

16 de enero de 2017, lunes

Llegué por la tarde a Vitoria, había quedado con la doctora Guevara y le entregué el material genético, pero todavía necesitaba algo más, y solo Golden podía dármelo, aunque dudaba de si iba a poder contactar siquiera con ella.

Volé hacia mi piso y coloqué un par de trozos de cinta aislante negra en forma de cruz en el cristal de mi balcón.

No podía hacer más, así que esperé.

Esperé…

Y esperé.

Cada dos horas bajé al portal y revisé el buzón. No había nada. Sabía que era demasiado pronto, que podían transcurrir días hasta que su contacto se pasara por la plaza de la Virgen Blanca y la avisase de mi llamada de auxilio.

Me costó dormir esa noche. Hice mis ejercicios vocálicos, repetí párrafos enteros en voz alta. Cualquier cosa para mantener la mente ocupada y no pensar en Alba ni en Rebeca.

A la mañana siguiente me llamó Esti, le conté que seguía esperando, no me pidió que fuese a Portal de Foronda, por lo que no me moví de casa en todo el día.

Mi cálida madriguera me templaba los nervios de la espera. También necesitaba un poco de soledad, mascar la ruptura de Alba, asumir que no seríamos pareja.

El tiempo pasaba y Golden no daba señales de vida.

Lo mismo ocurrió el miércoles por la mañana.

Y por la tarde.

Tal vez Golden había huido definitivamente al extranjero y se había desentendido de todo lo sucedido en Vitoria.

Tal vez se estaba forjando una nueva identidad y quería dejar atrás su pasado, el de Rebeca y el mío.

El mismo miércoles recibí la llamada de Paulaner confirmándome que Saúl se había presentado el día anterior en el hospital y que se había hecho la prueba de ADN. Lo mantenían vigilado, no fuese a escapar de la realidad.

Fue el jueves por la mañana cuando mi buzón me regaló una carta sin remite.

En ausencia de vecinos la abrí allí mismo, en el estrecho pasillo del portal. Era Golden, me citaba de nuevo en el yacimiento de Atxa a las cinco de la tarde de aquel mismo día. Sin móviles, sin dispositivo, sin compañeros. Obedecí, ya habíamos pasado por aquello antes.

El mensajero gigante llegó en punto con su moto diminuta, esta vez ninguno de los dos estaba tan tenso. Me saludó con un «¡Epa, inspector!», como si fuésemos amigos de toda la vida y nos viésemos cada sábado en el Casco Viejo, y dejó el paquete en el suelo del parque, a los pies del desastrado yacimiento. Esta vez no se orinó encima.

—Y la firma, si no te importa —me indicó.

Perpetré un garabato y saqué la tablet tuneada que Golden me había enviado con su chat parpadeante en la pantalla.

Me senté sobre el césped seco mirando al río Zadorra y a las piezas de cereal que se extendían frente a mis ojos. Algún ciervo despistado pasó a lo lejos, salió huyendo en cuanto me detectó. Me sirvió de aviso, no quería que Golden saliera huyendo con lo que le iba a proponer.

—Tú dirás —me esperaba ella.

—Lo que te voy a pedir no te va a hacer gracia, pero antes de que te niegues, voy a ponerte al día —escribí.

Y le conté todo lo ocurrido durante mi última visita a Cantabria.

—Y entonces a mí me quieres para…

—Sí. No hay nadie más vivo que pueda hacerlo. Solo quedas tú —la apreté.

—Entonces, ¿habéis encontrado el enterramiento del bebé de Rebeca?

Aquello me dejó confuso, ¿enterramiento?

—¿De qué enterramiento hablas?

—A Beca le dijeron que tuvo un varón muerto, que ellos se encargarían de darle cristiana sepultura, que era mejor para ella no saber dónde lo habían enterrado.

—¿Enterrado? Saúl me reconoció hace poco que lo incineraron. No, Golden, mi sospecha es otra —escribí.

Se la conté.

Ella se tomó unos segundos para contestar.

—Lo había barajado estos últimos meses, pero no quise creer que fuese posible —escribió por fin.

—Pero lo sospechaste, dime que lo sospechaste alguna vez.

—Cuando vi lo de los jóvenes suicidas, sí. Por eso quise investigar. Tenía mis sospechas, pero no te dije nada.

—Yo he llegado a la misma conclusión, por eso te necesito ahora.

—¿Tú sabes lo que me estás pidiendo?

—Soy totalmente consciente, Golden. Pero es por Rebeca. Tenemos que saber lo que pasó en realidad. Es la única manera.

Ella receló, y era normal su recelo.

—Júrame que esto no es una trampa para cogerme.

—Nadie va a ir detrás de ti. No estoy en Delitos Informáticos, no me interesa lo que hayas hecho en el pasado si no tiene que ver con Investigación Criminal, y no eres sospechosa de nada.

—¿Y mi agresión a un inspector?

—El juez accederá a pactar si colaboras. Sabes que no voy a interponer una denuncia, aunque lo haga el ministerio fiscal.

—¿Ni siquiera por secuestro de menores?

—Precisamente por eso hay que ir a por Saúl.

La última frase que escribí se quedó colgada durante más de un minuto, sin respuesta. Empecé a temer que Golden se hubiera espantado con mi propuesta y que aquella fuese nuestra última comunicación.

Poco después, por suerte, las letras empezaron a aparecer en la pantalla.

—No pienso aparecer, no puedo arriesgarme.

La frené antes de que se pusiera en modo pánico:

—No te necesito a ti entera, solo una parte —insistí.

Golden se tomó su tiempo en contestar.

—De acuerdo, que sepas que lo hago por BK.

No entendí muy bien aquello.

—¿BK?

—Sí, BK, Beka. Cuando cambiamos de identidad, Rebeca mantuvo su nombre en clave: BK, de Beca, como la llamábamos en casa. Así firmaba en sus correos y en internet —me explicó.

—De acuerdo, pues hazlo por BK. Te diré cómo lo haremos.

Y le di instrucciones detalladas para que se agenciase un kit casero de toma de ADN. Sabía que un abogado defensor me echaría para atrás esa prueba porque la cadena de custodia no estaba asegurada, pero solo me interesaba que la prueba nos demostrase lo que yo intuía. Si mi sospecha era correcta, podría convencer más fácilmente a Golden, ya con Saúl detenido, para que la toma de muestras se realizase de manera fiable y sirviera en un juicio.

—Solo un dato más, ¿sabías qué quería estudiar Rebeca?

—Pudo formarse en cualquier área, posiblemente algo relacionado con la Informática. Amaba la historia, pero no quería estudiar lo mismo que su padre y yo la persuadía de esa idea siempre que la barajaba para que no hubiese la mínima posibilidad de que coincidieran en su vida profesional. También decía que le gustaría trabajar con niños, así que a veces me decía que estudiaría Pedagogía o Psicología. Como ves, era la típica adolescente con muchas aptitudes que no se decidía. ¿Te ha ayudado en algo?

—No lo sé aún. Puede ser. Necesito que entregues esa muestra cuanto antes, Golden.

—De acuerdo, voy a hacerlo antes de que me arrepienta.

Y el viernes por la mañana pude llevarle la muestra a la doctora Guevara.

—Cuatro o cinco horas —me dijo—. Esta tarde le llamo en cuanto tenga los resultados.

Volví a casa, pendiente del reloj. Por la tarde fui a la sesión de mi logopeda, y para fustigarme un poco mientras esperaba me calcé mis zapatillas y salí trotando a rodar un poco rumbo a Olárizu.

63

EL PALACIO DE JUSTICIA

20 de enero de 2017, viernes

Estaba corriendo de vuelta por el Prado cuando el móvil nuevo sonó en la funda de mi antebrazo y lo cogí. Eran Estíbaliz y sus prisas.

—Ven al Palacio de Justicia. Ya tenemos los resultados —me urgió.

Obedecí sin rechistar y aparecí en mallas en el edificio triangular.

Entré en el despacho de la doctora Guevara y la encontré con Alba y Estíbaliz.

—Subcomisaria, doctora, inspectora… —las saludé a las tres mientras recobraba un poco el aliento después del último *sprint*.

—Mejor se sienta, inspector Ayala —dijo Alba en tono serio. Tenía ojeras que sugerían que no había dormido bien las últimas noches.

Me sentí un canalla por ser el culpable de estar dándole un embarazo tan complicado.

—Tenía usted razón, inspector —continuó—. Estamos impactadas por los resultados de las pruebas. Cuéntele, doctora Guevara.

—He enviado las tres muestras para que realizasen una PCR, y con los resultados que me ha enviado el laboratorio puedo hacerles una interpretación. Verán, tal y como les conté cuando realizamos la prueba de ADN al hijo no nato de Ana Belén Liaño, para que se considere probada una paternidad se tiene que hallar un valor igual o superior al 99,73 por ciento. En este caso no hay duda: Gimena Tovar es hija de Saúl, pero también es su nieta. Por otro lado, por la línea matrilineal, la muestra de Lourdes Pereda también nos indica un parentesco, aunque no tan cercano. En resumen, esta mujer es probablemente tía abuela de Gimena.

—Entonces tu teoría es cierta, Unai —dijo Estíbaliz—: Rebeca dio a luz a Gimena, fruto de una relación incestuosa...

—Violación —le cortó Alba más dura que nunca—, ella tenía trece años, por ley no tiene identidad sexual; aunque hubiera accedido voluntariamente, se considera agresión sexual. El hecho de que el agresor fuera además una figura de autoridad como su padre le suma unos cuantos años a la horquilla superior de la posible condena que dictamine el juez.

Yo también me quedé impactado. Una cosa era conjeturar sobre lo que podría haber pasado en el seno de aquella endogámica familia. Otro asunto muy diferente era que los genes nos contasen la sucia verdad sin espacio alguno para la duda.

—Su padre y su tía mintieron a Rebeca, le dijeron que tuvo un niño muerto y que lo enterraron —pensé en voz alta—. A mí Saúl me contó que Sarah Tovar lo incineró. Todo mentira.

—Se quedaron a la niña —intervino Estíbaliz—. Lo que tenemos que saber es cómo la ocultaron o quién se la quedó o qué intención tenían con ella, porque Rebeca se escapó de casa pocos días después del parto, pero Saúl no sabía de antemano las intenciones de Rebeca.

—Yo creo que Sarah estuvo detrás de eso —dijo Alba—. Era la cómplice de su hermano, tal vez pensaba criarla ella, tal vez lo tenía fácil para simular una adopción. En todo caso, tenemos que interrogar a ambos hermanos. También vamos a necesitar la confesión del psiquiatra que atendió a Rebeca Tovar.

—Accederá —dije—. El inspector Lanero ya está al tanto de la implicación del doctor Osorio.

—Voy a llamar al juez Olano para informarle de este nuevo giro del caso y que firme las órdenes de detención pertinentes. Y vamos a llamar a la comisaría de Santander para montar un dispositivo conjunto y detener a Saúl —nos informó Alba todavía seria.

—Perfecto —adelantó Estíbaliz, tan ansiosa como yo de darle un cierre al tema de Saúl Tovar.

—Les recuerdo que esto no resuelve el caso de los asesinatos de Ana Belén Liaño y José Javier Hueto. Seguimos suponiendo que Rebeca Tovar está viva por la declaración de una testigo, su tía, y le suponemos el móvil de la venganza, pero seguimos sin tener nada más que suposiciones y, si la autora es ella, no me han traído ni un solo avance de cuál puede ser su identidad. Por no mencionar su bochornosa metedura de pata con una de nuestras mejores agentes, Milán Martínez —nos recalcó Alba.

—En este punto me gustaría intervenir —nos interrumpió la doctora Guevara.

—Usted dirá.

—Saben lo mal que me sentó que en la inspección ocular de Ana Belén Liaño no pudiéramos recuperar ni un solo indicio físico de su agresor o agresora. Después de que Andoni Cuesta muriera…, el inspector Muguruza y yo hemos trabajado muchas horas durante estas semanas con los pocos indicios que pudimos salvar. No me gusta que la muerte de nadie sea en vano. Y hemos encontrado algo, en la chamarra de Ana Belén había varios pelos largos y morenos. Supuse que todos eran de ella. Pero como en total fueron siete los recuperados con raíz, los he mandado a analizar, y uno de ellos tiene un perfil genético muy diferente. Pertenece a otra persona.

—Muy buen hallazgo, doctora —le felicitó Alba después de sentarse.

Me preocupé un poco, la noté cansada.

—Entonces podemos tener por fin una prueba física del asesino o asesina. Pero, corríjame si me equivoco, solo nos sirve para probar que alguien estuvo junto a ella en algún momento antes de su muerte, ni siquiera para probar que estuvo en San Adrián, ¿verdad? —dijo mi jefa.

—Así es, pero aquí vienen las buenas noticias: en el caso de José Javier Hueto, en su cazadora hallamos algunos pelos más, pero encontré igualmente uno negro y largo. Les recuerdo que el 57 por ciento de este país tiene el pelo castaño, pero solo el 26 por ciento lo tiene negro, eso reduce bastante la búsqueda. Y no es teñido.

—Rebeca era morenita. Tenía el pelo casi azul, como su padre y su tía —recordé—. Continúe.

—He aprovechado y he enviado los dos cabellos a analizar, y son de la misma persona. Por lo tanto, tenemos una coincidencia de que la misma persona con el pelo negro, liso y largo estuvo muy cerca de ambas víctimas durante su muerte o poco antes. Eso es todo a lo que llegará el juez. Lo que no tenemos es la identidad de esa persona. Dejen que lo compare con las bases de datos del ADN de delincuentes, pero, por el perfil del que están ustedes hablando, es bastante probable que ahí no encontremos nada y que se trate de alguien que no está fichado.

—Muchas gracias por su perseverancia, doctora. Es un hallazgo que nos puede servir para inculpar al asesino o asesina. En el caso de que encontremos a Rebeca Tovar, bajo la identidad que sea, bastará con tomarle una muestra para saber si estuvo con ambas víctimas —asintió Alba.

Y dio por terminada la reunión. Pese a que era casi fin de semana y la tarde se mostraba de lo más desapacible, los tres salimos del Palacio de Justicia con un brillo de esperanza en los ojos.

—Por cierto, Unai, dale las gracias al abuelo de mi parte. El otro día se pasó por Laguardia y le dio a mi madre unos tarros de miel y unas bolsas de almendras garrapiñadas —dijo Alba, y se sacó una bolsa transparente del bolsillo de su plumífero blanco para mostrárnoslas—. Es enternecedor cómo cuida de mí.

—Se lo transmitiré —acerté a decir entre emocionado y avergonzado.

Fue entonces cuando recibí la inoportuna llamada de mi hermano. Alba aprovechó para despedirse con un gesto y Estíbaliz y yo nos quedamos solos en la avenida.

—Unai, ¿cómo estás? —me tanteó Germán.

—Ocupado, la verdad. ¿Qué querías?

—Hablar contigo. Pero mejor con calma, ¿vas a Villaverde este fin de semana?

—Sí, mañana nos vemos allí. ¿Tu tema puede esperar?

—Pues sí, ¿mañana hablamos? —dijo, aunque su voz no sonaba muy aliviada.

—Mañana soy todo tuyo, Germán —prometí.

Llegamos al chalé de Saúl apenas dos horas y media más tarde. Alba había montado el dispositivo y un par de patrullas de la comisaría de Santander, con Paulaner al frente, ya habían rodeado la vivienda cuando Esti, Milán, Peña y yo aparecimos.

La costa estaba mal iluminada por algunas farolas lejanas de otras urbanizaciones y el viento nos recibió un poco más furioso que de costumbre.

Supe que algo había ido mal, muy mal, cuando vi que Paulaner salía con gesto derrotado a recibirnos.

—¿Qué ha ocurrido? —le gritó Estíbaliz impaciente, y se llevó la mano a la funda de la pistola, en un acto reflejo.

—No va a necesitarla, inspectora. Saúl Tovar ahora mismo no representa ningún peligro para nadie.

—¡No! —se me escapó, y me metí corriendo en su casa, saltándome el precinto que ya estaba colocado.

Encontré su cuerpo en el suelo del salón.

Saúl estaba tendido y semidesnudo con los mismos vaqueros ajados con que nos recibió el lunes durante el registro. Su rostro ya no era el gloriosa belleza de ojos verdes.

Una de las réplicas de los puñales cántabros le había atravesado el corazón.

64

LA CASUCA DE SANTILLANA

25 de mayo de 1968, sábado

La madre llamó de nuevo a Sarah, se había despertado de un humor excelente. Era el cumpleaños de la niña, con once años se sentía ya mayor, aunque no lo suficiente.

—¿Qué quiere, madre?

La madre, desde la cama, le ordenó que pasara al dormitorio.

—Vacíame el orinal y tráeme el desayuno. Hoy ha salido un día magnífico, ¿no crees? —dijo su madre, risueña, mirando por la ventana.

La casuca de los Tovar no tenía unas vistas especialmente bonitas, daba a una calle estrecha y, si uno se asomaba, solo veía la tapia de un antiguo solar.

—¡Ah, y baja con tu hermano al sótano, que vuestro padre os estaba reclamando a tu hermano y a ti para no sé qué!

La niña tragó saliva y se apresuró a llevarle una bandeja con un vaso de leche y unas galletas.

—Madre, ¿y no quisiera hoy levantarse, con el día que hace?

—Ya lo hemos hablado, hija. Le hice una promesa a santa Juliana y no pienso ser de esas que la rompen.

—Pero es que hoy es mi cumpleaños, y podíamos salir a que nos dé un poco el sol.

«Tenemos que salir, madre. No podemos quedarnos en esta casa porque ya sé lo que va a pasar con padre», rogó Sarah en silencio.

—¡Que no, niña, que no!

—Pues aunque sea, que salga Saúl a jugar con los mozos, que lo esperan en la plaza.

—¿Y de dónde te ha salido a ti ese gusto por no obedecer? Anda y baja con tu hermano, yo voy a dormir un rato.

—Sí, madre.

Y bajó las escaleras de la mano con su hermano, y allí abajo los esperaba su padre. El pornógrafo aficionado sacó su cámara de grabar casera, igual que hizo su padre en los lejanos años treinta con aquella Kodak de 16 mm traída de Francia.

Les dio instrucciones a los niños, Sarah miraba fijamente a su hermano pequeño:

—Mírame a los ojos. No dejes de mirarme a los ojos. Yo te protegeré, Saúl.

—No, yo a ti —dijo el niño.

—Yo a ti.

—Yo a ti.

—Yo a ti.

Era la manera que tenían los dos niños de abstraerse. Que todo pasara rápido para ambos, que las instrucciones de su padre quedaran en algún rincón oscuro de aquel húmedo sótano.

65

UN ALTAR EN EL CIELO

20 de enero de 2017, viernes

Detrás de mí entraron Peña y Milán, tal vez era el primer cadáver que ella veía, porque salió corriendo del chalé y Peña la siguió, supongo que preocupado. La imaginé en el jardín, tomando una bocanada de aire marino para no vomitar.

Minutos después entró Peña muy serio.

—¿Cómo está Milán?

—No muy bien, ¿podrías salir a hablar con ella, por favor? —me susurró.

La encontré sentada en uno de los butacones donde una vez Estíbaliz y yo tuvimos una charla con Saúl. No lloraba, pero tenía la cabeza entre las rodillas y la mata desorganizada de pelos me impedía ver su expresión.

—¿Cómo va eso, compañera?

—Ya no voy a saberlo, ¿sabe? Ya no hay manera —dijo con su voz gutural.

Me senté a su lado, tan aturdido como ella por la muerte de Saúl Tovar.

—He soñado durante veinticuatro años que encontraba las fuerzas para plantarme en este lugar y exigirle una explicación —me confesó—. Y nunca me atreví. Quería mirarlo a los ojos y pensaba que así sabría si él empujó a mi hermana en el acantilado. Y hoy he venido temblando, muerta de miedo, a detenerlo. Y ahora me he quedado sin saberlo.

—Tal vez no lo habrías sabido nunca. Saúl es, era —me corregí, maldita Parca— muy persuasivo. A mí... me miró a la cara y me contó que su hija era psicótica. Soy perfilador… y le creí. Lo abracé, me apiadé de su desgracia. Te habría seducido. Nos sedujo a todos.

—No es usted muy bueno consolando.

—Me temo que no —tuve que admitir—. Tengo que entrar, Milán.

—Entiendo. Yo estoy bien, de verdad. Estaré bien.

Y me metí de nuevo en la guarida de Barba Azul.

El inspector Lanero había llamado ya al juez y este al forense. A falta de que la autopsia lo confirmase, aventuró con pocas dudas que había sido un suicidio.

—Una forma de suicidarse muy poco habitual, es complejo y requiere saber muy bien lo que uno está haciendo para clavarse un arma blanca en el corazón. Sí que es propio de los suicidas el retirarse la ropa que cubre el lugar donde van a autolesionarse —comentó el doctor después de observar el cadáver.

Por el estado en que encontramos su cuerpo, Saúl se había quitado la vida el martes, justo después de volver del hospital Valdecilla de entregar su saliva.

Él sabía que encontraríamos coincidencias de su ADN con el de Gimena. Sabía que ataríamos cabos. Sabía que averiguaríamos que Gimena era su hija y su nieta. No quiso enfrentarse a una detención. O tal vez a eso que tanto le preocupaba: el escarnio público. Pero al menos nos dejó la certeza.

Es curioso cómo salió bien parado de aquello.

La prensa local ventiló la noticia el mismo sábado en la edición *online* con un escueto:

Hallado muerto en su vivienda un profesor de la Universidad de Cantabria, S. T., de 55 años. La comunidad universitaria se halla consternada tras la noticia. El lunes recibirá un acto homenaje por parte del rector y el decanato de la facultad de Filosofía y Letras por su labor divulgativa de la cultura celtíbera local.

La redacción de *El Periódico Cántabro* no lo asoció con ninguna investigación y se limitó a dejar constancia de la noticia de su muerte. Saúl les habría estado muy agradecido.

Yo no dejaba de darle vueltas al pelo moreno, largo y liso que la forense había encontrado en las chamarras. ¿Acaso su hermana, Sarah, estaba detrás de aquellas muertes? Tal vez debería pedirle a la doctora Guevara que comparara los cabellos hallados con el ADN de la hermana de Saúl, pero ¿no corríamos el riesgo de que ella también se suicidase o huyese si nos presentábamos en su casa con una petición de toma de muestras? Había otra opción, y estaba a mano, y era comparar el ADN de Saúl con el de los cabellos. Si fueran de Sarah Tovar, encontraríamos la correspondiente coincidencia genética.

Pero no estaba seguro de aquella hipótesis.

Todos los del equipo de Vitoria habíamos vuelto circunspectos y callados a nuestra ciudad. Tal vez el más tocado era yo, que lo había conocido. Y Milán, que seguía machacándose por no haber actuado antes.

Al día siguiente, a la espera de los resultados de la autopsia, me fui a Villaverde a la hora de comer. Quería airearme un poco de la investigación. Encontré al abuelo en los avellanos, quitando hierbajos. Mi hermano no estaba por ningún lado.

—¿Todavía no ha llegado Germán? —le pregunté al abuelo después de colocarme a su lado y arrancar con él algunas malas hierbas.

—No, y me dijo que hoy venía a primera hora. No sé por qué se habrá retrasado.

—Será que tiene trabajo en el despacho.

—Será —convino el abuelo, y ambos continuamos con nuestros quehaceres.

Lo llamé a eso de las tres y media. No había aparecido y Germán no era alguien que no avisase. No cogió el móvil, en el despacho saltó el contestador automático invitándome a coger hora para una consulta.

Comimos en silencio las alubias con guindillas y el chorizo que el abuelo había puesto a asar en el fuego de la cocinica baja.

Él se marchó a echar la siesta y yo pasé la tarde ensimismado, mirando el fuego. Descansando. Reponiéndome.

Cuando se hizo de noche empezamos a preocuparnos de verdad por la inexplicable ausencia de mi hermano.

—Abuelo, ¿te dijo algo Germán, además de que vendría por la mañana? —lo tanteé después de subir unas leñas para mantener la casa caliente durante la noche.

—Sí, hijo, me contó algo y me dijo que hoy quería hablarlo contigo.

Tanto Germán como yo le contábamos al abuelo nuestros temas laborales, de esos de los que no puedes hablar por motivos de secreto profesional. Pero decírselo al abuelo era más seguro que hablar con una estatua, porque de allí no salía nada, y tenía la ventaja de que los casi cien años del abuelo siempre daban perspectiva a nuestros problemas.

—¿Crees que deberías contármelo?

—No sé si debería decirte algo. Verás, estaba un poco preocupado por algo que había encontrado de su moza.

—¿Su moza, Beatriz, mi logopeda?

—Sí, algo de su despacho, ¿tú te acuerdas de ese edificio de San Antonio que te conté que desmontaron la cúpula para meter un nido de ametralladoras durante la Guerra Civil?

—Sí, abuelo. La casa de Pando-Argüelles.

—Pues Germán me ha contado que el edificio no tiene oficinas en alquiler. Que una promotora lo compró y la obra quedó paralizada antes de terminar la reforma, y que a su despacho le ha llegado un cliente con un asunto relacionado con la subasta. Total, que le extrañó que su novia trabajase en ese portal y ha investigado y no aparece ninguna Beatriz… ¿Korres?

—Sí, Korres.

—Dice que no puede haber alquilado un despacho ahí, que legalmente la promotora no puede hacerlo. No sé, dice que quería consultarlo contigo antes de hablar con ella, para ver lo que piensas.

—Pienso que pueden habérselo alquilado en negro, la verdad.

—Pues eso será. Pero ese *chiguito* no es de no aparecer, ¿lo llamamos otra vez?

—Sí, vamos a llamarlo.

Llamé también a la cuadrilla, pero a eso de las once no había dado señales de vida tampoco en Vitoria. Todos asumieron que estaba con Beatriz, pero la llamé y el teléfono estaba apagado.

El abuelo y yo esperamos frente al fuego de la cocinica baja, pero a medianoche le convencí de que se acostase y de que iría al día siguiente a Vitoria a su piso para ver por dónde andaba.

—Abuelo, es adulto. Estará con su novia en el cine o querrán un poco de intimidad. Por que una vez en su vida no sea tan responsable o se le haya pasado avisarnos no vamos a tenérselo en cuenta, ¿de acuerdo?

—Claro —dijo el abuelo, de un modo que era como escuchar: «Ni por un momento me has tranquilizado, hijo»—. Pues mañana cuando hables con él le dices que hoy tempranico me he encontrado a una de vuestra cuadrilla, la de Asier, que andaba rondando por el pueblo, y ha dicho que pasaba por aquí y que le habría gustado hablar con uno de vosotros, pero no sé con cuál.

—¿La mujer de Asier, Araceli?

—Esa, no la he entendido bien, un poco nerviosa sí que estaba. Ha dicho: «Estoy buscando a tu nieto», o algo así. Pero se ha ido con prisas. Mañana se lo dices a Germán.

«¿Y para qué demonios ha venido Araceli hasta Villaverde a buscar a Germán? —pensé extrañado—. ¿O querría hablar conmigo?»

Me acosté sin demasiado sueño. Y preocupado, y un poco enfadado con mi hermano por no haberse presentado y no habernos avisado.

También me escamaba la visita de Araceli, la verdad. No es que fuera una amiga íntima, pero últimamente la encontraba rara, nerviosa, alterada.

Pensé en hacer algo útil mientras las horas pasaban oscuras en mi dormitorio. Y le di muchas vueltas al asunto de los nombres. A las tres cuentas falsas que contactaron con Annabel: Ginebra, Linett, Begoña Kortajarena. Puede que en alguna de ellas estuviera la clave. Un nombre que para Rebeca tuviera un significado especial, tal vez algo que ver con la ceremonia de la Triple Muerte celta. Los colgados, la soga, la cercanía con los altares, el agua… Con un poco de curiosidad, cogí el móvil que permanecía encendido por si Germán llamaba y busqué el significado del nombre *Rebeca*.

Lo que encontré era, como mínimo, curioso. *Rebeca* era un nombre bíblico, hebreo para más señas. Se podría traducir como «cuerda», o «lazo». En griego, en cambio, hacía referencia a la fertilidad. En arameo se consideraba una diosa-tierra. Esposa de Isaac, hijo de Abraham, quien se casó con su propia hermana, Sarah. Interesante encontrar una alusión al incesto tan directa en una familia como los Tovar.

Busqué otros nombres, como *Saúl.* También bíblico, también hebreo. Quería decir «el deseado». Muy *ad hoc* para alguien que había sido pura seducción. Buscando nombres antiguos llegué a *Araceli. Ara* era la piedra situada en el centro del altar donde se depositaban las ofrendas; *caeli,* del latín *caelum,* «cielo». Los romanos consideraban el Ara Caeli la piedra que permitía comunicarse con lo sobrenatural.

Recordé el ara de las Matres de la Barbacana y el ara de las ninfas de Araia, cerca de San Adrián.

Y tuve un momento, ya de madrugada, cuando la luz del amanecer se colaba por las rendijas de las contraventanas, en el que vi claro lo que no había querido ver hasta entonces.

Un clon de Annabel Lee que se casó con Asier, que nos tenía a todos los de la cuadrilla cerca, una experta en informática que pudo *hackearme* el móvil con facilidad, alguien que tenía motivos de sobra para matar a Annabel cuando se enteró de su embarazo, posiblemente porque creyó que Asier era el padre. Y el pelo negro y largo en las chamarras de Jota y de Annabel. Estuvo con los dos poco antes de que ambos muriesen. Fue una certeza, algo que sabía que el ADN iba a confirmarme.

Y recordé lo que me dijo MatuSalem en la cripta de la Catedral Nueva cuando me contó el origen del nombre de la empresa Cisco: «A veces no vemos la palabra entera, pero una parte es suficiente para tener significado propio».

¿Cuántas veces la había llamado Ara sin pensar en su relación con las aras de las Matres?

¿Podía estar nuestra esquiva Rebeca escondida tras la identidad de Araceli?

66

EL PALACIO DE ESCORIAZA-ESQUIVEL

22 de enero de 2017, domingo

Esperé a que fuera una hora razonable y a eso de las nueve de la mañana envié un whatsapp a Araceli. Por lo visto, estaba despierta, porque contestó enseguida.

—¿Podemos quedar a desayunar juntos, Ara?

—¿Solos o con Asier?

—Tú y yo solos.

—Ya he desayunado, ¿nos vemos junto a la muralla medieval, donde nos vimos la noche de las velas?

Me pareció un buen lugar para hablar con ella a solas sin exponerme demasiado. No estaba muy apartado, pero resultaba un paraje bastante solitario un domingo por la mañana.

Quedamos en una hora, me despedí del preocupado rostro del abuelo, que no dejaba de llamar al móvil apagado de Germán, y me dirigí a Vitoria con unas ojeras que me llegaban al suelo.

Araceli me esperaba, más Annabel Lee que nunca, sentada en el patio del palacio de Escoriaza-Esquivel, en la parte más alta de la Almendra Medieval. Hacía un frío que pelaba y amenazaba lluvia, pero nos quedamos sentados de espaldas a la muralla.

Preferí no perder el tiempo y entrar a porta gayola.

—¿Sabes dónde está Germán, Ara?

Ella frunció el ceño y me lanzó una mirada recelosa.

—¿Todavía no sabes nada de él?

Negué con la cabeza, frustrado.

—Yo tampoco sé nada desde ayer.

—Sé que fuiste por la mañana a Villaverde, ¿querías hablar conmigo?

Se quedó un poco cortada por lo directo de mi pregunta, rogué a algún dios que no me mintiera.

—La verdad es que no, con quien quería hablar era con él.

—¿Y eso?

—Es un tema… profesional. Bueno, y personal.

Me eché para atrás; entonces até cabos.

—¡Oh, Dios! Ahora lo entiendo. Te vas a separar, querías consultarle algunas dudas, ¿es eso?

Ella me miró un poco avergonzada.

—¿Cómo… cómo lo sabes?

—Soy hermano de un abogado, no imaginas cuánta gente de nuestro entorno acude a él para hacerle ese tipo de consultas.

—Vaya…, pues sí que soy transparente.

No le conté todo lo que Asier había compartido conmigo del estado de su matrimonio, todavía no era el momento.

—¿Para qué me has llamado, Unai?

—Tienes que decirme la verdad acerca de la mujer que murió en San Adrián.

Araceli pasó los dedos entre algunos mechones de su melena negra, poniéndolos en su sitio.

—Te dije que no la conocía.

—Y hemos hallado un pelo largo y moreno en la chamarra que llevaba cuando murió. Voy a pedirle al juez una orden para tomarte una muestra de ADN y cotejarla, ¿quieres seguir adelante con tu versión?

Tragó saliva, frustrada.

—¿Serías capaz de hacerme eso?

—Quiero saber quién mató a Jota. Sí, te lo haría.

Ella apretó los dientes, miró al suelo. Guardó un silencio que me supo a impotencia.

—Jota me lo contó —dijo por fin.

—¿Qué te contó?

—Que Ana Belén y Asier estaban liados. Jota estaba hecho polvo, muy tocado. Me preocupé por él, no se merecía aquello…

—¿La conociste, entonces? —le corté.

—Sí, quedé con ella a mediados de noviembre, tal vez unos días antes de su muerte, no me acuerdo, la verdad. Me metí en el móvil de Asier y quedé con ella fingiendo ser mi marido. Quería estar segura de que aparecía.

—¿Y qué ocurrió? ¿Discutisteis?

—Qué va, con ella era imposible discutir. Todo le daba igual, pasaba de Asier, pasaba de Jota…, fue muy frustrante, la verdad.

Casi sonreí, aunque no me hacía gracia.

—Ella era así, sí. Pero entonces me mentiste, y no fue tu única mentira. ¿Estuviste con Jota la noche que murió?

—Salimos todos de marcha, ¿también hay pelos míos en su chamarra?

—Dímelo tú.

Vi en su rostro un gesto de dolor que no me había mostrado hasta entonces.

—No es lo que crees.

—No sabes lo que creo, pero te lo puedo decir. Creo que pudiste matar a ambos…, creo que Asier podía estar dormido durante las madrugadas que murieron. —Tomé aire para seguir hablando—. Creo que pudiste matar a Jota, dejarlo en la Barbacana y volver a la cama con tu marido.

La miré a los ojos mientras le lanzaba mi rabia, pero ella se levantó, roja, y yo también lo hice, no quería que se me escapase. Lo que no esperaba era lo que me soltó a continuación:

—¡Estábamos juntos! Jota y yo nos queríamos, nos queríamos mucho. Era el mejor de todos vosotros, una buena persona…

—¿Qué…, tú y Jota?

Me costaba mucho imaginarlos juntos. El abatido y desastrado Jota con la impecable y segura Araceli. ¿Qué tipo de química, qué necesidad podía haber entre ellos? Y lo que más me inquietaba aún: ¿sabía Araceli que Jota esperaba un hijo de Annabel?

—¡Jota era bueno, Unai! —casi me gritó fuera de sí.

—Lo sé, fue mi mejor amigo desde primero de EGB. Vamos, siéntate —le rogué.

Ella obedeció, como si las fuerzas se le hubieran ido con su confesión.

—¿Qué os pasó? —quiso saber un poco más calmada.

—Nos pasó Annabel. Ella nos pasó.

Araceli asintió, tal vez con seis palabras comprendió una historia que yo creía mucho más compleja, no lo sé. No tenía muchas ganas de desnudarme allí mismo.

Fue entonces cuando escuché la melodía del *Lau teilatu* en mi móvil antiguo. Era mi logopeda, Beatriz Korres.

Aliviado, le hice una seña a Araceli para que se quedase donde estaba, me levanté y me alejé un par de metros para responder la llamada.

—Beatriz, qué alivio. ¿Sabes dónde está Germán?

Pero había algo diferente en su voz, una rabia, un temblor.

—Sí, claro que sé dónde está Germán, lo tengo yo —contestó.

—¿Cómo que lo tienes tú? ¿Te pasa algo?, te noto… alterada.

No entendía, no entendía nada.

—¿Alterada? ¿Y tú te das cuenta, Unai? ¿Tú que nunca te enteraste de nada?

Y ya no era la dulce y comedida Beatriz Korres que me había reeducado el habla durante meses. Ahora era alguien que destilaba mucha bilis en cada una de sus palabras.

—Beatriz, no sé de qué estás hablando…

—Claro que no, ¿cómo podrías saberlo? Siempre lo has tenido delante y nunca has evitado una muerte. ¡Mi padre está muerto por tu culpa!

—¿Tu padre? ¿De qué hablas?

—Sí, mi padre. Saúl Tovar. ¡Tú tienes la culpa de que él esté muerto, Kraken!

Y una desconocida que una vez conocí lloró al otro lado de la línea, con furia, muy fuera de sí, destrozada.

Entonces caí.

Los nombres: estaba equivocado.

Las iniciales.

BK, Beca se escondía detrás de Beatriz Korres, al igual que la Begoña Kortajarena que contactó con Annabel Lee.

Fue como un fogonazo en el cerebro. Un momento de lucidez que no llegaba a tiempo.

Y supe que era demasiado tarde para mi hermano.

67

OKON

22 de enero de 2017, domingo

Imaginar a mi hermano colgado de un árbol, con la cabeza sumergida en un caldero y reducido por el disparo de una Taser fue demasiado para mí. También la sorpresa, el estupor de encontrar a Rebeca bajo la piel de alguien en quien había confiado mi nueva vida. Le debía mucho, días y días de pacientes repeticiones, palmadas cariñosas en la espalda. Chupa chups de regalo cada vez que encadenaba una palabra más a una frase subordinada.

—¿Rebeca, eres tú? —repetí incrédulo.

—¡No tenía que morir! —me gritó al oído, sin poder contenerse—. Yo lo seguía queriendo, lo echaba de menos. ¡Tú tienes la culpa de que esté muerto!

—Saúl no ha muerto por mi culpa, sino por el miedo a que todos supieran lo que te hizo.

—Yo fui la culpable de eso, yo lo empecé todo. Quería que me quisiera, quería que pasase lo que pasó.

—No, Rebeca. Tenías trece años…, jugó contigo para que lo creyeras. Fue él quien te engatusó. Todas las víctimas de abusos tenéis en común el complejo de culpabilidad. Tú no sedujiste a tu padre, tú no tienes la culpa de lo que pasó.

—Sí que lo hice, yo empecé el juego —dijo, y le temblaba la voz.

Esa era su verdad.

Y lloró, no sé si porque estaba aturdida por la muerte de Saúl o por la catarsis de hablar por fin de aquello con alguien que estuvo presente.

Hacía casi veinticinco años habíamos dejado una conversación pendiente. Jamás pensé que la concluiríamos en aquellos términos.

—Rebeca, es solo la culpa. La tuya se enquistó, se volvió patológica y ha matado a varias personas.

—Personas que no merecían tener hijos.

—Y yo tampoco merezco ser padre. Quieres… quieres… —Me atasqué, demasiada presión para mi cerebro.

—Respira hondo, como te enseñé, Unai —me dijo una vez más.

Y por un momento volvió la ilusión de que estaba hablando con mi logopeda.

Le hice caso, tomé aire, lo retuve, lo expulsé contando hasta tres.

—Quieres castigarme por no haberme enterado de lo que pasó en el poblado…, hazlo. No te hice caso, no te ayudé, permití que tu padre te violara casi delante de mis narices, y no vi nada. Dime que no merezco la muerte.

—No, no mereces ser padre. No sabrías proteger a tu hija. Y Alba tampoco merecía ser madre.

La mención de Alba en aquel contexto fue suficiente como para que me decidiera.

—No la metas a ella —bramé—, esto es por lo que pasó en el poblado. Tú y yo. Hagamos un intercambio, yo por Germán.

—No juegues conmigo, si crees que puedes tenderme una trampa…

—No, sin trampas. Dime un lugar…, no soltaré el móvil hasta que llegue allí, no avisaré a nadie. Yo a cambio de Germán, me sacrificas y todo acaba para mí. ¿No es el final que merezco por no evitar lo que te hizo tu padre?

Rebeca lo pensó durante unos larguísimos segundos.

—De acuerdo. En la ermita de Okon. Hay un pequeño estanque, tiene grabado un *lauburu* y unas hojas de roble.

—Lo conozco —le corté. «Probablemente fue Germán quien te enseñó ese rincón», pensé con rabia.

—Si llamas a tu compañera, mato a tu hermano.

—Tú sabes que no voy a llamar a nadie, maldita sea. Ni se te ocurra tocarle un pelo de la barba a Germán —dije dando vueltas bajo la muralla.

En ese momento Araceli, alarmada por mis idas y venidas por la plaza, por mis gritos y mis gestos alterados, se acercó a mí.

—Unai, ¿pasa alg...?

Le tapé la boca, aterrado.

Si Rebeca descubría que alguien más nos escuchaba, podía dar a Germán por muerto. Y Germán no podía, no debía, no... Me bloqueé, me bloqueé.

Araceli vio mi cara de terror y obedeció. Debía seguir hablando, Rebeca no podía darse cuenta de nada.

—Tu cambio físico es..., estás irreconocible.

—Me empeñé en ser el modelo opuesto de mujer que a él le gustaba, pensé que así estaría...

—A salvo. A salvo por si la vida os volvía a juntar..., o si él se enteraba de que estabas viva y volvía a seducirte.

Nadie respondía al otro lado de la línea, pero escuchaba su respiración agitada, creo que estaba llorando. Me obligué a continuar hablando:

—No estabas segura de que te pudieses resistir a sus armas de seducción. Siempre has querido a tu padre, siempre te ha... atraído, y a la vez aterrado. Te creaste este físico de mujer voluptuosa y nada niña para protegerte de él, y de ti misma, no confiabas en tu resistencia.

Rebeca calló, era un tácito «sí».

Aproveché para sacarme la libreta y escribirle a Araceli:

—No digas nada a nadie. Necesito que vayas a mi casa y hagas algo por mí. Ahora tienes que correr, ¡ya!

Ella asintió, consciente de que algo grave estaba ocurriendo. Leyó las instrucciones, le lancé las llaves, la sierra de madera del abuelo voló en una elíptica elegante.

—No te la juegues otra vez —me escribió antes de marcharse de la plaza a la carrera.

—No puedo prometerte nada —le habría escrito.

Pero yo corría ya por el cantón de las Carnicerías a tumba abierta para llegar a mi coche y arrancar el motor cuanto antes rumbo a Okon.

Llegué a la ermita de la Virgen de Okon más de una hora después. Durante el trayecto Rebeca y yo habíamos mantenido el contacto sin apagar los móviles. Le pedí permiso para repostar en la gasolinera de las Ventas de Armentia. No le hizo gracia que me demorase, pero acabó accediendo.

La ermita estaba en mitad de mi sierra, apenas a unos cientos de metros de la villa de Bernedo. Conduje con cautela por el sendero que llevaba a la iglesia, rodeado de árboles que en verano daban sombra y refrescaban. Frente a la campa encontré un par de coches aparcados.

Dejé el mío junto al campanario y salí corriendo, con el móvil en la mano, hacia el estanque que estaba escondido tras una zona boscosa de mesas y bancos que hacían las veces de merendero. No mucha gente conocía la fuente y el viejo lavadero, una pequeña piscina excavada en la roca en un rincón alejado del bosque.

Casi se me para el corazón cuando distinguí la pequeña figura de mi hermano levitando sobre el estanque. Su elegante traje azul marino quedaba incongruente en mitad de las hojas marrones y doradas. Estaba atado por los pies a una soga que lo sujetaba a la rama alta de un roble. Sus brazos colgaban inertes y su pelo moreno rozaba el agua de la poza.

—¡No avances más, Unai! —me frenó Rebeca mientras me apuntaba con una Taser—. ¡Quítate ese abrigo!

Comprendí sus intenciones al momento. Quería dispararme, y también quería comprobar si llevaba chaleco y arma.

—¡Voy desarmado! —le grité—. ¿Qué pensabas?

«Me va a disparar —pensé—. Me va a sacrificar en el estanque.»

Y en cualquier otra circunstancia mi instinto de supervivencia estaría pergeñando mil planes para reducirla o engatusarla, pero al ver a Germán, tan expuesto...

Obedecí y dejé el abrigo a mis pies. Levanté los brazos. Me rendí.

—¡Ahora acércate! —gritó.

Rebeca quería tenerme a tiro para dispararme, con la Taser solo contaba con los siete metros que permitían los cables.

—Date prisa, no tengo todo el día. Todavía debo comprobar que las diosas están satisfechas con tu hija —me pareció escucharle.

—¿Qué has dicho? —le exigí, incrédulo, mientras me acercaba con las manos sobre la nuca.

Pero Rebeca no tenía intención de contestarme. No tenía intención de cambiarme por Germán y desatarlo. Entonces lo comprendí: Germán sabía quién era ella, su doble identidad. No podía dejarlo vivo. Era una trampa, iba a matarnos a ambos.

Por eso, cuando vi tras ella una capucha blanca y a MatuSalem con su pelo azul disparándole con una Taser amarilla a la espalda, no hice nada por impedirlo.

El ciclo de descarga duró cinco segundos. Rebeca cayó abatida al suelo de barro y de hojas podridas. Sus músculos convulsionaron sin control.

Matu no iba solo, Golden Girl lo acompañaba. A la anciana *hacker* se le escapó un chillido y corrió, con sus andares torcidos, a socorrer el cuerpo maltrecho de su querida sobrina.

—¡Beca, cariño! Soy yo, soy tu madrina. ¡Rebeca!

Yo corrí a desatar la soga que sujetaba los pies de Germán. Mi hermano tenía la cara bermeja de permanecer cabeza abajo. Me tuve que meter hasta la cintura en el estanque, con el agua casi helada, para cargar a pulso con su cuerpo.

—Ya está, Germán. Ya ha terminado todo —le susurré, pero él estaba aturdido y desorientado, Rebeca había usado la Taser con él, probablemente antes de colgarlo del árbol.

Salí con mi hermano del estanque, empapado, y lo abracé en el suelo, como si fuese una *Pietá*, una de esas Vírgenes italianas que lloran con sus hijos adultos en brazos. Y sentí tal alivio porque Germán estuviese a salvo que me descompuse, mis nervios agarrotados cedieron y me puse a temblar como una hoja en el río.

—Muy efectivo lo de poner una cruz blanca y otra negra en tu balcón, Kraken —me dijo MatuSalem, que se colocó a mi espalda—. Ella me monitorizó, yo a ella, ambos a ti… Imaginamos que lo que necesitabas de nosotros era la Taser que Golden había adquirido en la Deep Web.

En realidad, lo que quería era la presencia de Golden, o más bien, de Lourdes Pereda, la tía de Rebeca. Quería enfrentarlas para que Rebeca reviviera la parte blanca de su pasado, pero no estaba seguro de que mi mensaje fuese a llegar rápido, así que me aseguré ordenando a Araceli que colocase también una cruz blanca para MatuSalem.

Un genio como él enseguida comprendió la jugada, confiaba en sus reflejos.

Y los tuvo.

Me salvaron la vida, de hecho.

Si hubiese llamado a Estíbaliz, todo habría sido un «espera, montamos un dispositivo, nosotros nos encargamos, no vayas solo…». Aunque era consciente de que tras aquel desastre en solitario iba a tener que dar muchas explicaciones en comisaría…, o tal vez no tantas.

—Tenéis que iros, coged unas ramas y barred vuestras huellas en el barro. No habéis estado aquí. Yo he disparado la Taser, mi hermano no contará nada. Rebeca no os vio.

Y cogí la Taser, Matu llevaba guantes, ese crío estaba en todo. Yo planté mis huellas dactilares, me coloqué desde la posición en la que disparó, mis botas quedaron firmes en el barro.

Pero Golden continuaba abrazada a Rebeca, que yacía en el suelo. Me empecé a preocupar porque debería haber empezado a recuperarse ya. Estaba preparado para inmovilizarla y detenerla.

—Golden, ¿qué pasa? —le pregunté.

—No responde, Kraken. No responde —murmuró acunando a Rebeca como si fuera una niña pequeña.

Corrí hasta donde estaban; Germán también, como pudo. Y no me pasó desapercibido su gesto de horror y de preocupación.

Le tomé el pulso en el cuello, se lo encontré, pero Rebeca no respondía.

—Tenemos que llamar a una ambulancia. Rebeca ha entrado en coma.

68

PUENTE VIESGO

15 de mayo de 1993, sábado

Sarah acunaba al bebé medio dormida, sentada en una mecedora. En el exterior el sol invitaba a paseos por el bosque cercano, pero ella era consciente de cuánto exponía si salía y algún vecino del pueblo la veía.

Escuchó el sonido del teléfono y se inquietó. Nadie, salvo su hermano, la llamaba a aquel recóndito lugar.

—Sarah, tienes que venir con la niña —le urgió con voz expeditiva.

—¿Con el bebé? ¿No es un poco arriesgado que me vean alrededor de tu chalé con ella?

—Tú ven con ella, ya te contaré —le dijo Saúl, y colgó.

Y Sarah obedeció, un poco intrigada, eso sí. Pero su hermano estaba tan desubicado después de la desaparición de Rebeca... Y ella prefería callar sus sospechas, se sentía demasiado culpable por haberse entregado a Eulalio Osorio. Sabía que podía haber sido capaz, que le faltaba sangre a ese hombre para cargar con un poco de culpa a sus espaldas. Si ella le hablase de la culpa...

Pero desde que vio las fotos que mandaron al periódico no se le quitaba de la cabeza, ¿habría sido él quien había matado a Rebeca para evitar que la niña hablara?

Sarah vivía en un chalé solitario junto a Puente Viesgo. Allí se había llevado a Gimena cuando nació. Era demasiado pequeña y débil como para arriesgarse a emprender un viaje con ella, pero quería empezar una nueva vida en Londres. Puede que en un futuro Saúl se les uniese y pudiesen formar una familia. En

Londres estaba el British Museum, tal vez con sus contactos podía encontrarle un puesto apetecible a su hermano, ahora que Rebeca ya no estaba para enrarecer todos los ambientes.

Al día siguiente Sarah se presentó por la noche en el chalé de su hermano. Aparcó frente a la puerta, a esas horas los vecinos no podían ver cómo entraba con un bebé en brazos.

—Déjamela, quiero verla. No dejo de pensar en ella.

—Es muy buena, no me da ningún problema. Si sigue ganando peso a este ritmo, pronto podré llevármela. Solo me queda pedir la excedencia voluntaria en el hospital, en Londres tienen todo el papeleo dispuesto, a falta de mi firma. Me va a costar más lo del asunto de la adopción.

—De eso quería hablarte. He cambiado de opinión —dijo Saúl con la niña en brazos—. Ven, sube. Tengo algo que enseñarte.

—Dame a la niña, que se va a despertar —le pidió ella un poco recelosa.

—No te preocupes, le gusto. Le gusto mucho. Mira cómo se acurruca en mi regazo. Ya la llevo yo. Sígueme.

Y ambos hermanos subieron escaleras arriba y llegaron al dormitorio que hasta entonces había sido de Rebeca, junto al de su padre.

Sarah dio un paso atrás cuando entró.

Todo había cambiado. No quedaba ni rastro de la cama donde Rebeca había dado a luz apenas unas semanas antes, ni de sus libros de historia ni de sus pósteres de diosas celtas.

—¿Qué has hecho, Saúl?

—Acondicionarlo para Gimena. Le he montado una cuna, he pintado las paredes. Le he comprado ropa, pañales, leche de continuación… Ya he criado a una hija, sé cómo hacerlo. Gimena se queda esta noche en su casa.

—¡No! Me dijiste que yo me la quedaría, no puedes hacerme esto. Sabes que no puedo tener hijos, yo quería esta niña. Es especial, es… —Y no pudo terminar, Saúl a veces le daba un poco de miedo, cuando le lanzaba la misma mirada que su padre, y en esos momentos la estaba mirando con esos ojos que dolían.

—Te he dicho que necesito un último favor. Voy a inscribirla en el Registro Civil, tienes que falsificar unos papeles de adopción, es solo una orden del juez concediéndome la custodia de la niña. Tienes acceso a otros expedientes de adopción. Simplemente hazlo, o los dos caemos.

—¡Saúl, por Dios te lo ruego, por madre, no me quites a mi niña! —le imploró Sarah, pero ya sabía que era inútil.

Saúl dejó a su hija en su nueva cuna y la cubrió con su mantita nueva.

—Seremos el padre y la madre de Gimena, nuestra familia es lo primero. Esta vez saldrá bien. Esta vez saldrá bien —le dijo a su hermana, y la abrazó.

La abrazó con fuerza, ella quiso resistirse, pero era todo lo que anhelaba. Se calmó un poco, miró a la niña y el bebé sonrió. Gimena era dulce y no se parecía nada a la niña llorona y problemática que había sido Rebeca.

Durante meses los hermanos apenas se hablaron, Sarah no le perdonó que se tuviera que entregar a un hombre ajeno por él, pero la dulce Gimena limó asperezas y finalmente fueron la familia de tres que Sarah siempre quiso.

Su propia sangre, como su padre les había enseñado.

Todo estaba bien hasta que Gimena, incapaz de superar la indiferencia de su padre en cuanto se convirtió en adulta, se suicidó.

69

LA CASA DEL ABUELO

23 de enero de 2017, lunes

El abuelo, Germán y yo nos pasamos la noche en Villaverde sentados en el sofá frente al fuego. La ambulancia se había llevado a Rebeca a Txagorritxu, después de que MatuSalem y Golden desaparecieran de Okon en el coche destartalado de Matu. A mi hermano lo tuvieron en observación durante un par de horas, le hicieron una analítica de sangre y encontraron que su novia le había administrado somníferos como para matar a un caballo. Germán no recordaba dónde había estado desde el sábado por la mañana, cuando subió al despacho de mi logopeda en San Antonio a tomar un café.

En otro orden de cosas, Alba no quería cogerme el teléfono. Hablé con Esti para que la informase. De todos modos, yo no quería saber nada del mundo, solo estar con mi familia. Darnos ánimos, que Germán se recuperase.

—Necesito estar en el hospital, alguien tiene que velar por ella —murmuraba, intentando coger calor bajo la manta gruesa del abuelo.

—No te van a dejar estar a su lado esta noche. Es mejor que descanses. Mañana ya veremos —le repetí una vez más, con la esperanza de que escuchase.

—Necesito que me diga si fui un señuelo o estos meses han sido verdaderos —me dijo, y había tanta tristeza en su mirada que quise encogerme y desaparecer.

—No creo que entrases en sus planes, ya se acercó a mí *hackeando* mi correo e interceptando el mensaje que le envié a mi neuróloga. Se hizo pasar por una logopeda, he revisado aquel mensaje. Ya firmaba como BK, ¿lo puedes creer? Ya la tenía delante y no lo vi. Creo que me localizó gracias a la visibilidad que los dobles crímenes me dieron el pasado verano. Sabía de mi lesión, se preparó una identidad para ello.

—Me gustaría creerte, pero no puedo quedarme con la duda, ¿lo puedes entender, Unai?

—No he podido… mantenerte alejado de mis infiernos, Germán. Hoy no puedo ni mirarte a los ojos. Sé que me vas a pedir otra vez que renuncie, que me dedique a otras cosas.

Germán se levantó, el día había sido eterno, ¿para qué alargarlo?

—Deja que hablemos mañana, ya he tenido suficiente por hoy. Pero… gracias por salvarme la vida —dijo, y desapareció por la puerta de la cocinica baja rumbo a su dormitorio.

«Una y mil veces, Germán. Una y mil veces.»

Llegué a primera hora a mi despacho de Lakua. Cuando abrí la puerta, un coro de aplausos y felicitaciones me esperaba. Todos los compañeros de otras Unidades, el comisario Medina, Esti, Milán, Peña…

Brindamos con sidra, hubo palmadas en la espalda y sonrisas de alivio. Habíamos capturado a la asesina confesa, el Juego del Ahorcado había terminado. El caso de Los Ritos del Agua había quedado resuelto.

El comisario vino hacia mí con una sonrisa genuina; parecía, por una vez, satisfecho. Me alejó un poco de la algarabía que reinaba en el despacho, buscando discreción.

—Muy bien, inspector. Espero que en breve se reincorpore. Nos ha demostrado una vez más que está en plenas facultades. Esta Unidad le debe mucho.

—Gracias, señor. ¿Qué noticias tenemos del hospital?

—Ojalá Rebeca Tovar se recupere, pero el equipo médico que la ha atendido no es muy optimista.

—¿Qué sabemos de lo que le ocurrió?

—Que tenía una malformación cardíaca congénita, piensan que no detectada. La descarga de la pistola de electrochoque ha sido fatal. Continúa en coma, no saben si va a despertar.

Asentí en silencio. No me alegraba.

El comisario me miró fijamente, tratando de anticipar mi respuesta.

—Sabe que tengo que preguntárselo, ¿qué demonios hacía usted con un arma no reglamentaria?

—Formaba parte de la investigación que realicé en la Deep Web para intentar seguirle la pista a la compra de la Taser que usó Rebeca Tovar con sus víctimas —mentí.

—Sabe que tendrá que redactar un informe explicativo.

—Soy consciente. ¿Me va a echar encima a la Unidad de Asuntos Internos?

—Usted escriba ese informe y ya veremos. Pero hoy es día de celebraciones, ¿dónde está su pareja?

—¿Quién?

—La subcomisaria. Ayer fue la inspectora Gauna quien me avisó de la resolución del caso, cosa que me extrañó. Después llamé a la subcomisaria Salvatierra, pero tenía el móvil apagado. ¿No se ha presentado todavía?

—Vendrá ahora, no se preocupe —contesté.

Pero me despedí de él y fui a por Estíbaliz.

—¿Y Alba?

—Se ha debido de tomar un fin de semana de desconexión, porque no hay manera de que me coja el móvil. ¿No debería estar ya aquí? —dijo con un vaso de plástico en la mano.

Saqué el móvil y llamé a su madre. Nieves respondió al momento.

—Nieves, ¿desde cuándo no sabes nada de Alba?

—Desde el viernes después de comer. Se pasó por el hotel para recoger las almendras garrapiñadas que le había dejado el abuelo. Estos días tiene muchos antojos de dulces, espero que no le suba el azúcar. La llamó tu cuñada, la novia de Germán, y se fueron juntas, ¿por qué? ¿No ha ido a trabajar?

Me tuve que apoyar en mi mesa porque sentí un leve mareo.

Y entonces lo entendí: Germán había sido una trampa, un despiste, otro truco del diablo para ganar tiempo.

Las verdaderas víctimas de Rebeca eran Alba y mi hija.

70

LA CASA DE ALBA

23 de enero de 2017, lunes

Estíbaliz y yo salimos corriendo escaleras abajo, como un solo ente, y nos acercamos en coche al portal de Alba, en la calle Prado. Nadie nos respondió cuando llamamos al portero automático. Un vecino que venía con la compra nos abrió y subimos a su piso, pero no contestó tampoco ni se escuchaban ruidos dentro del inmueble.

Aporré la puerta, desesperado. Nada. El silencio de Alba me comía las entrañas y a Estíbaliz sus pocas reservas de paciencia.

Nos miramos angustiados, parecíamos más dos chiquillos perdidos que un par de profesionales experimentados en eso de los dramas.

—Voy a hablar con Milán —me dijo Esti nerviosa—, que triangule su móvil.

Yo me dejé caer en el rellano del tercer piso y me quedé sentado en el suelo contra la pared. La luz se fue, quedamos a oscuras, pero apenas lo percibí. El miedo que me tenía agarrado por las pelotas era mucho más negro.

… Y yo no dejaba de darle vueltas a algo que creí escucharle a Rebeca.

—Dijo algo de las diosas y mi hija, que tenía que comprobar si estaban satisfechas. No entendí el significado, me pareció demasiado críptico.

—No te rayes ahora, Unai —me contestó mi compañera después de pulsar el interruptor del rellano y traer de nuevo la luz—. Tenemos que montar un dispositivo de búsqueda en cuanto encontremos la señal de su móvil. Tú eres el perfilador y has resuel-

427

to el caso, hazme un listado de los posibles lugares donde Rebeca pudo llevar a Alba. Si no la mató antes de ocuparse de tu
hermano el sábado, puede que todavía la encontremos con vida.

—Pensaba hacerlo, ahora mismo me pongo a ello.

—Nieves dice que Beatriz, o Rebeca, pasó a buscarla a las cinco de la tarde. Todavía no había anochecido. Y quedó con tu hermano el sábado a la una del mediodía, en Vitoria. Tuvo casi veinte horas para ocuparse de Alba, esto nos da un límite de diez
horas de ida y otras diez de vuelta como máximo al lugar donde
la ha escondido. Es una horquilla de tiempo muy amplia, geográ-
ficamente abarca demasiada distancia.

—Veremos qué pasa con el móvil, pero tal vez haya que avisar a Paulaner y coordinar una búsqueda en Cantabria —dije
mientras escribía en mi cuaderno todos los posibles escenarios
del crimen—. Muchos de los lugares de mi lista están allí.

—Yo me encargo de Paulaner. ¿Tienes esa lista?

Arranqué el papel y se lo tendí. Comencé por los lugares de Cantabria que podían haber marcado a Rebeca: el poblado cántabro en
Cabezón de la Sal, el palacio Conde de San Siego, el pico Dobra, Fontibre, el chalé de Saúl, todos los acantilados de la Costa Quebrada,
desde la playa de la Arnía hasta la de Portío. Eran demasiados. En
Vitoria teníamos que revisar su despacho en la casa Pando-Argüelles,
Germán jamás llegó a saber dónde vivía su novia. En Álava solo se me
ocurría volver al túnel de San Adrián o a la Barbacana.

Tomé el móvil y llamé a Héctor. Le puse al día en pocas palabras y le pedí un listado de los yacimientos celtíberos en tierras
alavesas con un río, estanque o poza cercano. No había demasiados. Le pedí que sumara a la lista todo lo que oliese a celtíbero. No tardó demasiado en enviármelo. Teníamos que buscar en
los castros de Lastra, de Olárizu, en el yacimiento de La Hoya…

—Dime que lo he entendido mal, Esti. Dime que no está sucediendo.

—Alba está viva, Unai. Alba no puede estar muerta, alguien
tan sólido como ella… es imposible que esté muerta. Imposible.
No nos va a dejar solos. Es la más fuerte de los tres —recitó en
voz alta, como una letanía.

Bajamos a la calle, y la lluvia, cabrona, nos recibió golpeándonos
en la cara con un viento y un frío que no auguraba nada bueno.

—Llama a Nieves, que venga de Laguardia con las llaves del piso de Alba. Hay que comprobar que no esté dentro y se haya desmayado por la eclampsia —le ordené.

Pero no, el piso estaba vacío. Ni rastro de Alba.

Pusimos en marcha los operativos de búsqueda en Álava y Cantabria.

A media tarde llegaron buenas noticias.

Unos montañeros encontraron el móvil apagado a la salida de Laguardia, en una cuneta.

Las cámaras de seguridad que revisaron los compañeros de la comisaría de Laguardia encontraron las imágenes del coche de Rebeca, o más bien Beatriz Korres. Sabíamos que habían ido hacia el norte, pero se perdían en cuanto entraron en las carreteras comarcales.

Tuve un pequeño roce con el comisario cuando terminamos la reunión de urgencia en Lakua. Todos mirábamos el cielo oscuro, preocupados. Estaba demasiado reciente la muerte de Andoni Cuesta, y la noche iba a caer con previsiones de lluvia y frío.

—Usted quédese —me ordenó mi superior cuando me disponía a salir de la sala.

—No pienso quedarme —me limité a contestar.

—Es una orden directa; si no obedece, tendrá consecuencias disciplinarias. No sabemos en qué estado estará la subcomisaria, o… sus restos. No se haga esto.

—Soy consciente, señor. Se lo dije una vez, se trata de mi hija.

Y me largué a buscarlas.

Aquel lunes se pasó la noche lloviendo.

De Alba, ni rastro.

El martes se sumaron voluntarios a las búsquedas. El listado era inmenso y no había tiempo ni personal suficiente para una embarazada y su hija.

El abuelo, Germán, Nieves, Asier, Lutxo, Araceli, Nerea, Xavier… dejaron sus trabajos y todos la buscamos. Alba volvió a unir lo que Annabel Lee separó, un sentido de la camaradería más allá de rivalidades, un «quiero estar contigo en este momento tan duro».

Paulaner dirigió las estériles búsquedas en Cantabria. Estíbaliz lideró las del norte de Álava. Yo me centré en el sur; monté mi base de operaciones en Villaverde.

Hubo una mancha en aquella marea de solidaridad, mi hermano.

Germán, inexplicablemente, partía todos los días a Txagorritxu a visitar a Rebeca. Yo no lo soportaba. Aquella especie de síndrome de Estocolmo.

Por la tarde marchó de nuevo, me dijo adiós en la cocina, yo le di la espalda y continué cocinando una cena para dos.

—Unai, hijo, Germán ha pasado por mucho. No podéis continuar sin hablaros —me dijo el abuelo.

Tampoco le quise contestar.

Después de otra jornada agotadora y baldía de búsqueda me fui a dormir a Vitoria. Quería estar solo.

Había salido un día feo. Lluvia y frío, para variar. Un sirimiri intermitente, a veces una verdadera tormenta. Las calles con paraguas negros, el clima cabreado con no sé quién y yo muy muy cabreado con el dios del tiempo.

—Deja ya de llover, deja de una puñetera vez de llover. Esto no les ayuda —le repetía al aire.

Y yo, loco de mí, subí por la noche al tejado, el mismo tejado que en fiestas de la Blanca nos había acogido a Alba y a mí, el mismo tejado sobre el que habíamos escuchado un *Lau teilatu* que ya no sonaba en su móvil.

Y helaba, aquella noche heló. Nadie sabe lo que es pasar la noche al raso en Siberia-Gasteiz un enero, yo sí. Pero es que se estaba tan bien sin que nadie me dijese lo que tenía que hacer, sin esas miradas de pésame…

—Queda una mínima esperanza —me había dicho Estíbaliz—, que Rebeca despierte del coma y consigamos que nos diga dónde mató a Alba, pero los doctores no lo creen posible, tiene el corazón muy dañado.

El miércoles volví a Villaverde por la mañana, encontré un coche de la Unidad aparcado bajo el balcón de la casa del abuelo. Corrí escaleras arriba, esperanzado. Por fin una noticia.

Pero cuando entré en la cocinica baja me encontré con Estíbaliz, que miraba por la cristalera del balcón y se giró al verme.

—¿A qué has venido? —le pregunté casi con hostilidad.

«Esos ojos rojos son por otro motivo, Esti no ha estado llorando antes de venir aquí. Esas lágrimas que se le meten en los labios que tiemblan no son por Alba y por Deba.»

Pero no habló, tal vez estaba buscando las fuerzas.

—¿Vienes a darme las malas noticias? —insistí—. ¿Creen que tú eres la más adecuada?

—Prefiero ser yo.

—Qué valiente eres, Estíbaliz. Qué valiente. Podía ser Milán, Peña, el comisario…, pero vienes tú, y me vas a mirar a los ojos y decirme que…

—Lo siento, Unai.

—¿Sientes qué?

—Han suspendido las búsquedas. Hace cinco días que Rebeca se la llevó. No creo que encontremos el cadáver. Estamos esperando que el tiempo mejore y algún excursionista la encuentre, donde sea.

—Dilo. Dilo en voz alta. Di lo que todavía no has dicho y todos pensáis.

—Es mejor que aceptes que Alba está muerta.

«Vale, pues ya lo has dicho.»

Tomé el fuego como ancla. Las llamas, oscilantes. En esas llamas el tiempo se detenía. Me quedé un rato allí, de pie, sin hacer nada. Alba estaba muerta y yo solo era capaz de quedarme quieto, como una estatua de cementerio.

Me sentí muy cansado.

Por suerte vinieron los refuerzos para sacarme de aquella tormenta, porque yo estaba perdido y no sabía volver a tierra firme.

El abuelo me obligó a sentarme en el sofá.

Sus manos de centenario, con su piel rocosa y sus venas gigantes, apretaron las mías. Creo que trató de transmitirme algo, un «tranquilo, hijo, que estoy aquí contigo».

Ese es el consejo básico del mentor, ¿verdad?: «Continúa respirando».

El movimiento mantuvo a raya el dolor durante las horas siguientes.

Aturdido, desolado, me movía en otro plano de la realidad, donde el suelo que pisaba no estaba tan duro ni el aire soplaba tan frío. Yo flotaba en la inopia de los que no se enteran de nada.

De nada.

Me dejaba llevar.

Las llamadas se acumularon en el móvil antiguo. Parecía que todo el planeta quería darme el pésame. Solo cogí la del comisario Medina, qué remedio.

—Sé que le han informado de que hemos dado por concluido el operativo de búsqueda. No hay manera de que la subcomisaria Salvatierra continúe viva, y con las lluvias de estos días…, no puedo permitirme que fallezca otro de los nuestros, como en el túnel de San Adrián.

—Lo comprendo, señor —le corté.

—Le doy mi más sentido pésame por la muerte de su pareja y de su hijo.

—Hija, era mi hija y se llamaba Deba.

Deba, mi pequeña diosa que no llegó a nacer ni a proteger a su madre. Hacía tiempo que le había puesto el nombre. Había venido a mí como una certeza, ni siquiera tuve que decidirlo.

Alba no se marchaba sola. Saúl nos contó una vez que Tulonio, el dios guardián, esperaba en el puerto a los espíritus que llegaban por el río de la vida. Deseé que las acogiera a ambas.

«Solo tenéis que esperarme. Nos reuniremos. Un día nos reuniremos los tres y seremos la familia que estábamos destinados a ser.»

Así que hoy es el día de la aceptación. Toca ser adulto y asumir la realidad.

Que han dejado de buscar el cadáver, que Rebeca puede haber cambiado su *modus operandi*, que el binomio Saúl-Rebeca ya se ha llevado demasiadas muertes por delante: Annabel Lee, Jota, el hijo no nato de ambos, Gimena, Marian Martínez, Andoni Cuesta, Asun Pereda, el mismo Saúl, en unos días la propia Rebeca… y Alba y Deba.

Tengo que empezar a asumir que la mujer a la que amo está muerta y que nos va a costar encontrar sus restos.

Y no sé por qué ha sido hoy cuando por fin he podido comprender con claridad, o tal vez con la madurez que da la distancia emocional, lo que había ocurrido en aquel poblado cántabro.

Fuimos cuatro presas y tres cazadores: Annabel Lee, Rebeca y Saúl nos observaron a Jota, Lutxo, Asier y a mí, nos monitorizaron, nos catalogaron y nos utilizaron para el objetivo con el que habían ido al campamento.

Annabel Lee nos quitó la inocencia, no solo la inocencia sexual, también la creencia infantil de que nuestra cuadrilla y nuestra amistad eran indestructibles. Nos demostró que en pocos días una extraña podría acabar con ellas sin ni siquiera poner demasiado de su parte.

Tal vez ese detalle fue lo más humillante de aquella derrota.

Para Rebeca éramos su última oportunidad ante los avances de su padre. Necesitaba un héroe con rostro intercambiable que se mojase por ella e hiciera lo correcto: denunciar al adulto.

Ninguno de nosotros fuimos ese héroe.

Saúl nos movió a cada uno de los cuatro como peones circunstanciales en una partida que nada tenía que ver con nosotros. Estudió nuestras carencias afectivas y cubrió nuestras necesidades paternofiliales a la medida.

No le perdono a Rebeca que pudiese elegir y no lo hiciera. Golden le dio la oportunidad de otra vida alejada de los abusos y de un padre nocivo. Ella eligió continuar haciendo daño. Yo no voy a ser así, esa es mi fortaleza. Alba no lo habría querido.

Sé que Nieves y yo debemos comenzar con los preparativos de una ceremonia en memoria de Alba Díaz de Salvatierra y de Deba López de Ayala. Tenemos que seguir adelante, ellas no van a volver.

Asumir su pérdida, cruzar la línea de la aceptación.

En cuanto esto acabe, quiero subir a San Tirso, donde una vez salvé una vida.

Es lo que me dejaron Saúl y Annabel. Mi esencia, lo que soy: no miraré hacia otro lado. Me tiraré yo solo al acantilado. No voy a ser de nuevo un triste viudo, no sé el tiempo que voy a estar en este mundo, así que me voy a saltar el luto.

Alba nunca se quejó, ese fue su legado.

Yo tampoco voy a hacerlo.

EPÍLOGO

—

DEBA

25 de enero de 2017, miércoles

Fue al mediodía cuando Germán empezó a llamar. Una y otra vez. No lo cogí, no tenía fuerzas. Él insistió hasta que apagué el móvil.

Sé que continuó llamando porque escuché el timbre anacrónico del viejo teléfono de la cocina. Asumí que el abuelo lo cogería.

Un par de minutos después, el abuelo venía a darme la noticia:

—Hijo, acaba de llamar tu hermano. Que dice que Rebeca ha muerto.

Me puse a llorar como un descosido. Ya no aguantaba más.

—¡No, hijo, reponte! Escúchame, tu hermano tiene algo que decirte.

—¡No quiero saber nada! —le grité.

—Que no lo entiendes, que tu hermano iba cada día al hospital a preguntarle por Alba. Estaba empeñado en que ella se lo tenía que decir antes de morir. Rebeca ha despertado un momentico y se lo ha confesado todo: está en las ruinas del monasterio de Toloño.

Santa María de Toloño, en lo alto de la sierra de Toloño. Tal vez fue la propia Alba quien le transmitió a Rebeca la historia que yo le conté del origen celtíbero del nombre de la sierra, tal vez fue Germán, en un intento por impresionarla.

Encendí mi móvil, hablé con Estíbaliz, montamos en pocos minutos un operativo de rescate con un helicóptero.

Yo volé escaleras abajo, me olvidé hasta de ponerme la chamarra.

435

Iba a arrancar el coche cuando el abuelo entró y se sentó en el asiento de copiloto.

—¿Adónde crees que vas?

—Contigo, hijo. Cuando iba a Labastida, de estraperlo, muchos pasábamos por esas ruinas desde Peñacerrada. Conozco bien el terreno. Si te retraso, me quedo en el camino.

Iba a decirle que no, pero al verlo cargado con una manta, una cantimplora con agua y galletas para el ascenso, me di cuenta de que sabía perfectamente lo que hacía. Y que si yo llegaba antes que el equipo de rescate iba a necesitar alguien con mucho sentido común para sujetarme ante lo que me iba a encontrar.

Llegamos a Peñacerrada en apenas un cuarto de hora, el abuelo me guio por pistas forestales cada vez más estrechas mientras atravesábamos un par de hayedos, forcé el vehículo todo lo que pude para acercarnos a la cima y ganar tiempo.

Aparqué cuando comprendí que tendríamos que continuar andando y el abuelo me siguió a buen paso. Poco después escuchamos el batir de las aspas del helicóptero sobre nuestras cabezas. En una hora iba a anochecer, yo sabía que si no encontraban nada abortarían el dispositivo y volvería a casa una noche más con las manos vacías.

Me apresuré, en los últimos cientos de metros el abuelo quedó atrás, él mismo me señaló cómo llegar más rápido a las ruinas.

Y llegué, en el mismo momento en que el helicóptero tomaba tierra en una pequeña explanada.

Estíbaliz saltó y creí que el viento se la llevaría, pero aguantó.

Buscamos cerca de las tres paredes que quedaban de las ruinas de lo que un día fue un monasterio gótico. Allí no había nada. Solo piedras, mucha maleza, pequeños arbustos crecidos y…

Y vi algo moverse, algo blanco.

«No puede ser, es su abrigo.»

—¡Aquí! —grité.

Y encontré a Alba, o a alguien embarrado y demacrado que un día fue Alba, envuelta en el largo plumífero, con las manos y los pies apresados en unas bridas de plástico. Ovillada alrededor de su barriga, imagino que en un intento de retener el calor corporal o de proteger a nuestra hija. Tenía las muñecas en carne viva. Y un pequeño kit improvisado de supervivencia junto a su rostro. Una vieja lata de Coca Cola aplastada y abombada con agua de lluvia.

—¡Está muy mal! ¡Vamos a estabilizarla y nos la llevamos a Txagorritxu! —gritó alguien que ni recuerdo.

—Pero ¿sobrevivirá? —recuerdo que pregunté.

—No puedo asegurarle nada, sus constantes son muy bajas. Está en estado crítico.

—Está embarazada de veinticinco semanas, tiene eclampsia —le informó mi parte autómata, la que no estaba muerta de miedo en aquellos momentos.

—Haremos lo que podamos, no le prometo nada.

Se habló durante mucho tiempo de la capacidad de supervivencia de un ser humano cuando Alba, tras unas semanas entre la vida y la muerte, salió de peligro. Casi un milagro también que Deba sobreviviera a aquello, pero su corazón de colibrí cabalgaba fuerte cada vez que nos lo mostraba una ecografía.

Las almendras garrapiñadas del abuelo que Nieves le dio a Alba el viernes de su secuestro mantuvieron su cuerpo alejado de una bajada de azúcar.

Atada de pies y manos, Alba no pudo hacer otra cosa más que sobrevivir racionando sus reservas y el agua que le dejó la lluvia. Se arrastró hasta encontrar el lugar más resguardado entre las ruinas y quedó a merced de los dioses de aquel lugar sagrado. Quiero pensar que Toloño, o el dios Tulonio, cuidó de ella y de Deba. Alba dice que estuvo en un estado de conciencia diferente.

Yo creo que los nutrientes que le faltaron al cerebro la mantuvieron aletargada y por eso su cuerpo sobrevivió con lo mínimo.

El abuelo, por su parte, me explicó su propia teoría con su habitual didactismo: Alba había hibernado. Entró en un estado de inactividad, como una osa polar protegiendo a su cría.

Como perfilador, pensé mucho en el cambio del *modus operandi* de Rebeca. Finalmente concluí que quiso cerrar el ciclo de la muerte de su hija, Gimena, matando a la mía de la misma forma en que ella se había ido de este mundo: en la cima de un monte sagrado con nombre de dios celta, pasando al raso la noche y dejando morir de frío a Alba y a Deba.

Pero Rebeca no las conocía tan bien como yo, cómo podría haber anticipado su fortaleza.

No me incorporé al trabajo hasta después de su nacimiento, el 28 de abril, el día de San Prudencio. No me separé ni un segundo de Alba durante las semanas que duró su ingreso. La cercanía a la muerte puso por fin en orden lo nuestro. Decidimos intentarlo, una vez más. He aprendido a apreciar las texturas de nuestra historia, me he acostumbrado a ello.

Estuve presente en el parto, nunca me he sentido más aterrado, pero cuando me la entregaron, apenas un capullo envuelto entre mantas, y Deba sujetó con fuerza el dedo que le tendí, todas las dudas del mundo se despejaron. Tuve la certeza de que me elegía, y con esa firmeza tan propia de su madre creí entender lo que quería transmitirme: «Tú eres mi padre, conozco mi pasado, todo lo que me ha traído hasta aquí. Pero he decidido que tú vas a ser mi padre. Y punto». Y aquel «y punto» ya definía su carácter. Mi hija nació entre lluvias, pero ese día a nadie de su familia parecía importarnos. La acuné y bailé en círculos con su cabeza apoyada en mi hombro como si fuese un nido, Deba buscó acomodo, se sabía ya en casa.

Rubia de ojos azules, como su abuela Nieves, no podía decirse que era un precioso bebé. Se parecía demasiado al abuelo.

Y sé que las malas lenguas murmuran a mis espaldas que es un calco de Tasio e Ignacio. No me importa, en realidad.

Aunque así fuera, tenga los genes que tenga, estoy empeñado en romper esa cadena de violencia que se remonta al Paleolítico.

Deba va a tener una madre que no se rompe, un padre que cruzaría el inframundo por ella, dos tíos, Germán y Estíbaliz, una abuela…

… y un bisabuelo que seguirá estando en pie cuando todos faltemos.

AGRADECIMIENTOS

—

Esta novela trata de la paternidad y la maternidad. A lo largo de sus páginas se han paseado buenos y malos padres: nocivos, ausentes, indecisos, tiranos, abuelos que ejercen de padres, tías que salvan y sufren como madres… Me ha gustado reflexionar acerca de la decisión consciente que supone para cada uno de nosotros el ser un buen padre o una mala madre, independientemente de la mochila que la vida nos haya cargado a nuestras espaldas.

Huelga decir que lo sucedido en la novela no tiene ningún punto en común con mi biografía: simplemente quería dar voz a todas las Rebecas del mundo. Si una sola se salvara gracias a que un lector no mira hacia otro lado, toda mi carrera literaria habrá valido la pena.

Son muchas las personas a las que debo agradecer su apoyo a estas alturas:

A mi madre, que ha heredado la capacidad resolutiva del abuelo, por su intensa labor como documentadora oficial en todo lo concerniente a Villaverde.

A mis hermanos, Nuria y Raúl. Crecí en una familia unida y me alegra tenerlos como compañeros de vida.

A toda mi familia y mis vecinos de Villaverde, porque en ningún momento dudaron de este éxito.

A todos los vitorianos y alaveses que han recomendado y regalado *El silencio de la ciudad blanca*. Una de las mayores satisfacciones que puede tener una escritora es convertirse en profeta en su tierra.

A mí me ha ocurrido.

Gracias a vosotros.

Al Ayuntamiento de Vitoria y su Oficina de Turismo, en concreto, a Gorka Urtaran, a Nerea Melgosa y a Delia García, por su respaldo decidido.

Al Club Rotary de Guardamar, por ser buena gente.

A todos los periodistas de prensa, televisión y radio, por difundir la palabra.

A los libreros, por su labor de recomendación. Es lo que ha convertido esta Trilogía de la Ciudad Blanca en el fenómeno que es hoy.

A todos los blogueros literarios, por llenar la red de magníficas reseñas. No sé qué haría sin vosotros.

A todos los lectores y seguidores de las cuentas de evagarciasaenz en Facebook, Twitter e Instagram. Sois el impulso diario. Gracias a vosotros continúo escribiendo.

A todo el equipo de Planeta: Belén López, Raquel Gisbert, Emili Albi, Zoa Caravaca, Laura Franch, Lolita Torelló, Isa Santos y Silvia Axpe. Habéis hecho posible este milagro, y lo habéis hecho fácil para mí. Valoro mucho vuestra calidad humana, vuestro empuje y vuestra fuerza. Me gusta trabajar con buenas personas.

A José Creuheras y a Carlos Creuheras: por vuestra humanidad, sobre todo por vuestra humanidad.

A toda la red comercial de Planeta: sin vosotros nada de esto habría ocurrido, gracias por llevar a Kraken a todos los rincones del país.

A Carlos Revés, Jesús Badenes y David Fernández: gracias por esos días magníficos en la ciudad blanca… y por todo lo que aprendí de los mejores.

A Javier Sanz, gracias por tu empeño en que Kraken hable todos los idiomas del mundo.

A Mikel Lejarza: por apostar por Kraken.

En otro orden de cosas, muchos profesionales me han prestado sus conocimientos en mis dudas puntuales. Todo error o modificación al servicio de la ficción ha partido de mí:

Al jefe de formación de la Academia de Policía Vasca de Arkaute y al jefe de la Unidad de Investigación Criminal de la

Ertzaintza en Vitoria, por su buena disposición a ayudarme con los temas de criminología.

A Enrique Echazarra, por resolverme sus dudas de algunos parajes.

A la Oficina de Turismo del Ayuntamiento de Salvatierra, por su ayuda con los recorridos de llegada al túnel de San Adrián.

A Gregorio Pérez y Juli Otaza, por ayudarme cuando lo he precisado.

A Fausti Gisbert, logopeda, por ayudarme con la práctica en consulta de la rehabilitación del habla de Unai.

A la psiquiatra que me aclaró conceptos acerca de la herencia genética de la psicopatía.

A Oscar Puelles, por resolverme mis dudas con el Hospital de Txagorritxu.

A mis profesores en documentación criminal de la academia. Esta vez ha sido mucho más duro, pero me ha servido para valorar aún más el trabajo de todos los componentes de las Unidades de Investigación Criminal.

Por último: a mis hijos, Adrián y Dani, porque me estáis aportando mucho más que cualquier adulto y me estáis descubriendo una Eva feliz y fuerte, plagada de recursos que desconocía. Sois mis maestros de vida, y a vosotros os dedico esta novela.

A Fran, por ser la Montaña que toda Cersei necesita.

Y a ti, mi querido y añorado abuelo, por continuar presente pese a haberte ido, por tantas veces que me has sonreído sentado en la huerta desde esa foto de mi despacho y me has susurrado con tu voz ronca: «Déjate de hostias y sigue adelante».

ÍNDICE

—

Playa de la Arnía
Playa de Portío
(Liencres)   Universidad de Cantabria
Somocuevas   SANTANDER

Santillana del Mar

Cabezón de la Sal   Monte Dobra
                          (Puente Viesgo)

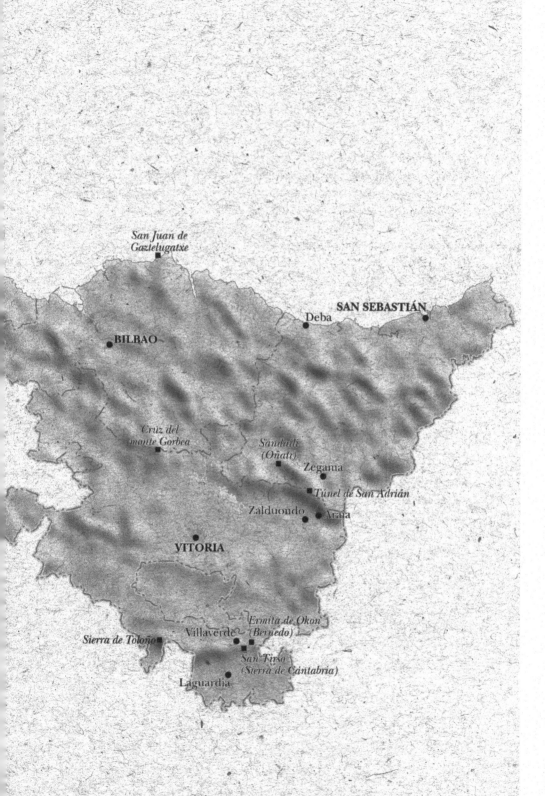

San Juan de
Gaztelugatxe

SAN SEBASTIÁN

Deba

BILBAO

Cruz del
monte Gorbea

Sandaili
(Oñati)

Zegama

Túnel de San Adrián

Zalduondo

Araia

VITORIA

Ermita de Okon
(Bernedo)

Sierra de Toloño

Villaverde

San Tirso
(Sierra de Cantabria)

Laguardia

EL SILENCIO DE LA CIUDAD BLANCA

Tasio Ortiz de Zárate, el brillante arqueólogo condenado por los asesinatos que aterrorizaron Vitoria hace dos décadas, está a punto de salir de prisión cuando los crímenes se reanudan. En la Catedral Vieja, una pareja de veinte años aparece muerta por picaduras de abeja en la garganta. Pero solo serán los primeros. Unai López de Ayala, un joven experto en perfiles criminales, está obsesionado con prevenir los asesinatos, pero una tragedia personal no le permite encarar el caso como uno más. Sus métodos enervan a Alba, la subcomisaria, con quien mantiene una ambigua relación marcada por los crímenes, pero el tiempo corre en su contra y la amenaza acecha en cualquier rincón de la ciudad. ¿Quién será el siguiente?

Ficción

LOS SEÑORES DEL TIEMPO

Vitoria, 2019. *Los señores del tiempo*, una novela ambientada en el medievo, se publica bajo un misterioso seudónimo: Diego Veilaz. Victoria, 1192. Diago Vela retorna a su villa después de dos años en una peligrosa misión encomendada por el rey Sancho VI y se encuentra a su hermano Nagorno desposado con la que era su prometida, la intrigante Onneca de Maestu. Unai López de Ayala, Kraken, se enfrenta a unas desconcertantes muertes que son idénticas a los asesinatos descritos en la novela *Los señores del tiempo*. Las investigaciones llevarán a Kraken hasta el señor de la torre de Nograro, una casa-torre fortificada habitada desde hace mil años por el primogénito varón. Pero el reverso de tanta nobleza es la tendencia de los señores de la torre a padecer el trastorno de identidad múltiple, un detalle que arrastrará a Estíbaliz a vivir una arriesgada historia de amor. Unai López de Ayala acabará descubriendo que *Los señores del tiempo* tiene mucho que ver con su propio pasado. Y ese hallazgo cambiará su vida y la de su familia.

Ficción